웃음

웃음

2

베르나르 베르베르 장편소설
이세욱 옮김

LE RIRE DU CYCLOPE
by BERNARD WERBER

Copyright (C) Éditions Albin Michel et Bernard Werber - Paris, 2010
Korean translation copyright (C) The Open Books Co., 2011, 2024
All rights reserved.

제2막	**시원의 숨결(계속)**	7
제3막	**우스워 죽을 지경**	115
	작가 후기	451
	감사의 말	461

제2막 **시원의 숨결(계속)**

서기 1469년.

네덜란드, 로테르담.

그의 이름은 데시데리우스 에라스뮈스. 훗날에는 그냥 에라스뮈스로 불리게 될 인물이다.

그는 성직자와 의사의 딸 사이에서 사생아로 태어났다. 교회 부속 학교에서 몇 해 동안 공부한 뒤에 고우다 근처에 있는 성 아우구스티누스 수도회에 들어가서 아주 젊은 나이에 사제 서품을 받았다.

하지만 에라스뮈스는 세상에 대한 견문을 넓히고 고전 연구를 계속하고 싶었다. 그래서 사제직을 포기하고 유럽 여러 나라를 여행하기 시작했다.

런던의 한 법학원에 머물던 시절, 그는 자기만큼이나 학구열이 높은 토머스 모어라는 학생과 우정을 맺었다. 두 사람은 유머와 재치에 대한 취향을 공유하고 있었다. 에라스뮈스는 토머스의 소개로 한 비밀 결사를 알게 되었다. 이 비밀 결사의 목적은 유머라는 지렛대를 사용해서 인류의 의식 수준을 높이는 것이었다.

젊은 에라스뮈스는 그 대의에 공감하고 비밀 결사에 가입하여 유머의 비법들을 배웠다.

에라스뮈스와 토머스 모어는 이 비밀 결사의 직접적인 지원을 받았을 뿐만 아니라 그곳의 도서관에 소장된 보물들을 활용하는 혜택도 누렸다. 도서관에는 고대의 문헌들을 비롯한 희귀한 자료들이 많았다.

책과 유머에 대한 열정이 대단했던 두 사람은 이 비밀 결사의 선구자들 가운데 하나인 루키아노스의 풍자적인 저작들을 번역하기로 뜻을 모았다.

토머스 모어는 『유토피아』라는 저서를 집필하여 모든 사람이 행복하게 살아가는 이상 세계에 관한 생각을 펼쳐 보였다. 에라스뮈스 역시 당시로서는 매우 대담한 내용을 담은 독창적인 저서를 출간했다. 『우신예찬』이 바로 그것이다.

토마스 모어에게 헌정한 이 우의적이고 풍자적인 이야기에서 에라스뮈스는 어리석음을 상징하는 여신 모리아를 주인공으로 삼는다. 모리아는 사제들과 수도사들과 고위 성직자들의 어리석음을 거침없이 조롱한다. 신학자들과 철학자들과 다른 현학자들 역시 조롱을 면치 못한다. 그들은 사람들에게 윤리와 도덕을 설교하면서 자신들의 삶에는 정반대의 잣대를 적용하는 자들로 묘사된다.

에라스뮈스는 『우신예찬』을 통해 모든 직종과 길드와 동업자 조합을 조망하며 그들의 전통과 낡아 빠진 원칙들의 우스꽝스러운 면모를 고발한다.

놀랍게도 『우신예찬』은 엄청난 대중적 성공을 거두었다. 라틴어로 쓰인 이 책은 프랑스어에 이어 영어로 번역되었다. 스위스 바젤에서는 한스 홀바인의 삽화가 들어간 판이 나오기도 했다.

이 책은 가톨릭교회 내부의 개혁 운동뿐만 아니라 이후의 인문주의 운동을 예고하는 선구적인 저작이었다. 하지만 그는 관용과 평화주의의 열렬한 옹호자였기에 루터의 급진적인 생각에는 동의하지 않았고, 종교 개혁 운동에도 가담하지 않았다.

에라스뮈스는 그 밖에도 다양한 저술 활동을 전개했다. 성서를 번역하기도 하고 유럽 전역의 인문주의 학교에서 사용하게 되는 라틴어 교재를 집필하기도 했다. 인간의 자유 의지를 다룬 한 논문에서는 인간이 위정자들이나 성직자들의 도움 없이 스스로 자신의 구원이나 타락을 결정할 수 있다는 주장을 펼치기도 했다.

그의 저서들은 정통파 가톨릭 신학자들과 프로테스탄트들에게서 동시에 공격을 받았다. 그는 그들의 공격을 피해 비밀 결사의 친구들을 다시 찾아갔다. 그들은 변함없이 그를 지지하고 위로해 주었다.

에라스뮈스는 죽음이 임박했음을 예감하고, 1536년 여름 바젤로 돌아가서 〈BQT〉라는 글자들이 적혀 있는 작은 목갑을 열었다. 그러고는 잠시 뒤에 숨을 거두었다.

1543년 1월 19일, 그의 책들은 밀라노에서 공개적으로 불살라졌다.

유머 기사단 총본부 편, 『유머 역사 대전』 중에서

92

어깨로 문을 쳐대는 기세가 자못 우악스러웠다. 청소 도구 수납장의 문은 결국 우지끈하고 불길한 소리를 내며 부서졌다.

두 여자는 분홍 정장들에게 붙잡혀 타데우시 워즈니악 앞으로 끌려갔다.

「마드므와젤 넴로드, 당신 때문에 하마터면 축제를 또 망칠 뻔했어. 하지만 나는 공연을 그렇게 쉽사리 포기하는 사람이 아냐. 당신이 〈크림즌 테러〉 미미를 구하려다가 경기를 엉망으로 만들었으니까 직접 무대에 올라가서 경기를 마무리해.」

뤼크레스는 상대에게 대들어 보려고 했다. 하지만 핏불테리어를 닮은 경호원이 왁살스럽게 붙들고 있어서 몸을 움직일 수가 없었다.

경호원은 그녀를 앞으로 떼밀었다. 몇 분 뒤, 그녀는 링 위의 팔걸이의자에 결박되었다. 〈크림즌 테러〉 미미 역시 묶여 있었지만 그녀에 비하면 한결 차분해 보였다.

타데우시는 관객들을 진정시키기 위해 마이크를 잡았다.

「신사 숙녀 여러분! 이제 아무 문제도 없습니다. 상황은 완벽하게 통제되고 있고 공연은 잠시 후에 속개될 것입니다.」

그래도 객석의 소란은 가라앉지 않았다. 일부 관객들은 일어서서 나갈 채비를 하고 있었다.

타데우시는 무대 감독에게 객석의 조명을 끄라고 신호를 보냈다. 그가 두 여자와 함께 올라가 있는 링에만 불빛이 환했다.

「제 말씀에 따라 주셔서 감사합니다. 조금 전에 말씀드린 대로 이젠 걱정하실 일이 없습니다. 작은 불상사가 벌어지긴 했지만 이내 수습되었고, 여러분은 오늘 공연의 다음 순서를 즐기실 수 있습니다.」

몇몇 관객들이 도로 앉았다. 다른 관객들도 곧 그들을 따라 했다.

그때 한 관객이 일어섰다. 경호원을 대동하고 있는 검은 정장 차림의 남자였다. 그는 방금 일어난 사태에 관한 해명을 요구했다.

타데우시가 말했다.

「좋습니다. 여러분은 아실 권리가 있습니다. 사실 난데없이 나타난 저 자그마한 여성분은······『르 게퇴르 모데른』의 기자입니다.」

즉시 객석이 술렁였다. 일부 관객은 다시 일어섰다.

「아, 아, 진정하시고 그대로 앉아 계십시오! 곧 저 여자가 죽는 것을 보게 되실 테니까요. 저 여자는 우리 게임의 비밀을 알고 싶어 합니다. 그래서 자기가 구해 주려고 했던 여자와 대결하면서 비밀을 깨우치게 해줄 생각입니다.」

그러자 나가려던 관객들은 모두 제자리로 돌아갔다.

뤼크레스는 가죽띠에 묶인 채 버둥거렸다. 하지만 결박이 너무 단단해서 몸을 빼낼 수가 없었다. 그녀는 욕설을 퍼부으며 기다란 적갈색 머리채를 흔들었다. 에메랄드빛 눈에서 살기가 번득였다.

「마드므와젤 넴로드, 새삼스럽게 규칙을 말해 줄 필요는 없겠지? 이미 그 정도는 다 알아냈을 테니까. 자, 그러면 시작해 볼까?」

타데우시는 자루에 손을 넣어 검은 돌멩이를 꺼냈다.

「이러면…… 미미가 먼저 공격하는 거야. 자, 미미, 우리에게 네 재능을 보여 줘.」

타데우시는 링에서 내려가 맨 앞줄의 좌석에 앉았다.

대형 스크린에 불이 들어오고 두 여자의 얼굴이 나타났다. 여느 경기 때와 달리 둘 다 마스크를 쓰지 않은 모습이었다. 그 아래로 검류계의 측정치를 보여 주는 선이 나타났다. 선에는 1에서 20까지의 숫자가 일정한 간격으로 배열되어 있었다.

미미는 목청을 가다듬고 말문을 열었다.

「어느 고아원 기숙사에 두 여학생이 있었어. 이쪽은 아주 예뻤고, 저쪽은 이쪽을 무척 사랑했어. 하지만 자기 마음을 어떻게 고백해야 할지 몰라서 그냥 멀리서 바라보기만 했지. 그러던 어느 날, 이쪽은 저쪽이 컴퍼스 바늘로 자신의 허벅지에 상처를 내고 있는 광경을 목격했어. 그래서 자기가 대신 고통을 가해 주면 그녀가 좋아하리라고 생각했지.」

침묵이 이어졌다. 관객들은 결말을 기다리고 있었다.

마리앙주 자코메티가 말을 이었다.

「내 이야기는 일단 여기까지야.」

뤼크레스는 동요하지 않았다. 그녀의 검류계 수치는 3에도 미치지 못했다. 이제 그녀가 응수할 차례였다.

「어느 고아원 기숙사에 두 여학생이 있었어. 이쪽은 아주 외로웠어. 그러다가 자기 마음을 알아주는 것 같은 저쪽을 만났어. 드디어 진짜 마음이 통하는 사람을 만났다고 생각했지. 하지만 알고 보니 저쪽은 자기를 사랑하는 게 아니었어. 그냥 놀려 주려고 했던 거야.」

다시 침묵.

「나도 일단 여기까지만 하겠어.」

마리앙주의 검류계 수치는 조금 더 올라가서 6에 이르렀다. 하지만 그 상승은 웃음이 아니라 감정의 동요에 기인한 것이었다.

관객들은 경기의 따분한 진행에 야유를 보냈다.

「웃길래 죽을래!」

마리앙주의 낯빛이 달라졌다.

「아냐, 그 여학생은 그녀를 놀려 주려고 하지 않았어. 그저 단조로운 일상에 짜릿한 재미를 주고 싶었을 뿐이야. 고아원의 삶은 너무 반복적이고 우울했어. 그러던 차에 친구가 고통받는 것을 즐기는 것 같아서 그녀를 도와줄 수 있겠다고 생각했어. 자기 딴에는 그녀와 소통할 수 있는 최선의 방법을 찾아냈다고 생각한 거지.」

몇몇 관객이 조바심을 내며 휘파람을 불어 댔다.

뤼크레스의 검류계 수치는 1에 머물러 있었다. 그녀는 침착하게 응수했다.

「하지만 한쪽은 딴 쪽의 신뢰를 저버렸어. 둘만의 은밀한 놀이에 대해서 비밀을 지켜 줄 생각은 하지 않고, 그녀를 침대에 묶어 놓은 뒤에 기숙사의 다른 여자애들을 불러 모았어. 그러고는 〈4월의 물고기〉를 외치며 그녀의 몸에 물고기를 그려 넣었지.」

이번에는 몇몇 관객이 웃음을 터뜨렸다.

마리앙주는 감정의 동요를 억누르지 못했다. 검류계의 수치가 9로 올라갔다.

몇몇 관객이 베팅을 하겠다며 손을 들었다. 타데우시는 깜짝 놀란 기색을 보였다. 그래도 다리우스 걸들에게 손짓을 보내서 판돈을 걸도록 허락했다.

뤼크레스가 쏘아붙였다.

「후회하고 있다고 말해.」

「아니, 그 반대야. 네 덕분에 나한테 두 가지 재능이 있다는 것을 알게 되었어. 희극과 가학 성애의 재능 말이야. 고마워, 뤼크레스.」

관객들의 반응은 긍정적이었다. 베팅이 쇄도하고 모두가 여느 〈프로브〉와 다른 그 이상한 대화에 귀를 기울이고 있었다.

「우리는 이때껏 함께 이야기하는 시간을 갖지 못했어. 그러니 이제라도 얘기해 줄게. 내가 그 두 가지 재능을 어떻게 결합했는지 말이야. 고아원을 나와서 작은 카바레들을 돌아다니며 개그를 해보려고 했어. 그러나 일이 뜻대로 돌아가지 않았어. 먹고살 게 없어서 어떻게든 일자리를 구해야 하는 처지였어. 특히 텔레비전이나 라디오 쪽에서 아르바이트 자리를 구할 수 있다면 무슨 짓이라도 할 준비가 되어 있었지. 그러던 어느 날 한 여자 친구를 만났어. 그녀는 아주 희한한 일을 하며 살아가고 있었어. 남자들을 때려 주는 애인 역할을 전문으로 하고 있었거든. 그녀는 손님들이 너무 많아져서 혼자 감당할 수가 없다며 자기와 함께 일하자고 했어. 그래서 시험 삼아 한번 가봤지. 그녀의 아파트는 그야말로 고문실로 변해 있었어. 남자들 여덟 명이 와 있더군. 모두 초소형 팬티를 입거나 기저귀를 차고 있었어. 나는 그들 중에 텔레비전과 라디오 채널의 경영자들이 있는 것을 알아차렸어. 정말 놀라운 일이었지. 내가 일자리를 구하기 위해 다가가려고 했던 그 높으신 분들이 네발짐승처럼 엉금엉금 기고 있었으니 말이야. 내 친구가 말했어. 〈자, 이들을 때려. 이것을 위해 돈을 낸 사람들이야.〉 나는 그들을 때리기 시작했어. 그런데 그들이 불평을 하는 거야. 뭐가 잘못됐나 하고 의아해하는데 친구가 그러더군. 내가 너무 약하게 때리면 그들은 돈이 아깝다고 생각한다나.」

이번에는 객석에서 폭소가 일었다.

「그래서 있는 힘을 다해 때렸지. 그러자 그들은 재갈을 문 채로 조금 전과는 다른 소리를 내기 시작했어. 마치 동물처럼 으르렁거리더라고. 생각해 봐, 뤼크레스. 방송계의 거물들, 평소에는 다가갈 수조차 없는 사람들을 내가 엉금엉금 기게 만들었어. 내가 그들을 가죽 채찍으로 때렸단 말이야. 하지만 그 일은 내 꿈과 거리가 멀었어. 내 꿈은 그들에게 채찍을 안기는 것이 아니라…… 방송계에서 일자리를 얻기 위해 그들에게 이력서를 내미는 것이었거든.」

관객들이 일제히 웃음을 터뜨렸다. 하지만 뤼크레스의 검류계 수치는 3에 머물러 있었다. 상대는 태연하게 말을 이었다.

「방송국에서 일할 수만 있다면 전화 교환원도 감지덕지라고 생각했지.」

객석에서 다시 웃음이 일었다.

「결국 나는 뜻을 이루지 못하고 포기했어. 그다음에는 희극에 대한 나의 열정과 더 잘 어울리는 일자리를 구했어. 짓궂은 장난을 치거나 남을 골탕 먹일 때 사용하는 물건들을 파는 가게의 판매원이 되었거든. 차가운 액화 가스와 가려움증을 일으키는 털 알지? 그게 바로 내가 담당하던 상품이었어. 그곳의 고객들은 대개 가학적인 취미를 지닌 코흘리개들이었어. 그런 애들도 자라서 어른이 되면 내 친구네 집에 오는 방송계의 거물들처럼 변할까?」

관객들 사이로 다시 웃음이 번져 갔다. 뤼크레스는 눈도 깜짝하지 않았다.

「대단한 일은 아니었지만 그래도 그 덕분에 희극 배우로 활동하는 데 필요한 자금을 마련할 수 있었어. 그리고 남을 웃기는 기술을 발전시킴으로서 진짜 프로가 되기 위한 준비를 했지.」

「그렇게 기술을 연마해서 여기에 온 거야? 진짜 프로로 데뷔하자마자 죽으려고?」

몇몇 관객이 웃음을 터뜨렸다.

「아, 나는 너의 그런 모습이 좋아. 길들여지지 않은 야생마 같은 모습 말이야. 내 말을 믿어 주지 않겠지만 사실 나는 너를 줄곧 사랑했어, 뤼크레스. 이때껏 살아오면서 너처럼 아름다운 여자를 만난 적이 없어. 너는 여성미의 화신이야.」

객석의 분위기가 갑자기 냉랭해졌다.

뤼크레스의 검류계 수치는 계속 3에 머물러 있었다.

관객들은 불만을 드러냈다.

「프로브! 프로브! 프로브!」

뤼크레스가 대답했다.

「네가 얼마나 우스꽝스러워 보이는지 알아? 남에게 골탕을 먹이는 장난감을 판다니, 너한테 딱 어울려.」

마리앙주는 웃지 않았다. 하지만 감정의 동요 때문에 피부의 전기 저항이 변해서 검류계 수치가 11로 올라갔다.

관객들은 다시 성화를 부렸다.

「웃길래 죽을래! 웃길래 죽을래!」

「뤼크레스, 난 너를 잊은 적이 없어. 너와 함께한 시간은 나의 가장 소중한 사랑 이야기였어. 하지만 너는 내 마음을 전혀 몰라. 이제 나는 너를 죽일 거야. 웃기는 게 내 직업이거든. 너의 죽음은 10여 년 전에 시작된 그 장난의 결말이 될 거야.」

뤼크레스의 수치가 9로 올라갔다. 분노의 감정 때문이었다. 돈을 건 관객들은 기대를 접기 시작했다. 한 관객이 소리쳤다.

「객설은 집어치워라. 프로브! 프로브! 웃길래 죽을래!」

「봤지? 마리앙주, 너는 관객들을 실망시키고 있어. 네 얘기가 재미없는 거야. 자, 유머를 하자고. 그 일이 있고 나서 내가 뭘 했는지 알아? 나는 내 방으로 돌아가서 자살을 기도했어.」

「네가 자살을 기도했다고?」

마리앙주는 실소가 툭 터져 나오는 것을 억누르지 못했다.

그 바람에 수치가 13으로 올라갔다.

몇몇 관객이 베팅 금액을 올리겠다고 손을 들었다. 다리우스 걸들이 달려가서 돈을 거둬들였다. 뤼크레스에게 돈을 건 사람들이 여덟 배나 많았다.

불안을 느낀 마리앙주는 공격을 하기로 결심했다.

「침대에 묶여 있을 때 네 모습이 어땠는지 알아? 정말 기괴했어. 손발이 묶인 채 알몸을 비비 꼬고 있으니까 마치 털 뽑힌 칠면조 같더라고. 살갗은 온통 물고기 그림으로 덮여 있었지.」

그러면서 그녀는 입으로 칠면조 울음소리를 냈다.

객석에서 와자한 웃음소리가 일었다.

뤼크레스의 검류계 수치는 11로 올라갔다. 분노의 효과였다. 검류계는 웃음뿐만 아니라 분노에도 반응하고 있었다. 사람의 마음에 이는 감정이 기쁨인지 분노인지 불안인지를 가리지 않고 그저 피부에 나타나는 전기 저항의 변화만을 감지하고 있는 듯했다.

마리앙주의 유머는 통하지 않았지만 냉소적인 공격은 먹힐 수도 있었다. 상대의 무기가 바뀌었으니 빨리 적응을 해야 하는 상황이었다.

「마리앙주, 너는 나에게 고통을 주는 것을 좋아했어. 그 이유가 뭔 줄 알아? 너는 그런 방식을 쓰지 않으면 성적인 쾌감을 얻지 못하기 때문이야. 너는 나를 정상적으로 사랑할 수 없었어. 아니, 나뿐만 아니라 누구하고도 정상적으로 사랑할 수가 없어. 그래서 너는 유머와 가학 성애에서 해결책을 찾았던 거야. 남을 조롱하는 것과 남에게 고통을 주는 것은 너의 불감증을 해소하는 두 가지 방식이지.」

불감증이라는 말이 나오자마자 마리앙주의 측정치가 갑자기 올라갔다.

「웃길래 죽을래!」

관객들이 소리쳤다. 실망하면서도 여전히 무언가를 기대하는 것이었다.

「사랑이란, 진정한 사랑이란 웃음거리가 되어서도 안 되고 고통이 수반되어서도 안 되는 거야.」

마리앙주는 검류계 수치가 14로 올라갈 만큼 동요의 빛을 보였지만, 즉시 안정을 되찾았다.

이번엔 그녀가 공격할 차례였다.

「좋아, 받아들이겠어. 나는 남에게 고통을 주고 남을 조롱하는 데서 쾌감을 얻는 변태적인 인간이야. 하지만 내가 한 가지 물어볼게. 너는 왜 나한테 끌렸던 거지? 내 덕분에 쾌감을 느끼니까 그랬던 거 아냐? 내가 일방적으로 고통을 가하고 너는 그냥 당하기만 했다고? 손도 마주쳐야 소리가 나는 법이야. 우리는 둘이었어, 뤼크레스. 말이 나온 김에 내가 하나 더 물어볼까? 우리 두 사람 가운데 누가 더 변태적인 거지? 그런 관계에서 쾌감을 더 많이 얻는 쪽이 진짜 변태 아냐? 만약 네가 고통을 즐기는 태도를 취함으로써 나를 그런 사람으로 변화시킨 거라면, 이제 와서 나를 비난해도 되는 거야?」

그 말이 너무 뜻밖이라서 뤼크레스는 경련과 비슷한 이상한 반응을 보였다.

마리앙주는 승기를 잡았다고 생각하면서 몰아붙였다.

「그리고 내가 〈은빛 족제비〉 카티와 대결할 때 왜 나를 구해줬지? 나에 대한 애착이 너무나 커서 그랬던 거 아냐?」

뤼크레스는 무어라고 대꾸할 새도 없이 자기 안에서 웃음이 솟구치는 것을 느꼈다. 등줄기를 타고 식은땀이 흐르기 시작했다. 살갗에 소름이 돋았다. 그녀는 숨을 멈추려고 했다. 하지만 검류계의 수치는 계속 올라갔다. 15…… 16…… 17…….

93

한 여자가 죽어서, 모범적인 인생을 산 덕에 천당에 올라갔다. 성 베드로가 친히 나와서 그녀를 따뜻하게 맞아 준다.

「천당에 온 것을 환영하네.」

주위를 둘러보니 모든 것이 고요하다. 천사들은 하프를 연주하고 다른 거주자들은 그녀에게 미소를 지으며 지나간다.

여자는 순수한 환희와 평온함과 잔잔한 쾌감 속에서 첫날을 보내고 공동 침실로 돌아온다. 그때 아래쪽에서 북소리가 들려온다.

이튿날 아침 여자는 성 베드로를 찾아가서 묻는다.

「저게 무슨 소리인가요?」

「아, 저거는 저승의 다른 주민들…… 그러니까 하계의 주민들이 내는 소리일세. 그 주민들을 한번 보려는가?」

그러면서 성 베드로는 구름 속의 문을 열어 준다.

여자는 몸을 숙여 아래를 내려다본다. 층층대가 보이고 그 아래로 불그스름한 세상이 안개에 휩싸인 듯 희미하게 보인다. 거기에서 선정적인 노랫소리와 타악기 소리가 올라온다.

여자는 깜짝 놀라서 소리친다.

「아니, 저긴 지옥이잖아요!」

「원한다면 내려가서 구경해도 괜찮네.」

여자는 잠깐 망설이다가 층층대를 내려간다. 아래에 다다라 보니 어마어마한 축제가 벌어지고 있다. 열기가 아주 후끈하다. 사람들이 비트가 강한 음악에 맞춰 춤을 춘다. 모두가 벌거벗은 채 땀을 뻘뻘 흘리고 있다. 여자는 이내 그 신명 나는 분위기에 휩쓸려 밤새도록 마냥 신나게 논다. 아주 잘생긴 남자들이 다가와 그녀를 유혹하고 술을 가져다주고 춤과 노래를 권한다.

이튿날 새벽, 여자는 천당으로 다시 올라간다. 천사들이 시를 읊거나 하프를 연주하는 그곳의 분위기가 갑자기 너무 차분하고 생기가 없는 것처럼 느껴진다. 그래서 여자는 마음을 정하고 성 베드로를 만나러 간다.

그녀는 쭈뼛거리면서 묻는다.

「저, 혹시…… 제가 거주할 곳을 선택할 수 있나요?」

「물론이지. 하지만 일단 천당과 지옥 중에서 한 곳을 선택하고 나면 그것으로 끝일세. 다시는 거주지를 바꿀 수 없어.」

「그렇다면 저는 지옥을 택하겠어요. 성 베드로님, 죄송해요. 하지만 이 천당은 양로원과 너무 비슷해요.」

「좋아.」

성 베드로는 층층대로 통하는 구름 속의 문을 다시 열어 준다.

여자는 아래에 다다르자마자 꼬마 악마들을 보고 소스라치게 놀란다. 놈들은 다짜고짜 달려들어 그녀를 때리고 물어뜯는다. 그러더니 그녀를 어떤 바위로 끌고 가서 사슬로 묶어 버린다. 사방에서 비명 소리가 터져 나오고, 땅바닥에서는 독성을 품은 증기가 올라온다.

그때 유독 덩치가 큰 악마가 커다란 삼지창을 들고 다가온다. 악마는 그녀를 바라보다가 창으로 푹 찌른다.

「아야!」

악마는 다시 찌른다.

「아야야! 그런데 말이에요, 제가 지난번에 왔을 때는 이렇지 않았거든요. 왜 갑자기 생판 달라진 거죠?」

그러자 악마는 냉소를 흘리며 창질을 한 차례 더 하고 나서 알려 준다.

「쯧쯧, 이 한심한 여편네야, 혼동할 게 따로 있지……. 관광은 이민하고 생판 다르다는 걸 몰랐단 말이야?」

다리우스 워즈니악 스탠드업 코미디
「나 죽은 뒤에 세상이 망하든 말든」 중에서

94

……18……19.

바로 그때 화재경보기가 울리면서 객석과 무대의 스프링클러가 작동하기 시작했다.

뤼크레스는 찬물을 맞는 순간 막 터져 나오려던 웃음을 삼켰다.

온 객석의 천장에서 물이 분출하고 있었다. 여러 곳에서 동시에 불길이 솟았다. 관객들은 공황 상태에 빠졌다.

비상구 앞이 혼잡했다. 관객들은 남보다 먼저 빠져나가려고 서로 떼밀며 아우성을 쳤다.

타데우시 워즈니악은 링에 올라가 마리앙주를 풀어 주었다. 하지만 뤼크레스 쪽은 거들떠보지도 않았다.

뤼크레스는 의자에 묶인 채 버둥거렸다. 관객들이 빠져나간 자리로 불길이 번져 갔다.

물이 분출하는데도 불길은 수그러들지 않았다. 뤼크레스는 올가미에 걸린 짐승처럼 가죽띠를 물어뜯으려고 했다. 벌써 연기가 눈을 찔러 오고 기침이 터져 나왔다.

그 와중에 실루엣 하나가 다가와서 그녀의 결박을 풀기 시작했다.

「캑! 캑! 이지도르, 어디에 있다가 이제 오는 거예요?」

「기분 나쁘게 말하지 말아요. 내가 괜히 나섰다고 후회할지도 모르니까.」

「캑! 누가 도와 달랬어요? 나는 아주 잘해 나가고 있었어요. 그냥 내버려 두었다면 내가 알아서 위기를 모면할 수 있었을 거라고요. 캑! 캑!」

이지도르는 가죽띠 하나를 놓고 낑낑거렸다. 가죽띠가 그녀의 손목을 너무 꽉 죄고 있었다. 그는 열쇠의 톱니 부분을 사용해서 잘라 보려고 했다.

「검류계 수치가 19까지 올라갔는걸요.」

그녀는 기침을 하고 숨을 헐떡거렸다.

「19가 아니라 18이었어요. 아직 여유가 있었는데, 당신이 내 복수를 방해했어요.」

불붙은 나뭇조각들이 천장에서 떨어졌다.

「극장을 파괴하는 것 말고 다른 방법을 생각할 수는 없었나요?」

「비판은 쉽고 예술은 어려운 법이죠.」

뤼크레스는 더 대꾸하지 않았다.

이지도르는 마지막 하나 남은 가죽띠를 여전히 풀어내지 못하고 있었다. 그는 손톱과 이를 사용해서 끊어 보려고 했다. 이제 극장 안에는 그들밖에 없었다. 화재경보기 소리는 멎고 물은 더 이상 분출하지 않았다. 극장이 요란한 소리를 내며 타고 있었다. 불붙은 들보 하나가 떨어지며 이지도르의 어깨를 살짝 스쳤다.

뤼크레스는 연기에 질식하여 기절해 버렸다.

이지도르는 있는 힘을 다해서 그녀의 팔목이 묶여 있는 팔걸이를 뽑아냈다. 그런 다음 뤼크레스를 번쩍 안아 들고 극장 밖으로 나갔다. 그는 그녀를 땅바닥에 내려놓고 상상한 공기를 깊이 들이마셨다.

그녀는 여전히 실신해 있었다. 그는 잠시 망설이다가 그녀의 입에다 입을 대고 인공호흡을 실시했다.

그녀는 즉시 반응을 보이지 않았다. 그는 인공호흡을 여러 차례 되풀이해야만 했다.

이윽고 그녀가 실눈을 떴다.

「캑! 캑! 이지도르, 내가 무언들 못 하겠어요? 당신의 키스를 받기 위해서라면…….」

그러더니 기력이 다한 듯 에메랄드빛 눈을 스르르 감았다.

95

서기 1530년.

프랑스, 몽펠리에.

공동묘지에서 의과 대학생들 한 무리가 시신을 파내고 있다.

그들에게 그것은 인체의 해부학적 비밀을 알아내기 위해 유일한 방법이다. 그런 불경한 행위를 하다가 걸리면 사형을 당할 위험이 있다는 것을 모르는 바는 아니다. 하지만 과학적인 탐구에 너무 열중한 나머지 시신 해부를 포기할 수 없는 것이다.

키가 크고 풍채가 당당한 남자가 삽과 곡괭이를 들고 공동묘지를 돌아다니며 그들을 이끌고 있다. 그의 이름은 프랑수아 라블레. 한때 베네딕트회 수도사였다가 환속한 뒤에 두 아이의 아버지가 된 이 남자에게는 다른 의대생들을 압도하는 카리스마가 있다. 그는 히브리어, 그리스어, 라틴어를 비롯한 10여 개의 언어를 구사하는 언어의 달인일 뿐만 아니라, 젊은 여자들의 심금을 울리는 서정시로 큰 인기를 얻고 있는 시인이기도 하다.

그들은 시신을 해부하거나 살아 있는 사람들을 치료할 때가 아니면 은밀한 지하실에 모여 새벽녘까지 음주 가무를 즐긴다. 그들은 외설적인 노래와 재치를 겨루는 놀이를 좋아한다. 또한 남들의 눈과 귀가 미치지 않는 그곳에서 반동적인 사제들이며 파리 소르본 대학의 신학 교수들이며 거만한 귀족들을 조롱한다.

그들은 대부분 훌륭한 의사가 된다. 하지만 그들의 성공을 시샘하는 자들은 그들의 비밀 모임에 관한 소문을 퍼뜨려 그들을 궁지로 몰아넣는다. 그들은 어쩔 수 없이 몽펠리에를 떠나 다른 도시로 피신한다.

1532년, 프랑수아 라블레는 리옹 시립 병원의 의사로 임명된다. 그는 학생들에게 의술을 가르치는 한편으로 히포크라테스나 갈레노스의 고대 의술에 관한 저술을 발표한다. 이 시절에 라블레는 여러 인문주의자와 시인을 만나 친분을 쌓는다. 또한 그들을 통해 시인 로아심 뒤 벨레의 종숙인 파리 주교 장 뒤 벨레를 알게 된다. 같은 해 7월, 그 시인들 가운데 한 사람이 브르타뉴 여행에 그를 초대한다. 덕분에 라블레는 어느 비밀 결사의 본부를 방문하게 되고 거기에서 새로운 학문을 접한다. 네덜란드의 위대한 철학자 에라스뮈스의 알려지지 않은 저작들을 접하게 된 것도 바로 여기에서다.

이 경험은 하나의 계시였다. 그 뒤로 라블레는 시인으로서 활동하기를 포기하고 소설가로 변신한다. 같은 해 그는 알코프리바스 나지에(프랑수아 라블레의 애너그램)[1]라는 필명으로 『팡타그뤼엘』이라는 익살스럽고 풍자적인 이야기를 발표한다. 〈위대한 거인 가르강튀아의 아들이며 딥소드인들의 임금인 고명한 팡타그뤼엘의 흉측하고 무시무시한

---

[1] 알코프리바스 나지에Alcofribas Nasier라는 필명은 프랑수아 라블레François Rabelais라는 이름을 구성하는 글자들의 순서를 바꾸어서 만든 것이다. 이하 모든 주는 옮긴이의 주이다.

행동과 무훈〉이라는 부제가 붙은 이 소설에서, 라블레는 위대한 기사도 소설들을 패러디하고 군주들과 독신자(篤信者)들을 조롱한다. 그는 권력자들의 오만한 주장보다 강력한 민중의 지혜를 찬양한다. 방탕한 주인공 팡타그뤼엘은 향연과 주색을 좋아한다. 비록 작가가 명시적으로 밝힌 것은 아니지만, 이 책은 에라스뮈스에게 헌정한 책이다. 라블레는 에라스뮈스의 정신적인 아들을 자처하고 그의 철학적인 업적을 계승해 나가리라고 다짐한다.

이 책은 즉시 대중적인 성공을 거둔다. 하지만 학자들은 그 언어가 저속하고 생경하다고 비난한다. 주교들의 압력 때문에 이 소설에는 〈이단적이고 외설적인 책〉이라는 딱지가 붙는다. 이 소설은 훗날 〈인덱스 리브로룸 프로히비토룸〉, 즉 공식적인 금서 목록에도 오르게 된다.

하지만 의사 작가 라블레는 그런 비난과 탄압에 굴하지 않고 2년 뒤에 『팡타그뤼엘』의 후속 작품을 출간한다. 역시 알코프리바스 나지에라는 필명으로 나온 이 두 번째 소설의 제목은 『가르강튀아』. 부제는 〈팡타그뤼엘의 아버지, 위대한 가르강튀아의 아주 무시무시한 생애〉이다.

이 책에서 라블레는 과도하게 비치는 것을 조금도 두려워하지 않고 생생한 비유가 넘쳐 나는 문체로 정치와 성애와 분뇨담을 마구 뒤섞는다. 〈밑씻개〉를 이야기하면서 솜털이 보송보송한 새끼 거위에서 포도나무 잎이나 종이에 이르기까지 다양한 밑씻개들의 효능을 비교하는가 하면, 프랑수아 비용 같은 실존 인물을 이야기 속에 등장시키기도 한다.

이번에도 소르본의 학자들은 이 〈음란물〉에 분통을 터뜨린다. 그도 그럴 것이 그들은 이미 도덕과 종교의 수호자를 자처하며 웃음을 억압하는 데 앞장서 온 사람들이다. 그들이 보기에 웃음이란 미풍양속에 반하는 것이고, 웃기를 잘하는 사람들은 하느님 앞에서 죄를 짓는 것이다.

하지만 프랑수아 라블레는 작가 활동을 계속해 나간다. 1545년에는 오래전에 친분을 쌓은 장 뒤 벨레 추기경 같은 이들의 정치적 지원을 받아 앙리 2세로부터 자기가 선택한 작품을 마음대로 출판할 수 있는 권리를 얻기도 한다. 그리하여 마침내 자신의 본명으로 세 번째 소설 『선한 팡타그뤼엘의 영웅적인 언행에 관한 세 번째 책』을 출간한다. 2년 뒤에는 그것의 속편인 『네 번째 책』을 발표한다.

프랑수아 라블레는 유머의 메커니즘을 이해하기 위해 열정을 바친다. 〈웃음은 인간의 고유한 특성이다〉라고 설파한 사람이 바로 그다. 후대인들이 자주 입에 올리게 될 우스갯소리들 중에는 그에게서 나온 것이 적지 않다. 〈자기 엉덩이보다 높은 곳으로 방귀를 뀌고자 하는 사람은 먼저 등에다 똥구멍을 내야 한다.〉〈늙은 의사보다는 늙은 술꾼이 더 많다.〉〈열의를 가진 엉덩이에 아름다움이 부족하다는 것은 참으로 유감스러운 일이다.〉〈식욕은 먹으면 생기고 갈증은 마시면 사라진다.〉 라블레는 어음 전환(語音轉換)이라는 말장난을 고안하기도 한다. 가장 유명한 예가 『팡타그뤼엘』 16장에 나오는 〈미사에 참석한 미친 여자 femme folle à la messe〉다. 이 말은 글자 두 개의 위치를 바꾸면 〈엉덩이가 축 처진 여자 femme molle à la fesse〉가 된다.

이밖에도 그는 〈하느님은 플라네트(행성)를 만드시고, 우리는 플라 네트(정갈한 요리)를 만든다〉와 같은 갖가지 미묘한 언어유희를 개발한다. 뿐만 아니라 〈의식 없는 학문은 영혼의 폐허일 뿐이다〉라든가 〈기다릴 줄 아는 사람에게는 모든 것이 제때에 온다〉와 같은 한결 심오한 명언을 남기기도 한다.

프랑수아 라블레는 자유롭고도 예지적인 영혼이다. 그는 천부적으로 아름답고 슬기롭고 좋은 교육을 받은 사람들을 위한 이상적인 삶터를 상상한다. 텔렘 수도원이 바로 그곳이다. 이 유토피아의 슬로건은 〈그대가 원하는 것을 행하라〉이다.

그는 온 유럽을 여행하면서 견문을 넓히고 모든 영역에 걸친 지식을 집대성한다.

그러다가 1553년 4월 9일, 그는 몇몇 친구와 어느 지하 주점에서 좋은 포도주를 마시며 잔치를 벌이다가 술에 잔뜩 취한 채로 중대한 사실을 알린다. 출간할 소설이 한 권 더 남아 있으며 그 소설의 제목은 『선한 팡타그뤼엘의 언행에 관한 다섯 번째이자 마지막 책』이라는 것이다. 그는 원고를 보여 주고 다시 술을 마신다. 그러다 문득 술잔을 내려놓고 이상한 행동을 한다. 그는 가방에서 파란 목갑을 꺼내고는 그 안에 〈처음과 끝〉이 있다고 말한다. 그러고는 놀란 벗들 앞에서 라틴어 문장이 적혀 있는 목갑의 뚜껑을 연다.

그는 목갑에 든 것을 살펴보다가 그대로 숨을 거둔다. 동석한 벗들도 그렇게 죽는다. 공식적인 사인은 〈과음〉이다. 그 자리에서 살아남은 친구는 두 명뿐이다. 이 두 사람의 공통점은 라틴어를 모른다는 것이다. 라블레의 마지막 작품은 그 뒤로 11년이 지나서 출간된다. 살아남은 두 친구가 수고를 아끼지 않은 덕이다.

유머 기사단 총본부 편, 『유머 역사 대전』 중에서

96

그녀는 여전히 눈을 감고 있었지만 숨이 끊어진 것은 아니었다.

이지도르는 잠자는 그녀가, 아니 그냥 그녀가 아름답다고 생각했다.

여성성, 지성, 성적인 매력, 멋, 힘을 그렇게 두루 갖춘 여자는 만나 본 적이 없었다.

그는 그녀를 오토바이에 곁달린 사이드카에 내려놓았다. 그런 다음 담요를 덮어 주고 그녀의 머리를 몸으로 받치면서 헬멧을 조심조심 씌워 주었다.

그는 그녀의 호주머니를 뒤져 시동 키를 찾아내고 자기 역시 헬멧을 쓴 다음 오토바이에 올라탔다.

그는 평생 오토바이를 몰아 본 적이 없었다. 뤼크레스가 시동을 걸 때 어떻게 했는지 기억해 내야만 했다.

먼저 시동 키를 돌리고 클러치 페달 같은 것을 밟아서 엔진을 작동시키기는 했는데, 변속 장치를 1단으로 놓자마자 엔진이 꺼져 버렸다. 그는 여러 번의 시도 끝에 마침내 오토바이를 출발시켰다.

사이드카가 곁달린 오토바이는 바퀴가 세 개라서 매우 안정적이라는 느낌이 들었다. 그는 신중을 기하기 위해 2단을 초과하지 않고 파리 시내를 시속 40킬로미터로 달렸다.

오디오를 켜자 록 밴드 〈디프 퍼플〉의 「불타라」가 스피커에서 터져 나왔다. 1970년대에 히피들이 좋아하던 음악이었다. 조금 시대에 뒤떨어지긴 했어도 뤼크레스가 무엇이 좋은지 알고 있다는 얘기였다. 사실 딥 퍼플처럼 풍부한 창조성을 지닌 록 밴드는 흔치 않았다.

「불타라」는 인류에게 닥칠지 모를 재앙을 경고하는 노래였다. 막 불구덩이를 빠져나온 터라, 그 느낌이 더욱 생생했다.

그는 〈미래 호텔〉 앞에 오토바이를 세웠다. 뤼크레스를 안은 채로 프런트 데스크의 남자에게 인사를 건네자, 남자는 그 이상한 커플을 보고 또다시 깜짝 놀란 기색을 보였다.

그는 그녀를 객실로 데려가서 침대에 눕혔다. 충격에서 회복되려면 시간이 좀 걸릴 것이었다.

그는 그녀가 진정 누구인지 알고 싶다는 생각이 들었다. 그래서 아이폰을 켜고 구글을 열어 뤼크레스 넴로드에 관한 정보를 찾아보았다.

고아 출신의 여성 기자. 그뿐이었다. 그녀는 그냥…… 아무도 아닌 사람이었다. 그토록 아름답고 똑똑한 그녀가 세상 사람들에게는 〈아무런 중요성도 없는 사람〉이었다.

그는 그녀가 자기에게서 단지 아버지만을 찾는 것은 아니라고 생각했다. 그녀는 자기 존재를 인정해 주는 사람을 찾고 있는 것이었다.

그는 그녀를 바라보았다. 사실 그녀는 아주 훌륭한 기자였다. 그건 두 차례의 공동 취재를 통해 그가 이미 확인한 바였다.

그는 시트를 조금 올려 준 다음 창가에 서서 파리의 야경을 물끄러미 바라보았다.

처음 『르 게퇴르 모데른』에 입사하던 때가 생각났다.

경험 많은 대기자 플로랑 펠레그리니가 풋내기 기자이던 그에게 말했다.

「곧 알게 되겠지만, 행복한 기자는 없다네.」

갓 스물세 살이었던 이지도르는 『르 게퇴르 모데른』처럼 명성이 높은 언론사에서 일하는 것은 자기의 오랜 꿈이었다고 말했다. 그러자 플로랑은 대답했다.

「어떤 레스토랑들은 말이야, 아무리 명성이 높다 해도 그 주방을 들여다보는 것은 삼가는 편이 낫다네.」

젊은 이지도르는 자기가 꿈꾸던 일을 하게 된 터라 그 이상한 대답에 주의를 기울이지 않았다.

가장 먼저 그를 놀라게 한 것은 〈소비 생활〉 섹션을 맡고 있는 동료들이었다. 그들은 자기들이 선물로 받은 제품들에 대해서만 기사를 썼다. 자동차나 컴퓨터나 텔레비전 같은 제품에 대해서도 마찬가지였다. 그들은 아무 거리낌 없이 그런 것을 두고 〈전통〉이라 말했다. 그것은 〈정상적인 것〉이자 〈관행〉이었고 〈직업상의 특권〉이었다.

두 번째 그를 놀라게 한 것은 〈문학〉 섹션의 동료들이었다. 그들은 자기들이 가명으로 발표한 작품들에 관해서 기사를 썼다. 물론 칭찬 일색의 기사였다.

신문사에서는 모두가 그런 사실을 알고 있었다. 그것 역시 당연한 일이었고 직업상의 특권이었다. 그런 사정을 두고 플로랑은 이렇게 말했다.

「그건 너무 엄청난 얘기라서 폭로를 해도 사람들이 믿지 않을 거야. 그리고 그런 기사에는 적어도 한 가지 장점이 있어. 기자가 작품을 읽고 썼다는 것일세.」

이지도르는 명성 높은 주간지의 〈주방〉을 들여다보면서 점점 더 놀라운 사실들을 알게 되었다. 무엇보다 정보의 검증이라는 측면에서 충격적인 일이 벌어지고 있었다. 플로랑 펠레그리니는 베트남 전쟁 때에 자기가 직접 겪은 일을 이야기해 주었다. 그는 당시에 최고의 종군 기사로 선정되어 상을 받았는데, 그의 기사는 종군하면서 쓴 것이 아니라 그냥 파리에서 미국 종군 기자들의 기사를 번역하고 종합한 뒤에 시적인 감흥을 보태서 작성한 것이라고 했다.

「자네도 알다시피, 종군 기자를 파견하자면 호텔이다 보험이다 해서 비용이 많이 들어. 게다가 사람들은 기자가 정말로 보고 쓴 것이냐 아니냐에 관심이 없어. 그냥 잘 쓰면 되는 거야. 아니, 잘 쓸 필요도 없어. 그냥 감동을 줄 수 있으면 되는 거야.」

플로랑은 자기의 비법 하나를 털어놓았다. 전쟁에 관한

르포를 쓸 때는 언제나 어머니의 시신 옆에서 울고 있는 아이의 사진처럼 독자들의 심금을 울릴 수 있는 이미지로 시작한다는 것이었다.

「심지어는 똑같은 사진을 여러 기사에 실어도 사람들이 내 트릭을 알아차리지 못하더라고. 전쟁 르포를 쓸 때는 영화를 만든다고 생각해야 해. 어떤 이미지가 잘 통할지를 고려해야 한다는 것이지.」

그는 기아에 관한 기사들을 쓸 때도 하나의 사진을 되풀이해서 활용했다. 눈가에 파리들이 달라붙어 있는 소년의 사진이 바로 그것이었다.

이지도르는 또 다른 사실도 알게 되었다. 이 주간지는 〈좌파〉를 표방하고 있음에도 내부를 들여다보면 좌파 기자가 한 사람도 없다는 사실이었다.

그 점에 대해서 플로랑은 이렇게 설명했다.

「기자들은 정치나 경제 관련 기사를 쓸 때면 마치 자기들이 사회주의자인 것처럼 굴어. 하지만 개인적으로 보면 그들은 재산이 많고 자녀들에게 재산을 물려주는 문제 때문에 걱정을 하고 있어. 그래서 선거 때가 되면 다른 부자들과 마찬가지로 우파에게 투표를 하지. 게다가 테나르디에 같은 몇몇 간부는 아예 극우파야. 그 여자는 사석에서 만나면 국민 전선에 대한 공감을 숨기지 않아.」

처음에 이지도르는 선배 기자가 간부들을 싸잡아서 헐뜯는 게 아닐까 하고 생각했다. 하지만 몇 가지 충격적인 주장을 사실로 인정하지 않을 수가 없었다.

「솔직히 말해 보게. 국장은 운전기사가 딸린 고급 승용차를 타고 다니는데, 젊은 기자들은 대부분 임시직이고 저임금에 시달리고 있어. 자네처럼 기사 분량에 따라 보수를 받는 객원 기자들은 최저 임금에도 못 미치는 돈을 받아. 사정이 이런데 우리 회사를 이끄는 사람들에게 정말 좌파의 감수성이 있다고 생각해?」

이지도르는 『르 게퇴르 모데른』을 대표하는 그 대기자가 뤼크레스와 친하다는 것을 알고 있었다. 그녀에게 기자라는 직업의 묘미를 가르쳐 준 사람이 바로 플로랑이었다.
뤼크레스는 이지도르처럼 객원 기자로 출발했고, 언젠가 정식 기자가 되기를 바라고 있었다.
이지도르는 침대 머리맡에 앉아서 고른 숨을 쉬고 있는 그녀를 살펴보았다.
그는 그녀와 함께 두 차례에 걸쳐 중대한 비밀들을 알아냈지만, 그것들을 대중에게 알리지 못했다. 하지만 이번에는 사정이 달랐다. 회사의 경영자들이나 테나르디에나 동료들을 고려할 필요가 없었다. 소설이라는 형식을 통해 진실을 말할 수 있을 것이기 때문이었다. 이것 또한 하나의 역설이었다. 기자들은 기사를 쓴다면서 소설처럼 꾸며 낸 현실을 제시한다. 사람들은 그것을 사실로 믿는다. 반면에 작가들은 소설을 통해 진실을 제시한다. 사람들은 아무도 그것을 사실이라고 생각하지 않는다.
이지도르는 그녀의 머리카락을 쓰다듬었다. 그는 물론 그녀와 사랑을 나눴던 일을 기억하고 있었다. 그때 그는 불안과 흥분에 사로잡힌 한 마리 작은 동물이었다. 모든 것을 통제하고 싶었으나 결국 아무것도 통제하지 못했다.
갑자기 뤼크레스가 몸을 움직였다. 기절하기 직전의 상황을 다시 떠올리고 있는 게 아닌가 싶었다. 그녀는 눈을 감은 채 잠꼬대를 하듯이 말했다.

「……18에서 멈췄으니까 위기를 넘긴 것이었는데.」

「19였어요.」

「18이었다니까요.」

그녀는 눈을 뜨고 몸을 일으키다가 기침을 하기 시작했다. 이지도르는 그녀가 어렵게 침을 삼키는 것을 보고 물 한 잔을 가져다주었다. 그녀는 물을 마시고 한쪽 팔꿈치로 버티며 몸을 일으켰다.

「나를 그냥 내버려 두었더라면 결국 내가 이겼을 거예요.」

「사살되기 직전이었어요. 유머가 달려서.」

뤼크레스는 눈을 비볐다.

「왜 마리앙주를 구해 주었어요?」

「그 여자를 구해 준 건 내가 아니라 당신이었어요. 생각 안 나요? 당신이 천장에서 미끄러져 내리며 권총을 걷어찼잖아요.」

「나는 정정당당하게 그녀를 이길 참이었어요. 일단은 구해 주고 나서 죽이든 살리든 내가 결정하려고 했죠.」

「그 여자가 당신의 네메시스를 불러내는 존재로군요. 아니에요?」

「또 어려운 말을 쓰네요.」

「쉽게 말해서 당신에게 살아갈 힘을 주는 개인적인 원수라는 거예요.」

「그럼 당신의 네메시스를 불러내는 존재는 누구죠?」

「테나르디에요. 모든 점에서 경멸할 만한 존재죠.」

뤼크레스는 길게 숨을 들이마셨다. 비로소 정신이 온전하게 돌아온 듯했다.

「사진기랑 캠코더는 잘 챙겼어요?」

「아뇨. 알다시피 나는 살아 있는 존재를 먼저 생각하잖아요.」

그녀는 한숨을 내쉬었다.

「우리가 헛고생을 한 셈이네요.」

이지도르는 수건을 물에 적셔 와서 그녀의 이마에 얹어 주었다.

「그렇지 않아요. 성과가 있었어요. 당신이 마리앙주와 유머 배틀을 벌이면서 〈교란 작전〉을 펴는 동안 나는 타데우시의 사무실을 몰래 뒤졌어요.」

「그래서 뭔가를 찾아냈어요?」

「아뇨. 하지만 이제 확신이 생겼어요.」

「아, 그래요? 그럼 어디 당신의 결론을 들어 볼까요, 미스터 홈스!」

그는 아이폰을 꺼냈다.

「당신이 자는 동안 조사를 좀 해봤어요. 히극 배우들의 카페에 들어가서 BQT라는 이니셜에 대한 몇 가지 암시를 찾아냈죠. 내가 보기엔 〈살인 소담〉, 즉 〈사람을 죽이는 우스갯소리Blague Qui Tue〉의 약자인 것 같아요. 유머 작가들과 코미디언들 중에는 그런 마법적인 것이 존재한다고 믿는 사람들이 많더라고요.」

「파란 목갑에 들어 있던 글을 읽으면 사람이 죽을 수도 있다는 사실을 인정하는 건가요?」

「나는 그렇게 말하지 않았어요. 다만 그것을 믿는 사람이 당신 말고도 많더라는 거죠. 그건 외계인의 존재를 믿는 사람이 당신 말고도 많다는 것과 비슷한 얘기예요. 하지만 여러 사람이 하나의 전설을 사실로 믿고 있다 해서…….」

「알아요, 당신이 무슨 말을 하려는지. 다수가 똑같은 생각을 한다고 해서 그 생각이 옳은 것은 아니라는 거죠?」

그녀는 베개들을 받치고 편안하게 앉으며 말을 이었다.

「어쨌거나 우리의 취재는 계속되고 있어요. 이제 우리가 알아내야 할 것은 첫째, 누가 다리우스를 죽였는가? 둘째…….」

그의 대답이 바로 튀어나왔다.

「타데우시예요. 그가 워즈니악 제국을 물려받았죠.」

「그가 슬픈 표정의 어릿광대였을 리는 없어요. 분장실에 들어갈 수도 없었고요. 만약 들어갔다면 경호원과 소방 안전 요원이 봤을 거예요.」

「슬픈 표정의 어릿광대는 그의 부하예요. 분홍 정장 하나가 그렇게 분장한 거죠.」

뤼크레스는 에메랄드빛 눈으로 그의 담갈색 눈을 빤히 바라보았다. 그러다가 어깨를 으쓱해 보이고는 벌떡 일어나서 욕실로 들어갔다.

「그런데 한 가지 문제가 남아 있어요.」

그녀는 전에 이지도르가 했던 것처럼 문 너머로 질문을 던졌다.

「무슨 문제죠?」

「타데우시의 부하들이 곧 우리를 찾아낼 거예요.」

그녀는 모발의 빛깔을 밝게 하고 모발에 윤기를 준다는 캐모마일 샴푸를 써보기로 했다.

「이지도르, 그래서 어떻게 하자는 거예요?」

「공격이 최선의 방어죠. 내 생각대로 그들이 살인 소담을 보유하고 있다면 그것을 훔쳐 내야죠. 그게 그들의 주된 무기예요. 나는 그것이 어디에 있는지 알 것 같아요.」

「어디에 있는데요?」

「그들의 대저택 안에요. 베르사유로 갑시다.」

97

서기 1600년.

프랑스, 베르사유.

당시 이탈리아에서는 코메디아델라르테라는 연극이 유행하고 있었다. 코메디아델라르테는 문자 그대로 예인(藝人)들이 하는 연극, 다시 말해서 수도사나 학생 같은 아마추어가 아니라 전문 배우들이 하는 연극이라는 뜻이다. 이 연극은 16세기에 안젤로 베올코가 인물들이 각기 다른 사투리로 말하는 극을 선보임으로써 시작되었고, 그 뒤로 진화를 거듭하여 즉흥 가면극의 특성을 갖추게 되었다.

코메디아델라르테는 유랑 극단에 의해 광장이나 시장의 가설무대에서 상연되었다. 이 연극은 중세 연극의 전통을 계승하면서도 몇 가지 요소를 새로 도입하여 희극적인 효과를 높였다. 첫 번째 요소는 대중에게 널리 알려진 희화적 인물들을 등장시키되 각자에게 특징적인 가면을 씌워 금방 알아볼 수 있게 했다는 점이다. 대표적인 인물로는 판탈로네(긴 바지), 일 도토레(박사), 일 카피타노(대위), 잔니(하인), 이자벨라(정부), 콜롬비나(하녀) 등이 있다. 두 번째 요소는 여자들을 배우로 썼다는 점이다. 그때까지 여성 인물들은 남자들이 분장을 하고 가발을 쓴 채 연기하는 것이 관행이었다. 세 번째는 배우들의 즉흥 연기가 극의 내용과 진행에서 큰 몫을 차지했다는 점이다. 미리 짜놓은 대본에 따라 연기를 하는 것이 아니라 대강의 줄거리만 정해 놓고 배우들의 즉흥 연기에 의존해서 극을 진행하는 것이었기 때문에 공연 때마다 극의 내용이 조금씩 달라졌다. 끝으로 이 연극은 대사보다 몸짓과 화려한 볼거리에 바탕을 두고 있었으므로 배우들에게는 마임과 곡예와 저글링 같은 재주가 필수적이었다.

어느 날, 이탈리아의 어느 인기 극단이 파리에서 순회공연을 하던 때의 일이었다. 단장 니콜로 바르비에리는 한 소년과 눈이 마주쳤다. 소년은 경이에 찬 눈을 반짝이며 자기도 연극을 하고 싶다고 말했다. 이 아이의 이름은 장바티스트 포클랭.

이 아이는 성년이 되자 자신의 극단을 만들고 몰리에르를 자신의 예명으로 삼았다.

몰리에르의 극단은 여러 편의 소극을 무대에 올렸다. 「어릿광대의 질투」나 「날아다니는 의사」처럼 인물들을 일부러 매우 과장되게 표현한 작품들이었다. 하지만 이 극단은 고유의 스타일을 찾아내는 데에 실패했고 관객들의 호응도 얻지 못했다.

1658년 3월, 몰리에르의 극단은 프랑스를 순회하던 중에 우연히 루앙에 천막을 치게 된다. 그때 한 남자가 극단을 찾아와서 몰리에르에게 어디로 같이 가자고 한다. 자기 형을 만나 달라는 것이다. 그의 형은 다름 아닌 유명한 극작가 피에르 코르네유이다.

두 남자는 루앙에 있는 코르네유의 저택으로 간다. 거기에서 몰리에르는 코르네유의 기이한 이야기를 듣게 된다.

코르네유는 원래 변호사였는데 연극을 너무나 좋아했던 나머지 변호사 생활을 접고 극작가로 나섰다. 그는 아홉 편의 희극을 썼다. 하지만 이 작품들은 전혀 반향을 얻지 못했다. 그래서 그는 방향을 조금 바꾸어 「르 시드」를 썼다. 그의 열 번째 작품이자 첫 비극 작품이었다.

「르 시드」는 온 프랑스에 소문이 날 만큼 큰 성공을 거두었다. 귀족에서 가난한 평민에 이르기까지 모든 사회 계층에서 이 작품을 알고 있었다. 대사를 달달 외고 있는 사람들도 적지 않았다. 당시의 총리 리슐리외

추기경이 이 기념비적인 작품을 치하하기 위해 코르네유에게 귀족 작위를 주도록 루이 13세에게 제청할 정도였다. 이 작품은 나중에 코르네유가 아카데미프랑세즈 회원으로 선출되는 데에도 중요한 밑바탕이 되었다. 하지만 시샘이 많은 늙은 작가들은 그를 달가워하지 않았다. 그리하여 「르 시드」를 둘러싸고 논쟁이 벌어졌다. 비판자들은 그가 고전극의 삼일치 법칙을 지키지 않았다고 공격했다. 한 장에서 다른 장으로 옮겨 갈 때마다 공간적인 배경이 달라지고 있으므로 장소의 일치라는 법칙을 지키지 않았다는 것이었다.

코르네유는 몰리에르에게 자기 속내를 털어놓는다. 비극 작가로 영예를 누리기는 했지만, 자기가 진정으로 좋아하는 것은 희극이라는 것이다.

「그렇다고 이제 와서 내가 희극을 발표할 수는 없소. 진지한 비극으로 큰 명성을 얻은 작가가 갑자기 통속 희극으로 돌아선다면 모두가 의아해할 거요.」

사실 당시의 연극에는 일종의 서열이 있었다. 가장 낮은 자리에는 소극이 있었다. 소극은 연극 공연의 90퍼센트를 차지하고 있었음에도 서민과 저속한 사람들이 즐기는 천한 장르로 여겨지고 있었다. 이 장르에서는 대중을 최대한 즐겁게 하기 위해 분뇨담과 음담패설을 포함한 갖가지 과도한 요소들이 동원되고 있었다.

소극의 바로 위에는 희비극이 있었다. 이는 연극에 조금 더 조예가 있는 관객들을 겨냥한 혼합 장르였다.

세 번째로는 그리스 로마의 신화에서 소재를 얻는 고전 비극이 있었다. 이 장르는 교양이 있고 재산이 많은 귀족과 부르주아를 위한 것이었다.

끝으로 연극의 가장 고상한 장르로 여겨지던 종교 비극이 있었다. 이는 예수나 성인들의 이야기를 다룬 연극이었다.

이런 사정 때문에 진지한 작가들은 비극 작품에만 자기 이름을 넣었다.

설령 희극을 쓰더라도 그것을 부끄러운 일로 여기며 자기 이름으로 발표하지 않았다. 그래서 희극들의 경우에는 원작자 대신 극단의 우두머리가 작가로 알려지는 경우가 많았다.

몰리에르와 코르네유는 서로에게 호감을 느끼고 함께 일하기로 결정한다.

그리하여 극단은 코르네유의 정원에서 한동안 머물게 된다. 이 시기에 코르네유는 몰리에르 극단의 주연 여성 배우인 아르망드 베자르의 매력에 흠뻑 빠진다.

코르네유는 친구 사이가 된 몰리에르를 돕기 위해 왕의 측근인 니콜라 푸케를 만날 수 있도록 주선해 준다. 니콜라 푸케는 몰리에르를 왕의 아우에게 소개한다. 그리하여 몰리에르는 같은 해 10월 루이 14세의 궁정에서 공연하는 굉장한 특전을 얻게 된다. 그는 왕을 만족시키려면 진지한 작품을 공연해야 하리라 생각하고 코르네유의 비극 「니코메드」를 선택한다.

몰리에르의 극단은 그간에 쌓아 온 기량을 한껏 발휘하여 공연을 펼친다. 하지만 반응이 신통치 않다. 관객들은 그 이야기에 전혀 흥미를 보이지 않는다. 맨 앞줄에 앉은 루이 14세는 보란 듯이 하품을 해댄다.

몰리에르는 실패를 수습하기 위해 2부 공연에서는 「사랑에 빠진 의사」라는 희극 작품을 무대에 올리기로 결정한다. 이 작품 역시 코르네유가 써서 그에게 위임한 것이다. 루이 14세는 가서 잠이나 자야겠다는 생각으로 자리를 뜨려 하다가 두 번째 공연이 시작되자마자 깜짝 놀란다. 왕이 잇달아 웃음을 터뜨리자 객석에 폭소의 물결이 번져 간다. 대성공이다.

공연이 끝나자 왕은 자리에서 일어나 힘찬 박수를 보낸다. 이 공연 덕분에 몰리에르는 궁정 배우로 임명되고 그의 극단은 전용 극장을 얻는다.

이때부터 몰리에르는 오로지 코르네유의 작품들만을 무대에 올린다. 그의 레퍼토리에는 비극과 희극이 반반씩 섞여 있다. 진지함과 재미를 동시에 추구하기 위한 것이다. 비극이든 희극이든 코르네유가 쓴 것이지만, 희극들은 모두 몰리에르의 이름으로 발표된다. 「아내들의 학교」, 「인간 혐오자」, 「타르튀프」, 「동 쥐앙」, 「조르주 당댕」, 「유식한 여자들」 등이 바로 그런 작품들이다.

이 희극들은 짜임새가 아주 훌륭하고 복잡한 심리를 지닌 인물들을 다루고 있다. 그런데 일부 작품들에는 코르네유의 개인적인 원한이 표출되어 있는 것으로 보인다. 예를 들어 「유식한 여자들」은 옛날에 그를 모욕한 적이 있는 랑부예 후작 부인, 그리고 그녀의 딸과 여동생을 염두에 두고 쓴 작품이다.

1673년, 몰리에르는 「상상으로 앓는 환자」라는 작품을 상연하던 중에 무대 위에서 숨을 거둔다.

한편 코르네유는 희극 작가임을 끝내 드러내지 않고 진지한 저작을 집필하거나 라틴어 문헌을 번역하면서 여생을 보낸다. 그의 번역 작품으로 특히 유명한 것은 신앙생활의 지침서인 『그리스도를 본받아』이다. 이 책은 프랑스의 학교들에서 교재로 사용되고 당대의 〈베스트셀러〉가 된다. 그리고 코르네유는 이 책 때문에 종교적이고 인습적인 이미지를 얻는다.

하지만 루앙에서 몇백 킬로미터 떨어진 브르타뉴 지방 어딘가에 숨어 살고 있는 일군의 사람들은 피에르 코르네유가 진정 누구인지 알고 있었다. 코르네유는 그들 집단의 가장 뛰어난 구성원들 가운데 하나였고, 무엇보다 풍속 희극의 창시자였다.

유머 기사단 총본부 편, 『유머 역사 대전』 중에서

98

보름달이 휘영청 밝다. 달의 분화구를 맨눈으로도 볼 수 있다. 그래서 달이 마치 생각에 잠긴 얼굴처럼 보인다.

두 사람은 워즈니악 일가의 대저택을 에워싸고 있는 담을 넘었다. 경비견 한 무리가 나타났다. 잠도 안 자고 경비를 서는 기특한 놈들이니 수면제를 넣은 고깃덩어리를 상으로 받을 만했다. 고깃덩어리를 던져 주자마자 놈들은 끽소리 없이 잠에 빠져들었다.

자정이었다. 둘은 다리우스가 세운 축소판 베르사유 궁전의 넓은 정원을 나아갔다. 높다란 지주 꼭대기에 설치된 감시 카메라가 천천히 돌아가고 있었다. 그들은 몸을 숨기고 카메라가 반대쪽 시야를 훑으러 갈 때까지 기다렸다.

뤼크레스가 속삭였다.

「정말 그렇게 생각해요? 타데우시가 BQT를 사용해서 자기 동생을 죽이고 키클롭스 프로덕션의 지배권을 확보했을까요?」

「현재로서는 개연성이 가장 높은 가설이에요.」

「하지만 카르나크의 신부 말로는 등대섬을 공격할 때 다리우스도 현장에 있었어요.」

「그래서요? 타데우시가 목갑을 가로챈 뒤에 동생을 상대로 사용했을 수도 있죠.」

그녀는 확신이 들지 않는다는 듯 입술을 비죽 내밀었.

감시 카메라가 반대쪽 구역을 찍고 있었다. 그들은 다시 몸을 일으켜 나아갔다. 감시 카메라가 또 하나 나타났다. 그들은 몸을 숨겼다. 그러고는 카메라가 반대쪽으로 돌아가자 다시 잰걸음을 놓았다.

그들은 베르사유 궁전의 열병 광장과 안마당에 해당하는 곳을 지나갔다. 포석이 깔린 안마당에 자동차 수십 대가 주차되어 있었다.

위층 아래층 할 것 없이 건물의 창문마다 불빛이 환했다. 뤼크레스가 나직하게 말했다.

「더 늦게 왔어야 하는 게 아닐까요?」

「오히려 잘됐어요. 이거 아주 흥미로운데요. 한밤중에 방마다 불을 밝혀 놓고 무슨 짓들을 하는지 알아봐야겠어요.」

그들은 건물 안으로 잠입한 다음, 한쪽 구석에 숨어 컴퓨터 관리 업체의 작업복을 걸쳤다. 그건 뤼크레스의 아이디어였다. 지난번 인터뷰를 하러 왔을 때 〈컴퓨터 SOS〉라는 회사의 차가 와 있었던 사실을 기억해 낸 것이었다. 키클롭스 프로덕션 같은 회사는 전산 장비에 늘 문제가 생기게 마련이다.

그녀는 작업복만으로는 변장이 허술하겠다 싶어서 비니 모자로 머리카락을 가리고 커다란 안경을 꼈다. 이지도르는 콧수염을 달고 똑같은 형태의 비니 모자를 썼다

그들은 건물의 오른쪽 날개에 해당하는 부분으로 들어갔다. 커다란 방들에서 수백 명의 젊은이들이 컴퓨터 자판을 두드리고 있었다.

그들 위쪽에 걸려 있는 시계들은 런던, 마드리드, 베를린, 모스크바, 베이징, 서울, 도쿄, 시드니, 로스앤젤레스, 뉴델리, 이스탄불 등지의 시각을 알려 주고 있었다.

뤼크레스와 이지도르는 이리저리 뛰어다니는 사람들 속으로 끼어들었다. 아무도 그들에게 주의를 기울이지 않았다.

그들은 아무도 차지하고 있지 않은 컴퓨터 모니터 두 대를

마주하고 화면을 들여다보았다. 화면 오른쪽으로 문서들이 죽 나타나고 있었다. 우스갯소리들이었다. 수없이 많은 이야기들에 번호와 점수가 매겨져 있고, 날짜와 시간, 주제 따위가 적혀 있었다.

뤼크레스는 충격에 빠진 채 중얼거렸다.

「이들은 개그와 스탠드업 코미디를 대량으로 생산하는 공장을 만들었어요.」

이지도르는 실내를 둘러보았다.

「다들 갤리선의 노예들처럼 지친 기색이에요. 봐요, 얼굴들이 핼쑥해요. 이야기들을 찾고 골라내느라 진이 빠진 모양이에요.」

뤼크레스는 조심스러운 눈길로 젊은이들을 죽 훑어보았다. 그들은 헤드셋을 머리에 끼고 있었다. 어떤 젊은이들의 컴퓨터에는 잽싸게 포착한 아이디어들을 적어 놓은 포스트잇이 수십 장씩 붙어 있었다.

일부 젊은이들은 컴퓨터 자판을 두드리면서 기계적으로 손을 놀려 청량음료를 홀짝이기도 하고 배달시킨 햄버거나 피자나 초밥을 야금거리기도 했다. 스트레스 해소용의 작은 장난감들을 주무르면서 생각을 쥐어짜는 축도 있었다.

뤼크레스와 이지도르는 어색한 티를 내지 않고 각자 컴퓨터 앞에 앉았다. 화면에서는 개그들의 행진이 계속되고 있었다. 각각의 개그에 적혀 있는 시간은 그것이 키클롭스 프로덕션의 데이터 뱅크에 언제 입력되었는지를 표시한 것이었다.

이지도르가 말했다.

「103683번 개그 봤어요? 귀여운데요.」

뤼크레스는 호기심을 느끼며 읽어 보았다.

개그 번호 103683
같은 병원에서 갓 태어난 두 아기가 대화를 나눈다.
「너는 남자야, 여자야?」
「나는 여자야. 너는?」
「난 잘 모르겠어.」
「시트를 내려 봐. 내가 가르쳐 줄게.」
성별을 모르는 아기가 시트를 내리자 여아가 말한다.
「더 아래로 내려. 안 보여.」
성별을 모르는 아기는 더 내린다. 그러자 여아가 하는 말.
「오 이런, 넌 남자야.」
「그걸 어떻게 아는 거야?」
「네 실내화는 파랗잖아.」

이지도르는 그 이야기를 〈필로겔로스〉라는 제목을 붙인 수첩에 적어 두었다. 뤼크레스는 그에게 손짓을 보냈다. 다른 데로 가서 조사를 계속하자는 뜻이었다.

그들은 2층으로 올라갔다. 넓은 도서실과 즉흥 개그 배틀이 열리는 링과 심리학 실험실이 나타났다. 실험실은 피실험자들에게 개그를 들려주고 그 반응을 기록하는 곳인 듯했다.

늦은 시각인데도 방마다 수십 명의 사람들이 모여서 일을 하고 있었다.

「유머 배틀, 도서실, 실험실 따위를 갖춰 놓은 것으로 보아 이들은 유머 기사단을 그대로 모방했어요. 아니, 수공업적인 비밀 결사를 변형시켜서 대량 생산 체제를 갖춘 기업으로 만들었다고나 할까요? 유머 기사단이 〈키클롭스 인터내셔널 엔터테인먼트〉로 탈바꿈한 거예요.」

이지도르는 그녀를 3층으로 이끌었다. 거기에도 젊은이들이 있었다. 안락의자에 퍼질러 앉아 텔레비전을 보고 있나 했더니, 사실은 코미디 방송을 보면서 노트북 컴퓨터에 무언가를 기록하고 있는 것이었다.

「무얼 하고 있는 걸까요?」

「개그들을 낚고 있어요. 전 세계의 모든 코미디 방송과 공연 실황 녹화 자료를 보면서 자기들이 써먹을 만한 것들을 찾아내는 거죠.」

아닌 게 아니라 대형 스크린에 개그 아이디어들이 하나둘 올라오면서 긴 목록이 만들어지고 있었다.

아이디어 132806

남자가 아내에게 묻는다. 〈당신은 이때껏 몇 명의 남자와 잤어?〉 그러자 여자가 대답한다. 〈나는 당신하고만 잤어. 다른 남자들하고는 깨어 있었어.〉

아이디어 132807

어느 노부부가 미사를 보러 성당에 갔다. 미사 도중에 아내가 남편 쪽으로 몸을 숙이며 말한다. 〈방금 방귀를 뀌었어요. 소리는 안 났지만 어떡하죠?〉 그러자 남편은 아내의 귀에 대고 대답한다. 〈지금은 어쩔 수가 없어요. 하지만 집에 돌아가는 대로 당신 보청기의 배터리를 갈아 줄게요.〉

뤼크레스의 얼굴에는 놀란 기색이 역력했다.

「세상에, 저게 이들의 원자재인가요?」

「그래요, 유머를 재활용하는 거예요.」

「이제 알겠어요. 다리우스가 어떻게 프랑스인들이 가장 좋아하는 인물이 되었는지. 그는 세상에서 가장 큰 개그 광산을 보유하고 있었어요. 아니, 훔친 개그들의 보물 창고를 가지고 있었던 거예요. 여기에서 상시적으로 일하는 사람들이 5백 명은 족히 되겠어요.」

「수공업적인 유머로는 도저히 대적할 수가 없겠어요.」

그들은 한 층 더 올라갔다. 거기에서는 넥타이를 맨 정장 차림의 남자들이 커다란 세계 지도들을 보면서 분주하게 움직이고 있었다.

그들이 사용하는 언어는 영어였다. 뤼크레스와 이지도르는 그들이 무엇을 하고 있는지 알아차렸다. 그들은 통계와 그래프를 이용하여 나라별, 언어별, 문화권별로 유머의 동향을 분석하고 있었다. 뿐만 아니라 지방의 유머들과 특정 계층의 은어로 된 우스갯소리들까지 조사하고 있는 듯했다.

한쪽 벽에는 인물들의 사진이 걸려 있고 사진들 아래에는 금액을 표시하는 계기가 딸려 있었다. 뤼크레스는 그게 무엇을 뜻하는 것인지 알아차리고 그에게 속삭였다.

「어느 코미디언이 잘나간다 싶으면, 이들은 그 사람을 사거나 모방해서 다른 나라에 수출하기 위한 버전을 만드는 거예요.」

이지도르는 정장 차림의 다른 남자들을 가리키며 말했다.

「뿐만 아니라 워즈니악 일가는 세계 전역에서 극장들을 사들이고 있어요.」

「영악하네요. 음악, 영화, 출판은 인터넷을 통한 불법 복제 때문에 어려움을 겪고 있는데, 코미디 공연은 호황을 누리나 봐요. 코미디언들이 광고, 영화, 정치 등 어디에나 진출하고 있어요. 그런가 하면 지방 도시와 시골 마을을 돌아다니기도 하죠. 그들의 유일한 장벽은 언어예요.」

그들은 통계표들과 도표들을 살펴보았다.

「봐요, 사진들 아래에 있는 숫자들이 계속 달라지고 있어요.」 뤼크레스가 말했다.

「보아하니 여기는 코미디언들의 주식 시장이네요. 이들은 마치 경주마들을 연구하듯이 코미디언들을 조사해서 점수를 매기고 있어요.」

조금 떨어진 곳에서는 건축가들이 한 건물의 모형을 들여다보고 있었다.

「젠장, 이자들 동작 한번 빠르군요. 벌써 당신이 불태운 다리우스 극장을 새 건물로 대체하기 위해서 설계도를 만든 모양이에요.」

「좌석 수를 봤어요? 어마어마해요. 적어도 1천 석은 되겠는걸요.」

「1천 명의 관객들 앞에서 〈프로브〉 경기를 한다고 상상해 봐요! 전 세계의 돈 많은 악당들이 월요일 밤마다 몰려와서 낄낄거리게 생겼어요.」

「피해자가 동의하고 1천 명의 공모자들이 박수갈채를 보내는 가운데 살인이 또 자행되겠군요. 이 사실이 알려지면 정말 세상이 발칵 뒤집히겠어요.」

그들은 건물의 오른쪽 날개를 벗어나 왼쪽 날개 쪽으로 갔다. 뤼크레스는 그를 워즈니악 일가의 거처로 데리고 갔다.

거기에는 불이 꺼져 있었다.

「지난번에 다리우스의 어머니를 인터뷰하러 왔을 때 응접실 벽에 걸려 있는 액자들을 눈여겨봤어요. 빈집털이를 하던 시절의 습벽이 아직 남아 있는 셈이죠.」

「옛날에 명화들을 훔쳤어요?」

「액자들 가운데 유난히 눈에 띄는 것이 하나 있었어요. 벽에 너무 찰싹 달라붙어 있는 게 이상해 보이더라고요. 벽과 액자 사이에 틈새가 없다는 것은 액자에 경첩이 달려 있어서 문처럼 열린다는 뜻이에요. 아마 그 액자 뒤에 금고가 있을 거예요.」

그들은 휴대 전화기의 불빛으로 앞을 비추며 조용히 나아갔다.

뤼크레스는 금박으로 장식된 액자들이 걸려 있는 벽 쪽으로 갔다. 액자들마다 사진이 끼워져 있고 각각의 사진에는 〈이게 재미있어 보입니까?〉라는 말과 함께 번호가 적혀 있었다. 타이태닉호, 캄보디아의 독재자 폴 포트, 전기의자에 앉은 남자, 복면을 쓴 채로 한 사람의 목을 조르고 있는 KKK 단원들, 히로시마 원폭 투하.

뤼크레스는 히로시마 원폭 투하 사진이 담긴 액자 쪽으로 곧장 걸어갔다.

아닌 게 아니라 액자 뒤에 액정 모니터가 장착된 금고가 감춰져 있었다.

그녀는 금고를 찬찬히 살폈다.

「열 수 있겠어요?」

「내가 다뤄 본 것들보다 나중에 나온 모델이에요. 그래도 해내야죠.」

그녀는 가방에서 전자 청진기와 초강력 네오디뮴 자석 세트를 꺼냈다.

「자석들을 잘 놓아서 내부의 메커니즘을 조작하는 게 요령이에요. 불빛을 더 높이 비춰 줘요.」

이지도르는 시키는 대로 했다. 그녀는 자석들을 금고 문에 대고 청진기로 소리를 들어 가면서 몇 밀리미터씩 이동시켰다. 그러기를 몇 차례 하고 나자 마침내 문이 열렸다.

금고 안에는 코카인 봉지며 지폐 다발과 함께 작고 납작한 철제 상자가 들어 있었다. 상자의 뚜껑에는 〈BQT〉라는 세 글자가 씌어 있었다.

「빙고.」

뤼크레스는 상자가 폭탄이라도 되는 양 조심조심 집어서 이지도르에게 건네주었다.

그런데 그녀는 히로시마 사진을 원래대로 해놓으려다가 눈에 보이지 않는 장치를 건드리고 말았다.

즉시 보안 장치가 작동되면서 사이렌이 울리고 빨간 전등들이 깜박거리기 시작했다.

한 남자가 권총을 들고 나타났다. 그의 얼굴에 미소가 번졌다.

「설마 했는데 이젠 모든 게 분명해졌어.」

그는 그녀에게 총을 겨눴다.

「마드므와젤 넴로드, 슬픈 표정의 어릿광대를 쫓고 있다고? 자기 자신을 쫓는 중이었군그래.」

99

서기 1689년.

영국, 런던.

곡마 극장의 주인 피터 플래너건은 한걱정을 하고 있다. 날이 갈수록 관객이 줄어들기 때문이다. 곡마사들 탓이 아니다. 그는 최고 수준의 곡마사들을 거느리고 있다. 말을 뒷발로 일으켜 세우기나 한 치의 오차도 없이 멈춰 세우기 같은 것은 물론이고, 이중 풍차(곡마사가 두 다리를 말의 목에 이어 엉덩이 위쪽으로 지나가게 하면서 회전하는 것), 거꾸로 선 가위(곡마사가 물구나무를 서며 다리를 교차시키는 것), 한 손 짚고 말타기 같은 묘기를 부릴 수 있는 사람들은 그의 곡마사들밖에 없다. 그들은 모두 근위 기병대 출신이다. 특히 이 곡마 극장의 대스타인 윌리엄 맥퍼슨 대위로 말하자면 한때는 국가의 영웅 대접을 받던 군인이었다.

이런 상황이 계속된다면 곡마사들은 실업 상태에 빠지게 될 것이고, 피터 플래너건은 명성 높은 곡마 극장을 팔아넘겨야 할 판이다.

주인이 그런 서글픈 생각을 곱씹고 있는 동안 무대에서 사고가 벌어진다. 몇십 명의 관객을 앞에 두고 한창 공연을 벌이는 중에 마부 조지프 암스트롱이 또다시 술에 잔뜩 취해서 아주 고약한 짓을 저지른 것이다. 마부는 안전 울타리를 넘어가서 곡마사 윌리엄 맥퍼슨의 뒤를 졸졸 따라다닌다. 곡마사는 애써 모르는 척하며 꼿꼿한 자세를 완벽하게 유지하고 있다. 마부는 실없는 소리를 지껄이고 곡마사를 우스꽝스럽게 흉내 내면서 낄낄거린다. 그다음에는 곡마사가 아니라 말을 성가시게 한다. 괴성을 내지르며 말의 꼬리를 잡아당기기 시작한 것이다.

피터 플래너건은 해도 너무한다 싶어 술주정뱅이 마부를 쫓아 버리기로 결심한다. 그런데 그가 불같이 화를 내려던 참에 너무 큰 신발을 질질 끌며 뛰어다니던 마부가 앞으로 고꾸라지며 바닥에 이마를 찧는다. 관객들은 즉시 폭소를 터뜨리며 박수를 보낸다. 그러자 마부는 관객들이 자기를 응원하는 것으로 알고 넙죽 인사를 올리더니 마치 말을 물어뜯기라도 할 것처럼 이를 드러내고 다시 말을 쫓아간다.

곡마사는 말을 더욱 빨리 몰아 댄다. 하지만 마부는 공연장을 가로질러 말을 따라잡고는 이를 드러내며 말을 위협한다. 참다못한 곡마사는 말에서 내려 그 방해꾼을 쫓아내려고 한다. 마부는 뜻밖의 즐거움을 찾는 관객들의 격려를 받으며 달음박질을 친다. 이리하여 공연은 오히려 큰 성공을 거두는 것으로 끝난다. 극장 주인은 명백한 사실을 인정하지 않을 수 없었다. 관객들이 그토록 열광하는 것은 본 적이 없었다. 주인은 마부를 쫓아내기는커녕 이튿날도 똑같은 방식으로 관객들을 웃겨 보라고 요구한다. 그러면서 이왕이면 마부가 술꾼이라는 것을 누구나 금방 알 수 있도록 코를 빨갛게 칠하고, 아주 헐렁한 옷과 더 커다란 신발을 착용하여 복장도 훨씬 더 허술해 보이도록 하자고 제안한다.

이튿날에는 플래너건 극장에 관객들이 꽉 들어찬다. 전날의 공연에 관한 소문이 입에서 입으로 퍼진 것이다. 처음에 관객들은 유명 곡마사 윌리엄 맥퍼슨의 고난도 묘기를 흥미롭게 지켜본다. 그러더니 이내 〈술꾼! 술꾼〉을 연호한다. 이윽고 마부가 나타나자 객석은 즉시 웃음바다로 변한다. 마부는 전날과 거의 똑같은 활약을 보여 준다. 다만 이번에는 윌리엄 맥퍼슨 대위가 화를 참지 못하고 말에서 내려 마부를 붙잡은 뒤에 주먹으로 마부의 배를 내지른다. 관객들은 격렬한 야유를 보낸다. 자기들은 똑똑한 자의 편이 아니라 자기들을 웃기는 자의 편임을 보여 준 것이다. 그날 저녁 극장 주인은 윌리엄 맥퍼슨 대위를 해고하고 마부 조지프 암스트롱의 급료를 올려 준다.

그날부터 플래너건 곡마 극장은 연일 대만원을 이룬다. 그러자 다른 곡마 극장들도 앞다투어 자기들의 〈술꾼〉을 만들어 낸다. 사람들은 이 새로운 광대에게 〈클라운〉이라는 이름을 붙인다. 이 이름은 〈어수룩한 시골뜨기〉를 뜻하는 영어의 〈클로드〉라는 말에서 유래한 것이다.

이 공연의 원리는 클라운이 곡마사를 돋보이게 하는 것이다. 클라운은 곡마사의 동작을 똑같이 흉내 내려고 하지만 매번 어설프고 우스꽝스럽다. 하지만 관객들은 오히려 그런 모습을 보며 즐거워한다. 곡마사의 진지한 몸짓과 클라운의 서툰 흉내가 크게 대비를 이룰수록 관객들은 더 많이 웃는다.

그 대비 효과를 높이기 위해 곡마사는 순수함과 고결함을 상징하는 흰색의 옷을 입고, 클라운은 코에 빨간 공을 붙인 채 요란한 색깔의 옷을 입는다.

어느덧 클라운이 없는 곡마 공연은 자취를 감추고 클라운의 역할은 점점 중요해진다. 급기야는 주객이 전도되어 말과 곡마사마저 또 다른 클라운에게 자리를 내주게 된다.

사람들은 곡마사 대신 클라운에게 하얀 옷을 입히고 하얀 모자를 씌운다. 그리고 표정이 깐깐해 보이도록 커다란 눈썹을 붙여 준다. 이름 하여 〈화이트 클라운〉이 탄생한 것이다.

한편 코에 빨간 공을 붙인 원래의 클라운은 거창하게도 로마 황제 아우구스투스를 패러디한 〈오귀스트〉라는 이름을 얻게 된다. 때로는 화이트 클라운에 대응하여 그냥 〈레드 클라운〉이라 불리기도 한다. 이 클라운은 거동과 재주넘기의 희극적인 효과를 높이기 위해 빨간 체크무늬가 들어간 옷과 찌그러진 펠트 모자와 엄청나게 긴 신발로 우스꽝스럽게 분장한다.

공연의 시나리오는 이렇게 달라진다. 화이트 클라운이 레드 클라운에게 매우 중요하고 까다로운 일을 맡긴다. 레드 클라운은 주의 깊게 듣고 나서 열심히 하겠다고 약속한다. 하지만 화이트 클라운의 지시와 조언에도 불구하고 데퉁바리 레드 클라운은 제 딴엔 잘하고 있다고 생각하면서 잇달아 사고를 친다. 그때마다 효과를 높이기 위해 북이나 심벌즈 소리가 울린다.

하지만 관객들은 결국 이 공연에도 싫증을 내게 된다. 그리하여 클라운들의 쇼는 그저 곡마단의 여러 흥행물 가운데 하나로 그 지위가 떨어지고 만다.

그래도 당시에 클라운들의 쇼는 아이들이 가장 좋아하는 흥행물이었다. 아이들뿐만 아니라 아이들을 데려온 부모들도 대개는 클라운들을 좋아했다. 덕분에 대다수의 클라운들은 부와 명성을 누리며 살았다.

한편 이 인물의 창시자인 조지프 암스트롱은 영광의 절정에서 은퇴하여 프랑스로 건너갔다. 그런 다음 브르타뉴에 본부를 둔 어느 비밀 결사의 일원이 되었다. 사람들의 눈길이 미치지 않는 그곳에서 그는 분장과 연출 기법과 갖가지 동작 개그를 심층적으로 연구했다.

유머 기사단 총본부 편, 『유머 역사 대전』 중에서

100

「음…… 지금 내가 당신 눈에 어떻게 보이는지 알아요. 별로 좋은 모습이 아니라는 것도 인정하고요.」

타데우시 워즈니악은 여전히 그녀 쪽으로 총을 겨누고 있었다.

뤼크레스는 이지도르를 눈으로 찾았지만 그가 보이지 않았다. 어느새 철제 상자를 가지고 달아난 모양이었다. 이제 BQT를 손에 넣었으니 그가 잡히지 않도록 시간을 끌어 주기만 하면 되는 것이었다. 그녀는 상대를 어떻게 다루는 게 좋을까 하고 재빨리 머리를 굴렸다. 공포라든가 돈 같은 열쇠로 상대의 마음을 열 수 없으리라는 것은 분명했다.

「좋아요. 내가 다 해명할게요. 이왕이면 당신 방으로 가서 조용히 얘기할까요?」

「아니, 나는 여기가 더 좋은걸.」

유혹이라는 열쇠도 통하지 않는 것이었다.

「카드는 당신이 쥐고 있어요. 당신이 더 강하다는 것을 인정해요.」

「내가 보기엔 당신도 만만치 않아. 내 동생을 죽이고 극장을 파괴하는 것도 모자라서 여기까지 오다니, 이런 것을 두고 겁대가리가 없다고 하는 건가?」

나르시시즘도 통하지 않으니 어서 다른 열쇠를 찾아내야 했다.

「좋아요. 다 털어놓는 게 좋겠네요. 나는 슬픈 표정의 어릿광대가 아니에요. 나는 오히려 당신이 동생을 죽였다고 의심하고 있어요. 그래서 증거를 찾아내려고 여기에 온 거예요.」

진실이야말로 가장 훌륭한 지렛대라고 그녀는 생각했다. 그는 딱하다는 표정을 지었다.

「그렇다면 내가 반드시 너를 없애 버려야 한다는 것도 이해하겠네?」

실패였다. 그녀는 상대의 전문 영역인 유머를 시도해 보기로 했다.

「내가 당신이라면 주저 없이 쏘겠어요.」

그는 빙그레 웃었다.

「그래도 신사 체면은 지켜야지. 너한테 선택을 맡기겠어. 심장을 쏘아 줄까 머리를 쏘아 줄까?」

「내가 아무도 죽이지 말라고 했지!」

그들은 동시에 소리 나는 쪽을 돌아보았다.

안나 마그달레나 워즈니악이 얇은 반소매 잠옷 차림으로 문턱에 버티고 있었다.

「엄마, 거기서 뭐 해요? 가서 주무세요. 범죄를 실행하고 있는 도둑 하나를 잡았을 뿐이에요.」

「다 들었어. 그 여자를 죽이려고 했잖아! 나는 그녀가 누군지 알아. 『르 게퇴르 모데른』의 기자야.」

「그래서요?」

「사람을 죽이면 안 되지.」

「그만해요, 엄마. 이건 심각한 일이에요. 새벽 1시가 다 되어 가는데 기자가 무슨 볼일이 있어서 여기에 오겠어요? 그저 도둑이 사전 탐색을 하느라고 기자 행세를 했던 거예요. 엄마가 속았어요. 가서 주무세요. 내가 알아서 할게요.」

하지만 노부인은 그들 쪽으로 다가와서 아들의 한쪽 귀를 잡아당겼다. 아들은 아파서 얼굴을 찡그렸다.

「야, 네가 어미고 내가 아들이냐? 내가 네 똥을 닦아 주고 10년 동안 너를 재워 줬어. 그런데 나보고 가서 자라니! 그건 네가 할 소리가 아니지.」

열쇠는 바로 어머니였다. 뤼크레스는 부모가 없어서 미처 생각지 못했지만, 그건 아주 강력한 열쇠인 듯했다. 대부분의 남자들은 어머니가 나타나는 순간 사내아이로 변한다. 카이사르나 알 카포네도 자기들 어머니 마음에 들지 않는 아들이 될까 봐 두려워했을 것이다. 그렇다면 이럴 때는 굳이 나서지 말고 어머니한테 모든 것을 맡기는 게 상책이었다.

「엄마, 영문도 모르면서 왜 이러세요?」

「입 다물어. 네가 무슨 짓을 하는지 내가 모를 줄 알아? 내가 너무 오랫동안 아무 말도 안 하고 있었더니 나를 맹문이로 아는 모양인데, 이젠 끝났어. 사람을 다치게 하거나 죽이는 짓은 두 번 다시 하지 마.」

「그만해요, 엄마. 귀가 아프잖아요. 내가 보기엔 이 사람이 다리우스를 죽였어요.」

「말도 안 되는 소리 작작 하고, 네 생각이 틀렸다는 것을 인정해. 자꾸 이러면 네 혓바닥에 비누칠한다.」

「왝! 비누는 안 돼요······.」

안나 마그달레나는 총열을 잡고 리볼버를 빼앗아서 자기 호주머니에 넣었다.

뤼크레스는 모자가 실랑이하는 틈을 놓치지 않고 줄행랑을 놓았다.

뒤쫓아 오는 사람은 아무도 없었다. 그녀는 왔던 길을 되밟아서 저택을 벗어나 사이드카를 세워 둔 수풀 쪽으로 달려갔다.

그녀는 이지도르가 벌써 도망쳤으리라 확신했다. 하지만 그는 헬멧을 쓰고 앉아서 휴대 전화기로 컴퓨터 게임을 즐기고 있었다.

그가 투덜거렸다.

「목이 빠지는 줄 알았어요.」

「의리 없기는······. 도망치지 말고 함께 싸울 수도 있지 않았나요? 당신은 비겁한 남자예요. 신사라면 위험에 빠진 여자를 두고 혼자 내빼지 않죠.」

그는 잠시 생각하다가 고개를 끄덕였다.

「듣고 보니 맞는 말이네요. 이제 오토바이에 시동을 걸고 빨리 도망치는 게 어떨까요? 그들이 곧 뒤쫓아 올 거예요.」

그들은 어둠 속을 달렸다. 충분히 멀어졌다는 생각이 들자, 뤼크레스는 오디오를 켜고 볼륨을 최대로 높였다. 록 밴드 〈핑크 플로이드〉의 명곡 「미치광이 다이아몬드여 빛나라」가 터져 나왔다.

이지도르는 〈BQT〉 상자를 무릎에 올려놓고 사이드카에 앉아 있었다. 헬멧으로 다 가리지 못한 그녀의 머리카락이 바람에 흩날렸다. 그녀는 마음이 뿌듯했다. 참으로 오랜만에 느껴 보는 기분이었다.

101

서기 1688년.
프랑스, 파리.
몰리에르가 죽은 지 15년이 지나서 피에르 카를레 드 샹블랭 드 마리보가 태어났다. 그는 법학 공부를 한 뒤에 『누보 메르퀴르』에 이어 『스펙타퇴르 프랑세』의 기자가 되었다. 그는 부유한 변호사의 딸과 결혼했고, 아내의 지참금 덕택에 이내 많은 재산을 모으게 되었다. 그때부터 파리 사교계에 자주 나가면서 극작가가 되리라는 야심을 품었다.
그러던 그에게 고난이 닥쳤다. 1720년, 스코틀랜드인 존 로가 영국 은행을 모델로 삼아 설립한 〈일반 은행(왕립 은행)〉이 파산하는 바람에 그는 대부분의 재산을 잃고 말았다. 게다가 그가 처음으로 쓴 「아니발」이라는 비극 작품은 참담한 실패를 겪었다. 1723년에는 그의 아내가 세상을 떠났다.
실의의 나날을 보내고 있던 어느 날, 한 남자가 그를 찾아온다. 남자는 그의 작품이 심리 분석이라는 측면에서 아주 섬세하고 치밀하다면서 그의 재능을 비극보다 희극을 위해 사용하는 것이 좋겠다고 말한다. 그러면서 코메디아델라르테를 보고 몰리에르의 희극들을 상연하고 있는 극장에도 자주 가보라고 권한다. 하지만 마리보는 아카데미프랑세즈의 회원이 되겠다는 야망을 품고 있는 터라 자기는 오로지 진지한 장르에 속해 있는 비극만 쓰겠다고 대답한다.
그러자 남자가 다시 말한다.
「희극의 진가를 아직 모르시는 것 같군요. 대중이 좋아한다고 해서 작품이 형편없으리라고 속단하시면 안 됩니다. 사람들을 웃기는 것은 눈물을 흘리게 하는 것보다 한결 어려운 일이죠.」

그 말은 마리보의 마음속에 긴 여운을 남긴다. 남자가 말을 잇는다.

「그리고 대중의 호감을 얻는 것은 비평가들의 호감을 얻는 것보다 한결 어려운 일입니다.」

마리보는 다시 놀라며 상대를 다른 눈으로 바라본다.

「따지고 보면 민중은 정신의 귀족을 자처하는 거만한 비평가들보다 훨씬 훌륭한 심판관입니다. 비평가들은 그저 덧없는 유행에 사로잡혀 있고, 그것에 편승해서 자기들의 영향력을 높이려 합니다. 시간이 지나고 나면 그게 다 헛된 놀음이었다는 사실이 드러나죠.」

마리보가 묻는다.

「당신은 누구십니까?」

「당신의 참된 재능을 일깨워 주러 온 사람입니다.」

「아닙니다. 무언가 숨기고 있는 게 있어요. 그런 느낌이 들어요.」

「그렇다면 어떤 사려 깊은 사람들의 모임에 속해 있다고 해두죠.」

「모임이라고요?」

「우리는 하나의 비밀 결사입니다. 우리가 하는 일들 가운데 하나는 이를테면 훌륭한 작가들이 비극 쪽에서 헤매지 말고 희극 분야에서 뛰어난 능력을 발휘하도록 도와주는 것입니다.」

「하지만 사람들을 웃긴다 한들 그게 세상에 도움이 되겠습니까? 그저 웃고 마는 것이죠.」

「그렇지 않습니다. 웃음은 그저 웃음으로 끝나지 않고 기억으로 이어집니다. 희극은 민중을 가르치고 감화시키는 데 비극보다 훨씬 큰 힘을 발휘할 수 있습니다. 어떤 말이 사람들의 웃음을 자아내면 그 말은 더 멀리 퍼져 나가고 더 오래도록 사람들의 기억에 남습니다. 당신은 사람들에게 웃음을 줌으로써 그들의 행동을 개선하는 데 많은 기여를 할 수 있을 거예요. 〈Castigat ridendo mores〉라는 라틴어 격언대로 웃음으로 풍속을 바로잡을 수 있는 것이죠.」

마리보는 그 신비로운 방문자에게 호기심을 느끼고 작가들이 엘리트주의에 젖어 비극 분야에서 헤매지 않도록 도와준다는 비밀 결사에 관심을 갖는다. 그때부터 마리보는 희극 작품을 써보려고 노력한다. 그것의 첫 결실이 「사랑 덕분에 우아해진 아를르캥」이다. 이 작품은 그런대로 좋은 반응을 얻는다. 비록 성대하지는 않아도 자신감을 얻기에는 충분한 성공이었다. 그리하여 「사랑의 놀라움」과 「이중의 변심」이 그 뒤를 잇는다.

하지만 마리보는 세상사를 너무 단순하게 그리는 연극에 안주하지 않고 철학적인 가치를 옹호하고자 한다. 그런 맥락에서 자유와 평등의 문제를 다룬 「노예들의 섬」과 여성의 상황을 다룬 「새로운 식민지」 등을 발표한다. 마리보는 이런 작품들을 통해 지배자들이 현실을 엄격한 틀이나 재래의 관습이나 낡은 제도 속에 가두려고 해도 결국은 인간의 본성이 승리한다는 것을 보여 주려고 한다.

마리보는 30편이 넘는 작품들을 발표한다. 이 작품들은 비평계의 냉대 속에서도 파리의 대중적인 극장들에서 자주 상연된다.

그의 가장 큰 적은 볼테르이다. 두 사람 모두 아카데미프랑세즈 회원의 자리를 노리고 있다. 그들은 서로를 비판한다. 볼테르가 보기에 마리보의 작품은 피상적이고 너무 가볍다. 반면에 마리보가 판단하기에 볼테르는 거만한 설교자이다.

아카데미프랑세즈 회원 자리를 둘러싼 두 사람의 치열한 경쟁은 1742년 마리보의 승리로 끝난다.

하지만 그런 영예에도 불구하고 파리 비평계와 지성계의 배타적인 태도에는 변함이 없다. 그는 대중의 사랑을 받았지만 자기 작품들을 무대에 올리는 데 갈수록 어려움을 겪는다. 그러다가 끝내 재능을 온전히 인정받지 못하고 가난 속에서 죽음을 맞는다.

그 뒤로 한 세기가 지나서 생트뵈브가 그의 작품들을 재발견한다. 덕분에 그의 작품들이 다시 상연되기 시작한다. 이번에는 관객들과 평론가들 모두가 열광한다. 그리하여 마리보는 프랑스에서 몰리에르 다음으로 많이 상연되는 희극 작가가 된다.

유머 기사단 총본부 편, 『유머 역사 대전』 중에서

102

이지도르는 〈BQT〉 세 글자가 선명하게 적힌 철제 상자의 표면을 쓰다듬었다. 그러고는 잠금장치를 움직여 보았다. 빗장도 걸려 있지 않고 자물쇠로 잠겨 있지도 않았다.

뤼크레스는 그를 말리려고 자기도 모르게 손을 뻗었다.

「걱정 말아요, 뤼크레스. 무엇을 두려워하는 거죠?」

「예감이 불길해요. 다리우스는 이 물건을 손에 넣었다가 젊은 나이에 죽었어요.」

이지도르는 어깨를 으쓱해 보였다.

「어린애처럼 굴지 말아요. 글이 사람을 죽일 수는 없어요. 글이란 그저 낱말들이 모인 것이고, 낱말이란 작은 기호들의 연속체일 뿐이잖아요.」

그는 그녀를 어깨로 밀어내고 철제 상자의 뚜껑을 열었다.

그러고는 뤼크레스에게 눈도 주지 않고, 안에 들어 있는 문서를 집어서 읽기 시작했다.

뤼크레스는 눈을 감았다.

……이지도르는 곧 죽을 거야. 이 취재는 결국 나에게 가장 소중한 사람을 죽이는 것으로 끝나고 말 거야. 마리앙주 말이 맞아. 나는 근본적으로 마조히스트야. 무슨 일을 하든 내가 가장 소중하게 생각하는 것을 잃는 쪽으로 움직이는 경향

이 있어. 이젠 이지도르마저 잃게 될 거야.

그는 계속 읽고 있었다.

뤼크레스는 그를 살피다가 무심코 눈살을 찌푸렸다. 보아하니 우스갯소리가 조금 길고 복잡한 모양이었다.

그녀는 그의 반응이 나타나기를 기다렸다. 그는 한 페이지를 넘기고 계속 읽어 나갔다. 한 쪽짜리 문서가 아니라는 얘기였다.

그는 진지한 표정으로 고개를 끄덕이더니 세 번째 종이로 넘어가서 자못 학구적인 태도로 죽 훑어 나갔다. 그의 얼굴에 언뜻언뜻 놀라는 기색이 스쳐 갔다. 이따금 호기심이나 흥미를 느끼는 것 같은 표정이 어리는가 하면, 설핏한 미소가 번지기도 했다.

그녀는 조바심이 나서 견딜 수가 없었다. 이 남자가 죽는 거야, 안 죽는 거야 하는 생각마저 들었다.

이지도르는 손가락에 침을 묻혀 또 한 페이지를 넘겼다.

「그래, 그게 무슨 얘기예요?」

「이거 정말 놀라운데요.」

「그게 뭔데요? 어서 말해 봐요!」

「쳇…… 이걸 읽으면 죽을 거라면서 벌벌 떨 때는 언제고. 나 때문에 당신이 죽는 것을 바라지 않아요. 당신은 너무 젊어요.」

그는 다시 한 페이지를 넘겼다.

「나도 보게 해줘요.」

「어허…… 당신한테는 위험할 수도 있어요. 나는 버티고 있지만 당신은…….」

그녀는 머뭇거리다가 그의 손에서 문서를 빼앗으려고 했

다. 하지만 그는 때맞춰 몸을 돌렸다.

「안 돼요. 너무 위험하다니까요. 내가 얘기해 줄게요.」

그녀가 다시 문서를 빼앗으려고 하자 그는 숫제 그녀를 등지고 돌아서서 몸을 방패로 삼았다. 그러고는 해설을 시작했다.

「이 연구에 따르면, 3천 년 전에 어떤 사람이 BQT를 창안했대요. 솔로몬왕의 고문관이었던 니심 벤 예후다라는 사람이에요. 그는 〈해학 공방〉이라는 비밀 연구소를 만들어서 〈누구든 읽기만 하면 숨이 끊어질 정도로 충격을 받게 되는 텍스트〉를 개발했어요. 그러고는 바로 죽었다는데, 아마도 자신의 창작물에 희생당한 게 아닌가 싶어요.」

뤼크레스는 싸움을 포기하고 의자에 앉아서 그의 말에 귀를 기울였다.

이지도르는 맞은편 의자에 앉아서 문서를 보며 설명을 이어 나갔다.

「그 뒤에 신바빌로니아 사람들이 솔로몬 성전을 파괴할 때 베냐민 지파의 임마누엘이라는 사람이 그 보물을 가지고 아테네로 도망쳤어요. 그는 그것을 당대의 희극 작가인 에피카르모스에게 넘겨주었답니다.」

「자기는 읽지 않고요?」

「그런가 봐요. 그 문서를 손에 넣는 사람들에게 내려진 권고, 즉 펼치지도 말고 읽지도 말라는 권고를 따랐겠죠.」

「그다음엔요?」

「몇 대에 걸쳐 여러 희극 작가들의 손을 거쳤어요. 아리스토파네스, 메난드로스, 플라우투스, 테렌티우스 아페르. 그다음엔 로마에서 사라졌다가 갈리아 지방에서 사모사타의 루키아노스라는 작가가 다시 찾아냈다는군요.」

「잘은 몰라도 교과서에 나오는 역사하고는 거리가 먼 것 같은데요.」

「13세기에 십자군 기사들이 솔로몬 성전의 지하실에서 파란 목갑에 담긴 그〈마법적인 문서〉의 사본을 찾아냈어요. 그들은 히브리어로 된 그 문서를 번역자들에게 옮겨 달라고 했어요. 번역자들은 번역을 끝내자마자 죽었답니다. 십자군 기사들은 그 문서가 매우 위험하다는 것을 알아차리고 스스로를 보호할 수 있는 방법을 생각해 냈어요.」

그는 잠시 뜸을 들이며 서스펜스를 높였다.

「문서를 세 부분으로 나누어서 각기 다른 목갑에 담았던 것이죠. 각 부분을 목갑에 담은 사람들은 저마다 자기 것만 보았지 다른 사람들 것은 보지 못했어요. 그리고 서로 이야기를 나누지도 않았고요. 그런 식으로 해서 BQT를 너무 위험하지 않게, 그리고 운반이 가능하도록 만든 것이죠.」

「현명한 방법이네요.」

「그 기사들은 성전 기사단 소속이었어요. 당연히 BQT는 성전 기사단의 보물에 포함되었고, 그들의 정신적인 비밀 무기가 되었죠. 실제로 그들은 자기들의 수장인 자크 드 몰레가 처형당한 뒤에 그것을 사용해서 기욤 드 노가레와 미남왕 필립에게 차례로 복수를 했어요. 심지어는 교황 클레멘스 5세에게까지 복수를 했다는군요. 이 연구에 따르면, 그들 세 사람은 저마다 우연히 어떤 서랍이나 상자를 열었다가 종이 한 장을 발견했고, 거기에 쓰인 것을 읽자마자 죽었답니다.」

「BQT가 자크 드 몰레의 저주를 실현하는 무기가 된 셈이로군요.」

이지도르는 대답하지 않고 다음 페이지로 넘어갔다. 문서의 내용에 무척 흥미를 느끼는 모양이었다. 뤼크레스는 조바심을 냈다.

「그래서요?」

「그 뒤로 성전 기사들은 스코틀랜드로 망명해서 로버트 1세의 지원을 받아 비밀 결사를 창설합니다.」

「그게 유머 기사단인가요?」

「그들은 의례와 위계 제도와 복장을 정하고 단체의 규약을 만들어요. 초대 그랜드 마스터는 다비드 발리올. 공식적으로는 궁정 광대였고, 비공식적으로는 왕의 막후 조언자이자 첩보 기관의 우두머리였대요.」

상상력이 풍부한 뤼크레스의 머릿속으로 몇 가지 이미지가 스쳐 지나갔다. 킬트 차림의 스코틀랜드 남자들이 밀폐된 장소에 모여 유머의 이름으로 선서를 하는 장면······.

이지도르는 마치 달콤한 사탕을 맛보려는 아이처럼 눈을 반짝이고 있었다.

「스코틀랜드의 총본부는 일부 기사들을 파견하여 지부를 세우기로 결정해요. 그에 따라 열두 명의 기사가 에스파냐로 떠납니다. 그들은 톨레도에 정착하여 순조롭게 세력을 확장해 나가죠. 그런데 단원 한 사람이 배신하는 바람에 이사벨 왕이 그들의 존재를 알게 돼요. 왕은 솔로몬 시대의 보물을 손에 넣으려고 종교 재판소를 시켜 유머 기사단 단원들을 추적하게 하죠. 그래서 에스파냐의 유머 기사들은 왕을 상대로 그 무기를 사용하기로 해요. 결국 왕은 죽었고 당시 사람들은 왕의 사망 원인을 〈심장 마비〉로 추정했답니다.」

「사실 역사에 기록된 심장 마비의 사례는 많지만, 그게 진짜 사망 원인인 경우가 얼마나 될까요? 유머 기사단의 BQT 공격이 진짜 사망 원인인 경우도 적지 않았나 보죠?」

「어쨌거나 유머 기사단의 일부 단원들은 마라노스, 즉 강압에 못 이겨 개종한 유대인들과 함께 콜럼버스의 탐험대에 합류합니다. 그들이 타고 간 쾌속 범선들의 돛에는 유머 기사단의 상징이 찍혀 있었대요. 가지가 끝으로 갈수록 넓어지는 빨간 십자가가 하얀 바탕에 찍혀 있었던 것이죠.」

「박해받던 유대인들과 유머 기사단 기사들이 BQT를 위한 성소를 마련하기 위해 신대륙으로 건너간 건가요?」

이지도르는 더 읽어 가다가 안타까워하는 기색으로 설명했다.

「하지만 카리브해의 산토도밍고섬에 정착한 유머 기사단 지부는 얼마 못 가서 사라지고 맙니다. 〈절대로 읽지 마십시오〉라는 말이 적혀 있는 목갑을 가지고 있던 사람이 실수로 뚜껑을 여는 바람에 그랬다는군요.」

뤼크레스는 BQT가 마치 치명적인 바이러스처럼 작용한다고 생각했다. BQT는 호기심이라는 약점을 지닌 사람들에게 작용하고 있었다. 〈도대체 이게 뭘까?〉라는 질문을 던지는 순간 그들은 이미 한 발을 무덤에 들여놓은 것이었다. BQT는 유전자 서열을 문장의 서열로 대체한 치명적인 바이러스였다.

그녀는 점점 더 호기심을 느끼며 이지도르에게 다가들었다.

「그러니까 15세기에 아메리카로 건너간 지부는 완전히 사라졌다 이거죠?」

「하지만 스코틀랜드 총본부는 계속 발전해 가요.」

「그들은 사본 하나를 세 개의 목갑에 나눠서 보관하고 있었어요. 그렇다면 그것을 번역해서 BQT를 복제할 수도 있었겠네요?」

「그렇다고 봐야죠. 어쨌거나 영국의 헨리 8세는 당시에 〈스코틀랜드 철학자들〉이라고 불리던 그들을 보호해 주기로 결정해요. 아주 영민한 토머스 모어의 영향을 받은 것이죠.」

「토머스 모어요? 유토피아라는 말을 만들어 낸 그 인문주의자 말인가요?」

「맞아요. 그는 대법관이자 헨리 8세의 주된 조언자이기도 했어요.」

뤼크레스는 의자에 발을 포개고 앉아 이지도르 쪽으로 몸을 기울였다.

「그 결정은 나중에 가서 종교와 정치와 국제 관계의 측면에서 엄청난 결과를 야기합니다. 먼저 로마 교황청에서 BQT의 존재를 알게 돼요. 이단적인 성격을 지닌 강력한 비밀 무기에 대한 우려가 생겨난 것이지요. 교황청에서는 어떻게든 그 정신적인 무기를 손에 넣으려고 하죠. 그래서 교황 클레멘스 7세와 헨리 8세의 힘겨루기가 시작되고, 결국 헨리 8세는 가톨릭교회와 결별하고 영국 국교회를 세웁니다. 그다음에는 에스파냐의 펠리페 2세가 BQT에 관한 이야기를 들어요. 그는 무슨 수를 써서라도 그 무기의 실체를 알고 싶어 하죠. 그래서 몇 년 뒤에 교황의 지지를 얻어 무적함대를 파견합니다.」

「무적함대요? 영국 해협에서 큰 대포를 갖춘 민첩한 영국 배들과 맞붙었던 그 대규모 선단 말인가요?」

「그래요. 영국 함대에게 참패를 당하죠. 그런데 이 문서에서 주장하는 바에 따르면, 그 패배의 주된 원인은 무적함대를 지휘하던 에스파냐의 메디나 시도니아 공작이 전투 도중에 갑자기 심장 마비로 쓰러진 것이라네요.」

「설마…… 그것도 BQT 때문이라고 주장하는 건 아니겠죠?」

「이 연구자는 유머 기사단 사람들이 그 전투에도 개입한 것으로 생각하고 있어요.」

이지도르는 녹차를 한 잔 따라 마셨다. 그런 다음 조금 더 읽고 나서 말을 이었다.

「그런데 영국의 정세가 달라져요. 헨리 8세의 딸 엘리자베스 1세가 그때까지 그들을 지지해 주다가 생각을 바꾼 것이죠. 유머 기사단은 총본부의 첫 소재지였던 선택받은 땅 스코틀랜드로 돌아가요. 그들은 일체의 사회생활에서 물러나, 생활 규범을 새로이 정하고 어느 성관에서 은거합니다. 프리메이슨들이 대성당 건축의 전문가들이라면 그들은 유머 창작의 전문가들이 되죠. 프리메이슨들이 높고 복잡한 건물을 짓는다면 그들은 간결하고도 심오한 이야기를 짓습니다.」

「정말 놀라운 이야기예요.」

「유머 기사단은 영국의 여러 극작가에게 영감을 주었어요. 덕분에 셰익스피어는 자신의 가장 훌륭한 희극인 〈말괄량이 길들이기〉를 썼고, 벤 존슨은 〈연금술사〉를 썼다는군요. 하지만 영국이 소요와 분쟁의 시기를 맞게 되자, 유머 기사단의 활동은 더욱 은밀해집니다. 반면에 유럽의 다른 나라들, 특히 프랑스에서는 유머 기사단 지부가 크게 발전해 가죠.」

「원천으로 돌아간 셈인가요?」

「이 연구자는 유머 기사단을 이끌었던 그랜드 마스터들을 언급하고 있어요. 초기에 기사단의 기반을 닦았던 인물로는 에라스뮈스와 라블레가 있고, 그 뒤의 프랑스 사람으로는 라퐁텐, 르사주, 피에르 코르네유…….」

「몰리에르가 아니고요?」

「아뇨, 몰리에르는 안 나와요. 그 시대의 극작가로는 코르네유만 들어가 있어요.」

「그다음엔 누가 있나요?」

「이 조사를 통해 알아낸 유머 기사단의 마지막 그랜드 마스터는 피에르 오귀스탱 카롱 드 보마르셰랍니다. 그는 1799년에 BQT를 읽고 세상을 떠났다는군요.」

「〈세비야의 이발사〉를 쓴 보마르셰인가요?」

이지도르는 다시 손끝에 침을 묻혀 마지막 페이지를 넘겼다.

「그다음엔요?」

「그 이상은 없어요. 이 연구는 보마르셰에서 끝나요.」

그들은 말없이 생각에 잠겼다. 이지도르는 일종의 평행 역사를 접했다고 느꼈다. 우리에게 전혀 알려져 있지 않은 평행 우주가 있다면, 역사책에 전혀 나오지 않는 평행 역사도 있을 것이었다. 여러 가지 점에서 결함이 많은 연구였다. 중요한 사실들이 누락된 것은 물론이고 일부 사실들이 미화되거나 왜곡되기도 했다. 그럼에도 이 연구는 역사를 바라보는 완전히 새로운 시각을 제공하고 있는 듯했다. 이 연구를 요약하자면 유머의 수호자들이 사회 발전의 은밀한 촉진제로 기능하면서 휴머니즘의 가치를 옹호해 왔다는 얘기였다.

그들의 무기는 희극, 소극, 소담 등이고, 그들의 절대 무기는 BQT였다.

이지도르는 창가로 가더니, 그 믿기 어려운 정보들을 소화하려는 듯 파리의 밤공기를 허파 가득 들이마셨다.

그녀가 말했다.

「이건 하나의 보고서지 〈문제의〉 살인 소담이 아니에요. 그러니까 타데우시가 동생을 죽였다는 당신의 가정은 쪼그랑 가죽처럼 오그라들고 있는 셈이에요.」

「뤼크레스, 아이처럼 굴지 말아요. 누구나 잘못 생각할 권리가 있어요. 우리는 소설 속에 있는 게 아니에요. 현실에서 사람들은 먼저 추정을 하고 그것을 바탕으로 진실을 추적해 나가요. 조금 돌아가느냐 지름길로 곧장 가느냐의 차이는 있지만, 어쨌든 그런 식으로 진실에 접근해 가는 거죠. 그리고 나는 우리 조사가 어느 정도 진척되었다고 생각해요.」

「쳇⋯⋯ 그릇된 실마리를 쫓느라고 헛고생만 한 꼴인걸요. 당신 소설을 위한 소재가 늘어났다는 점에서는 진전이 있었다고 할 수도 있겠죠. 하지만 다리우스의 죽음에 관해서 취재하고 있는 내 입장에서 보면 여전히 원점에서 맴돌고 있는 기분이에요.」

이지도르는 갑자기 무언가에 생각이 미친 듯 문서를 집어들고 요모조모 살폈다. 그의 얼굴에 득의에 찬 미소가 번졌다.

「이번엔 또 뭘 찾아냈어요?」
「이 글을 작성한 사람의 이름을 보세요.」

서기 1794년.

프랑스, 파리.

시계의 톱니바퀴가 째깍째깍 돌아가기 시작한다. 피에르 오귀스트 드 보마르셰는 자기의 작업 결과에 만족하며 미소를 짓는다. 그때 거리에서 요란한 소리가 들려온다. 그는 창가로 가서 거리를 내려다본다. 창날에 꿰인 머리들이 지나간다.

「이건 좀 도가 지나친걸.」

그는 시계의 태엽 장치를 더욱 정교하게 조절한다. 그는 전문적인 시계 제작자였던 아버지에게서 복잡한 기계 장치에 관한 취미를 물려받았다.

밖에서는 이제 군중이 「카르마뇰 춤을 춥시다」라는 노래를 합창하고 있다. 그는 창문을 열고 군중을 바라본다. 그들은 샤틀레 광장에 설치된 기요틴 쪽으로 서둘러 가고 있다.

그는 눈을 감고 시계공의 도구들을 내려놓은 다음 회상에 젖는다.

피에르 오귀스트 드 보마르셰는 24세에 마들렌 카트린 오베르탱과 결혼했다. 그녀는 그보다 열 살이나 연상이었지만 재산이 아주 많았다. 그런데 1년 뒤에 그녀가 갑자기 세상을 떠나는 바람에 저주스러운 재판이 벌어졌다. 사람들은 그가 아내를 살해했다고 의심했다. 하마터면 그의 야망이 물거품으로 변할 뻔했다. 하지만 그는 가까스로 궁지에서 벗어났다.

그런데 그 첫 결혼과 아내의 죽음과 유산 상속은 모험가 보마르셰가 겪게 될 파란만장한 삶의 시작일 뿐이었다. 1759년, 그는 꾀바른 계책을 사용해서 루이 15세의 딸들에게 하프를 가르치는 음악 선생이 되었다. 그때 왕실 재정관과 우정을 맺었고 그의 권유에 따라 과감한 투자에 나섰다. 덕분에 빠르게 큰 재산을 모았고 왕의 비서라는 직책도 얻게 되었다.

그때부터 그는 자기가 좋아하는 희극에 몰두할 수 있었다. 그는 작은 극장들을 겨냥한 소품들을 썼다. 「70리 장화」, 「지르자벨」, 「장터의 바보 장」이 바로 그것들이었다.

그 뒤에 그는 준비에브마들렌 바트블레드와 재혼했다. 그녀는 이듬해에 죽었다. 사망의 정황이 첫 아내의 경우와 비슷했다. 그는 죽은 아내의 재산을 물려받았다. 처음보다 훨씬 많은 막대한 유산이었다. 그는 살인과 유산 횡령의 혐의로 다시 재판을 받았다. 이 모욕적인 재판의 경험은 훗날 『소송 회고록』이라는 책에 고스란히 반영되었다.

그는 이번에도 가까스로 궁지에서 벗어났다. 그런 다음 마리테레즈 빌레르몰라스를 세 번째 아내로 맞이하고 왕의 밀사로 활약하기 시작했다. 그는 네덜란드, 독일, 오스트리아 등지를 여행했다. 오스트리아에서는 첩보 활동 혐의로 체포되어 얼마 동안 감옥살이를 하기도 했다. 그 뒤에는 다시 영국으로 가서 에옹 기사라는 프랑스 첩자가 확보한 비밀 문서들을 가져오기도 했다. 이 첩자는 사람들의 눈을 속이기 위해 여자로 변장하여 활동하고 있었다.

1775년 보마르셰는 외무 장관의 요청을 받고 미국의 정치 정세를 연구하러 떠났다. 그는 영국에 맞서 독립을 요구하는 식민지군을 공개적으로 지지하고 식민지군에게 무기를 보내도록 루이 16세를 설득했다. 그와 병행하여 그는 포르투갈 사람들과 함께 회사를 세우고 식민지군에게 화약과 탄약을 팔아 재산을 모았다. 그런가 하면 식민지군에게 개인 선단을 보내 영국군의 함대를 공격하는 데 가세하기도 했다.

마침내 부와 명성을 얻고 루이 16세의 지지까지 받게 된 보마르셰는 자기가 열렬히 좋아하는 일로 되돌아가 4막 희극 「세비야의 이발사」를 썼다. 이 작품은 즉시 큰 성공을 거두었다. 그는 5막 희극 「피가로의 결혼」으로 성공을 이어 갔다.

1790년 그는 혁명의 대의에 동참하여 파리 혁명 정부의 일원이 되었다. 그는 미국 독립 전쟁을 지원했던 자신의 무기 거래망을 이용하여 로베스피에르의 군대에 무기를 공급했다.

그는 혁명 정부를 지원한 공로를 등에 업고 작가와 작곡가 협회를 창설하여 처음으로 저작권의 정당성을 인정받게 했다. 마침내 문학 창작물에 대한 작가의 독점적인 권리가 인정되고 그것을 사용하는 사람들은 창작자에게 돈을 내야 하는 시대가 열린 것이다.

보마르셰는 시계를 내려놓는다.

광장에서 왁자한 환호성이 들려온다. 작업을 마무리하려면 정신을 집중해야 하는데 마음이 자꾸 산란해진다. 그는 창문을 닫는다.

그때 누가 문을 두드린다. 문을 열어 보니 유머 기사단의 동료 하나가 얼굴이 발개진 채로 숨을 헐떡이고 있다.

「어서 도망치세요. 그들이 와요! 〈반드시 보전해야 할 것〉을 꼭 챙기세요.」

보마르셰는 재빨리 금고를 열어 〈절대로 읽지 마십시오〉라는 문징과 〈BQT〉 세 글자가 적힌 목갑을 꺼낸다.

그는 잠시 머뭇거리다가 목갑을 가방에 담는다. 벌써 복도에서 군홧발 소리와 무기를 절그럭거리는 소리가 들려온다.

그는 시계와 권총과 바이올린을 더 커다란 다른 가방에 담는다. 병사들이 문을 두드린다. 더 지체할 시간이 없다. 그는 재빨리 뒷문으로 달아난다. 유머 기사단의 동료가 말들을 준비해 놓았다. 그들은 말을 타고 바람처럼 질주한다.

그들은 병사들을 충분히 따돌렸다고 생각하며 속도를 늦춘다. 그제야 보마르셰가 묻는다.

「도대체 무슨 일이 생긴 거지?」

「공안 위원회 위원들이 이성을 잃었어요. 서로 비난하면서 싸우더니 결국 과격파가 반대파를 처형했어요. 로베스피에르가 피에 굶주린 독재자로 변한 거죠. 그들은 당통까지 체포했어요.」

「당통을? 미쳤군!」

「피는 피를 부르는 법이죠. 이럴 때에는 멀리 떨어져 있는 게 상책입니다.」

「어디로 가는 거지?」

「멀리요.」

하지만 갑자기 바리케이드가 그들을 막아선다. 여기저기에서 병사들이 튀어나온다.

보마르셰가 말한다.

「이걸 가지고 달아나게. 저들이 원하는 것은 나야.」

동료는 보물이 들어 있는 가방을 들고 도망친다.

보마르셰는 그 자리에서 체포되어 〈수도원〉이라 불리는 감옥에 갇힌다. 그의 재판은 커다란 반향을 불러일으킨다. 그는 웅변가의 재능을 발휘하여 단두대를 모면하고 아직 영향력이 있는 몇몇 친구의 도움을 받아 함부르크로 망명한다. 그는 거기에서 혁명 정국이 안정되기를 기다리다가 1796년에 프랑스로 돌아와 회고록을 집필한다.

1799년 어느 날, 시계 제작자이자 하프 연주자이자 외교관이자 첩보원이자 무기 거래상이자 희극 작가이자 저술가였던 보마르셰는 기력이 다했음을 느끼고 삶을 포기하기로 결심한다. 그는 브르타뉴 모처의 비밀 장소로 가서 몇 개의 문을 통과한 뒤에 작은 목갑의 뚜껑을 연다. 몇 해 전에 그의 도주를 도와주려고 했던 동료가 가져다 놓은 목갑이다. 몇 초 뒤에 그는 입가에 미소를 머금은 채 죽는다.

유머 기사단 총본부 편, 『유머 역사 대전』 중에서

104

공룡의 뼈대가 천장을 온통 가리고 있다. 턱뼈에 날카로운 이빨들이 비죽비죽하다. 다시 살아나서 물어뜯을 것처럼 그 기세가 험악하다.

파리 자연사 박물관.

「그래요, 내가 다리우스를 위해 조사를 벌이고 그 보고서를 작성했어요. 직접적으로든 간접적으로든 유머의 세계와 관련된 사람이라면 누구나 한두 번쯤 다리우스를 위해서 일했을 겁니다. 우리가 지금 그런 시대에 살고 있는 거죠. 나는 연구원의 박봉만으로는 살아갈 수가 없어요. 그래서 유머 기사단의 역사에 관한 글을 써줬고 그 대가로 돈도 적잖이 받았어요.」

뤼크레스와 이지도르는 앙리 뢰벤브뤼크 교수를 따라 진화 전시관 안으로 나아가고 있었다. 공룡 다음에는 더 작은 파충류들이 나타났다. 뤼크레스는 길게 늘어선 그 동물들을 보면서 지능이라는 목표를 향해 나아가는 행렬 같다고 생각했다.

그녀가 물었다.

「왜 다리우스가 BQT에 그렇게 집착했을까요?」

「아마 잘 아시겠지만, 현재 세계 전역에 걸쳐서 수공업적인 유머와 산업적인 유머 사이에 전쟁이 벌어지고 있어요. 하지만 사실상 전세는 이미 산업적인 유머 쪽으로 기울었다고 봐야 합니다. 강자들이 점차로 약자들을 잡아먹고 있어요. 그게 진화의 법칙입니다. 공룡은 도마뱀을 잡아먹죠.」

「공룡은 결국 사라졌어요.」

「현재로서는 전쟁이 아직 끝나지 않았어요. 많은 것이 걸려 있는 전쟁이라서 어느 쪽도 쉽게 포기하지 않을 겁니다. 내가 보기엔 BQT를 손에 넣는 진영이 월등한 우위를 점하게 될 것이 분명해요. BQT는 성배, 아니 엑스칼리버예요. 이 성검을 손에 넣는 쪽이 일종의 정통성을 얻게 되는 것이죠.」

「교수님은 진영을 선택하셨군요. 도마뱀에 맞서서 공룡 편을 들기로 하셨나요?」

그녀가 말하자, 앙리 뢰벤브뤼크는 노란 턱수염을 쓰다듬으며 대답했다.

「그보다는 과거의 유머에 맞서 미래의 유머를 선택한 것이죠.」

「잘못 생각하신 거예요. 그건 미래가 아니에요. 유머란 아마도 대자본에 저항할 유일한 영역일 거예요. 산업적으로 아무리 많은 유머를 생산한다 해도 진짜 장인들이 지어내는 재미있는 이야기를 당하지는 못할 거라고 생각해요. 작은 것이 큰 것을 이길 수도 있어요. 교수님이 기대하시는 것과 전혀 다른 결과가 나올 수도 있다는 것이죠.」

그녀는 장식물 하나를 가리켰다. 유성우(流星雨)가 공룡들의 종말을 가져왔다는 가설을 설명하는 가상도였다. 그다음에는 털이 나 있는 작은 온혈 동물이 나타났다. 뾰족뒤쥐 형태의 동물이었다.

앙리 뢰벤브뤼크가 반박했다.

「한때 음악에 대해서도 그와 비슷한 얘기를 하는 사람들이 있었어요. 하지만 그건 소박한 바람일 뿐 현실은 아니에요. 요즘 젊은이들이 즐겨 듣는 이른바 〈톱 50〉에 올라 있는 음반들 들어 보신 적 있어요? 그 곡들의 멜로디는 이미 과거에 전 세계적으로 유행했던 것들을 바탕으로 해서 만들어진 거예요. 전문 기술자들이 약간 손질을 해서 그저 표절 시비가 생기지 않을 정도로만 다르게 만든 것이죠.」

이지도르가 끼어들었다.

「그래야 위험이 없거든요.」

「어쩌면 수학적인 그래프를 그려 가며 위험을 사전에 계산하는 것일 수도 있어요. 그 그래프를 다루는 게 바로 마케팅 전문가들의 일이죠. 그들은 경제 분야의 새로운 지배자들이에요. 그렇게 만든 것을 현란하게 포장하기만 하면 상품이 돼요. 뮤직비디오를 만들고 멋진 의상을 준비하면 되는 거죠. 한마디로 포장이 내용을 대신하는 판국이에요.」

교수는 알록달록한 빛깔의 새들을 가리켰다. 작은 공작의 일종이었다.

뤼크레스가 말했다.

「그건 그래요. 혁신이나 다양성을 추구하기가 쉽지 않은 상황이죠.」

「사실 음악 제작자들이나 코미디 제작자들은 가장 많은 사람들이 좋아할 만한 것을 찾아요. 그래서 오래전부터 창작자들에게 유행의 흐름을 충실히 따르도록 요구해 왔죠.」

이번엔 박제된 바다쇠오리들이 나타났다.

「유머의 경우에도 사정은 비슷해요. 웃음도 다른 것들과 마찬가지로 상품이 되었어요.」

그들은 코끼리, 사자, 표범, 타조, 영양 들 옆으로 천천히 나아갔다.

이지도르가 물었다.

「교수님 글을 읽어 보니까 보마르셰가 카르나크로 은퇴하는 대목에서 끝났더군요. 그런데 BQT의 실체에 대해서는 무엇을 알아내셨나요?」

그들은 고릴라, 침팬지, 오랑우탄이 있는 유인원 전시실에 다다랐다.

「유머 기사단에는 보마르셰 이후에도 그랜드 마스터가 계속 있었을 겁니다. 하지만 내가 확인할 수 있었던 것은 보마르셰까지예요. 그는 결국 알고자 하는 욕구에 굴복했어요. 그래서 판도라의 상자를 열고 텍스트를 읽은 뒤에 죽었죠.」

「그 글의 내용이 뭘까요?」

교수의 눈에서 갑자기 빛이 번득였다.

「내 생각엔…… 뭔가 아주 특별하고 마법적이고 엄청난 괴력을 지닌 것이에요. 정신의 원자 폭탄이죠. 아인슈타인은 물질의 비밀을 발견했고 그 발견에서 원자 폭탄이 나왔어요. 니심 벤 예후다는 정신의 비밀을 발견했고 거기에서 BQT가 나온 것입니다.」

그때 뤼크레스가 갑자기 얼어붙은 듯 멈춰 섰다. 그들의 왼쪽으로, 체구가 점점 당당해지고 직립 상태가 점점 좋아지고 있는 유인원들 사이에서 어떤 실루엣을 보았다는 느낌이 들었다. 유인원 무리의 끄트머리에 있는 밀랍 마네킹보다 조금 작을까 말까 한 실루엣이었다. 그녀는 혹시 슬픈 표정의 어릿광대가 자기를 염탐하는 것은 아닐까 하며 눈을 비볐다.

「뤼크레스, 무슨 문제가 있어요?」

「으음…… 아무것도 아니에요. 허깨비를 봤어요. 좀 피곤해서 그런가 봐요. 우리 뭐 좀 먹어야겠어요. 그러지 않으면 저혈당 발작을 일으킬지도 몰라요.」

앙리 뢰벤브뤼크 교수는 그녀에게 전혀 주의를 기울이지 않았다. 다른 것에 마음을 팔고 있는 듯했다.

「이 사건에 얽힌 정치적인 이해관계를 간과하면 안 돼요. 그게 바로 내가 이 보고서를 작성하면서 깨닫게 된 사실이에요. 유머는 이제 경제적인 무기일 뿐만 아니라 정치적인 무기이기도 해요.」

105

미국과 러시아와 중국의 최고 지도자들이 저마다 자동차를 타고 갈림길에 다다른다. 오른쪽 표지판에는 〈자본주의 가도〉라 적혀 있고, 왼쪽 표지판에는 〈사회주의 가도〉라 적혀 있다.

미국 대통령은 주저하지 않고 자본주의 가도로 접어든다. 처음엔 모든 게 순조롭더니 갑자기 노면에 균열이 나타나 차가 덜컹거리고 기름 웅덩이 때문에 차가 미끄러진다. 급기야는 길바닥에 떨어진 못들 때문에 타이어가 펑크 나는 일까지 벌어진다. 미국 대통령은 타이어를 갈아 끼우게 한 뒤에 가까스로 가던 길을 계속 간다.

러시아 최고 지도자는 왼쪽으로 난 사회주의 가도로 접어든다. 처음엔 모든 게 순조롭더니 얼마쯤 지나자 도로가 진창길로 변하면서 차가 꼼짝도 하지 않는다. 그래서 그는 차를 돌려 두 개의 표지판이 있는 갈림길로 되돌아간다. 그러고는 오른쪽으로 난 자본주의 가도로 들어선다.

중국의 최고 지도자는 좌우를 번갈아 살피다가 이윽고 운전기사에게 이른다.

「저 표지판들을 뒤바꿔 버려. 그런 다음 사회주의 가도로 가게.」

다리우스 워즈니악의 스탠드업 코미디
「관점의 문제」 중에서

106

그들은 중국 식당 〈마법의 파고다〉로 들어갔다. 손님이 한

사람도 보이지 않았다. 불을 환하게 밝혀 놓은 커다란 어항에서 주황색과 흰색의 물고기들이 노닐고 있었다.

여종업원이 종종걸음으로 다가와서 메뉴판을 내밀었다. 1백여 종류나 되는 요리들이 닭고기, 생선, 쇠고기, 돼지고기 등의 항목으로 분류되어 있었다.

이지도르는 새우딤섬을, 뤼크레스는 북경식 오리구이를 주문했다.

식당 주인은 고객들을 최대한 만족시키겠다는 일념으로 어항 위쪽에 대형 텔레비전을 설치해 놓았다. 24시간 뉴스 채널을 계속 틀어 놓는 텔레비전인 듯했다.

뤼크레스는 그제야 이지도르가 왜 자기를 이 식당으로 데려왔는지 알아차렸다. 그는 식사를 하면서 뉴스를 보려고 한 것이었다.

「뤼크레스, 너무 지쳐 있어요. 이제 쉬어야 해요.」

그는 그녀에게 칭다오 맥주를 따라 주었다. 그녀는 식전 주 안주로 나온 새우칩을 아귀아귀 먹었다.

「우리 이제 뭘 하죠?」

「글쎄요. 막다른 골목에 들어온 느낌이에요. 내 소설을 위한 소재는 충분히 얻었는데, 기사를 위한 취재라는 측면에서는 일을 어떤 식으로 진척시켜야 할지 잘 모르겠어요.」

종업원이 주문한 음식을 가져왔다. 그들은 젓가락을 사용하여 맛있게 먹었다. 둘 다 젓가락질이 능숙했다.

「그래도 BQT가 정말 효과를 발휘할 수 있다는 것, 그러니까 사람이 웃다가 죽을 수 있다는 것은 인정하죠?」

「미안하지만 인정을 못 하겠어요. 그걸 믿느니 산타클로스나 민주주의를 믿겠어요. 빠진 젖니를 아이의 베개 밑에 놓아두면 생쥐가 가져간다는 이야기, 또는 샌드맨이 마법의 모래를 눈에 뿌려서 잠이 오게 한다는 이야기만큼이나 믿기가 어려워요.」

「하지만 나는 그게 취재의 열쇠라고 확신해요. 하나의 텍스트로 어떻게 사람을 죽일 수 있는지 알아내야 해요.」

그는 새우딤섬을 한 입 삼켰다.

「우리는 여전히 서로 다른 관점을 가지고 이 취재에 임하고 있어요. 나는 〈왜〉를 알려고 하는 데에 반해서 당신은 〈어떻게〉를 알아내려고 해요. 이상하죠? 보통은 여자들이 〈왜〉를 찾고 남자들이 〈어떻게〉를 찾잖아요. 결국 우리 2인조에서는 여자가…… 나라는 얘기죠.」

그는 제풀에 웃음을 터뜨렸다. 웃음은 한번 터지자 걷잡을 수 없는 폭소로 변했다. 그 서슬에 입안에 있던 음식물이 기도로 잘못 넘어갔다. 그는 숨이 막히기 시작하자 얼굴이 새빨개진 채로 기도에 걸린 것을 뱉어 내려고 캑캑거렸다. 중국인 종업원은 멀뚱히 서서 지켜보고 있었다. 뤼크레스는 얼른 다가가서 그의 등을 탁탁 때렸다. 소용이 없었다. 그러자 그녀는 뒤쪽에서 두 팔로 그를 끌어안고 아주 빠른 동작으로 상복부를 압박했다. 즉시 잘못 삼킨 딤섬 조각이 튀어나와 어항 건너편으로 떨어졌다.

「미안해요, 뤼크레스.」

그는 어렵사리 숨을 가누고 겸연쩍게 웃었다. 눈가에는 눈물이 맺혀 있었다. 뤼크레스는 다시 자리에 앉아 느긋하게 맥주를 마시고 있었다.

「봐요, 웃다가 죽을 수도 있다니까요. 당신은 하마터면 질식사할 뻔했어요. 증거가 더 필요해요?」

「고마워요, 뤼크레스.」

그에게는 아직 폭소의 여진이 남아 있었다.

「이지도르, 이건 그냥 궁금해서 물어보는 건데요, 당신은 어떤 때에 웃죠? 가장 큰 소리로 미친 듯이 웃은 게 언제였어요?」

그는 자기 맥주잔을 채우고 천천히 한 모금을 마셨다. 그러고는 금빛 액체 위에 떠 있는 거품을 지그시 바라보며 대답했다.

「열여덟 살 때였어요. 처음으로 섹스를 경험했죠. 그런데 그 일을 막 끝내자마자 웃음이 나왔어요. 여자는 내가 자기를 놀린다고 생각하고 화를 내면서 가버렸어요. 그러고는 두 번 다시 나를 만나려고 하지 않더군요. 얼마 뒤에 두 번째 여자 친구를 사귀었어요. 내가 그녀를 선택한 것은 그녀가 잘 웃기 때문이었어요. 우리는 동시에 오르가슴을 경험할 때마다 함께 웃음을 터뜨렸어요. 우리 관계는 1년 넘게 지속되었죠.」

「웃음에 관해서 얘기하랬더니 웬 성 경험담? 그런 거 말고 진짜 배꼽이 빠지도록 웃어 본 적 없어요?」

「있죠. 〈몬티 파이선과 성배〉라는 영화의 오프닝 크레딧을 봤을 때 그랬어요. 열아홉 살 때였는데 그때까지 몬티 파이선이라는 코미디 그룹이 있다는 것조차 몰랐어요. 그런데 오프닝 크레딧에 담긴 첫 개그들부터 아주 새롭고 놀랍더라고요. 나는 폭소를 터뜨렸어요. 관객들 중에서 웃는 사람은 나밖에 없었나 봐요. 〈쉿〉 하는 소리가 들리더군요. 그러니까 웃음이 더 나왔어요. 내 생각엔 웃기는 것을 보고도 웃을 수 없을 때 진짜 배꼽이 빠지도록 웃게 되는 것 같아요.」

그는 젓가락들을 가지고 손장난을 하며 말을 이었다.

「그래요, 내가 보기에 진정한 웃음은 인간의 집단주의에 맞서는 반란의 행위예요. 몬티 파이선은 지적인 〈불경〉이라는 개념을 완벽하게 구현했어요.」

그녀는 오리고기를 먹다가 뼈 하나를 발라내어 쪽쪽 빨아 댔다.

「그럼 당신은 어떤 때에 웃어요?」

「언제 신나게 웃어 봤는지 기억이 까마득하지만, 어떤 우스갯소리를 듣고 큰 소리로 웃었던 적은 있어요.」

「그런 경험 때문에 우스갯소리의 위력을 믿게 되었나 보죠?」

「이런 얘기예요. 한 환자가 커다란 중산모를 쓰고 병원에 진찰을 받으러 갔대요. 〈어디가 편찮으세요?〉 하고 의사가 물으니까 환자는 대답 대신 모자를 들어 올렸어요. 모자 밑에는 개구리 한 마리가 있었어요. 개구리의 네발이 두피에 들러붙어 있는 것 같았죠. 의사는 질겁한 표정으로 물었어요. 〈이게 언제부터 있었나요?〉 그러자 환자는 아무 대답이 없고 머리통에 올라앉은 개구리가 대신 설명하더래요. 〈그러니까 말이죠, 선생님, 처음엔 이게 그저 내 발바닥에 생긴 무사마귀일 뿐이었어요.〉」

이지도르는 너털웃음을 쳤다. 뤼크레스는 자기 이야기가 성공을 거둔 것에 스스로 놀랐다.

「아주 재밌네요. 난센스에 바탕을 둔 이야기로군요.」

「내가 이 얘기를 들은 것은 열네 살 때였어요. 발바닥에 무사마귀가 생겨서 무척 걱정하던 참이었는데, 이 얘기 때문에 한바탕 웃고 나니까 그게 별것 아닌 것처럼 느껴지더라고요. 이번엔 당신이 말해 봐요. 당신이 파안대소할 만큼 재미난 얘기가 있었나요?」

「있긴 있었는데 기억을 못 하겠어요. 나는 기억력이 나빠서 재미난 이야기를 들어도 금세 잊어버려요.」

「그래도 한번 기억을 더듬어 봐요.」

「글쎄요……. 아, 아주 짤막한 이야기가 생각났어요. 건망증이 너무 심한 환자 이야기예요. 환자가〈선생님, 기억력이 자꾸 나빠져서 걱정이에요〉하니까 의사가 물었어요.〈아, 그래요? 언제부터 그러셨어요?〉그러자 환자는 놀란 표정으로 되묻더랍니다.〈언제부터라니요? 뭐가요?〉」

「그게 다예요? 별로 재미없는데요.」

「난 재밌던데. 내가 알츠하이머병을 두려워하기 때문인가 봐요. 이것 역시 두려움을 쫓아 주는 이야기죠.」

그때 뤼크레스가 문득 동작을 멈추고 텔레비전 화면을 바라보았다.

「젠장. 오늘이 3월 27일이잖아.」

「그런데요?」

그녀는 뉴스가 나오고 있는 화면을 가리켰다.

한 기자가 올랭피아 뮤직홀 앞에서 보도를 하고 있었다. 그의 뒤로 하트를 담은 눈이 그려진 거대한 포스터가 나타났다. 뮤직홀 입구에는 벌써 군중이 모여 있었다.

뤼크레스는 벌떡 일어서며 말했다.

「빨리 가요.」

「또 뭐예요? 이러다간 저녁 식사 한번 편안하게 못 하겠어요.」

「오늘 밤에 올랭피아에서 키클롭스 추모 공연이 열리잖아요.」

107

새끼 키클롭스가 자기 아버지에게 하는 말.

「저기요 아빠, 우리는 왜 눈이 하나밖에 없어요? 학교에 가보니까 모두가 눈이 두 개인데 나만 하나더라고요.」

아버지는 아침을 먹으면서 신문만 읽고 있을 뿐 아무 대꾸가 없다.

「저기요 아빠, 모두가 눈이 두 개인데 우리는 왜 눈이 하나밖에 없냐고요. 네? 아빠.」

아버지는 마지못해 신문을 내려놓는다.

「우리는 키클롭스야. 키클롭스들은 눈이 하나밖에 없어.」

아들은 가만히 생각하다가 다시 묻는다.

「그럼 왜 키클롭스들은 눈이 하나밖에 없어요?」

아버지는 아들의 질문을 막아 보려고 신문을 다시 들어 올린다.

「아빠, 말해 주세요. 말해 달라고요. 왜 키클롭스들은 눈이 하나밖에 없죠? 말해 보세요, 왜죠?」

그러자 아버지는 신문을 홱 내리며 쏘아붙인다.

「아유, 정말 귀찮게 하네. 네가 못 봐서 그렇지 다른 애들은 불알도 두 쪽이야. 그게 얼마나 흉측하냐?」

다리우스 워즈니악의 스탠드업 코미디

「배우의 일생」 중에서

108

눈동자 대신 작은 하트가 들어 있는 눈.

다리우스의 깃발이 입구에서 펄럭인다. 올랭피아의 돌출 간판 아래에서는 커다란 네온 글자들이 〈키클롭스 추모 공연〉을 알리고 있다.

검은 리무진들이 잇따라 멈춰 서고 스타들이 내릴 때마다 사진 기자들이 스타를 에워싸고 카메라 플래시를 터뜨린다.
 경비가 삼엄하다. 이번의 경비 업무는 키클롭스 프로덕션의 분홍 정장들이 아니라 스테판 크로즈 프로덕션의 검은 정장들이 맡고 있다. 그들의 검색을 거치지 않고는 안으로 들어갈 수가 없다.
 뤼크레스는 입장권 대신 프레스 카드를 내밀었다.
 「죄송합니다. 좌석은 실명으로 예약되어 있습니다. 손님의 이름은 명단에 들어 있지 않습니다.」
 뤼크레스는 순순히 물러서지 않았다.
 「개인적으로 스테판 크로즈 사장님을 잘 알아요. 못 믿겠으면 사장님께 여쭤 보세요.」
 경비원은 언론 홍보 책임자에게 전화를 걸고 나서 말했다.
 「죄송합니다. 사장님과 친하시다 해도 자리가 없습니다. 이미 사흘 전에 모든 좌석이 예약되었습니다. 명단에 이름이 없으면 누구도 들어갈 수 없습니다.」
 「나는 『르 게퇴르 모데른』의 기자예요.」
 「죄송합니다. 하지만 취재 때문이라면 걱정하지 않으셔도 될 것 같습니다. 이미 『르 게퇴르 모데른』에서 몇 분이 나와 계시거든요. 테나르비엔가 테나르디엔가 하는 분도 오셨고요.」
 이지도르와 뤼크레스는 실랑이를 포기했다. 그런 다음 올랭피아 주위를 돌다가 출연자 전용 출입구로 갔다. 출입구 앞에서 흡연자들 한 무리가 발을 동동거리며 담배를 피우고 있었다.
 그녀는 분홍 정장을 입은 어릿광대 한 쌍에게 눈독을 들였다. 보아하니 한 사람은 그녀와, 다른 사람은 이지도르와 체구가 비슷했다. 그녀는 인터뷰를 핑계로 그들을 현관에서 조금 떨어진 곳으로 이끌었다. 그러고는 권총으로 위협하면서 그들의 분홍 정장을 빼앗은 다음 재갈을 물리고 손발을 묶었다.

이지도르는 결박을 조금 느슨하게 해주고 그들의 손이 닿을 만한 곳에 그들의 휴대 전화기를 놓아두었다. 그들이 쉽게 궁지에서 벗어날 수 있도록 배려를 한 것이었다.

뤼크레스가 지적했다.

「지금은 예의를 차릴 때가 아니에요.」

「우리에게 옷을 빌려준 게 고마워서 답례를 한 것뿐이에요.」

그들은 빼앗은 옷을 입고 어릿광대들의 무리에 섞여 뮤직홀 안으로 들어갔다. 그들이 들어서자마자 경비원들은 기자들의 침입을 막기 위해 문을 닫았다.

「이제 빠져나갈 구멍이 없네요.」

「어딘가에 숨어서 동정을 살피는 게 좋겠어요. 사건의 주역들이 모두 올 거예요.」

「조심해요, 바로 저기에 한 사람이 왔네요.」

아닌 게 아니라 핏불테리어를 닮은 경호원이 이곳저곳을 두리번거리며 돌아다니고 있었다. 그들은 그의 시야에서 벗어나기 위해 뒤로 물러섰다. 그때 누군가가 그들의 팔을 붙잡았다.

「아, 두 사람 다 여기 있었구먼. 한참 찾았잖아. 자, 서둘러. 몇 분 뒤에 시작할 거야.」

그들은 그제야 알아차렸다. 어릿광대들의 등에 커다란 숫자가 붙어 있었다. 조연출이 그 번호를 보고 어릿광대들을 식별하는 것이었다.

뤼크레스와 이지도르는 자기들의 번호를 확인했다. 둘 다 19번을 달고 있었다.

이지도르는 점점 불안한 기색을 보이며 한숨을 내쉬었다.
「그러니까, 우리는 2인조로군요.」

핏불테리어를 닮은 분홍 정장은 계속 주위를 어슬렁거리고 있었다. 그들에겐 선택의 여지가 없었다.

조연출은 그들을 놓아주지 않고 커다란 방으로 떠밀었다. 방에는 그들처럼 옷을 입은 어릿광대들이 여러 명 모여 있었다.

뤼크레스와 이지도르는 그들처럼 화장을 했다. 그리고 그들처럼 빨간 코를 붙이고 한쪽 눈에 검은 안대를 찼다.

이어폰을 귀에 꽂은 조연출이 왔다. 무척 흥분한 기색이었다.

「다들 대본을 잘 외워야 해요. 다시 말하지만 프롬프터도 없고 텔레프롬프터도 없어요.」

조연출은 그들에게 음료를 가져다주었다. 공연 실황 모니터에 무대의 모습이 나타나 있었다.

뤼크레스는 어릿광대들 속에서 펠릭스 샤탐을 알아보았다. 다행히도 그는 대본을 외우는 데 몰두하느라고 그녀에게 관심을 두지 않았다. 스피커 소리가 울렸다.

「공연 시작 2분 전입니다.」

긴장이 고조되고 있었다. 핏불테리어를 닮은 경호원은 무슨 냄새라도 맡은 듯 계속 문가에서 어슬렁거렸다.

뤼크레스가 말했다.

「비행기에서 허공으로 뛰어내릴 차례를 기다리고 있는 기분이에요. 다만 한 가지 다른 게 있다면 내게…… 낙하산이 없다는 거죠.」

「이건 그냥 어리석은 질문이니까 꼭 대답하지 않아도 돼요. 뤼크레스, 굳이 여기에 와야 한다고 생각한 이유가 뭐예요?」

「나 역시〈여성적인 직감〉을 발휘한 거예요.」

「좋아요. 그렇다면 정확히 누구에게 혐의를 두고 있는 거죠?」

「이 어릿광대들 가운데 한 사람. 아무튼 흥미롭지 않아요? 다리우스를 죽였을 법한 사람들이 같은 시간, 같은 장소에 모여 있다니 말이에요. 게다가 정황도 살인이 벌어졌을 때와 아주 비슷하잖아요.〈살인자는 언제나 범죄 현장에 다시 나타난다〉는 속설과도 상통하는 바가 있지 않아요?」

이지도르는〈글쎄요〉하는 표정으로 어깨를 으쓱해 보였다.

스피커 소리가 다시 울렸다.

「30초 전입니다.」

뤼크레스는 종이에 담배를 말고 있는 소방 안전 요원을 가리켰다.

「소방 안전 요원 프랑크 템페스티도 와 있네요. 저 사람이 내 취재의 첫 번째 증인이었죠. 자, 이번엔 날 믿어요. 내 방식대로 한번 해보자고요.」

이지도르는 눈썹을 치켰다.

「예감이 좋지 않아요. 핏불테리어가 다른 데로 가면 곧바로 도망치는 게 좋겠어요. 어딘가에 숨어서 공연을 계속 지켜보면 되잖아요.」

스피커가 지지직거렸다.

「5초 전입니다. 4, 3, 2, 1. 레디, 액션!」

관현악이 울려 퍼지고 스포트라이트가 무대를 비추는 가운데 다리우스의 거대한 사진이 천천히 펼쳐졌다.

스테판 크로츠가 사회자 자격으로 가장 먼저 무대에 등장했다. 관객들은 박수갈채를 보냈다. 그는 객석이 조용해지기를 기다렸다가 말문을 열었다.

「다리우스를 처음 만났던 때가 생각납니다. 저는 〈3분을 줄 테니 나를 웃겨 보게〉라고 말한 다음 초시계를 눌렀습니다. 다리우스는 정확히 56초 20만에 나를 웃겼죠. 이제 그는 여기에 없지만 그의 마법은 여전히 살아 있습니다. 앞으로도 영원히 무수한 사람들에게 웃음을 선사할 것입니다.」

관객들은 뜨거운 박수갈채로 화답했다.

「다리우스는 불멸의 희극 배우입니다. 그는 오래도록 우리 가슴에 남아 있을 겁니다. 저는 다리우스와 아주 가깝게 지냈습니다. 그래서 그 익살스러운 어릿광대의 이면에 특별한 인물이 있었다는 사실을 여러분께 말씀드릴 수 있습니다. 그는 풍부한 교양과 큰 도량과 참다운 용기를 지닌 사람이었습니다. 아마도 그래서 사람들은 그를 일컬어 〈다리우스 대왕〉이라고 했을 것입니다.」

다시 박수갈채가 터져 나왔다.

이어서 스테판 크로츠는 추모 공연의 프로그램을 소개하면서 다리우스처럼 핑크 클라운으로 분장하고 그의 스탠드업 코미디를 연기할 배우들의 명단을 발표했다.

다시 음악이 울리고 커튼이 열렸다. 펠릭스 샤탐이 역시 핑크 클라운으로 분장한 열 명의 여자들과 함께 첫 번째 스탠드업 코미디를 시작했다.

그는 다리우스의 목소리를 흉내 내며 말했다.

「여러분 안녕하십니까? 나는 다리우스의 혼령입니다. 펠릭스의 몸을 빌려 환생했죠. 이렇게 나를 추모하러 와주셔서 정말 기쁩니다. 내가 공연을 할 때보다 훨씬 많이 오셨군요.」

관객들의 반응은 긍정적이었다.

뤼크레스와 이지도르 주위의 다른 어릿광대들은 안도하는 눈치였다. 첫 번째 스카이다이버가 안전하게 착지한 셈이었다. 관객들의 웃음보가 터졌으니 다음 출연자들은 연기를 하기가 한결 수월할 것이었다.

코미디언 한 사람이 말했다.

「나는 성대모사를 하는 친구들이 마음에 안 들어. 그들은 남의 목소리를 훔치는 거야. 그들은 카멜레온이야. 자기 색깔이 없어서 남의 색깔을 취하는 거지.」

「나는 펠릭스 샤탐의 코미디를 들으면서 한 번도 웃어 본 적이 없어.」

「들어 봐. 저 친구 제2의 다리우스 행세를 하는걸.」

뤼크레스는 동료에 대한 그들의 악의를 접하고 깜짝 놀랐다. 이지도르가 속삭였다.

「내가 뭐랬어요? 코미디언들이 동료들에 대해서는 냉혹하다니까요.」

「자리에 없는 동료들을 두고 험담을 하는 것은 어느 직종에서나 있는 일이에요. 우리 회사에서 봤잖아요. 몇 사람이 함께 모여서 점심을 먹을 때면 모든 기자들이 도마 위에 오르죠.」

「코미디언들은 더 심해요. 신랄하게 구는 게 그들의 직업이거든요.」

뤼크레스는 대답할 말을 찾지 못했다.

「좋아요. 이제 핏불테리어가 보이지 않네요. 갈까요?」

그들이 도망치려는 찰나, 스테판 크로츠가 대기실로 들어섰다. 그들은 본능적으로 몸을 돌렸다.

「2번. 어서 준비해. 펠릭스가 곧 마칠 거야. 분장 좀 고치고 대기 선에 서 있어. 그리고 무대에 올라가면 하얗게 표시해 놓은 자리를 디디고 서야 해. 그러지 않으면 측면 카메라에 잡히지 않을 거야.」

이지도르가 속삭였다.

「번호순으로 무대에 오르는데요. 우리 차례가 되려면 아직 시간이 있으니까 빠져나갈 방도를 찾아낼 수 있을 거예요.」

배우들은 입방아를 계속 찧어 댔다. 13번 어릿광대가 말했다.

「우리는 다리우스를 성인으로 만들고 있지만, 그가 남들의 스탠드업 코미디를 훔쳤다는 것은 모두가 아는 사실이야.」

15번 어릿광대가 맞장구를 쳤다.

「나중에는 그가 직접 훔치러 다닐 필요도 없었어. 그의 하수인들이 모든 코미디 공연장을 찾아다니며 좋은 아이디어를 훔쳐다 주었거든. 진짜 사기꾼들은 그래. 궂은일은 부하들을 시키지.」

핏불테리어가 돌아와서 대기실 입구 맞은편에 놓인 팔걸이의자에 앉았다.

2번 어릿광대가 스탠드업 코미디를 시작했다.

다른 코미디언들은 앞선 배우가 연기할 때와 마찬가지로 그의 연기를 평했다.

「어라! 효과 하나를 놓쳤어!」

「저런, 죽을 쑤는군.」

「저런, 대사를 까먹었어. 마리화나 때문이야. 그걸 너무 많이 피워서 기억력에 문제가 생긴 거라고.」

「들었지? 〈너무 익힌 닭고기〉라는 대목에서 관객들이 웃지를 않았어. 저게 가장 강한 대목인데 말이야. 저 친구 안됐군, 탄약이 다 떨어졌어.」

몇 분 뒤에 그 배우가 무대 뒤에 있는 동료들에게 돌아와서 불안한 표정으로 물었다.

「나, 어땠어?」

그러자 그를 말밥에 얹었던 동료들이 한마디씩 했다.

「훌륭하던데!」

「관객들이 모두 자지러지게 웃던걸. 자네가 그들을 완전히 휘어잡았어.」

「관객들이 완전히 혼연일체가 되었더라고.」

「정말이야? 내가 실수를 하지 않았어? 어느 대목에선가 삐끗한 것 같은데.」

「자넨 지나친 완벽주의자야.」

뤼크레스는 놀란 눈길로 그들을 흘깃거렸다. 험담은 남들에게만 해당할 뿐 자기들은 험담의 대상이 되지 않으리라 생각하는 사람들 같았다.

3번 배우가 스포트라이트의 빛다발 속에 잠겼다. 13번 배우는 잠시 눈으로 그를 좇다가 동료들에게 말했다.

「다른 사람들은 어떻게 생각할지 몰라도 내가 보기에 다리우스를 죽인 건 코카인이야. 말년에는 그걸 너무 많이 흡입한 탓에 무대에서 부들부들 떨었어. 다리우스하고 얘기를 나누다 보면, 그의 콧구멍에 가루가 묻어 있는 게 보였어.」

뤼크레스가 속삭였다.

「봐요, 여기에 오니까 그의 죽음에 관한 정보를 얻게 되잖아요.」

「그보다 여기에서 빠져나갈 방도를 찾아야 해요.」

24번 배우가 말을 보탰다.

「만약 가톨릭교회가 그를 복자품에 올린다면, 최초의 코카인 중독 복자가 생겨나는 것이지.」

그들 모두가 웃음을 터뜨렸다.

「내가 겪어 본 바로 다리우스는 악당 중의 악당이었어.」

「성질도 더러운 데다 엄청 인색했잖아! 같이 식당에 간 게 여러 번이었는데 그가 돈 내는 건 한 번도 못 봤어. 대저택에 사는 사람이 그렇게 짜게 굴었다고 하면 누가 믿겠어?」

「서민들의 대변자라고? 말이 좋지…… 자기가 데리고 있던 사람들에게 얼마나 거만하게 굴었다고. 아랫사람들을 모두 종처럼 부리면서 욕설을 퍼붓기가 일쑤였어. 팁이나 보너스 따위는 기대조차 할 수 없었고.」

「그런 작자가 인색한 손님들을 꼬집는 웨이터의 목소리를 빌려 스탠드업 코미디를 했잖아! 무대에서는 완전히 딴사람 행세를 했던 거지.」

그들은 조롱 섞인 웃음을 지었다.

그때 펠릭스 샤탐이 화장실에서 토악질을 하고 축 늘어진 채로 나와서 대기실에 들렀다. 다른 코미디언들은 입을 다물었다. 13번 어릿광대가 그의 등 뒤에서 속삭였다.

「조심해, 〈다리우스의 혼령〉이야!」

다시 웃음이 일었다.

그다음 스탠드업 코미디는 상당한 성공을 거뒀다. 이제

4번이 나설 차례였다. 그는 함께 출연할 핑크 클라운들이 모여 있는 곳으로 갔다.

스테판 크로츠는 막간을 이용해서 다시 마이크를 잡더니, 다리우스가 뛰어난 코미디언이었을 뿐만 아니라 웃음 학교와 다리우스 극장을 통해 신세대 코미디언을 지원하기도 했음을 상기시켰다. 무대 위에서는 다리우스를 칭송하는데 무대 뒤에서는 험담이 난무하는 상황이었다. 뤼크레스는 그 대비가 참으로 기이하다고 생각했다.

이지도르가 말했다.

「자, 가요. 퇴로가 열린 것 같아요.」

그들이 막 도망치려고 하는데 백넘버 7번을 단 어릿광대가 뤼크레스의 엉덩이를 찰싹 때렸다.

「코미디에 재미 들렸나 보지? 무대에 선 네 모습을 어서 보고 싶은걸.」

뤼크레스는 놀란 가슴을 진정시키고 빨간 코와 검은 안대에 가려진 얼굴을 찬찬히 살폈다. 세상에, 마리앙주였다!

마리앙주는 빈정거리는 말투로 물었다.

「19번 콤비가 무엇을 하기로 되어 있는지 알기나 해?」

뤼크레스는 대답하지 않았다.

「다리우스의 유명한 스탠드업 코미디 〈스트립쇼〉야. 두 사람이 이야기를 나누면서 옷을 벗어야 해.」

뤼크레스는 주먹을 꽉 쥐었다. 이지도르가 그녀에게 속삭였다.

「지금은 남들의 주의를 끌 때가 아니에요.」

「아, 이 아저씨랑 같이 온 거야? 아버지가 너를 도와주러 오신 모양이지? 나는 네가 고아인 줄 알았는데! 드디어 아버지를 찾았구나, 잘됐네.」

뤼크레스는 입술을 깨물었다.

「뤼크레스, 내가 너를 보면서 늘 아쉬워했던 게 뭔 줄 알아? 바로 유머가 부족하다는 것이었어. 그래도 그 만우절에는 네가 정말 재미있었어. 오늘 밤에는 그보다 더 재미있게 할 수 있겠지?」

그러자 뤼크레스는 주먹을 날리려고 했다. 그녀를 잘 아는 이지도르는 금방 눈치를 채고 두 여자 사이로 끼어들었다.

그때 사회자가 〈7번 나오세요〉 하고 소리쳤다.

「미안해요, 친구들. 이 대화를 계속했으면 좋겠는데 내 의무를 이행해야 해요.」

이지도르는 뤼크레스 쪽으로 몸을 기울였다.

「미리 말해 두는 건데요, 다음번에는 당신이 자기 통제를 못 하더라도 상관하지 않을 거예요. 자기를 다스릴 줄 모르고 남이 빨간 천을 흔들기만 하면 황소처럼 덤벼드는 여자 때문에 시간을 허비하고 싶지 않아요. 자, 갑시다!」

그들이 몇 걸음 떼어 놓기도 전에 핏불테리어를 닮은 경호원이 돌아왔다. 다시 기회를 엿보아야 하는 상황이었다.

다른 배우들은 자기들 차례를 기다리면서 험담을 계속 늘어놓았다.

「마리앙주 자코메티 말이야, 다리우스하고 잠자리를 같이 했다던데.」

「그뿐인 줄 알아? 다리우스의 형제들하고도 잤어. 어쩌면 그의 경호원들하고도 그랬을걸.」

그들은 다시 낄낄거렸다.

백넘버 9번을 단 어릿광대가 말했다.

「나는 다리우스가 멋진 남자였다고 생각해. 여자인 나를 도와주었을 뿐만 아니라 항상 존중해 주었거든.」

「그건 당연해. 너는 솔직히 말해서 마리앙주 같은 쭉쭉빵빵은 아니잖아. 너는 팀 버턴의 영화보다는 페데리코 펠리니의 영화에 더 잘 어울리지.」

다시 웃음.

「그래도 다리우스는 진짜 스타였어. 너희는 그저 시샘을 부리고 있는 거야. 고마운 줄이나 알아……. 이 추모 공연이 없었다면 너희가 무슨 수로 올랭피아 무대에 서겠어? 평생을 가도 올랭피아의 문을 통과할 기회가 없을걸.」

9번 배우는 그 말을 내뱉고 슬그머니 물러났다. 무대 공포증을 이겨 내기 위해 험한 소리를 해대는 동료들이 거북스러운 모양이었다.

뤼크레스는 공연 실황 모니터를 지켜보고 있었다. 마리앙주가 실패하는 꼴을 보고 싶었지만, 그 젊은 코미디언은 그녀가 지켜보고 있다는 사실에 자극을 받은 듯 평소보다 한결 나은 연기를 보여 주면서 관객들의 열렬한 호응을 이끌어 내는 듯했다.

그때 스피커의 음성이 알려 왔다.

「프로그램을 변경합니다. 다음 차례는 8번 대신 19번 콤비입니다. 19번 콤비 대기하세요. 곧 무대에 나가야 합니다.」

뤼크레스와 이지도르는 온몸이 마비된 것처럼 잠시 멍하니 앉아 있었다. 핏불테리어는 그대로 자리를 지키고 앉아 순찰을 돌던 소방 안전 요원과 이야기를 나누는 중이었다. 도망갈 길이 없었다. 그야말로 독 안에 든 쥐였다.

「뤼크레스, 한 가지만 물어볼게요. 당신의 직감을 믿고 따라오긴 했는데 알 건 알아야 할 것 같아서……. 음…… 무대에 올라가면 우리가 정확히 뭘 하는 거죠?」

그녀는 아까 누군가에게서 받은 대본을 들여다보았다. 하지만 정신을 집중하기가 어려운 상황에서 20초 만에 대본을 외운다는 것은 애초부터 불가능한 일이었다. 이지도르는 이마가 땀으로 번들거렸다.

벌써 조연출이 그들을 데리러 왔다. 그들은 조연출을 따라 무대 뒤로 갔다. 마지막 개그를 펼치고 있는 마리앙주의 모습이 보였다. 관객들은 일제히 웃음을 터뜨리며 열렬한 박수갈채를 보냈다.

커튼이 닫혔다. 마리앙주는 무대 뒤로 나와서 19번 콤비에게 손짓을 보내고는 객석 맨 앞줄로 통하는 무대 왼쪽 공간으로 사라졌다.

무대에 불이 다시 들어오고 스테판 크로츠가 등장하여 마이크를 잡았다.

「이제 우리 공연의 국제적인 면모를 보여 드리고자 합니다. 멀리 퀘벡에서 특별히 와주신 다비드와 바네사 비토노프스키 커플을 소개합니다. 이 듀오가 보여 드릴 것은 다리우스의 스탠드업 코미디 〈스트립쇼〉입니다. 미리 말씀드리지만, 이건 아주 특별한 공연입니다.」

조연출은 그들이 하얗게 표시된 자리에 서도록 몇 걸음 앞으로 이끌면서 말했다.

「운이 좋은데요. 관객들이 뜨겁게 달아올라 있어요.」

뤼크레스와 이지도르는 붉은 벨벳 커튼을 마주하고 무대 한복판에 서서 기다렸다.

뤼크레스는 이상한 기분을 느꼈다. 아주 어렴풋하지만 언젠가 먼 옛날에 이와 비슷한 상황을 경험한 것 같은 느낌이었다.

붉은 벨벳 커튼이 천천히 열렸다. 대만원을 이룬 객석이 그들 앞에 펼쳐졌다. 수백 개의 눈이 그들에게 쏠려 있었다.

눈부신 빛을 내쏘는 투광기 뒤에서는 텔레비전 카메라들이 프랑스와 전 세계 프랑스어권의 수백만 시청자들에게 이 공연을 중계하고 있었다.

뤼크레스는 식은땀이 목을 타고 줄줄 흐르는 것을 느꼈다.

맨 앞줄에는 문화부 장관과 정계의 유력 인사 몇 명이 유명한 희극 배우들 사이에 앉아 있었다. 공연을 마친 일곱 어릿광대도 그들 속에 끼어 있었다. 마리앙주도 보였다. 뤼크레스는 정신이 없는 와중에도 그녀가 자기에게 윙크를 했다고 느꼈다.

조금 오른쪽으로는 다른 정치인들과 기자들이 보였다. 크리스티안 테나르디에도 야회복 차림으로 앉아 있었다. 그녀의 목걸이가 청진기처럼 보였다.

뤼크레스 오른편에 서 있는 이지도르 역시 그녀만큼이나 딱딱하게 굳어 있는 듯했다.

그는 입가에 희미한 미소를 머금은 채 텔레파시로 그녀에게 묻고 있었다.

뤼크레스, 우리 이제 뭘 하지?

109

세 남자가 한 친구의 장례식에서 만났다. 그들은 고인의 관 앞에 서서 똑같은 생각을 한다. 만약 아직 열려 있는 이 관 속에 이 친구 대신 내가 누워 있다면 남들이 무슨 말을 할까? 내가 듣고 싶어 하는 말은 무엇일까?

첫 번째 남자가 말하기를,

「나는 이런 말을 듣고 싶어. 언제나 자식들을 위해 헌신했던 훌륭한 아버지였고 아내가 원하는 거라면 무엇이든 해주었던 좋은 남편이었다는 말.」

두 번째 남자가 말하기를,

「나는 뛰어난 교수로서 학생들에게 노력의 진정한 가치를 알게 해주었다는 말을 듣고 싶네.」

그러자 세 번째 남자가 관을 바라보면서 하는 말.

「나는 그런 말보다 〈어! 저것 보세요! 시신이 움직여요!〉라는 말을 듣고 싶네.」

다리우스 워즈니악의 스탠드업 코미디

「벼랑 끝의 마지막 소원」 중에서

110

「어서 시작해요.」

조연출이 무대 뒤에서 속삭였다.

뤼크레스와 이지도르는 미동도 하지 않았다. 앞에서 달려드는 트럭의 전조등 불빛에 눈이 멀어 버린 토끼들 같았다.

그녀는 눈도 깜박이지 않고 객석을 물끄러미 바라보고 있었다. 관객들의 눈빛이 화살처럼 날아와 자기 몸을 관통하는 듯했다.

……죽을 것만 같아.

아니, 죽는 게 차라리 낫겠어. 죽으면 아무것도 모르잖아.

시신이 웃음거리가 되는 일은 없어. 최악의 경우에도 연민을 자아내고 경외감을 불러일으킬 뿐이야. 여기에 모인 수백 명의 사람들과 수백만 명의 시청자들은 속으로 말할 거야. 〈저 여자는 우리를 웃기지 않고 뭘 기다리고 있는 거지?〉

나에게 쏠린 저 눈길들, 그저 나의 가장 바보 같은 모습을 보기 위해 기다리고 있는 저 눈길들. 기분이 너무 고약해. 이렇게 혐오스러운 기분은 느껴 본 적이 없어. 마리앙주 때문에 놀림을 당했던 만우절에도 이렇지는 않았어. 내 모습이 기괴하긴 했겠지만 그것을 본 사람들은 기숙사의 여자 학생들뿐이었어.

그런데 지금은 수천, 아니 수백만 명이 나를 보고 있어.

죽을 것만 같아.

이제 무슨 일이 벌어질까?

어쩌자고 여기에 왔을까? 테나르디에가 맨 앞줄에 앉아 있어. 마리앙주도 나를 지켜보고 있어.

내가 이제껏 살아온 삶은 그저 하나의 엄청난 음모였어. 내가 겪은 그 어떤 불행보다 고약한 이 궁지에 나를 몰아넣기 위한 음모였던 거야.

내가 내부로부터 무너지고 있다는 느낌이 들어. 내 심장 속의 블랙홀이 내 육신과 영혼을 빨아들이고 있어.

이게 나의 종말이야.

그나마 위안이 되는 것은 나 혼자만 이 고약한 궁지에 빠져 있는 게 아니라는 사실이야.

나에겐 조난의 동반자가 있어. 그와 또다시 끔찍한 일을 함께 겪는 거야.

이제 무슨 일이 벌어질까?

객석에서도 불안이 고조되어 가고 있었다. 몇몇 관객은 손톱을 물어뜯었다.

하지만 무대에 등장한 두 배우, 크고 뚱뚱한 어릿광대와 작고 날씬한 어릿광대 커플은 여전히 굳은 표정으로 입을 다물고 있었다.

……이 기시감은 어디에서 오는 것일까? 혹시 내가 태어나던 순간과 관련된 것은 아닐까? 갓 태어난 나를 버린 것을 보면, 내 어머니는 이미 병원 분만실에서부터 나를 마땅치 않게 여겼을 거야. 나의 어떤 점이 그녀의 마음에 들지 않았을까?

어쩌면 나는 세상에 태어나는 아기가 마땅히 해야 할 무언가를 하지 않았을지도 몰라. 그게 무엇이었을까? 세상을 향해 인사하는 것, 나를 수태해 준 부모에게 감사하는 것, 예쁜 몸매가 우스꽝스러운 배불뚝이로 변하는 것을 마다하지 않고 온갖 어려움을 견뎌 가며 아홉 달 넘게 뱃속에서 나를 키워 주고 진통을 참아 내며 나를 세상에 내보내 준 어머니에게 감사하는 것, 머리통은 크고 어깨는 뾰족하고 팔다리는 마리오네트처럼 다루기 어려운 나를 무사히 배 속에서 꺼내 준 산파나 의사에게 감사하는 것. 아기들이 고고지성을 지르며 행하는 그런 것들을 내가 하지 않았던 것일까? 내가 은혜를 모르는 아기라서 어머니가 나를 버렸을까?

내 아버지도 그 자리에 있었을까? 내가 무언가를 하리라 기대하는 사람들 속에 끼어 있다가 아무것도 하지 않는 나에게 실망했을까?

무대, 백스테이지, 방송 카메라들의 뒤쪽, 객석 할 것 없이 어디에서나 불안감이 고조되고 있었다. 침묵이 이어졌다. 한순간 한순간이 몇 분처럼 길게 느껴졌다.

당황한 조연출은 더 참지 못하고 속삭였다.

「뭘 기다리는 거예요? 대사를 하면서 옷을 벗어요!」

하지만 어릿광대로 분장한 두 남녀는 온몸이 마비된 것처럼 꼼짝달싹하지 않았다.

뤼크레스의 머릿속에서는 슬라이드 쇼가 펼쳐지고 있었다. 태어나서부터 올랭피아의 관객들 앞에 서기까지 그녀가 겪어 온 고통스러운 장면들이 하나둘 스쳐 간다. 그녀의 능력을 인정하지 않는 테나르디에의 미심쩍어하는 얼굴, 마리앙주의 빈정대는 표정, 기숙사 학생들이 그녀에게 들이대고 있는 카메라 렌즈의 검은 동그라미와 그 위에서 깜박이는 빨간 다이오드. 이어서 한 번도 본 적이 없는 얼굴들이 나타난다. 산파의 얼굴, 그리고 무언가에 화가 나 있는 부모의 얼굴인 듯하다. 하얀 마스크를 쓴 남자도 보인다. 남자는 갑자기 아기의 발을 잡고 거꾸로 들더니 아기의 엉덩이를 찰싹 때린다.

그녀는 자기가 그런 벌을 받아 마땅하다고 생각했다. 해야 할 일을 하지 않아서 부모를 실망시킨 못된 아기, 그래서 부모에게 버림받은 아기는 엉덩이를 맞아도 싸다고 여겼다. 매우 아프기는 했지만 그 덕분에 비로소 자기의 삶이 시작되고 남들이 자기를 받아들일 것이라고 생각했다.

그러자 뤼크레스의 입에서 갑자기 어마어마한 절규가 터져 나왔다. 올랭피아의 홀 전체가 쩌렁쩌렁 울렸다.

이지도르는 여전히 미동도 하지 않았다.

뤼크레스의 절규가 길게 이어지자 한껏 고조된 불안감이 비를 잔뜩 품은 먹구름처럼 객석을 짓눌렀다.

그때 뒤쪽에 앉은 어느 관객이 웃기 시작했다. 뤼크레스가 출생의 시점으로 되돌아가서 내지른 그 〈프라이멀 스크림〉이 아마도 자신의 첫 울음소리를 생각나게 한 모양이었다. 다른 관객들이 침묵을 지키고 있는 가운데 그의 웃음은 걷잡을 수 없는 폭소로 변했다.

무대 위에 나란히 서 있는 여자와 남자. 석상처럼 꼼짝 않고 서서 멀뚱하니 앞만 바라보고 있는 거구의 남자와 날카로운 절규를 쏟아 내는 자그마한 여자. 그리고 객석 뒤쪽에 앉아서 미친 듯이 웃어 대는 남자. 이 세 사람이 결합되자 객석에서 이상한 반응이 나타났다.

먼저 비구름에서 갑자기 성긴 빗방울이 후드득 떨어지듯 객석에서 다른 두 사람이 동시에 푸하하 하고 웃었다. 그러자 맨 앞줄에 앉은 몇 사람이 짧은 웃음을 터뜨렸다. 마치 말들이 신호를 기다리고 있다가 일제히 히힝 소리를 내는 것 같았다. 곧이어 스무 명쯤 되는 사람들이 더 참지 못하고 웃음을 토해 냈다.

그러자 마치 기적이 일어난 것처럼 웃음의 소나기가 쏟아지기 시작했다. 관객들은 딱히 까닭을 모르는 채로 웃었고 서로 그러고 있는 것이 우스워서 또 웃었다. 그들은 무대 위의 두 어릿광대가 진짜 연기를 하는 것으로 여겼다. 한쪽은 성경에 나오는 소금 기둥을 흉내 내는 듯했고 다른 쪽은 숨이 끊어질 듯 절규를 이어 가고 있었다.

뤼크레스는 자기가 왜 울부짖는지, 관객들이 왜 웃는지 이해하지 못했다. 무대 뒤에서 조연출이 듣기 거북한 말로 재촉하고 있었지만 그것에는 더 이상 관심을 두지 않았다.
 맨 앞줄에서 웃고 있는 얼굴들이 보였다. 몇몇 관객은 그 기괴한 상황을 한번 보라는 듯 옆 사람을 툭툭 치면서 손가락으로 객석을 가리키고 있었다. 한 카메라맨이 낄낄거리며 안경을 들어 올린 채 눈물을 닦는 모습도 보였다.
 뤼크레스는 웃고 있는 그들의 모습이 흉하다고 생각했다. 얼굴들이 마치 녹아 버린 플라스틱처럼 일그러져 있었다.
 그녀는 숨이 턱에 닿아서 울부짖음을 멈췄다. 객석의 웃음도 뚝 끊겼다.
 그녀는 딸꾹 소리를 한 번 내고 나서 울음을 터뜨렸다.
 성공이었다. 모든 관객이 일어나서 그 충격적인 연기에 박수갈채를 보냈다.

 ……내가 태어난 뒤로 세상이 나한테 기대했던 게 바로 이것이었어. 내가 울부짖고 엉엉 울기를 바랐던 거야.
 주위 사람들이 나한테 실망했던 이유가 바로 여기에 있어. 나는 그들 앞에서 소리치거나 울지 않았어, 몰래 그런 적은 있지만 그들의 면전에서는 한 번도 그러지 않았어. 그래서 모두가 나를 〈냉정하고 독하다〉고 생각한 거야.
 세상에 태어나던 날 나는 생존하기 위해 숨만 쉬었을 뿐, 고고지성을 내지르지 않았어.
 모든 인간이 삶이라는 위대한 모험을 시작할 때 내지르는 환호성, 신생아가 외치는 〈감사의 말〉, 세상에 태어난 것을 기뻐하는 아기의 외침, 〈당신들의 자식으로 태어나서 너무너무 행복해요〉라는 뜻의 외침. 나는 이제야 그 소리를 내지른 거야. 모두가 그것을 느끼고 있어. 그래서 안도하는 것이고 그래서 웃는 거야.

 몇몇 관객은 아직도 웃고 있었다.
 이지도르는 여전히 소금 기둥처럼 서 있었다. 뤼크레스는 울음보가 터져서 눈물을 펑펑 쏟고 있었다.
 마침내 붉은 벨벳 커튼이 두 개의 거대한 방패처럼 그들 앞으로 미끄러지며 닫혔다. 객석에서는 박수 소리가 계속 들려왔다. 불안해서 어쩔 줄 몰라 하던 조연출도 이제는 축하의 신호를 보냈다.
 어쨌거나 대성공이었다. 그녀가 군중을 웃긴 것이었다.
 사회자 스테판 크로스는 무대의 커튼 앞에 서서 객석이 잠잠해지기를 기다리다가 말했다.
 「네, 그렇습니다. 때로는 침묵이 유머일 수도 있습니다. 모차르트의 작품에서와 마찬가지로 다리우스의 작품에서는 침묵도 중요한 요소입니다. 하지만 바네사는 그냥 침묵하는 것으로 끝내지 않고 개인적인 해석을 보탰습니다. 우리의 친구 다리우스를 애도하면서 고통에 찬 절규와 오열을 터뜨린 것입니다.」
 다시 박수갈채가 일었다.
 「우리는 모두 다리우스의 스탠드업 코미디 〈스트립쇼〉를 새롭게 해석한 두 배우를 높이 평가했습니다. 스트립쇼가 꾸밈없음을 지향하는 것이라고 한다면, 연기의 완전한 부재와 단순한 절규보다 더 위대한 스트립쇼는 없다고 말할 수 있을 것입니다. 이상 다비드와 바네사의 무대였습니다. 여러분은 그들을 보신 적이 없을 것입니다. 그건 당연한 일입니다. 이미 말씀드렸듯이 두 코미디언은 다리우스를 추모하기 위해 일부러 멀리 퀘벡에서 비행기를 타고 왔습니다. 두 분에게 또다시 힘찬 박수를 보내 주십시오.」

열렬한 박수갈채가 길게 이어졌다.

뤼크레스와 이지도르는 그 악몽 같은 순간을 소화하려는 듯 잠시 꼼짝 않고 서 있었다. 가슴이 자꾸 세차게 뛰었다. 그들의 심장은 한참 만에야 정상적인 리듬을 되찾았다.

뤼크레스는 이지도르의 손을 꼭 쥐었다.

이지도르가 말했다.

「죽는 줄 알았어요.」

「나는 새로 태어나는 기분을 느꼈는데.」

이지도르는 마치 꿈을 꾸고 있는 것처럼 멍한 표정으로 덧붙였다.

「미국의 코미디언 앤디 코프먼이 이미 1970년대에 그것을 시험했어요. 어떤 대사나 몸짓도 없이 1분 동안 침묵을 지켰는데, 그게 통했어요. 우리의 상황에 비추어 볼 때 그것이 우리가 사용할 수 있는 유일한 전략이었어요.」

「모든 것을 미리 내다보았던 사람처럼 굴지 말아요. 지식 자랑도 작작 하고요. 우리는 공황 상태에 빠져 돌처럼 굳어 있었어요. 그래서 아무것도 하지 않은 거죠. 내가 소리를 지른 이유는…….」

「이유는?」

그녀는 인생의 첫 실패를 다시 체험하는 상황에 놓여 있었기 때문이라고 하려다가 말을 바꿨다.

「……그렇게 마냥 서 있는 것을 견딜 수 없었기 때문이에요.」

그들은 백스테이지로 가서 공연의 진행을 계속 지켜보기

로 했다. 다른 출연자들은 두려움과 경멸이 섞인 눈으로 그녀와 이지도르를 흘깃거렸다. 그들에게 〈우리 공연을 어떻게 보았어요?〉라고 물어보는 것은 미친 짓이었다.

뤼크레스와 이지도르는 자리에 앉아서 공연 실황 모니터를 지켜보았다.

스테판 크로츠가 다시 무대에 올라갔다.

「이번에는 아주 특별한 내빈을 무대 위로 모시겠습니다. 이분은 저의 친구이자 동료이자 뛰어난 제작자입니다. 바로 다리우스의 형님이신 타데우시 워즈니악입니다!」

타데우시가 분홍 정장에 진분홍 넥타이를 맨 차림으로 등장했다. 그는 손가락 세 개를 오른쪽 눈가에 대면서 경례를 했다. 그러고는 크로츠와 악수를 하고 다정하게 포옹을 나누었다.

「친애하는 스테판, 그냥 평소처럼 스테프라고 불러도 되겠지? 스테프, 나는 다리우스가 자네를 얼마나 높이 평가했는지, 그리고 다리우스가 자네에게 얼마나 많은 신세를 졌는지 잘 알고 있네. 다리우스가 저 위에서 우리를 보고 있다면, 이 추모 공연을 고마워할 것이고 객석에 모인 친구들과 팬들을 반가워할 걸세.」

「고맙네, 타드. 자넨 정말 멋진 친구야.」

「내가 고맙지. 알다시피 내 동생이 죽던 날 나는 바로 여기에 있었네. 바로 저기 맨 앞줄에 앉아 있었지. 그의 마지막 스탠드업 코미디를 기억하고 있어. 오늘 밤에 그것을 관객 여러분께 읽어 드렸으면 하네.」

타데우시는 종이 한 장을 펼쳐서 읽어 나갔다. 그러다가 마지막 문장에 이르러 속도를 늦추고 과장되게 어절을 끊어

가며 말했다.

「그래서 그는…… 문장을 읽고…… 웃음을 터뜨리더니…… 그대로…… 죽고 말았습니다.」

관객들은 기립 박수를 보냈다.

이지도르는 수건 하나를 집어 얼굴을 닦더니, 그녀에게도 수건 하나를 내밀었다.

그녀는 착 가라앉은 어조로 말했다.

「잠깐만요. 화장실에 좀 다녀올게요.」

뤼크레스는 여자 화장실의 문을 열었다. 칸이 두 개였다. 그녀는 첫 번째 칸의 문손잡이를 돌렸다. 잠겨 있었다. 두 번째 칸도 마찬가지였다. 억세게도 운이 나쁜 날이라는 생각이 들었다. 오래 참지 못할 것 같았다.

그녀는 안에 있는 사람이 더 빨리 나오도록 문을 두드리기 시작했다. 문 너머에서 기다리라는 말이 날아왔다.

그녀는 얼굴에 찬물을 끼얹었다. 다른 어느 때보다 상쾌한 기분이 들었다.

그때 느닷없이 요란한 소리가 들려왔다. 이웃한 분장실에서 한 남자가 아주 큰 소리로 웃고 있었다.

뤼크레스는 어떤 예감에 사로잡혀 화장실 밖으로 튀어 나갔다. 웃음소리가 들려오는 분장실을 찾아가 보니 문에 타데우시 워즈니악의 이름이 붙어 있었다.

이지도르도 소방 안전 요원과 함께 이내 당도했다. 그들은 문으로 바싹 다가들었다. 타데우시는 더욱 큰 소리로 웃고 있었다. 뤼크레스는 문을 부수려고 발길질을 했다. 소용이 없었다.

안에서는 웃음소리가 단말마의 비명으로 변했다. 갑자기

사람이 쓰러진 듯 쿵 하는 소리가 들렸다. 소식을 듣고 몇 사람이 달려왔다.

소방 안전 요원은 문을 열기 위해 열쇠 꾸러미를 꺼냈다. 하지만 흥분을 가누지 못하고 너무 서두르는 바람에 맞는 열쇠를 쉽게 찾아내지 못했다.

뤼크레스는 무언가 짚이는 바가 있어서 더 기다리지 않고 1백여 명쯤 되는 팬들 속으로 돌진했다. 타데우시의 사인을 받은 팬들은 천천히 흩어져서 출구 쪽으로 가고 있었다. 이지도르는 그녀가 무슨 생각을 하는지 알아차리고 그녀를 뒤따라갔다.

그녀가 소리쳤다.

「저기! 그자가 저기 있어요!」

그녀는 힘껏 달리다가 도망자를 시야에서 놓치고 멈춰 섰다. 이지도르는 그녀에게 다가갔다.

「그자가 지나가는 것을 봤어요. 슬픈 표정의 어릿광대였어요!」

그녀는 숨을 가누다가 다시 멀리에서 그자를 발견했다.

「저기 있어요!」

「어이! 거기 서!」

도망자는 뒤를 슬쩍 돌아보고는 더욱 빠르게 달아났다.

뤼크레스가 소리쳤다.

「저 사람 잡아요! 저 사람 잡아요!」

하지만 그들은 팬들 때문에 빨리 나아갈 수가 없었다. 도망자는 계단을 치오르더니 문을 열고 위쪽의 좁은 통로로 들어섰다. 뤼크레스와 이지도르는 도망자를 쫓아 무대 천장으로 갔다. 무대 바닥에서 10미터 이상 올라온 공간이었다.

도망자가 분명하게 눈에 들어왔다. 무대에서는 13번 어릿광대가 다리우스의 또 다른 스탠드업 코미디를 연기하고 있었다.

뤼크레스가 도망자를 향해 소리쳤다.

「거기 서!」

그러자 도망자는 밧줄을 타고 무대 한복판으로 내려섰다.

13번 어릿광대와 동료 배우들은 깜짝 놀라서 연기를 중단했다.

슬픈 표정의 어릿광대는 꾸벅 절을 올리고 손가락 세 개를 오른쪽 눈가에 갖다 댔다.

관객들은 그것이 개그라고 생각하면서 즉시 박수를 보냈다.

뤼크레스와 이지도르도 도망자를 따라 무대 한복판에 내려섰다. 관객들은 그들을 알아보고 환호성을 질렀다.

「다비드! 바네사!」

그들은 똑같은 손짓으로 약식 거수경례를 하고 꾸벅 절을 올렸다. 박수갈채가 더욱 요란하게 터져 나왔다. 유머는 반복적인 양상을 띨 때 더욱 잘 통한다는 앙리 베르그송의 법칙을 확인할 수 있는 순간이었다.

도망자는 어느새 사람들을 떼밀며 비상구를 통과하여 거리로 뛰어나갔다. 그들은 도망자가 오토바이를 타고 쏜살같이 달아나는 것을 보았다.

그들은 사이드카가 곁달린 오토바이를 타고 추격에 나섰다. 그들은 양방 통행 도로인 이탈리앵 대로를 빠르게 주파하여 일방통행로인 푸아소니에르 대로로 접어들었다. 도망자는 주저 없이 역주행을 하며 마주 오는 자동차들을 요리조리 피해서 달아났다.

하지만 사이드카가 곁달린 오토바이로는 그렇게 할 수가 없었다. 뤼크레스는 트럭 한 대를 가까스로 피하고 승용차 한 대와 성난 보행자 곁을 스쳐 지나갔다. 하지만 마주 오던 버스와 정면충돌하는 것을 아슬아슬하게 피하고 나서는 추격을 포기해야만 했다.

「뤼크레스, 이제 뭘 하죠?」

「당신 사정은 잘 모르겠지만 나는 당장 화장실에 가야 해요.」

111

한 마을이 있다. 관광 수입으로 살아가는 마을이다. 그런데 경제 위기가 닥치면서 관광객들의 발길이 뚝 끊겼다.

그렇게 몇 달이 지나자 모두가 마을의 앞날을 놓고 점점 비관적인 생각을 하게 된다.

드디어 관광객 한 사람이 와서 호텔에 방을 잡는다.

그는 1백 유로짜리 지폐로 숙박료를 지불한다.

관광객이 객실에 다다르기도 전에 호텔 주인은 지폐를 들고 정육점으로 달려가서 외상값 1백 유로를 갚는다.

정육점 주인은 즉시 그 지폐를 자기에게 고기를 대주는 농장 주인에게 가져다준다.

농장 주인은 얼른 술집으로 가서 주인에게 빚진 해웃값을 지불한다.

술집 주인은 호텔에 가서 호텔 주인에게 진 빚을 갚는다. 그럼으로써 돈이 마을을 한 바퀴 돌아 첫 사람에게 돌아온다.

그녀가 1백 유로짜리 지폐를 카운터에 내려놓는 순간, 관광객이 객실에서 내려온다. 방이 마음에 들지 않아서 그냥 나가겠다는 것이다. 그는 지폐를 집어 들고 사라진다.

돈이 돌기는 했으나, 번 사람도 없고 쓴 사람도 없다.

그래도 마을에는 이제 빚진 사람이 아무도 없다. 세계 경제의 위기라는 것도 결국 이런 식으로 해결하고 있는 게 아닐까?

다리우스 워즈니악의 스탠드업 코미디

「기본적인 시사 분석」 중에서

제3막 **우스워 죽을 지경**

112

〈코미디계의 심장에 다시 타격〉

〈다리우스의 형, 다리우스 추모 공연 도중 돌연사〉

〈타데우시 워즈니악, 동생과 비슷한 정황에서 사망〉

이튿날 일간지들의 헤드라인이었다.

한낮의 텔레비전 뉴스에서는 그의 사망을 첫 소식으로 보도했다.

「뮤직홀 올랭피아에서 충격적인 일이 벌어졌습니다. 어젯밤 다리우스 추모 공연 도중에 고인의 친형인 타데우시 워즈니악이 혼자 분장실에 있다가 심장 마비로 사망했습니다. 곧바로 현장에 나가 있는 취재 기자 연결하겠습니다.」

분장실의 영상들이 이어졌다. 분장실 바닥에는 시신이 쓰러져 있던 자리가 분필로 표시되어 있었다.

「네, 그렇습니다. 매우 충격적인 사망 사건입니다. 타데우시는 공교롭게도 동생 다리우스와 똑같은 공연장, 똑같은 분장실에서 죽음을 맞았습니다. 이 기이한 사건에 관한 설명을 듣기 위해 파리 법의학 연구소의 법의관 파트리크 보벤 박사를 모셨습니다. 자, 박사님, 침입 흔적도 증거도 없는 이 두 번째 사망 사건을 어떻게 설명할 수 있을까요?」

카메라의 화각이 커지면서 법의관의 모습이 드러났다.

「수사의 현 단계에서는 당연히 어느 것도 단정적으로 말할 수 없습니다. 타데우시 워즈니악은 안에서 잠긴 분장실 안에 혼자 있었습니다. 그러다가 갑자기 심장 발작이 일어나서 곧바로 사망했죠. 사망 순간에 웃음을 짓고 있었던 것으로 보아 고통을 받은 것 같지는 않습니다.」

「심장 쪽의 가족력과 연관이 있을 수도 있나요?」

「그럴 가능성도 배제할 수 없습니다. 다리우스 형제는 과도한 활동을 하며 살았습니다. 주위 사람들의 말에 따르면 흡연과 음주를 했고 잠을 적게 잤다고 합니다. 제가 보기에 두 형제는 심장에 똑같은 문제가 있었을 수도 있습니다. 더 정확한 것은 부검을 해보면 알게 될 것입니다.」

「고맙습니다, 보벤 박사님.」

뉴스 진행자는 마이크를 넘겨받고 보도를 이어 나갔다.

「대통령은 유가족에게 애도의 메시지를 보냈습니다. 타데우시 워즈니악의 영결식은 수요일 11시 몽마르트르 묘지에서 가족장으로 치러집니다.」

113

「〈워즈니악 일가에 다시 저주가 내렸다〉 그리고 느낌표 아니면 말줄임표. 이 제목을 어떻게 생각해?」

크리스티안 테나르디에의 물음에 몇몇 기자가 대답했다.

「좋아요, 아주 좋은데요.」

「당연히 좋겠지. 위에서 제안한 거니까. 하지만 이건 꽝이야. 왜 꽝인 줄 알아? 벌써 두 일간지가 써먹었거든. 신문 볼 시간들도 없는 모양이지? 쯧쯧……. 그러니까 이보다 좋은 것을 찾아내야 해!」

사회부장은 이쑤시개를 꺼내어 잇바디의 틈새를 쑤셔 파

기 시작했다. 그녀는 좌중의 심기를 불편하게 하는 데서 기쁨을 얻는 것 같았다. 자기는 무엇이든 마음대로 할 수 있고 아무도 감히 자기를 비판하지 않으리라는 것을 입증하는 하나의 방식이었다.

회의에 참석한 스무 명쯤 되는 기자들은 짐짓 글을 끼적거리거나 메모를 읽는 척했다.

막심 보지라르가 평소처럼 열의를 보이며 안을 내놓았다.

「〈유머계의 저주받은 형제들〉어때요?」

「나쁘진 않은데. 누구 더 좋은 의견 없어?」

「〈올랭피아 연쇄 사망의 법칙〉은요?」

「스파게티 웨스턴 같지 않아? 다른 의견은?」

「〈워즈니악가(家)의 몰락〉은 어떤가요?」

「에드거 앨런 포가 웃겠다! 다음 사람? 아무도 없어? 이러다가 경쟁사들한테 또 뒤지겠어. 나는 타데우시가 죽기 몇 분 전에 그를 만났어. 그래, 정말이야. 나보고 현장에 가지 않는다고 뭐라고들 하는데, 나는 분명 그날 밤 비극의 현장에 있었어. 당신들이 원한다면 증인으로 인터뷰에 응할 수도 있어. 그런데 뤼크레스는 어디 있는 거야? 다리우스 사망 사건을 맡은 게 그 친구 아냐? 어쩌다 쓸모 있는 일을 할 수 있는 기회가 왔는데, 자리에 없으면 어쩌자는 거야? 최근에 뤼크레스 소식 들은 사람 없어?」

몇몇 기자들이 고개를 가로저었다. 상사의 공격 표적이 되지 않은 것을 너무나 다행스러워하는 기색들이었다.

「플로랑! 당신이 그 애와 가장 친하니까 말해 봐. 당신이 아끼는 그 후배 어디에 있는지 알아?」

그는 모른다는 뜻으로 입을 비죽 내밀었다.

「좋아. 이건 꽃병의 물을 넘치게 하는 한 방울의 물이야. 내일 잘라 버리겠어.」

문이 열렸다. 뤼크레스가 헐레벌떡 들어서더니 자기 의자 쪽으로 달려가서 이마로 흘러내린 머리를 쓸어 올리며 앉았다.

「늦어서 죄송합니다.」

「아니, 〈죄송합니다〉 가지고는 안 돼. 그건 네 마음을 일방적으로 표현한 거잖아. 〈저를 용서해 주시겠습니까?〉 하고 물어야지. 그건 그렇고, 그동안 취재를 했으니까 우리를 깜짝 놀라게 할 만한 것을 가지고 왔겠지?」

뤼크레스는 재킷을 벗었다. 여느 때와 다름없이 비단 치파오가 드러났다. 이번에는 연보라와 검은색으로 된 바탕에 코끼리 형상을 수놓은 치파오였다.

「타데우시의 죽음은 살인입니다.」

부장은 두 다리를 탁자 위에 올려 구두 밑창을 드러냈다.

「그 얘긴 이미 들었어. 그런 가정하에 취재를 했잖아. 하지만 현재로서는 자네가 우리에게 별로 확신을 주지 못했어. 게다가 부검 결과는 심장 혈관계의 이상에 따른 돌연사로 나왔어.」

「타데우시는 다리우스와 똑같은 방식으로 살해되었어요. 범행 수법이 동일해요. 살인자는 동일한 장소, 동일한 정황에서 동일한 무기를 사용했어요.」

「자네가 보기엔 그 〈비밀 무기〉가 뭔데?」

뤼크레스는 숨을 길게 들이마셨다. 마치 같은 말을 되풀이하는 고역을 감당하기 위해 힘을 모으는 것 같았다.

「하나의 텍스트예요. 읽는 사람을 죽게 만드는 텍스트요.」

「어떤 식으로 죽게 만드는데?」

「웃다가 죽게 하죠.」

몇몇 기자들은 뒤늦게 말귀를 알아듣고 실소를 지었다.

「마드므와젤 넴로드, 자네야말로 우리를 웃다가 죽게 만드는걸. 보아하니 경험이 부족해서 허무맹랑한 가정과 가능성을 구분할 줄 모르는 모양이지?」

뤼크레스는 대꾸하지 않았다. 올랭피아의 경험을 통해 침묵의 힘을 배운 터였다. 그녀는 그저 상사를 뚫어져라 바라보기만 했다.

그 바람에 아연 긴장이 감돌았다. 그러자 부장은 그 긴장을 누그러뜨려야 한다고 느꼈다.

「그런데 말이야, 마드므와젤 넴로드. 자네를 보니까 문득 바네사와 다비드가 생각나는걸. 알지? 올랭피아의 무대에 섰던 그 무언의 어릿광대들!」

텔레비전을 통해 추모 공연을 보았던 기자들은 새삼스럽게 뤼크레스를 바라보며 정말 그렇다고 수군거렸다.

뤼크레스는 반항하기엔 아직 이르다고 생각했다. 당장은 〈지배하기 위해 복종하기〉라는 법칙을 적용할 때였다. 남들처럼 처신하고 남들을 존중하는 척해야 했다. 그러지 않으면 이지도르처럼 워터 타워에서 홀로 인생을 끝마칠 수도 있었다. 그녀는 이지도르의 조언 하나를 떠올렸다. 〈바보con를 상대하는 방법은 단 하나, 칭찬compliment이에요. 당신이 바보를 칭찬하면 바보는 당신이 자기를 알아준다고 생각하면서 당신을 자발적으로 돕기 시작하죠.〉

뤼크레스가 말했다.

「부장님께 감사드리고 싶었어요. 취재비를 주시고 저를

믿어 주신 덕분에 몇 가지 증거를 찾아낼 수 있었어요. 제가 보기엔 쓸 만한 증거들이에요. 부장님의 직감이 맞아떨어진 것 같아요.」

뤼크레스는 〈BQT〉라는 금빛 글자들과 〈절대로 읽지 마십시오〉라는 문장이 적힌 파란 목갑을 내놓았다. 작은 감광지도 함께.

「아, 그거? 그건 이미 보여 줬잖아.」

「지난번에는 다리우스의 분장실에서 찾아낸 목갑을 보여 드렸어요. 이것은 소방 안전 요원이 타데우시의 분장실에서 찾아낸 거예요.」

그녀는 비슷하게 생긴 다른 목갑을 보여 주었다.

「부장님 생각이 옳았어요. 살인자는 이 물건들을 사용해서 살인을 저질렀어요.」

플로랑 펠레그리니가 물었다.

「그럼 지문은?」

「바로 그것 때문에 제가 지각한 거예요. 범죄학 연구소에 들렀다 오느라고요. 지문이 전혀 없더라고요. 그도 그럴 것이 제가 살인자를 봤는데 장갑을 끼고 있었어요.」

그녀는 지문 감식 결과 보고서를 내밀었다.

「살인자를 봤다고?」

부장은 놀란 기색으로 물었다.

「네, 봤어요.」

「좋아, 그럼 그게 누구지?」

부장의 말투에는 빈정거림이 섞여 있었다.

뤼크레스는 자기가 찍어 온 사진을 보여 주었다. 지난번 사진보다 얼굴이 더 잘 보였다.

「커다란 빨간 코가 얼굴의 한복판을 가리고 있는 데다 화장이며 가발이며 모자 때문에 누군지 알아볼 수가 없잖아.」

「거의 잡을 뻔했는데 길이 막혀 버렸어요. 버스 때문에……」

다시 여기저기에서 비웃음이 새어 나왔다.

「마드므와젤 넴로드, 지금 그딴 걸 우리한테 믿으라는 거야?」

테나르디에는 재킷 호주머니를 뒤져 시가를 꺼내더니 냄새를 한번 맡아 보고 작은 절단기로 끄트머리를 잘라 냈다. 그러고는 시가에 불을 붙여 한 모금을 빨고는 연기를 뱉어 냈다. 뤼크레스의 말에 대한 불신을 담은 연기였다.

뤼크레스는 순순히 물러서지 않았다.

「다른 것은 차치하더라도 제 가설은 두 사망 사건을 연결시켜서 설명한다는 장점이 있어요. 다른 기자들은 아무도 이런 가설을 내놓지 못하고 있어요.」

「다 쓸데없는 소리야. 목갑, 감광지, 얼굴을 식별할 수 없는 어릿광대, 확인되지 않은 황당한 가설. 요컨대, 그딴 걸 가지고는 기사다운 기사를 쓸 수 없어. 허무맹랑한 소설을 쓴다면 모를까, 진지한 기사는 안 돼.」

「하지만 두 사람이 같은 장소, 같은 정황에서 비슷한 방식으로……」

크리스티안 테나르디에는 벌떡 일어나서 손바닥으로 탁자를 내리쳤다.

「그래, 심장 마비로 죽었어. 그것은 가족력과 관련이 있고. 뤼크레스, 이 딱한 친구야. 지금 이 순간 나는 자네를 공식적으로 해고하기로 결정했어. 이유는 간단해. 자네는 한낱……」

「……자기 일을 제대로 하는 기자죠.」

한 남자가 그렇게 말하면서 방으로 들어섰다.

부장은 남자를 아래위로 훑어보았다.

「이런, 유령이 나타나셨군. 이지도르 카첸버그, 당신이 여기엔 웬일이야? 여기에는 당신을 반기는 사람도 없고 당신이 할 일도 없어. 여기는 우리 부서가 회의를 하는 자리고 우리는 당신을 초대한 적이 없어. 당장 나가시지!」

이지도르는 순순히 따르기는커녕 비어 있는 베이지색 가죽 의자에 앉았다.

「이 사건이 해결되기를 바란다면 우리의 도움이 필요할걸요. 나와 마드므와젤 넴로드가 도와주지 않아도 되겠어요?」

「이지도르, 당신을 필요로 하는 사람은 아무도 없어. 어디에서나 사람들은 당신한테 만장일치로 반대표를 던져. 우리가 당신을 해고한 이유도 거기에 있어. 저 쓸모없는 새침데기가 쫓겨나는 이유도 그와 비슷하지.」

「그러지 말아요.」

「나는 당신한테 그딴 소리를 들을 이유가 없어. 한심한 이지도르, 당신은 실패한 기자일 뿐이야. 경비원을 부르기 전에 어서 나가 줘.」

그는 눈도 깜짝하지 않았다.

「우리에게 사흘을 주면, 살인자와 범행에 사용된 무기를 찾아내고 워즈니악 형제를 죽인 동기도 알아낼게요. 뤼크레스 덕분에 우리 조사가 이미 많이 진척되었어요. 사건 해결을 눈앞에 두고 있다고요. 알다시피 다른 언론사들은 살인 사건이라는 관점에서 취재를 하고 있지 않아요. 워즈니악 사건과 관련해서 진짜 특종을 얻고 싶으면 과감하게 우리를 믿어야 해요. 나와 뤼크레스 말이에요.」

아무도 반응을 보이지 않았다. 이지도르는 차분하게 말을 이었다.

「내가 알기로, 일개 부장의 알량한 자존심 때문에 그런 특종을 포기한다면 언론사가 제대로 돌아간다고 말할 수가 없죠. 어쨌거나 당신이 공과 사를 구분하지 못한다면 경영진이 당신을 그리 좋은 눈으로 볼 것 같지는 않은걸요.」

크리스티안 테나르디에는 마치 니코틴에서 구원을 찾기라도 하듯 시가를 뻑뻑 빨아 댔다. 그때까지 남의 일처럼 그냥 지켜보기만 하던 기자들이 수군거리기 시작했다.

이지도르는 그녀에게서 눈을 떼지 않고 무설탕 감초 막대 사탕을 꺼내어 천천히 포장지를 벗긴 다음 쪽쪽 소리가 나도록 빨아 먹기 시작했다. 그녀는 머뭇머뭇하다가 시가를 비벼 껐다.

「지금까지 알아낸 게 뭐지?」

「그걸 그냥 알려 줄 수는 없고 몇 가지 조건이 있어요. 첫째, 뤼크레스의 해고를 철회할 것. 둘째, 우리에게 취재비를 추가로 지급할 것. 우리는 이미 상당한 비용을 지불했어요. 내가 추산하기로 3천 유로는 받아야 하지 않을까 싶네요. 셋째, 우리가 곤경에 빠지는 경우에는 우리를 구해 줄 것. 이상을 서면으로 약속해 줘요. 당신의 서명과 날짜가 들어간 정식 문서로요.」

테나르디에는 시가에 다시 불을 붙였다. 그러고는 가부를 놓고 속으로 저울질을 하다가 눈짓으로 다른 사람들의 의견을 물었다. 플로랑 펠레그리니는 그녀에게 받아들이라고 신호를 보냈다.

「사흘을 주겠어. 그 이상은 안 돼.」

「좋아요. 갑시다, 뤼크레스, 다시 일을 시작해야죠.」

그는 뤼크레스의 손을 잡고 그녀를 출입구 쪽으로 이끌었다. 그가 보기에 이 공간은 건강에 좋지 않았다.

테나르디에가 소리쳤다.

「이지도르, 난 당신이 마음에 안 들어. 당신한테는 어느 것 하나 마음에 드는 게 없어. 당신의 생김새도 싫고 목소리도 싫어. 그 태도는 말할 것도 없고.」

그는 걸음을 멈추고 조금 머뭇거리다가 몸을 돌렸다.

「크리스티안, 나는 뭐 당신이 좋아서 이러는 줄 알아요?」

「어떤 경우에도 당신을 우리 편집국에서 다시 받아 주는 일은 없을 테니 그리 알아.」

「다시 오라고 애걸을 해도 안 올 테니 걱정 말아요. 나는 감옥도 간수도 좋아한 적이 없어요. 이 회사를 그만두고 나니까 잠이 잘 오데요. 양심의 가책에 시달릴 일이 없거든요.」

그 말에 다른 기자들이 다시 수군거렸다.

뤼크레스는 이지도르가 갈수록 마음에 들었다.

크리스티안 테나르디에는 조금 전에 불을 붙인 시가를 비벼 껐다.

기자들은 누구나 부장이 비로소 만만찮은 상대를 만났다는 것을 알아차렸다. 부장은 정면 공격에 실패하자 측면 공격을 시도했다.

「이지도르, 한 가지 궁금한 게 있는데, 왜 뤼크레스를 도와주는 거지? 개인적으로 얻을 게 없을 텐데. 명예를 얻을 수 있는 것도 아니고 돈이 생기는 것도 아니잖아? 아, 알겠다……. 혹시 이 애랑 자고 싶은 거야? 그렇다면 한 가지 더 물어볼게. 왜 이런 여자랑 가까이 지내면서 삶을 복잡하게 만드는 거지? 여자가 필요하면 차라리 매춘부를 만나. 그게 간단하고 확실하잖아? 어차피 웃자고 하는 소리니까 내가 재미난 얘기를 해줄게. 돈 내고 하는 섹스랑 공짜로 하는 섹스의 차이가 뭔 줄 알아? 공짜로 하는 섹스가 대개는 훨씬 더 비싸다는 거야.」

그녀는 제풀에 웃었다. 다른 기자들도 따라 웃었다.

이지도르는 어깨를 으쓱해 보였다.

「뤼크레스는 크리스티안 당신이 영원히 얻지 못할 것을 가지고 있어요. 그게 뭔 줄 알아요?」

그는 그녀를 바라보며 침착하게 말했다.

「바로 기자라는 직업에 적합한 재능이에요.」

114

한 거지가 하수관 맨홀 옆에서 되뇐다.

「33, 33, 33.」

지나가던 사람이 다가가서 묻는다.

「왜 자꾸 33을 되뇌는 거요?」

그러자 거지가 행인을 맨홀 속으로 밀어 넣으며 하는 말.

「34, 34, 34……」

다리우스 워즈니악의 스탠드업 코미디
「나 죽은 뒤에 세상이 망하든 말든」 중에서

115

뤼크레스가 플로랑과 함께 쓰는 사무실은 열린 공간이다. 각자의 책상에는 커다란 모니터가 딸린 컴퓨터와 전화기가 놓여 있고, 이미 개봉했거나 아직 개봉하지 않은 우편물이

쌓여 있다. 사무실 한쪽에는 자료로 활용할 수 있는 신문들이 수북하다.

다른 기자들 대다수가 멀리서 그들을 살피고 있다. 자기들 모두를 지배하는 여자와 맞섰던 이지도르의 침착하고 당당한 면모에서 받은 감동의 여운이 아직 가시지 않은 것이다.

이지도르는 뤼크레스의 컴퓨터를 켜고 텍스트 파일을 열었다.

「그러니까 지금 전쟁이 벌어지고 있는데, 한쪽에는 다리우스 워즈니악이 이끌던 분홍 정장들…….」

「〈어둠의 길〉이라고 이름 붙일까요?」

「그리고 반대쪽에는 트리스탕 마냐르가 합류했던 유머 기사단…….」

「그쪽은 〈빛의 길〉이에요.」

「거기에다 제3의 세력을 추가해야 해요. 슬픈 표정의 어릿광대는 아직까지 어느 편에도 속해 있지 않은 것으로 보이니까요.」

「그쪽은 〈파란 길〉이라 부를까요? 슬픈 표정의 어릿광대가 보내는 목갑이 언제나 파란색이니까요. 그런데 분장 때문에 그 어릿광대의 얼굴을 분명히 알아볼 수는 없지만 이상하게도 그 윤곽이 낯설지 않아요. 어디선가 본 얼굴이라는 생각이 자꾸 들어요.」

「음…… 사실은 나도 그래요, 뤼크레스. 그 사람을 어디선가 본 적이 있는 것 같아요.」

그때 플로랑 펠레그리니가 그들에게로 왔다. 옛 동료를 다시 만나서 무척 반가워하는 기색이었다. 얼굴에 이리저리 깊은 주름이 파였지만 웃을 때 보조개가 생기는 것은 예전과 다름이 없었다.

그는 스스럼없이 말을 건넸다.

「뤼크레스랑 또 팀을 이뤘네? 그래, 취재는 어땠어?」

「그냥저냥 할 만했어요.」

뤼크레스가 말했다.

「한 가지 알려 드릴 게 있어요. 이지도르의 집은 침수되고 제 아파트는 화재를 당했어요. 그래서 두 사람 모두 호텔에 묵고 있어요. 그러니까 혹시 우리를 만나고 싶으시면 몽마르트르에 있는 〈미래 호텔〉로 오세요. 18호실이에요.」

플로랑은 수첩에 적어 두었다.

이지도르는 구글 검색 엔진을 열어 검색창에 〈슬픈 표정의 어릿광대〉를 입력했다. 어릿광대들의 얼굴이 나타났다. 얼굴마다 번호가 붙어 있고 광대의 신원과 분장을 고안한 사람의 이름이 나와 있었다. 하지만 그들이 찾고 있는 어릿광대와 닮은 얼굴은 보이지 않았다.

플로랑은 자기 의자를 미끄러뜨리며 그들 옆으로 다가왔다.

「아참, 뤼크레스, 깜박했는데 너한테 우편물이 많이 왔어. 네가 며칠 동안 사무실에 안 나오니까 우편물이 쌓여서 네 책상에 놓을 자리가 없더라고. 그래서 내가 상자에 담아 놓았어.」

「고마워요, 플로랑. 나중에 보면 돼요.」

그녀는 고개도 돌리지 않고 화면에 나와 있는 어릿광대들의 얼굴을 계속 살펴보았다. 플로랑은 어깨를 으쓱 추켜올렸다.

「그럼 내가 빨리 선별해 줄게. 우편물 관리를 소홀히 하면 안 돼. 버릴 건 바로 버려야지, 그러지 않으면 우편물에 묻혀 버린다고.」

그는 기다란 페이퍼 나이프를 들고 봉투를 하나하나 열더니 소포들을 뜯기 시작했다. 그가 크라프트지에 싸인 소포를 풀었을 때 그녀가 소리쳤다.

「스톱!」

그녀는 소포에서 나온, 파란 래커를 칠한 목갑을 가리켰다. 그러고는 조심조심 목갑을 집어 투명한 비닐봉지에 담았.

이지도르는 목갑에 〈BQT〉와 〈절대로 읽지 마십시오〉라는 말이 적혀 있음을 비닐 너머로 확인했다. 크라프트지에는 인쇄체 글씨로 이런 말이 적혀 있었다. 〈당신들 모두가 알고 싶어 하는 것이 바로 여기에 있소.〉

이지도르가 말했다.

「주객이 전도되었군요. 사냥꾼들이 사냥감에게 쫓기는 꼴이에요.」

뤼크레스가 동을 달았다.

「게다가 사냥감은 강력한 수단을 사용하고 있어요.」

플로랑은 이게 무슨 소리인가 하면서 어리둥절한 표정을 지었다.

이지도르가 제안했다.

「상자 안에 뭐가 들어 있는지 볼까요?」

「지금 농담해요?」

「농담 아니에요. 설마 그 〈살인 소담〉 이야기를 진짜로 믿고 있는 건 아니죠?」

그가 비닐봉지를 잡으려고 하자 그녀는 얼른 제지했다.

「이 소포는 나한테 온 거예요. 손대지 말아요!」

그녀는 목갑이 들어 있는 비닐봉지를 자기 가방에 쑤셔 넣었다.

「그래 봤자 오래 버티지 못할걸요. 호기심을 어떻게 이기겠어요? 내가 열어 볼게요. 나는 당신보다 오래 살았고 미래가 있는 것도 아니에요. 만약 우리 중에서 한 사람이 웃다가 죽어야 한다면 누가 보기에도 내가 죽는 게 이치에 맞죠.」

그녀는 고집스러운 표정을 지었다.

「자, 뤼크레스. 자꾸 이러면 우리는 과학의 영역을 벗어나…… 마법의 영역으로 빠져들게 돼요.」

그녀는 부장을 꼼짝 못 하게 했던 그의 언변에 넘어가지 않겠다고 마음을 다잡으며 짐짓 과학자의 딱딱한 어조로 말했다.

「이 물건은 두 사람의 사망을 야기한 것으로 보아 괴력을 지녔다고 의심할 이유가 충분하므로 예방 차원에서 격리하는 게 바람직하죠.」

그는 어깨를 으쓱 추켜올렸다. 그녀는 목갑을 가방 속으로 더욱 깊이 밀어 넣고 스카프로 덮었다.

「단념해요, 이지도르. 어떤 이유로든 안 돼요.」

「사실 나는 그 〈마법의 텍스트〉가 어떻게 효력을 발휘하는지 알아요. 그것은 사람들의 믿음에 근거해서 작용하는 거예요. 모두가 어떤 이야기를 읽으면 웃다가 죽을 수도 있다고 믿기 때문에, 그 텍스트를 읽는 순간 정말로 충격을 받게 된다는 얘기죠. 하지만 나는 그것을 믿지 않기 때문에 그 텍스트를 읽어도 아무 탈이 없을 거예요. 나의 천성적인 회의주의가 나를 지켜 주는 백신인 셈이죠.」

「나 피곤해요. 이제 갈래요. 같이 갈래요, 아니면 여기에 더 있을래요?」

플로랑은 끼어들지 않았다.

그는 싱긋 웃으며 자기 책상 서랍에서 위스키병을 꺼냈다. 그러고는 한 잔을 가득하게 따라서 마시고 그 뒷맛을 즐기려는 듯 눈을 감았다. 그런 다음 개봉하지 않은 우편물들을 상자에 도로 담고 상자를 책상 밑으로 밀어 넣었다.

116

한 여객기에 승객들이 탑승하여 저마다 자리에 앉는다. 그들은 비행기가 이륙하기를 기다린다. 그때 조종사 제복을 입은 남자 두 명이 기내에 들어온다. 두 남자는 검정 선글라스를 끼고 있다. 한 남자는 맹인 안내견의 인도를 받으며 나아가고, 다른 남자는 흰 지팡이로 더듬더듬 길을 찾아간다.

그들은 통로를 나아가서 조종실로 들어가더니 문을 닫는다. 몇몇 승객은 너무 어처구니가 없는 상황을 접하고 헛웃음을 짓는다. 하지만 다른 승객들은 모두 경악 또는 공포에 사로잡힌 표정으로 서로를 바라본다. 잠시 후, 엔진 소리가 들리고 비행기가 활주로를 달리기 시작한다. 속도가 점점 빨라진다. 그런데 왠지 비행기가 이륙할 기미를 보이지 않는다. 승객들은 원창 밖을 내다본다. 비행기가 활주로 끝에 있는 호수 쪽으로 곧장 나아가고 있지 않은가. 비행기가 더욱 빨라진다. 여러 승객이 상황을 알아차린다. 비행기는 이륙하지 않을 것이고 그들은 곧장 호수로 빠질 것이다. 그러자 공포의 비명이 기내를 가득 채운다. 바로 그 순간 비행기가 아주 사뿐하게 날아오른다. 승객들은 공포에서 벗어나 안도의 웃음을 짓는다. 그런 못된 장난에 속아 넘어갔다고 생각하니 바보가 된 기분이다.

몇 분이 지나자 승객들은 모두 그 소동을 잊는다. 한편 조종실에서는 기장이 계기판을 더듬어 자동 조종 장치를 작동시킨 다음 부기장에게 말한다.

「실뱅, 내가 두려워하는 게 뭔 줄 아나?」

「모르겠습니다, 기장님.」

「이러다가 언젠가는 승객들이 너무 늦게 비명을 질러서 우리 모두가 죽게 되는 날이 오지 않을까 하는 것일세.」

다리우스 워즈니악의 스탠드업 코미디

「우린 대단치 않아」 중에서

117

뤼크레스는 이지도르를 사이드카에 태운 채 달리고 있었다.

그녀는 신경이 곤두서 있는데 이지도르는 마냥 느긋해 보였다. 그녀는 가방을 오른쪽에 앉은 이지도르의 손이 닿지 않는 곳에 두느라고 자기 왼쪽 어깨에 메고 있었다.

서로 말이 없었기 때문에 그녀는 헤비메탈 밴드 〈메털리카〉의 「다른 건 중요하지 않아」를 틀었다.

그녀는 넓은 가로수 길 쪽으로 오토바이를 몰아 가며 생각했다.

......이지도르 말이 맞아. 텍스트가 사람을 죽인다는 것은 불가능해. 그건 마법을 믿는 사람들이나 하는 얘기야. 그런데 왠지 읽으면 안 될 것 같아. 뢰벤브뤼크 교수는 이것을 〈판도라의 상자〉라고 불렀어. 온갖 불행이 담겨 있으니 절대로 열어서는 안 된다는 뜻 아니겠어?

이지도르가 대개는 옳지만 이번에는 그가 잘못 생각하고

있다는 느낌이 들어. 내 여성적인 직감을 믿어야 해. 때로는 그의 직감보다 더 잘 맞아떨어지잖아?

그들은 파리 외곽 순환 도로로 접어들었다. 그녀는 트럭들과 승용차들과 오토바이들을 마구 추월하며 질주했다.

그녀는 길이 시원하게 뚫려 있는 기회를 이용해서 더 달리고 싶었다. 그래서 클리냥쿠르 시문으로 빠져나가지 않고 외곽 순환 도로를 한 바퀴 더 돌기로 했다.

이지도르는 불평하지 않았다. 그녀가 생각을 정리하기 위해 더 달리고 싶어 한다는 것을 알아차린 것이었다.

그녀는 생각을 이어 나갔다.

……읽는 사람을 죽이는 무시무시한 소담이 고대로부터 전해 내려오고 있다? 정말 믿기 어려운 얘기다. 하지만 다리우스가 죽었고 타데우시가 죽었다. 우리는 슬픈 표정의 어릿광대를 잡으려고 뒤를 쫓았다. 따라서 우리는 그자의 눈에 띄었을 것이다. 그런 우리에게 파란 목갑이 든 소포가 배달되었다. 이걸 우연이라고 할 수 있을까?

뤼크레스는 외곽 순환 도로의 속도 측정기에서 섬광이 번쩍이는 것을 개의치 않고 더욱 속도를 냈다.

……그것을 읽으면 죽는다는 사실은 알려져 있는데 정작 그 내용은 아무도 모른다. 뢰벤브뤼크 교수의 견해에 따르면, 어떤 이야기가 사람들의 웃음을 유발하는가 하는 것은 시대와 나라에 따라 다르다. 어느 시대 어느 나라에서는 사람들의 폭소를 자아내던 이야기가 다른 시대 다른 나라에서는 통하지 않을 수도 있는 것이다. 그렇다면 〈살인 소담〉은 시대와 문화를 초월하는 절대 소담일까? 그건 불가능하다. 그런 것은 존재할 수 없다. 하지만…….

이윽고 그들은 〈미래 호텔〉 앞에 다다랐다. 이지도르는 호텔 로비에 들어서자마자 다시 성화를 부렸다.

「뤼크레스, 어린애처럼 굴지 말아요. 내가 어른으로서 모든 것을 책임지고 행동할 수 있게 해줘요. 나는 BQT가 무엇인지 알기 위해서라면 목숨을 바칠 준비가 되어 있어요.」

그녀가 엘리베이터에 올라타자마자 문이 닫혔다. 그녀는 그를 기다리지 않고 엘리베이터가 그냥 올라가도록 내버려 두었다. 그는 계단으로 뒤따라갔다. 그녀는 벌써 18호실에 들어가 있었다. 그는 객실에 들어가서 문을 닫았다.

「좋아요, 인정할게요. 솔직히 말해서 궁금해 죽겠어요. 그놈의 파란 목갑에 무엇이 들어 있는지 알고 싶어요.」

「이게 뭔지 몰라서 그래요?」

「종이에 쓰인 문장들이죠. 그건 폭탄이 아니에요. 자, 뤼크레스, 아이처럼 굴지 말고 이리 줘요.」

그는 그녀의 가방을 잡으려고 했다. 하지만 그녀는 가방이 그의 손에 닿지 않도록 방 안을 빙빙 돌았다.

「단어들이에요, 뤼크레스. 그건 단어들일 뿐이라고요!」

「단어들이 사람을 죽일 수도 있어요. 다리우스와 타데우시가 죽었잖아요.」

「그들은 정신이 허약했어요.」

「내가 보기에 그들은 바보가 아니었어요.」

「읽게 해줘요. 내가 책임을 진다니까요.」

「안 돼요!」

「왜요?」

⋯⋯당신이 나한테 너무 소중해서 그런다, 이 멍청한 남자야.

그는 침대에 벌렁 드러눕더니 천장을 물끄러미 바라보며 말했다.

「우리가 취재를 함께 하는 것이 잘하는 일인지 모르겠어요. 진실을 밝히는 것에 관한 우리의 관점이 서로 다른 것 같거든요.」

「두고 봐요, 언젠가는 나를 생명의 은인으로 여기며 고마워할 테니.」

「나는 모르며 사느니 알고 죽겠어요.」

「나는 당신이 모르는 채로 오래오래 살았으면 좋겠어요.」

「그래 봤자 당신이 잠들어 버리면 그만이에요. 그사이에 내가 가방을 훔쳐 갈 테니까.」

그러자 뤼크레스는 객실 금고 쪽으로 가더니 파란 목갑을 얼른 금고 안에 넣고 숫자 네 개의 암호를 설정해서 문을 잠가 버렸다.

그는 하는 수 없다는 듯 어깨를 으쓱해 보였다. 하지만 아주 단념한 것은 아니었다.

「삼삼놀이로 결정하면 어때요? 내가 이기면 당신이 BQT를 나에게 주는 걸로 하고요.」

뤼크레스는 단호하게 대답했다.

「안 돼요.」

「그럼 내가 키스를 해줄 테니까 금고 암호를 가르쳐 줄래요?」

그때 누가 문을 두드렸다.

118

한 사내가 서커스단을 찾아가 단장에게 한 가지 공연을 제안한다.

「단장님, 제가 특별한 묘기를 선보일까 합니다. 아주 특별한 거예요! 저를 써주시기만 한다면, 확실하게……」

「아, 그래요! 특별하다는 게 어떤 건지 어디 설명이나 들어 봅시다.」

「저는 높이 40미터 되는 곳으로 올라가서 허공으로 뛰어내립니다. 천사 같은 자세로 공중회전을 3회 하고 나서 나사송곳처럼 뱅글뱅글 돌아서 무대 바닥에 놓인 유리병 속으로 쏙 들어가는 겁니다.」

단장은 망설이는 기색을 보인다.

「그 정도를 가지고 특별하다고 한 거요? 형씨만 괜찮다면 눈을 띠로 가리고……」

남자는 머뭇거리다가 받아들인다.

「좋습니다. 까다로우시군요. 그러시는 게 당연하죠! 그럼 눈을 가리고 두 손을 등 뒤로 묶고서 해보겠습니다.」

단장은 여전히 성에 차지 않는 기색이다.

「그리고 40미터 높이로 올라갈 때는 이를 사용해서 밧줄을 타고 올라가겠습니다. 저를 고용해 주십시오! 먹고살아야 합니다. 딸린 자식들도 있고……」

단장은 그제야 마음을 굳힌다.

「정말 그렇게 할 수 있다면 당신을 고용하겠소.

그런데 우리끼리 하는 얘기지만, 그렇게 어려운 묘기를

성공시키자면 틀림없이 무슨 속임수가 있을 것 같은데……

대체 그 속임수가 뭐요?」

「제 속임수는 말이죠……」

곡예사는 몸을 숙여 단장에게 귓속말을 한다.

「사실 저는 병의 좁은 주둥이에 깔때기를 꽂아 둡니다.」

다리우스 워즈니악의 스탠드업 코미디

「나는야 한낱 어릿광대」 중에서

누가 다시 문을 두드렸다. 소리가 조금 더 크게 났다.

뤼크레스는 안전 빗장을 걸어 놓은 채로 문을 조금 열었다.

「마드므와젤 넴로드, 내가 방해를 한 거나 아닌지 모르겠네. 나 스테판 크로츠일세.」

뤼크레스는 문을 마저 열었다. 후리후리한 남자가 들어섰다. 그는 눈을 두리번거리며 앉을 곳을 찾다가 결국 침대를 선택했다.

「앉아도 될까?」

「지금부터 3분을 줄 테니까 나를 웃겨 보세요.」

뤼크레스는 그가 버릇처럼 하는 말을 되돌려 주면서 덧붙였다.

「나는 모래시계가 없으니까 손목시계의 초침으로 시간을 재겠어요. 준비, 시작.」

「루이 뤼미에르의 단편 영화가 생각나는군. 〈물 뿌리다 물벼락 맞은 남자〉. 영화사 최초의 슬랩스틱 코미디 말일세.」

「이제 2분 30초 남았어요.」

그는 자리에서 일어나 있던 이지도르 쪽으로 몸을 돌렸다.

「당연한 얘기지만, 나는 두 사람이 바네사와 다비드 대신 출연했다는 것을 금방 알아봤네. 공연 제작자로 일하자면 관상쟁이가 되는 것은 필수 아니겠나? 아무리 분장을 해도 내 눈은 못 속이지.」

그는 침대가 하나뿐인 객실을 둘러보더니 그들이 어떤 사이인지 알겠다는 듯한 표정을 지었다.

「두 사람에게 감사의 뜻을 전하러 왔네.」

「감사라니요? 뭐가 고맙다는 거죠?」

「두 사람이 공연하는 동안 시청률이 최고로 올라갔거든. 뤼크레스는 내 사무실에서 이미 침묵의 연기를 보여 줬지. 하지만 나는 그것이 대중을 상대로 그렇게 효과를 발휘할 수 있으리라고는 생각하지 못했네. 그것을 최초로 시도한 사람이 누군지 아나?」

「미국 코미디언 앤디 코프먼 아닌가요?」

「굉장한데. 코미디의 세계에 대한 교양이 풍부하구먼. 그는 객석을 가득 메운 관객들 앞에서 침묵 연기를 했지만, 두 사람은 텔레비전으로 생중계되는 상황에서 그런 것을 했네. 정말 대담했던 거지.」

그녀는 손목시계를 들여다보면서 말했다.

「이제 30초밖에 안 남았어요.」

「게다가 무대 천장에서 갑자기 내려온 어릿광대를 뒤쫓아서 다시 등장하는 아이디어는 어떻고! 그야말로 환상적이었네. 내가 왜 그런 걸 진작 생각해 내지 못했을까 하는 생각이 들더군. 그런데 이거 아나? 사람들은 모두 그 아이디어가 나한테서 나온 줄로 알고 있네. 텔레비전 채널의 경영진도 나를 칭찬했고. 비(非)프랑스어권의 뉴스 채널에서 그 장면을 보도하겠다고 나설 정도이니까 말 다했지. 〈깜짝 놀라게 하는 것〉, 이게 좋은 공연의 키워드일세. 두 사람은 모든 관객을 깜짝 놀라게 했네. 다른 건 몰라도 그거 하나는 분명해.」

「이제 10초 남았어요. 시청률이 오른 것에 대해서 우리에게 감사하러 왔다고요? 설마 그 말을 믿으라는 건 아니겠죠?」

그는 갑자기 어두운 표정을 짓더니, 마침내 마음을 굳힌 듯 냉랭하게 말했다.

「BQT를 찾으러 왔네.」

뤼크레스가 물었다.

「우리가 그걸 가지고 있다는 사실을 어떻게 알았죠?」

「나도 나름대로 정보망을 가지고 있거든.」

「그것을 알려 줄 수 있는 사람은 플로랑 펠레그리니밖에 없을 텐데요.」

이지도르의 짐작에 그는 고개를 끄덕였다.

「사실일세. 플로랑과 나는 오랜 친구 사이라네. 파리 정치 대학 동기지.」

뤼크레스는 놀란 표정으로 되물었다.

「플로랑이 알려 줬다고요? 나는 그가…… 내 친구인 줄 알았는데.」

이지도르가 말했다.

「서로 친구의 친구니까 원수질 필요는 없겠네요.」

「그는 내가 자네들의 취재에 관심이 많다는 것을 알고 있었네. 자네들이 작은 소포를 받았는데 그 안에 이상한 것이 들어 있다고 하더군.」

「그리고 우리가 이 호텔에 있다는 것도 알려 줬군요.」

「나는 옛날에 그 친구한테 많은 도움을 주었네. 그가 신세를 갚는 건 당연한 일이지.」

스테판 크로츠는 제작사의 대표다운 미소를 지었다.

「어릿광대로 분장한 사람의 얼굴도 금방 알아볼 수 있다고 했죠? 그럼 우리를 도와줄 수도 있겠네요. 우리는 그 선물을 보내 준 사람을 찾고 있거든요.」

뤼크레스는 휴대 전화기에 저장된 어릿광대의 사진을 그에게 보여 주었다.

「이게 누구지?」

「다리우스와 타데우시를 죽인 사람이에요. 당신이 그토록 갖고 싶어 하는 그 매력적인 소포를 보낸 자도 아마 그 사람일 거예요.」

스테판 크로츠는 깊은 관심을 보이며 사진을 요모조모 살펴보았다.

「미안하네, 본 적이 없어. 그런데 보아하니 자네들은 아직 모르고 있는 것 같군. 자네들 수중에 들어온 물건이 얼마나 무서운 것인지 말일세.」

뤼크레스는 대답하지 않았다.

「그건 일종의 무기일세. 사용할 줄 모르는 사람들의 수중에 들어가면 큰 해를 입힐 수도 있어. 사실 그것은 자네들이 짐작하고 있는 바대로 이미 많은 피해를 야기했네. 그걸 나한테 주게. 그게 자네들 신상에 이로울 거야.」

뤼크레스가 물었다.

「그 대가로 우리한테 무엇을 줄 건데요?」

「……목숨을 잃지 않게 해주겠네. 그 정도면 충분하지 않아? 내가 시한폭탄을 제거해 주는 셈일세. 그게 없어져야 훨씬 마음이 편해질 거야. 내 말을 믿게.」

이지도르는 자리에서 일어나더니 찻잔에 뜨거운 물을 따르며 말했다.

「크로츠 씨, 유머 기사단 소속이죠?」

공연 제작자는 늘 가지고 다니는 열쇠고리를 꺼내어 거기에 달린 인형의 배를 눌렀다. 기계적인 웃음소리가 터져 나왔다. 뤼크레스는 그게 시간을 벌기 위한 수작임을 알아차렸다.

「허, 이런, 우리〈클럽〉을 알고 있구먼, 이지도르 카첸버그 씨.」

이지도르는 골똘한 표정으로 티백을 여러 번 물에 담갔다.

「그렇다면 거래는 간단하군요. 우리를 유머 기사단의 새 은신처로 안내해 줘요. 그리고 우리한테 모든 것을 말해 줘요. 당신들이 누구인지, 어떻게 행동하는지. 그러면 당신이 원하는 것을 우리가 주겠…….」

「주는 게 아니라 돌려주는 것일세. 원래 우리〈클럽〉에서 나온 것이거든.」

스테판 크로츠는 빙그레 웃었다. 이지도르도 미소로 답했다.

「우리는 이카로스처럼 태양에 너무 가까이 다가갔고, 그래서 태양이 우리 날개를 태우기로 했나 보죠?」

「맞는 말일세.」

「내 제안에 대답하지 않았어요. 그 거래를 받아들이는 건가요?」

스테판 크로츠는 이지도르를 찬찬히 살폈다. 뤼크레스 역시 이지도르의 제안을 놓고 속으로 저울질을 하고 있었다.

……BQT를 내준다는 것은 말도 안 돼. 그래서 얻는 게 뭐야? 외딴 시골 어딘가에 감춰진 비밀 결사의 본부에 가는 것? 나는 그들의 비밀 결사에는 관심이 없어. 지금 여기에서 우리의 취재가 잘 진척되고 있잖아. 그런데 만약…….

아, 이지도르가 무슨 생각을 하는지 알겠어. 이제 타데우시가 동생을 죽였다고 볼 수 없으니까, 유머 기사단에 속한 어떤 자가 범인일 거라고 생각하는 거야. 그래서 어둠의 유머 쪽이 아니라 빛의 유머 진영으로 들어가서 조사를 벌이려는 거야.

스테판 크로츠는 다시 미소를 지었다. 하지만 그의 입술이 바르르 떨렸다.

「지금 우리가 어떤 상황에 놓여 있는지를 알아야 하네. 우리 〈클럽〉은 최근에……」

이지도르가 자기 자리로 돌아오면서 말했다.

「어려움을 겪었다는 건가요?」

「그건 너무 완곡한 표현일세.」

뤼크레스가 나섰다.

「다리우스의 분홍 정장 패거리로부터 공격을 당하지 않았나요? 그래서 많은 사람이 죽었고요. 당신들은 당연히 방어 태세를 강화할 수밖에 없겠군요.」

「그런 일을 겪었으니 너무나 당연하지.」

「그래서 예전보다 훨씬 은밀하고 조심스럽게 활동하기로 했군요. 비밀 결사 특유의 보안 조치들을 더욱 엄격하게 적용하면서 말입니다.」

이지도르는 녹차를 천천히 마시며 말을 이었다.

「그렇다면 내 요구를 받아들이고 싶지 않겠군요. 기자들의 단순한 호기심을 충족시키기 위해 당신들의 은신처를 노출시키는 꼴이 될 테니까요.」

「그래, 우리의 상황을 잘 요약했네.」

「하지만…… 우리는 BQT를 가지고 있고 당신들은 그걸 원하고 있어요.」

스테판 크로츠는 갑자기 호주머니에서 리볼버를 꺼내며 말했다.

「내가 강제로 빼앗아 간다면 어쩌겠나?」

뤼크레스가 말했다.

「그건 좋은 방법이 아니죠. 그런 식으로는 우리와 협상할 수 없어요. 내 친구 이지도르는 폭력에 알레르기가 있거든요.」

「사실이에요. 나는 언제나 이런 물건들을 하찮게 여겼어요. 이런 것들은 그저 대화의 품격을 해칠 뿐이죠. 내가 쓰려고 하는 소설에는 새총이나 주머니칼조차 안 나올 거예요.」

「자네의 침착한 태도가 무척 마음에 들어, 이지도르. 하지만 내가 보기에 자네는 사태의 심각성을 깨닫지 못하고 있네. 우리는 BQT를 되찾기 위해서 많은 위험을 무릅쓸 각오가 되어 있다는 것을 알아야 해.」

그는 리볼버의 공이치기를 당겼다.

「지금 우리 처지에는 한두 사람 더 죽는다 해서 문제가 되지 않네. 그러니 순순히 내놓게. 파란 목갑이 어디 있지?」

그는 리볼버의 총구를 이지도르의 관자놀이에 갖다 댔다. 이지도르는 마치 우아한 척하는 여자들이 찻잔을 잡을 때처럼 새끼손가락을 뻗친 채로 계속 녹차를 음미하고 있었다.

「크로츠 씨, 우리가 그렇게까지 어수룩하지는 않아요. 우리는 그것을 숨겨 놓았어요. 여기에서 멀리 떨어진 곳에. 당신이 만약 우리를 죽인다면, 절대로 그것을 되찾지 못할 걸요.」

「그런 허풍에 내가 속을 것 같아?」

「위험을 무릅쓸 생각이면 마음대로 해요.」

그는 리볼버를 내렸다. 그러더니 휴대 전화기를 꺼내어 어딘가로 문자 메시지를 보냈다. 답장이 오자 그는 다시 메시지를 보냈다. 그렇게 여섯 건의 문자 메시지가 오고 갔다. 이윽고 그는 골똘한 표정을 조금 풀면서 말했다.

「그들이 자네들의 제안을 거부하지는 않았네. 하지만 보안 조치가 반드시 수반되어야 해.」

이지도르는 녹차를 한 모금 더 마셨다. 스테판 크로츠가 말을 이었다.

「우리 총본부에 들어가려면 우리 단체의 일원이 되어야 하네. 이 규칙을 어길 수는 없어.」

「그러니까 다리우스도 기사단의 일원이었다는 얘기로군요. 정보를 주어서 고마워요.」

뤼크레스는 자기가 제대로 이해했는지 확인하기 위해서 물었다.

「그러니까 당신의 친구들을 만나려면 기사단에 입문해야 한다는 건가요?」

「그건 필수 조건일세.」

「그런데 기사단에 들어갔다가 탈퇴할 수도 있나요?」

「입문한다는 것은 무언가 새로운 것을 배운다는 뜻일세. 수영이나 자전거 타는 법을 배운 뒤에 그것을 잊어버릴 수 있겠나? 단맛이나 짠맛을 잊을 수 있겠어? 일단 우리의 일원이 되면 탈퇴할 수 없네. 자네들은 새로운 것을 배우고 우리 공동체의 구성원들이 될 거야. 우리는 일종의 폐쇄적인 〈클럽〉이라네. 자네들이 선택하게. 나는 아무것도 강요하지 않겠어. 지금이라도 BQT를 그냥 나에게 주든지. 그러면 바로 가겠네.」

그는 리볼버를 호주머니에 도로 넣었다.

뤼크레스가 말했다.

「유머 기사단이 무엇인지를 알기 위해서 유머 기사단에 들어간다고요? 왠지 속는 기분이 드는걸요.」

스테판 크로츠는 화해가 이루어졌다고 느끼며 더욱 편안하게 앉았다. 그러고는 두 사람이 상의하는 동안 무료함을 달래려는 듯 웃음소리를 내는 인형의 배를 다시 눌렀다.

이윽고 이지도르가 말했다.

「생각할 시간이 필요해요. 휴대 전화 번호를 남겨 놓고 가세요. 우리가 나중에 전화할게요.」

하지만 뤼크레스는 단호했다.

「아니에요. 받아들이겠어요. 내일 오후 4시에 이 호텔 앞에서 만나요. BQT를 가지고 나갈 테니까 우리를 당신네 〈클럽〉의 새 본부로 안내해 줘요.」

「결정이 신속하고 분명해서 좋구먼, 마드므와젤 넴로드.」

스테판 크로츠는 자리에서 일어나 문 쪽으로 가다가 다시 돌아서며 말했다.

「아참, 한 가지 더. 옷을 따뜻하게 입는 게 좋을 걸세. 제법 먼 길을 가야 하는 데다 그곳 날씨가 조금 쌀쌀하거든.」

120

한 남자가 길에서 예전에 잘 알고 지내던 사람을 만났다.

「어이, 오랜만이야! 그런데 그 커다란 가방 두 개는 뭐야? 뭘 운반하는 거지?」

「열어 봐, 알게 될 테니.」

남자가 가방 하나를 열어 보니 커다란 벌레 같은 것이 들어 있다. 몸에 털이 숭숭하고 다리들이 갈고리처럼 휜 흉측한 벌레다.

「이 벌레는 뭐야?」

「보면 모르겠나, 커다란 진드기지.」

「그럼 다른 가방에는 뭐가 들었어?」

남자는 두 번째 가방을 연다. 그러자 연기가 구름처럼 피어오르더니 정령이 나타나서 말한다.

「한 가지 소원을 말씀하시면 들어드리겠습니다.」

남자는 조금도 망설이지 않고 요구한다.

「10억을 갖고 싶어!」

그러고 머리를 들어 보니, 하늘이 갈라지고 무언가 커다란 물건이 땅바닥으로 떨어진다. 당구대다.

「이게 뭐야? 자네 정령은 귀가 먹은 거야? 10억milliard을 달라고 했는데 당구대billard를 주면 어떡해!」

그러자 상대방 남자가 비통한 표정으로 하는 말.

「나는 어떻고! 설마 내가 〈커다란 진드기mite〉를 달라고 했겠나?」[2]

다리우스 워즈니악의 스탠드업 코미디

「시원하시겠습니다!」 중에서

121

성인용품점의 여자 판매원은 그녀에게 강철 수갑의 다양한 모델을 보여 주었다. 몽마르트르는 파리의 유명한 홍등가인 피갈 거리에서 멀지 않기 때문에 〈미래 호텔〉 주변에는 다행히도 그런 물건들을 전문적으로 파는 가게들이 적지 않았다.

「가죽으로 된 것들도 있는데 생각 없으세요? 핑크색 모피나 망사를 덧댄 것들도 있어요. 그건 것들을 사용하면 한결 기분이 좋죠.」

---

2 정령은 m소리를 b와 혼동한다. 그래서 milliard를 달라면 billard를 주고, 커다란 bite를 달라면 커다란 mite를 준다. bite는 남성의 생식기를 가리키는 속어.

뤼크레스는 그런 권유를 받아들이지 않고 미국 경찰이 사용한다는 강철 수갑을 선택했다. 가장 비싸고도 가장 견고한 모델이었다.

이어서 그녀는 역시 여행 준비의 일환으로 새 구두를 샀다. 이것저것 신어 보느라고 한 시간을 보낸 끝에 그녀가 선택한 것은 맨 처음에 신어 본 구두였다. 여자 점원이 신경 발작을 일으키기 직전의 일이었다.

그다음으로 그녀가 들른 곳은 알레산드로의 미용실이었다.

「어머, 어머, 뤼크레스, 자기 모발이 어쩌다 이렇게 망가졌어? 모표피가 다 벗겨져서 너무 까칠하잖아. 이게 사람 머리야, 아티초크지? 말하지 마, 내가 알아맞힐게. 자기 보이프렌드가 속썩이는구나? 맞지? 내가 족집게지?」

「브라보. 정말 족집게네.」

알레산드로는 그녀의 손을 잡았다.

「걱정하지 마. 한 남자를 잃으면 열 남자가 나타나는 법이야. 내가 보기엔 자기가 우리 손님들 중에서 제일 예뻐. 만약 내가 여자에게 끌리는 사람이라면 자기한테 구애를 해도 몇 번은 했을 거야.」

「고마워.」

그는 그녀의 모발을 더욱 가까이에서 살펴보았다.

「음. 보기보다 훨씬 더 심각한데. 자기 직장에서 무슨 문제 있지? 사장이 월급을 안 올려 주겠대?」

「사실은 나를 아예 해고해 버렸어.」

「아, 그래, 자기한테 얘기 들었어. 바가지 머리를 빨갛게 물들이고 다닌다는 그 여자지?」

「브라보. 모발에 관한 거라면 그냥 지나가는 말로 한 것도 다 기억하네.」

「그건 그렇고 오늘은 뭘 해줄까? 세팅, 브러싱, 아니면 전부다?」

「음…… 두피 마사지를 해줘. 그런데 내가 납치를 당할 거고 자동차 트렁크에 갇힌 채로 여행할 거라서 머리를 예쁘게 꾸며 봐야 소용이 없을 것 같은데.」

「납치당할 거라고? 자동차 트렁크에 갇혀서……. 에이, 농담이지?」

뤼크레스는 수갑을 보여 주며 말했다.

「하지만 걱정하지 마, 내가 이것을 준비했어. 아주 튼튼한 놈으로 구했지.」

그는 그녀의 어깨를 주물러 주었다.

「위기 상황에서는 내 심리학 박사 학위만 가지고는 충분한 도움을 줄 수가 없어.」

「심리학을 공부했어?」

「당연하지. 대학에서 7년 동안이나 공부했는걸. 요즘엔 미용사로 일하려면 적어도 그 정도는 해야 해. 하지만 이거 자기 때문에 걱정인걸. 뭔가 더 힘이 될 만한 것이 필요해. 자기, 이리 좀 와봐.」

그녀는 알레산드로를 따라 가게 뒷방으로 갔다. 그곳은 분홍색과 흰색으로 된 인형의 집이라고 할 만했다. 영화 포스터, 도자기, 1960년대를 주름잡았던 대중 가수들의 사진, 우편엽서 수집품, 조개껍질 수집품 등으로 장식된 방이었다.

그는 꽃무늬 벨벳 안락의자에 그녀를 앉혔다.

「심리학이 끝나는 자리에서 시작되는 것이 있으니…… 바로 타로 카드야.」

 알레산드로는 서랍을 열더니 타로 카드 한 벌을 꺼내어 그녀에게 내밀었다. 얼마나 오랫동안 사용했는지 카드들의 가장자리가 닳아 있었다.

「먼저 카드들을 잘 섞고 커트를 한 다음 아무거나 한 장을 뽑아.」

 그녀는 시키는 대로 했다.

「됐어. 이 카드는 자기 모습이 어떠한지를 보여 주는 거라고 생각하면 돼.」

 뤼크레스는 카드를 뒤집었다. 테가 넓은 모자를 쓴 남자가 컵이며 막대기 따위를 가지고 마술을 부리는 모습이 담긴 카드였다. 1이라는 숫자가 적혀 있었다.

「마술사 카드야. 자기는 환상 속에서 살고 있어. 자기가 남들에게 보여 주는 모습은 자기의 진정한 인격이 아냐. 하지만 자기는 자신에게 속지 않아. 그래서 변화를 원하지. 다른 카드를 뽑아 봐.」

 그녀는 두 번째 카드를 뽑았다.

「이건 자기의 적수, 자기가 해결해야 할 문제를 보여 주는 카드야.」

 그녀는 카드를 뒤집었다. 수염을 기른 노인이 긴 외투를 입은 차림으로 지팡이를 짚고 등불로 어둠을 밝히면서 나아가는 모습이 담긴 카드였다.

「9번 은둔자 카드야.」

 그녀는 이지도르를 가리키는 게 아닌가 하고 생각했다.

「은둔자는 고독을 뜻하지. 사실 자기는 자기 혼자 고독하게 인생을 마치게 되지 않을까 걱정하고 있어.」

그렇다면 그건 이지도르가 아니라 그녀 자신이었다.

「자기는 자기와 인생의 길을 함께 걸어가려고 하는 사람이 있는지 궁금해하고 있어. 그게 자기를 불안하게 하는 거야. 세 번째 카드를 뽑아 봐.」

그녀는 카드의 선택을 손가락들의 자연스러운 움직임에 내맡겼다.

「이제 무엇이 자기 앞길을 가로막는지 알아볼 거야.」

그녀는 카드를 뒤집었다. 괴물이 나타났다. 머리는 염소인데 몸통은 사람이다. 괴물은 한 남자와 한 여자의 목에 쇠사슬을 둘러 기둥에 매어 놓고 그 기둥 위에 올라앉아 있다. 15번 카드였다.

「악마 카드야. 자기에게 장애가 되는 것은 자기의 원초적인 충동이야. 성욕, 소유욕, 소유당하고자 하는 욕구, 식탐, 분노, 공포, 공격성 같은 것 말이야. 자기 안에 본능적인 원숭이, 깊이 생각하지 않고 그저 충동에 이끌려 행동하는 원숭이가 있어. 이제 네 번째 카드를 뽑아. 자기를 도와주는 것이 무엇인지 알아볼 거야.」

그녀는 카드를 뒤집었다. 옥좌에 앉아 있는 교황. 5번.

「교황 카드야. 연상의 남자가 자기와 같은 길을 가고 있어. 그는 책을 읽고 글을 써. 영적인 것을 추구하고 있는데 그건 자기가 추구하는 것과 달라. 그는 옥좌에 앉아 있는데 자기는 헤매고 있어. 그는 환상에 빠져 있지 않아. 두 사람은 상호 보완적이야. 뤼크레스, 그 남자가 자기에게 아주 유익해. 혹시 그 남자가 자기 곁을 떠난 거야?」

「아냐, 아직은. 하지만 곧 떠날지도 모르지. 우리가 함께 지낸 지 벌써 한참 됐거든.」

「다섯 번째 카드를 뽑아 봐. 이 모든 게 어떻게 끝나는지 알아보게.」

뤼크레스는 다섯 번째 카드를 뒤집었다. 웃는 표정의 해골이 나타났다. 커다란 낫을 휘둘러 땅바닥 위로 비죽하게 나온 팔들과 머리들을 자르는 해골. 13번 카드.

뤼크레스는 오싹 전율이 스치는 것을 금할 수 없었다.

「죽음 카드?」

「그래, 죽음 카드야. 하지만 걱정하지 마.」

「어떻게 걱정이 안 되겠어?」

「음…… 자기 인생에 곧 근본적인 변화가 일어날 거야.」

「내가 죽는다는 뜻이야?」

「아냐, 아냐. 자기는 달라질 거야. 근본적으로. 이 13번 카드는 재생의 카드야. 그래서 스물두 장으로 이루어진 메이저 아르카나 카드들의 한복판에 있는 거야. 그게 아니라면 이 카드에 끝 번호가 붙었겠지. 그리고 보다시피 땅에서 새싹이 나오고 있어. 겨울이 가고 곧 봄이 온다는 뜻이지. 파괴가 없으면 건설이 있을 수 없어. 묵은 잎들이 떨어져야 새순이 돋는 거야.」

뤼크레스는 곧이곧대로 믿지는 않았지만 그 설명을 받아들였다.

「자기에게 조금이라도 도움이 되었는지 모르지만, 내가 보기엔 모든 게 긍정적이야. 자기는 누군가에게서 도움을 받고 있어. 그리고 진정한 깨달음의 길이 자기 앞에 놓여 있어. 환상에서 벗어나 현실 속에서 살아가기 위한 길이야.」

「고마워, 알레산드로. 너는 나의 오라비나 진배없어.」

「자기가 뽑은 카드들을 보니까 자기 머리 색깔을 바꾸는 게 좋겠다 싶어. 밤색 계열로 가보는 게 어떨까? 연한 갈색이 좋을 것 같은데. 한번 바꿔 보자. 내가 보기에 이건 중요한 일이야. 머리 색깔이 달라지면 그 사람에게서 나오는 에너지가 달라져. 그리고 한 가지 멋진 생각이 떠올랐는데…… 타로 카드 점과 미용을 결합한 〈타로 미용〉이라는 것을 개발할까 봐. 고객의 헤어스타일을 카드 점괘에 따라서 결정하는 거지.」

뤼크레스는 알레산드로의 권유를 받아들여 머리 색깔을 바꾸기로 했다. 알레산드로가 다 되었다고 했을 때, 그녀는 거울에 비친 자기 모습을 보고 하마터면 비명을 지를 뻔했다. 알레산드로를 붙잡아 놓고 빗이며 브러시들을 그의 몸에 박아 버리고 싶었다. 이렇게 모욕을 당하고 돈을 낸다는 건 말도 안 된다는 생각도 들었다. 하지만 그녀는 돈을 내고 팁까지 얹어 준 다음, 타로점을 통해 자신의 삶을 돌아보게 해준 것에 대해 다시 한 번 감사를 표하고 미용실을 나섰다. 그러고는 즉시 스카프를 사서 그 재앙을 숨겼다.

……오늘 중요한 자리에 가는 게 아니라서 천만다행이야. 알레산드로가 내 머리 색깔을 완전히 망쳐 놓았어. 남들이 보면 머리에 누텔라를 바르고 다니는 줄 알겠어. 미용사를 바꿔야 하지 않을까? 알레산드로 말이 맞아. 내가 그를 만나러 가는 건 충동적인 욕구에 해당하는 거야. 게다가 심리 치료에서는 치료자와 환자 사이에 거리를 두는 게 필수적이야. 이제 알레산드로는 내 친구이자 카드 점쟁이가 되었어. 이런 상황에서 그가 객관성을 유지할 수 있을까?

그녀는 반려동물 가게 앞을 지나가다가 다시 물고기를 살까 말까 망설였다. 아무래도 돌아올 때까지 기다리는 게 좋을 듯했다. 13번 카드를 뽑았다는 게 왠지 꺼림칙했다.

그다음에 뤼크레스는 여행 가방과 스웨터 몇 벌과 작은 철제 트렁크를 샀다.

끝으로 식료품점에 들러 위스키 한 병과 초콜릿바 세 개를 샀다. 곧 죽을지도 모르니까 죽기 전에 삶을 조금 즐기는 게 좋겠다 싶어서였다.

그녀는 호텔로 돌아와서 이지도르와 다시 만났다.

그는 그녀가 한쪽 손에 수갑을 차고 있는 것을 보았다. 수갑의 다른 쪽 고리는 작은 철제 트렁크에 걸려 있었다.

그녀가 설명했다.

「트렁크는 암호 자물쇠로 잠겨 있어요. 우리가 BQT를 맥없이 빼앗기는 일은 절대로 없을 거예요.」

122

신부와 수녀가 눈보라 속에서 길을 잃었다.

한참을 가다 보니 작은 오두막이 나온다. 그들은 지칠 대로 지쳐서 잠잘 채비를 한다. 마침 방바닥에 담요가 쌓여 있고 침낭이 하나 놓여 있다. 하지만 침대는 하나뿐이다. 신부는 신사답게 말힌다.

「수녀님, 침대에서 주무세요. 저는 침낭이 있으니까 바닥에서 자겠습니다.」

신부가 막 침낭의 지퍼를 올리고 잠이 들려는 찰나, 수녀가 말을 건다.

「신부님, 저 추워요.」

그는 침낭의 지퍼를 내리고 일어난다. 그러고는 담요 한 장을 가져다가 수녀에게 덮어 준다. 다시 침낭에 들어가 지퍼를 올리고 잠 속으로 빠져들려는데, 수녀가 또 말을 건다.

「신부님, 저 아직도 무척 추워요.」

그는 다시 일어나 수녀에게 담요 한 장을 더 덮어 준 다음 자기 자리로 돌아와 눕는다. 눈을 감기가 무섭게, 수녀가 또다시 부른다.

「신부님, 저 너무너무 추워요.」

신부는 그냥 자리에 누운 채로 대꾸한다.

「수녀님, 한 가지 좋은 생각이 있어요. 우리는 지금 아무 데도 아닌 곳에 와 있는 셈입니다. 그러니까 여기에서 무슨 일이 있었는지 아무도 모를 거예요. 우리, 마치 결혼한 사람들처럼 해볼까요?」

「아, 네, 좋아요. 찬성이에요!」

그러자 신부는 갑자기 목청을 높인다.

「당신, 자꾸 짜증 나게 할래? 당신이 일어나서 직접 저 빌어먹을 담요를 갖다 덮으라고! 제발 잠 좀 자게 해줘!」

다리우스 워즈니악의 스탠드업 코미디
「오지에서」 중에서

123

소형 유개 트럭의 짐칸에는 창문이 전혀 없었다. 스테판 크로츠는 〈미래 호텔〉 앞에 차를 세워 놓고 두 남녀가 약속 시간에 맞춰 나오는 것을 보며 만족스러운 표정을 지었다.

「어제는 승용차 트렁크에 태워서 데리고 가겠다고 말했는데, 보다시피 훨씬 더 편안한 것을 찾아냈네.」

뤼크레스는 달갑지 않아 하는 표정으로 물었다.

「트렁크 속보단 낫겠지만 어느 길로 가는지 알 수 없다는 점에선 마찬가지인걸요. 우리의 약속이 미덥지 않았나 보죠?」

「미안하네. 40년 넘게 기자들을 상대하면서 그들의 말을 액면 그대로 믿으면 안 된다는 것을 배웠지. 나는 자네들의 말을 다 믿지 않네. 가는 도중에 차에서 뛰어내리지는 않으리라는 것 정도만 믿지.」

「왜 그렇게 외부 사람을 경계하는 거죠?」

「우리의 신조 중에 이런 게 있네. 〈우리는 무엇을 가지고도 장난을 칠 수 있지만 유머에 대해서는 예외다.〉 우리 기사단은 아주 폐쇄적인 단체일세. 우리의 존재를 노출시키지 않으려고 신경을 많이 쓰지. 사실 자네들을 데려가는 게 우리로선 여간 걱정스러운 일이 아닐세. 자칫하면 우리의 보안 체계에 큰 구멍이 생길 수도 있거든.」

그는 뤼크레스의 오른쪽 손목과 작은 트렁크를 연결하고 있는 수갑을 보았다. 뤼크레스는 그가 묻기도 전에 말했다.

「우리도 비슷해요. 〈무엇을 가지고도 장난을 칠 수 있지만 BQT에 대해서는 예외다.〉 당신들이 우리를 믿지 않듯이 우리도 당신들을 믿지 않아요.」

뤼크레스와 이지도르는 짐칸으로 올라가서 긴 의자에 앉았다. 실내를 밝히고 있는 것은 작은 천장 등 하나뿐이었다.

스테판은 디젤 엔진의 시동을 걸었다. 차가 움직이기 시작했다. 뤼크레스는 운전석과 통해 있는 통풍용 격자창 가까이에 입을 대고 물었다.

「가는 도중에 몇 가지 물어봐도 되죠?」

「늘 그랬듯이 다섯 가지 질문만 받겠네.」

「당신과 당신네 〈클럽〉 사람들이 다리우스를 죽였나요?」

「그것에 대해서는 전에 대답한 적이 있네. 질문을 잘 선별하게.」

「누가 다리우스를 죽였는지 아세요?」

「아니. 이제 세 가지 남았네.」

「사람이 웃다가 죽을 수 있다고 생각하세요?」

「응. 이제 두 가지 남았어.」

「다리우스가 BQT를 읽고 웃다가 죽었다고 생각하세요?」

「응. 이제 하나밖에 안 남았네.」

「당신들은 직접적으로든 간접적으로든 그 사건과 관계가 있나요?」

「아마도. 자, 이제 끝났네.」

「당신은 그를 미워했어요, 그렇죠?」

「내가? 농담 말게. 나는 다리우스를 무척 좋아했어. 내 아들처럼 여겼는걸. 그는 영리하고 교양이 매우 풍부했네. 사귀면 사귈수록 호감을 주는 친구였지. 그의 진가를 가장 먼저 알아본 사람이 나라고 생각하네. 그는 코미디언의 재능을 타고났을 뿐만 아니라 자신이 겪은 불행을 유머의 소재로 바꿔 버리는 능력도 탁월했어. 익살 요정의 은총을 입은 희귀한 인물이었지. 나중에 그가 무슨 일을 했든 간에, 남들에게 해를 끼친 것보다는 이익을 준 것이 더 많다고 볼 수 있어. 그가 대중에게 얼마나 많은 기쁨을 안겨 주었는지 알아? 그가 프랑스인들이 가장 좋아하는 인물로 뽑힌 데에는 그럴 만한 이유가 있었네. 그렇게 생각하지 않아? 내 대답은 여기까지일세. 이제 쉬게나. 도착하면 깨워 줄 테니.」

스테판은 오디오를 켰다. 에리크 사티의 「짐노페디」가 흘러나왔다.

「유머 기사단의 일원이었던 작곡가의 음악이라서 틀어 주는 것일세. 일종의 맛보기라네. 에리크 사티는 정말 천재였네. 어떻게 하면 음악에 유머를 담을 수 있는가를 놓고 심오한 연구를 했지. 이 음악은 유머 기사단의 비밀을 알고 싶어 하는 영혼들을 위한 작은 걸작일세.」

뤼크레스는 그 묘한 음악을 들으며 생각에 잠겼다.

……이 순간이 마음에 들어. 이 자동차가 나를 어떤 비밀 장소로 데려다줄 것이고 나는 거기에서 새로운 사실들을 알게 될 거야.

　이지도르가 옆에 있어서 더욱 좋아. 그는 테나르디에와 우리 부서의 다른 기자들 앞에서 내 재능을 칭찬했어. 그건 꿈도 꾸지 못했던 일이야. 정말 내가 좋은 기자라면 그건 내 능력을 믿어 준 두 사람에게서 가르침을 받았기 때문이야. 나에겐 장프랑시스 엘드가 있었고 이젠 이지도르 카첸버그가 있어. 장프랑시스는 현장에서 뛰는 법과 겁내지 않고 돌진하는 법을 가르쳐 주었고, 이지도르는 관찰하는 법과 겉모습에 속지 않도록 깊이 생각하는 법을 가르쳐 주었어.

　결국 나는 두 명의 아버지를 얻은 셈이야. 하지만 어머니는 만나지 못했어. 아니 만나기는 했는데 매질하는 어머니들뿐이었다고 봐야 할까? 마리앙주와 테나르디에가 바로 그녀들이야. 나는 여자들만 좋아하고 남자들은 싫어했던 사람이야. 그런데 이제는 일이 반대로 돌아가고 있어.

　세상일이 다 그런 것 같아. 잘 돌아가다가도 어느 순간에 밑어 버리거나 반대로 돌아가지. 그건 흔히 있는 일이야. 이지도르가 가르쳐 준 대로 상황이 역전되는 것을 받아들여야 해.

　맞은편에 앉은 이지도르 역시 깊은 생각에 잠겨 있었다.
　……이 순간이 마음에 들지 않아. 자동차에 실려 내가 알지 못하는 어떤 곳으로 가야 한다는 게 싫어.

　그런데 뤼크레스는 뭘 하는 거지? 눈을 감고 있는 거 보니까 취재를 계속할 힘을 얻기 위해 자는 모양이야. 아무튼 뤼크레스는 참으로 직선적인 사람이야. 그녀에게 르포란 〈현장에 가서 용의자들을 신문하고 그중에서 비밀을 털어놓는 사람이 나오기를 기다리는 것, 그리고 아무도 진실을 밝히는 데 동의하지 않으면 으름장을 놓고 주먹을 날리는 것〉이야.

하지만 우리는 저마다 거짓을 말하는 세상에 살고 있어. 거짓말은 사회가 무너지지 않도록 해주는 시멘트야. 만약 사람들이 저마다 진실을 말한다면 모든 사회 조직이 해체되고 말 거야.

만약 정치인이 이렇게 말한다면 어떤 일이 벌어지겠는가? 〈저를 지지해 주십시오. 하지만 오늘날 모든 정책이 세계적인 차원에서 결정되고 있고 우리 나라는 중요한 쟁점들에 이렇다 할 영향력을 행사하지 못하는 작은 나라라는 점을 감안할 때, 제가 선임자보다 나을 것이라는 보장은 전혀 없습니다.〉

만약 한 남자가 자기 아내에게 이런 식으로 말한다면 어떤 일이 벌어지겠는가? 〈여보, 우리가 20년 넘게 함께 살다 보니 잠자리를 같이하는 게 너무 상투적이고 반복적인 일이 되어 버렸어. 그래서 솔직히 말하면 나는 콜걸을 만나러 가는 게 더 좋겠다 싶어. 그런 여자는 적어도 성행위에 약간의 창의성과 자극적인 요소를 가미하지 않을까?〉

그게 설령 진실이라 하더라도 누가 그런 말을 할 수 있겠는가? 또 누가 그런 말을 듣고 싶어 하겠는가?

어쨌거나 뤼크레스가 아주 훌륭한 주제를 찾아낸 것은 분명하다. 〈우리는 왜 웃는가?〉 정말 새롭고도 흥미로운 주제 아닌가!

지금 우리가 나아가고 있는 이 구불구불한 길의 끝에서 무엇을 발견하게 될지는 알 수 없다. 하지만 그 결과에 상관없이 나는 뤼크레스 덕분에 나의 중요한 특성을 재발견했다.

남들이 모르는 것을 알고 싶어 하는 성향, 내가 발견한 것들을 사람들에게 이야기함으로써 그들에게 즐거움을 주고자 하는 성향이 강하다는 사실을 다시 확인한 것이다.

처음에 나는 잘못 생각했다. 저널리즘은 내가 기대했던 것과 달리 지식 전달자 역할을 온전히 수행할 수 있는 영역이 아니다. 나는 기자로 일하면서 막다른 골목에 갇힌 기분을 느꼈다.

이제 소설에서 새로운 돌파구를 찾을 수 있지 않을까 싶다. 소설과 기사는 독자를 대하는 태도에서 큰 차이를 보인다. 소설이 상정하는 독자는 스스로 사고할 줄 알고 혼자서 자기 의견을 낼 수 있는 존재다. 반면에 기사는 기자와 똑같은 생각을 갖도록 독자에게 강요한다. 그리고 기사는 진실을 말하고 있다는 인상을 강화시키기 위해 사진이라는 교묘한 수단을 이용한다.

텔레비전의 경우는 그런 경향이 더욱 심하다. 영상뿐만 아니라 시청자들의 무의식에 작용하는 음악까지 동원된다.

우리는 어떻게 거짓에서 벗어날 수 있는가?

나 혼자서는 거짓의 유포를 전문으로 하는 광범위한 집단에 맞설 수가 없다. 하지만 조금이라도 상황을 변화시키고자 하는 욕구는 간절하다.

예전에 나는 디드로가 백과사전을 가지고 실험했던 것처럼 지식을 널리 퍼뜨려서 혁명을 준비할 수 있다고 믿었다.

그 뒤에는 〈가능성의 나무〉 같은 매개체를 통해 사람들에게 미래를 상상하도록 요구함으로써 제때에 어떤 전망을 찾아내는 데 일조할 수 있으리라 생각했다.

이제 무거운 바위를 굴리기 위해 제3의 지렛대를 찾아내야 한다.

웃음이 그런 지렛대 노릇을 할 수 있을까?

어쩌면 뤼크레스가 이번에도 가장 어려운 문제들에 대한 답을 나에게 가져다줄지 모른다. 겉으로 보기엔 마냥 순진한 그녀 덕분에 내가 웃음이라는 큰 지렛대를 얻게 될 수도 있다.

웃음은 우리를 권좌에 앉은 위선자들보다 더욱 강하게 만들어 줄 수 있다. 아리스토파네스나 라블레나 몰리에르가 그랬던 것처럼, 한심한 작자들과 근엄한 위선자들과 권력자들을 조롱함으로써 그들에게 맞서야 한다.

문제는 내가 그 영역에서 이렇다 할 재능을 보인 적이 없다는 사실이다. 나는 이 취재가 그 결함을 메울 수 있는 단 한 번의 기회라고 생각한다. 이제부터 정말 배우고 싶다. 나에게 부족한 새로운 것을, 사람들을 웃기는 기술을.

124

한 부부가 이혼을 요구하기 위해 판사를 찾아갔다.

「나이가 어떻게 되시나요?」

여자가 대답한다.

「아흔여덟 살입니다.」

「영감님은요?」

「백한 살이외다.」

「결혼하신 지는 얼마나 됐습니까?」

「70년 됐습니다.」

「그럼 부부 사이가 나빠지기 시작한 것은 언제입니까?」

안노인은 가시 돋친 말투로 털어놓는다.

「65년 전입니다. 그 뒤로는 갈수록 나빠지기만 했어요.」

바깥노인도 할 말이 많은 기색이다.

「이 여자는 끊임없이 나를 비난했소이다. 정말 피곤했소.」

「그렇다면 왜 이제 와서 이혼하려고 하시죠?」

「자식들에게 아픔을 주는 것이 두려웠죠. 그래서 자식들이 죽을 때까지 기다렸다가 결판을 내기로 한 겁니다.」

다리우스 워즈니악의 스탠드업 코미디

「부부 문제」 중에서

125

여섯 시간 또는 일곱 시간쯤 달렸을까? 마침내 작은 유개 트럭이 멈춰 서고 핸드 브레이크를 잡는 요란한 소리가 들렸다.

스테판 크로츠는 유개 트럭의 뒷문을 열더니 두 남녀에게 눈가리개를 착용하라고 요구했다.

그들은 순순히 눈을 가리고 그가 이끄는 대로 차에서 내렸다.

그들은 탁 트인 넓은 공간에 와 있다고 느꼈다. 바람이 많이 부는 곳이었다.

눈에 보이지 않는 손들이 그들을 안내했다. 그들은 먼저 평탄한 길을 걷다가 오르막길을 올라간 뒤에 매끈매끈한 포석이 깔린 더 가파른 길로 접어들었다. 이윽고 육중한 나무 문이 삐걱 소리를 내며 열렸다.

마당 하나를 건넜다 싶었는데 또 다른 마당이 나왔다.

몇 사람의 기척이 느껴졌다. 스테판 크로츠는 속삭이는 소리로 그들에게 뭔가를 지시하고 있었다. 문 하나가 또 열렸다. 그들은 서늘한 방으로 들어섰다. 뤼크레스는 마치 자연스러운 동작인 양 손을 뻗어 더듬거리다가 이지도르의 손을 잡았다. 그는 손을 빼내지 않았다.

……눈가리개를 하고 있으니……무척 흥분되는걸.

이렇게 눈을 가린 채 이지도르와 사랑을 나눈다면 어떨까? 나는 그가 다가드는 것을 보지 못하기 때문에 그가 뜻밖의 부위를 애무할 때마다 깜짝깜짝 놀라겠지? 그의 입이 갑자기 뒷덜미에 닿았다가 잘록한 허리로 옮겨 가고 다시 귓전에 닿는 식으로…….

뤼크레스는 녹슨 자물쇠 소리 때문에 몽상에서 벗어났다. 그들은 더 나아가다가 계단을 내려갔다. 복도. 다시 계단. 다시 복도. 그들은 좁다란 나선 계단으로 한 층을 더 내려갔다.

이윽고 그들은 한결 따뜻한 공간으로 들어섰다.

스테판은 그들을 의자에 앉힌 다음 눈가리개를 벗겨 주었다.

그들은 링에 놓인 두 개의 팔걸이의자에 앉아 있었다. 하지만 의자에 몸이 묶여 있는 것은 아니었다. 손발을 결박하는 가죽띠도 없었고 관자놀이를 겨냥하는 권총들도 보이지 않았다.

실내 장식은 등대섬의 지하 건물에서 본 것과 비슷했다. 하지만 이곳이 훨씬 비좁았다.

그들 가까이에 보라색 망토와 튜닉을 입고 같은 색깔의 가면을 쓴 사람이 서 있었다. 가면에는 너털웃음을 짓는 표정이 담겨 있었다. 입아귀가 양쪽 귀에 닿도록 입을 벌린 채 눈썹을 치키고 있는 형상이었다.

그 사람 뒤에는 연보라색 망토와 튜닉을 입은 두 사람이

서 있었다. 그들의 가면은 함박웃음을 짓는 표정을 담고 있었다.

그리고 그들 뒤에 서 있는 다른 두 사람은 웃는 형상이 덜 두드러진 진분홍 가면을 쓰고 있었다.

스테판 크로츠 자신은 연보라색 망토와 가면을 착용하고 있었다. 그가 보라색 가면을 쓴 사람에게 말했다.

「인사 올립니다, 그랜드 미스트리스. 뤼크레스 넴로드를 데려왔습니다. 『르 게퇴르 모데른』의 기자이고 나이는 28세입니다. 저는 두 사람 중에 이 여자를 먼저 만났습니다. 이 여자는 다리우스의 죽음에 관해 취재하고 있었지요.」

크로츠의 조용한 목소리는 가면의 웃는 표정과 뚜렷한 대비를 이루고 있었다. 그랜드 미스트리스라 불린 여성은 고개를 끄덕였다.

「그리고 이 남자는 이지도르 카첸버그, 실직한 과학 전문 기자입니다.」

「실직한 게 아니라 은퇴한 건데요.」

이지도르가 바로잡았다.

「아무튼 현재는 일을 하지 않습니다. 하지만 한때는 역시 『르 게퇴르 모데른』의 과학 전문 기자였습니다.」

「해고되기 전까지는 그랬죠.」

이지도르가 다시 동을 달았다.

「나이는 48세. 두 사람 모두 다리우스의 죽음에 관해 조사하고 있습니다. 이들은 이미 우리의 존재를 알고 있었습니다. 이들은 등대섬에 갔고 거기에서 참극이 벌어졌다는 사실을 알아냈습니다.」

보라색 가면을 쓴 여성은 갑자기 한기를 느낀 것처럼 가볍게 전율했다.

「그리고 이들은 바로 어제 BQT를 손에 넣었습니다.」

그 순간 주위의 몇몇 사람이 수군거렸다.

그랜드 미스트러스가 명령했다.

「그것을 압수하세요.」

뤼크레스가 말했다.

「우리 트렁크에는 폭탄이 설치되어 있어요. 만약 암호를 사용하지 않고 열려고 한다면, 그 소중한 내용물이 파괴되고 말걸요.」

보라색 가면을 쓴 여성은 스테판 크로츠를 돌아보았다. 그는 뤼크레스의 말이 사실이라는 신호를 보냈다.

그녀가 물었다.

「BQT를 우리에게 주는 대가로 무엇을 원하죠?」

이지도르가 대답했다.

「지식요. 이 모든 것이 이미 협상되고 문자 메시지들을 통해 합의된 것으로 알고 있었는데요.」

「무엇을 알고 싶은 건가요?」

「웃음에 관해서, 그리고 당신네 비밀 결사와 당신에 관해서요.」

「그뿐인가요?」

진지한 목소리가 가면의 쾌활한 표정과 대조를 이루고 있었다.

뤼크레스가 다시 말했다.

「제가 알기로 그건 우리가 여기에 오기 전에 합의된 것입니다.」

「우리는 〈관광객들〉을 받지 않아요. 그리고 〈이 안〉에 들어오기 위해서는 입문 의식을 치러야 해요. 그건 고통스럽고 어렵고 길어요. 그리고 위험하죠, 아주 위험해요. 정말 그것을 원해요?」

이지도르가 간단하게 물었다.

「입문하는 데 시간이 얼마나 걸리죠?」

「아홉 달. 임신 기간입니다.」

이지도르가 대답했다.

「그렇다면 우리는 아홉 달 뒤에 BQT를 드리겠습니다.」

보라색 가면을 쓴 여성은 조금 뒤에 서 있던 연보라색 망토를 걸친 사람들과 상의를 했다.

이윽고 그녀가 말했다.

「문제는 우리가 급하다는 겁니다. BQT가 없으면 우리 기사단은······.」

이지도르가 대신 말을 이었다.

「진주 없는 진주조개인가요?」

「······성유물이 없는 대성당이라 할 수 있죠. BQT는 우리 정통성의 일부입니다.」

주위의 몇몇 사람들 사이에서 다시 찬동의 수군거림이 일었다.

「당신들도 알 거예요. 어떤 자들이 아무런 권한도 없이 우리 기사단의 정통 후계자를 자처하고 있어요. 우리는 이를테면······ 내분을 겪었어요.」

뤼크레스가 물었다.

「키클롭스 프로덕션 때문인가요?」

보라색 가면을 쓴 여성은 대답하지 않았다.

······이지도르 말이 맞아. 여기에 다리우스의 죽음의 열쇠

가 있어. 세바스티앵 돌랭이 나한테 알려 주려고 했던 게 역시 바로 이것일 거야. 그때 그는 이렇게 말했어. 〈트리스탕 마냐르를 찾아내서 유머 기사단에 들어가 봐요. 그러면 다리우스 살인 사건의 해답을 얻게 될 거예요.〉 그는 분명 들어가라고 했어. 마치 실제로 벌어질 일을 예상하기라도 했던 것처럼.

보라색 가면의 그랜드 미스트러스가 이윽고 말문을 열었다.

「상황이 예외적인 만큼 당신들을 위해 예외적으로 우리 규칙을 위반하기로 했어요. 우리는 당신들에게 속성 입문교육을 제공할 겁니다. 당신들의 입문 과정은 9개월이 아니라…… 9일 만에 끝날 거예요.」

연보라색 가면들은 고개를 끄덕였다. 진분홍 가면들은 불만의 소리를 수군거렸다.

보라색 가면의 여성은 소란을 가라앉히기 위해 두 손을 딱딱 마주치며 말했다.

「이상이 우리의 결정입니다!」

진분홍 가면들은 점차 입을 다물었다.

「당신들이 스테판 크로츠를 이미 알고 있으니까, 그가 당신들의 사범 노릇을 해줄 겁니다. 9일 후에 당신들은 마지막 시험을 치르게 됩니다. 그 시험을 통과하면 우리의 일원이 되는 것입니다. 그러면 당신들은 그 대가로 BQT를 우리에게 돌려주어야 합니다.」

주위에서 지켜보던 몇몇 단원들 사이에서 조롱 섞인 웃음이 일었다. 그랜드 미스트러스는 다시 두 손을 마주치고 나서 말했다.

「우리 결정이 벌써 효과를 발휘하기 시작했군요. 웃음소리 들었죠? 벌써 당신들이 사람들을 웃기고 있는 거예요.」

……우리가 대체 어디에 떨어진 거야? 혹시 정신 병원 같은 곳에 와 있는 것은 아닐까? 망토를 걸치고 가면을 쓴 이 사람들, 왠지 이상해. 느낌이 좋지 않아. 그런데 이지도르는 왜 이렇게 태평하지?

보라색 가면을 쓴 여성이 손짓을 하자 연분홍 망토와 가면을 착용한 단원이 다가왔다.

「먼 길을 왔으니 피곤하겠군요. 이 단원이 침실로 안내해 줄 겁니다.」

연분홍 망토는 그들을 아래층으로 데리고 갔다. 그들은 좁다란 복도로 들어섰다. 한쪽으로 수십 개의 방문이 줄느런히 나 있고, 방문마다 번호가 매겨져 있었다.

뤼크레스는 모든 문에 자물쇠가 없음을 알아차렸다.

이윽고 연분홍 옷을 입은 남자가 그들에게 방문을 열어 주었다. 문 위쪽에 103이라는 번호가 적혀 있었다.

방으로 들어가 보니 가구는 꼭 필요한 것으로 한정되어 있었다. 금속으로 된 이층 침대, 책상 하나, 의자 두 개, 옷장 하나가 전부였다. 창문은 나 있지 않았다. 그나마 욕실이 있어서 다행이었다.

뤼크레스는 자기 손목에 차고 있던 수갑의 고리를 풀어 침대 기둥에 걸었다. 침대 기둥은 볼트로 바닥에 고정되어 있었다.

그들은 침대를 선택했다. 이지도르가 위쪽 침대를 쓰기로 했다.

「이지도르, 이 모든 일에 대해서 어떻게 생각해요?」

하지만 이지도르는 긴장 속에서 하루를 보낸 탓에 녹초가 되어 있었다. 그는 침대에 벌렁 누워 눈을 감았다. 그러고는 이내 코를 골았다.

126

두 친구가 만났다.

「자네 일은 잘되어 가?」

「아니. 우리 회사가 파산하는 바람에 일자리를 잃었네. 그래도 잠은 아기처럼 자지.」

「부인과는 잘 지내고?」

「그 여자는 내가 실업자로 빈둥거리는 꼴을 못 보겠던지, 나를 떠나 돈 많은 놈팡이한테 가버렸어. 그래도 나는 아기처럼 잔다네.」

「아, 그래? 그럼 건강은 괜찮아?」

「아니. 그 모든 일로 충격을 받아서 그런지 여기에 통증이 느껴지더라고. 그래서 병원에 가봤더니 암이래. 스트레스를 너무 많이 받았나 봐. 그래도 잠은 아기처럼 자고 있어.」

「그거 참 놀라운 일일세. 엄청난 시련들을 겪고도 아기처럼 잔다니 말이야.」

「자네, 아기들이 어떻게 자는지 본 적 있나? 자다 말고 수시로 깨어나서 울어 대지.」

유머 기사단 총본부 창작 유머 911432번

127

이지도르와 뤼크레스는 멀리서 들려오는 종소리에 잠에서 깨어났다.

창문이 없어서 날이 밝았는지 알 수가 없었다. 하지만 그들의 손목시계는 오전 7시를 가리키고 있었다. 그들의 치수에 맞는 튜닉들과 망토들이 침실 의자들 위에 개켜져 있었다. 그 위에는 하얀 가면들이 놓여 있었다. 가면은 슬픈 것도 웃는 것도 아닌 완전히 중립적인 표정을 담고 있었다.

그들은 샤워를 했다. 물이 차가웠다. 온도를 조절하는 장치도 없었다.

뤼크레스가 불평했다.

「수도원에 와 있는 것 같아요.」

「난 군대 막사에 와 있는 것 같은데요. 이 사람들이 종교적인 대의나 정치적인 대의를 위해서 싸우는 것인지는 두고 봐야 알겠지만.」

스테판 크로츠가 그들을 찾아왔다. 여전히 연보라색 튜닉과 망토와 가면을 착용한 차림이었다.

그는 가면을 벗었다.

「잘들 잤는가?」

「매트리스가 조금 딱딱한걸요.」

뤼크레스가 볼멘소리를 했다. 그녀의 커다란 눈이 피곤해 보였다.

그는 그들에게 차와 빵이 담긴 쟁반을 내밀었다.

「보다시피 식사가 간소하네. 하지만 식사도 입문 교육의 일환이라는 점을 이해하게.」

「그런데 왜 흰색이죠?」

이지도르가 자기 튜닉을 가리키며 물었다.

「초심자들의 색깔일세. 입문 교육을 마치면 도제들의 복장인 연분홍 튜닉과 망토를 입게 될 거야. 그다음에 자네들이 경험을 더 쌓고 재능을 더 계발한다면 장인의 계급으로 올라가게 되고, 그러면 진분홍 튜닉과 망토를 받게 될 걸세. 그리고 만약 거기서 더 나아간다면 연보라색 복장을 하게 되는 것일세.」

「연보라가 마스터 계급의 색깔이군요.」

이지도르가 짐작하여 말했다.

「맞아. 그리고 마지막으로는 보라색, 그랜드 마스터의 색깔일세. 하지만 자네들은 현재 0의 칸에 있는 셈일세. 엄밀하게 말해서 아직 우리 기사단에 들어온 게 아니지. 그래서 가면에 아무 표정이 없는 것일세. 가면 얘기가 나왔으니 말인데, 복도에서 돌아다닐 때는 가면을 써야 하네.」

「왜죠?」

「중세의 관습을 아직 따르고 있는 것이라네. 더 정확히 말하면 박해의 시대에 생겨난 관습일세. 우리 형제들 가운데 일부가 고문을 견디지 못하고 다른 형제들을 배신한 시대가 있었네. 그래서 이름과 얼굴을 감추는 전통이 생겨난 것이지.」

그들은 튜닉을 입고 하얀 망토를 걸쳤다. 그런 다음 가면을 써보았다. 뤼크레스가 수첩을 손에 든 채로 물었다.

「프리메이슨식의 비밀 결사처럼 운영되는군요.」

「어떤 측면에서는 그렇지. 하지만 우리의 입문 교육을 놓고 보면 그보다 무술 학교와 비슷하네.」

뤼크레스는 놀란 표정으로 물었다.

「남을 웃기는 게 무술과 같다는 건가요?」

「그렇다마다. 남들을 웃긴다는 건 그들에게 에너지를 보내는 것일세. 그 에너지는 사용 방식과 사용량에 따라서 유익할 수도 있고 해로울 수도 있지.」

뤼크레스는 의아한 표정을 지었다.

「하지만 사범님이 말하는 〈무술〉을 배우지 않아도 누구나 남들을 웃길 수 있잖아요.」

「바로 그 얘기를 하려던 참이야. 누구나 남을 웃길 수는 있지만 대개는 자기들이 무엇을 하는지 모르는 채 무의식적으로 웃기는 것일세. 그건 마치 사람들이 본능적으로 주먹을 휘두르며 싸우는 것과 같아. 그렇게 싸우던 사람들이 소림사의 쿵푸를 배운다면 훨씬 잘 싸우게 되지 않겠나?」

「우리에게 〈유머의 브루스 리〉가 되는 법을 가르쳐 주겠다는 건가요?」

이지도르는 자기 딴에 재치를 부려서 말했지만 스테판은 응수하지 않았다.

「여기에서 교육을 받고 나면, 예전에 원초적이고 직관적인 방식으로 하던 것을 온전히 의식하면서, 절제된 방식으로 하게 될 걸세. 우리는 자네들에게 단어 하나하나, 쉼표 하나하나, 느낌표 하나하나까지 잘 조절해서 사용하도록 가르쳐 줄 거야. 우리의 가르침을 잘 따르면 자네들의 웃기는 기술은 완벽해질 것이고, 자네들의 유머는 완벽한 정확성을 지닌 무기가 될 걸세.」

「무기라고요?」

「그렇고말고. 유머는 검과 같네. 쇠를 여러 번 담금질하고 잘 벼려서 만든 검이지. 그것을 잘 다룰 줄 알게 되면 마치 노련한 검객처럼 찌르거나 베거나 쑤시기도 하고, 남을 구해 주기도 하고…….」

뤼크레스가 뒷말을 이었다.

「……죽이기도 하나요?」

스테판은 보온병을 들어 그들에게 차를 따라 주었다.

「먼저 입문 교육 첫날과 제2일에 지켜야 할 가장 중요한 규칙을 알려 주겠네. 그건 절대로 웃지 말라는 것일세.」

뤼크레스는 자기 귀를 의심했다.

「이 규칙은 절대적이야. 어기면 벌을 받게 되네.」

「어떤 벌인데요?」

「옛날에는 체벌이 있었네. 하지만 그랜드 미스트러스가 새로 선출된 뒤로 발상의 전환이 일어났지. 현대화의 일환으로 벌의 형태를 부드러운 것으로 바꿨네.」

뤼크레스가 말했다.

「벌이라니요? 그건 말도 안 돼요. 우리가 어린애들도 아니고.」

「하지만 우리는 자네들을 아이들처럼 교육시킬 걸세. 그래야 우리가〈왜 유머를 가지고 장난을 치지 않는지〉이해하게 될 테니까 말일세.」

이지도르는 찬성했다.

「일리가 있는 규칙이군요. 텅 비어 있는 것을 경험해 봐야 가득 찬 것의 가치를 알게 되죠. 수도사들은 말하는 것의 기쁨을 알기 위해 침묵 서원을 하고, 음식의 참맛을 알기 위해 금식을 합니다. 또한 정적을 알아야 음악을 제대로 즐기게 되고, 어둠을 경험해야 색깔의 참된 가치를 이해하게 되죠.」

스테판 크로츠는 자기 말귀를 알아들은 것에 만족하여 고개를 끄덕였다.

하지만 뤼크레스의 궁금증은 여전히 가시지 않았다.

「그럼 체벌이 아닌 벌이라는 게 무엇인가요?」

「그건 웃으면 알게 될 걸세. 하지만 내가 자네들이라면 어떤 일이 있어도 웃지 않을 거야.」

「어떻게 한 번도 웃지 않을 수가 있겠어요? 방심하는 순간이 분명 있을 텐데요.」

스테판 크로츠는 갑자기 어조를 바꾸어 아주 단호하게 말했다.

「뤼크레스 자네 말이야, 여기에 머무는 동안 조금이라도 편하게 지내고 싶다면 당장 그 태도를 바꾸는 게 좋을 거야. 자네는 현대인들의 주요한 특징 가운데 하나인 아무거나 덮어놓고 비웃는 경향을 보이고 있어. 무엇을 비웃거나 농담을 하고 싶으면 한 번 더 생각하고 하게나. 웃음은 에너지일세. 자기 절제를 하지 않으면 좋은 에너지가 나올 수 없어.」

「모두가 그렇게 시도 때도 없이 아무것에 대해서나 농담을 하는 데는 이유가 있어요. 스트레스를 풀기 위해서, 태연함을 잃지 않기 위해서, 남들의 비위를 맞추기 위해서, 좌중의 흥을 돋우기 위해서, 또는 사교적인 이유로……」

이지도르도 뤼크레스를 거들었다.

「사실 진지한 태도를 줄곧 유지한다는 것은 쉬운 일이 아니죠.」

「이틀밖에 안 되네. 다른 입문 수행자들은 미소조차 짓지 않고 한 달을 버텨야 해.」

뤼크레스와 이지도르는 그런 수행자들의 괴로움을 상상해 보려고 애썼다.

「현대인들은 평균적으로 하루에 여덟 번 웃는다고 하네. 일반적으로 나이가 들수록 횟수가 줄어들지. 참고로, 5세 미만의 아이들의 경우에는 평균 횟수가 92회일세. 그런가 하면 이런 통계도 있네. 오늘날의 성인들이 하루에 웃는 시간은 평균 4분일세. 그에 비해서 1936년에는 하루에 19분 동안 웃었다네.」

······그 수치를 어떻게 조사했는지 궁금한걸. 설문 조사를 했나? 사람들은 조사원에게 사실이 아니라 자기들의 희망 사항을 말할 수도 있어. 마치 일주일에 섹스를 몇 번 하느냐는 질문을 받을 때처럼 말이야. 그런 질문을 받으면 사람들은 실제로 행하는 횟수가 아니라 자기들이 〈희망하는〉 횟수를 말하잖아. 다행히도 나는 기자 생활을 하면서 어디에서 나왔는지도 모를 그런 종류의 수치를 믿지 말아야 한다는 것을 알게 되었지.

「웃음을 금지하는 규칙은 언제부터 적용되는 건가요?」

이지도르가 물었다.

스테판은 손목시계를 보고 나서 알려 주었다.

「정확히 오늘 아침 8시부터일세. 그리고 정확히 모레 아침 8시에 끝나는 거야. 이유가 무엇이든 누구한테도 자네들이 웃는 모습을 보이면 안 돼. 한 가지 조언하자면, 웃음이 나오려 할 때는 혀를 깨물거나 호주머니에 손을 넣어 허벅지를 꼬집거나 한 발로 다른 발의 발톱을 짓이기게나. 대개는 효과가 있을 거야.」

뤼크레스는 자기들이 정말 정신 병원에 와 있는 거라고 생각했다.

이지도르는 그 모든 것을 아주 진지하게 받아들이는 듯했다.

「지금 몇 시예요?」

「7시 58분일세. 아직 2분 남았으니까 마지막으로 실컷 웃어 두게.」

뤼크레스는 억지로 웃어 보려고 했다. 하지만 웃음이 나오지 않았다. 이지도르는 눈을 감고 조용히 기다리고 있었다.

「준비, 4, 3, 2, 1…… 시작! 8시 정각이야. 이제부터 자네들은 48시간 동안 웃음을 참아야 하네. 어떤 핑계도 통하지 않아.」

아침 식사가 끝나자 스테판 크로츠는 그들에게 따라오라고 했다.

유머 기사단의 내부는 언뜻 보기보다 훨씬 넓었다. 그야말로 여러 층에 걸친 복도와 방들과 계단들의 미궁이었다.

스테판 크로츠는 그들을 위층에 있는 어느 방으로 데려갔다. 벽들은 서가로 가려져 있고 서가에는 책들이 가득 꽂혀 있었다. 방 안쪽에 높이가 3미터쯤 되는 조각상이 놓여 있었다. 부처님처럼 가사를 두른 차림으로 가부좌를 틀고 앉아 있는 미국 코미디언 그라우초 마르크스의 조각상이었다. 입아귀에 반 토막짜리 시가를 물고 안경을 반쯤 내려 심한 외사시(外斜視)의 눈을 드러내고 있는 장난스러운 모습이었다.

방 한복판에는 타원형 책상이 떡 버티고 있고 그 주위에 의자들이 놓여 있었다.

「오늘의 주제는 역사일세. 사람들은 에로스와 타나토스에 관한 얘기는 자주 하지만 겔로스, 즉 유머를 잊고 있지. 유머는 인간의 행동에 영향을 미치는 세 번째로 큰 에너지일세. 인류 역사에서 유머가 언제 처음 나타났는지 아는가?」

뤼크레스가 말했다.

「저희는 이미 뢰벤브뤼크 교수를 만나서 유머의 기원에 관한 이야기를 들었어요.」

「나도 그의 이론을 알고 있네. 하지만 그의 이론은 평범할 뿐만 아니라 결함이 많아. 그는 퍼즐의 몇몇 조각을 접하는 행운을 얻었지만 그의 연구가 온전한 역사 서술이 되기에는 부족한 게 너무나 많지.」

스테판은 한 서가에서 커다란 책을 꺼냈다. 가로 30센티미터에 세로가 70센티미터나 되는 책이었는데 무슨 마법서 같은 느낌을 주었다.

표지에는 공들여 쓴 금박 글자로 〈유머 기사단 총본부 편, 유머 역사 대전〉이라고 적혀 있었다.

책장은 양피지로 되어 있었는데, 첫 페이지에는 형체가 뚜렷하지 않은 인물들의 그림이 실려 있었다.

「우리는 유머가 출현한 시기를 2백만 년 전으로 추산하고 있네. 최초의 유머가 나타난 곳은 오늘날의 남아프리카에 해당하는 지역일세. 유머 기사단과 관련을 맺고 있는 두 고생물학자의 연구에 따르면, 그건 검치호에게 쫓기던 한 남자의 이야기라네. 이 맹수가 겁에 질린 인간 먹이를 물어뜯으려는 순간, 옆쪽에서 돌진해 오던 매머드에게 밟혔다네. 이 남자는 매머드가 느닷없이 출현해서 겁을 먹은 데다 자기를 쫓아오던 검치호가 밟혀 죽는 것을 보고 엄청나게 놀랐지. 그 때문에 이 사람의 허파 안에서 과도한 가스 교환 효과가 나타났네.」

「그걸 어떻게 알아냈나요?」

뤼크레스는 여전히 정보의 출처가 미덥지 않았다.

「그 선사 시대 인간은 웃다가 진흙에서 미끄러졌고, 그대로 즉사하여 진흙 속에서 굳어져 버렸다네. 그래서 우리가 그 장면의 부조 사진이라고 할 만한 자국을 찾아낼 수 있었던 것이지. 우리는 그 유골의 턱뼈와 골반의 위치를 보고 남자가 사망 순간에 웃고 있었으리라 추정하는 것일세.」

이지도르가 말했다.

「대단하군요.」

「유머 기사단의 과학자들은 그것이 지금으로부터 2백만 년 전에 일어난 일로 보고 있네. 그들의 연구에 따르면, 바로 그 시기에 인간의 문명이 탄생했다고 하네. 시신 매장보다도 유머의 탄생을 기준으로 그 시점을 잡아야 한다는 거지.」

이지도르는 흥미를 느끼며 자기 소설의 자양분이 될 정보들을 메모했다. 하지만 뤼크레스는 여전히 회의적인 태도를 보이고 있었다.

「그 태초의 웃음 덕분에 인간이 비로소 그 동물 형제와 구별되었다네. 호흡과 신경의 메커니즘을 작동시켜서 불안을 즐거움으로 변화시킬 수 있는 것은 오로지 인간뿐이라는 것을 보여 주었으니 말일세.」

「그럴싸하네요.」

이지도르는 더 빨리 메모하면서 말했다.

「하지만 우리는 그 사건에 대해서 어떤 확신도 가지고 있지 않네. 새 그랜드 미스트러스가 온 뒤로 우리는 추정에 더 신중을 기하기로 했지. 그 결과 유머의 창세기를 32만 년 전으로 잡게 되었네. 그 유머가 출현한 곳은 오늘날의 케냐에 해당하는 지역일세.」

「32만 년 전이라고요?」

뤼크레스의 물음에는 여전히 의심이 담겨 있었다.

「두 부족 사이에 전투가 벌어졌는데 이 전투가 한 부족의 우세로 돌아갔네. 그런데 승리한 부족의 우두머리가 상대 부족의 우두머리를 죽이려는 순간, 하늘을 날던 독수리의 똥이 그의 눈에 정통으로 떨어졌네.」

「독수리 똥이요? 그게 〈최초의 유머〉예요? 하지만 그건…… 진짜 재미가 없는데요.」

뤼크레스는 비웃음이 피식 새어 나오는 것을 억누를 수 없었다. 스테판은 갑자기 실망한 기색을 보이며 말했다.

「내가 경고했지? 〈Dura lex sed lex〉라는 라틴어 격언대로 법은 엄하지만 그래도 법일세.」

그는 방울을 꺼내어 딸랑딸랑 흔들었다. 진분홍 망토를 걸친 건장한 남자 세 명이 나타나더니 뤼크레스가 어찌해 볼 새도 없이 그녀를 제압하여 지하로 끌고 갔다.

이지도르가 물었다.

「거참……. 뤼크레스에게 무슨 벌을 주는 거죠?」

「벌은 정보를 확실하게 주입하는 한 가지 방식일세.」

「체벌은 없다고 했잖아요.」

「체벌이 아니야. 내가 보기엔 그보다 더 심한 벌일세. 몇 분 지나면 다시 올라올 걸세.」

아닌 게 아니라 뤼크레스가 다시 나타났다. 두 뺨이 새빨개지고 숨을 헐떡이고 있는 것으로 보아, 무언가 어려운 일을 겪은 것 같았다. 하지만 슬픈 기색은 아니고 그저 심각해 보였다.

그녀는 눈길을 낮추면서 말했다.

「죄송해요. 다시는 그러지 않을게요.」

스테판 크로츠는 그녀에게 더 관심을 두지 않고 말을 이었다.

「좋아, 계속하세. 그러니까 가장 오래된 유머는 32만 년 전에 생겨났네. 그리고 우리는 그것이 인류의 진화에 유용했다고 생각하네. 실제로 당시 동아프리카의 그 지역에 살았던 사람들 사이에서 의식의 갑작스러운 진화가 일어났음을 확인했지.」

스테판 크로츠는 책장을 넘겼다.

「다음으로 우리의 역사책에 기록된 세 번째 유머는 기원전 4만 5천 년 전의 것일세. 크로마뇽인과 네안데르탈인 사이의 몰이해에 관한 이야기지.」

스테판은 그 이야기를 들려주었다.

그러고는 마치 뤼크레스가 또 웃기를 기대하듯 그녀의 표정을 살폈다. 하지만 그녀는 무표정하게 메모만 하고 있을 뿐이었다.

……이 사람은 다리우스가 유머 기사단의 일원이었다는 것을 인정했어.

그러니까 다리우스도 유머 기사단 총본부에 머문 적이 있다는 얘기야. 그리고 다리우스 역시 내가 받고 있는 것과 똑같은 교육을 받았을 거야. 그도 독수리 똥 이야기를 들었겠지? 그는 뭔가 자기 맘에 들지 않는 요소를 발견했을 게 틀림없어. 그래서 이 사람들과 맞서 싸울 생각을 하게 되었을 거야. 내 느낌에는 유머 기사단 사람들이 여기에 무언가를 숨기고 있어. 겉으로는 빛의 유머를 내세우고 있지만, 뭔가 어두운 것이 있어.

스테판 크로츠는 흡족한 표정으로 말을 이었다.

「다음은 수메르의 유머로 넘어가세. 기원전 4803년의 유머일세.」

이지도르가 물었다.

「남편 무릎에 앉아서 방귀 뀌는 여자에 관한 우스갯소리

말인가요?」

「아, 그걸 알아? 유머의 기원에 관한 맥도널드 교수의 논문을 읽었나? 흥미로운 연구지. 하지만 그의 이론에도 결함이 있네. 맥도널드 교수는 기원전 1908년의 수메르 유머를 언급하고 있어. 내가 말하는 것은 훨씬 오래된 것일세.」

그는 아카드 왕 엔비이슈타르에 맞서 싸운 수메르 왕 엔샤쿠샤나의 이야기를 들려주었다.

그런 다음 다시 책장을 넘겼다.

「그다음은 인도의 유머일세. 우리는 기원전 3200년경의 유머를 찾아냈네. 하라파 문명에 속하는 것이지.」

스테판 크로츠는 성행위를 하다가 성기가 서로 꽉 끼여 버린 왕자와 무희의 이야기를 들려주었다.

뤼크레스는 딸꾹 소리가 나려는 것을 겨우 참더니 그예 웃음을 터뜨리고 말았다. 스테판은 안됐다는 표정을 지으며 방울을 집어 들었다.

뤼크레스는 애절하게 말했다.

「안 돼요! 다시는 웃지 않겠다고 약속할게요.」

「자네를 위해서 이러는 것일세. 자신을 통제할 줄 알아야지.」

그가 방울을 딸랑딸랑 흔들자 세 남자가 다시 와서 그녀를 데려갔다. 그녀는 〈안 돼, 그건 안 돼!〉 하고 소리쳤다.

그녀는 몇 분 뒤에 돌아왔다. 얼굴은 훨씬 더 빨개져 있고 눈가에는 물기가 맺혀 있었다. 마치 한바탕 울고 온 사람 같았다. 그러나 표정이 슬퍼 보이지는 않았다.

「내가 왜 그랬는지 모르겠어요. 다시는 안 그럴게요.」

「지금 공부하는 게 대수롭지 않은 것으로 보일 수도 있겠지만, 언젠가는 이 공부 덕분에 자네들이 죽음을 면하게 될 수도 있어.」

그날 오전 뤼크레스는 두 차례 더 웃음 발작을 일으켰다. 그때마다 지하실에 끌려갔다가 새빨개진 얼굴에 후회의 빛을 가득 담고 돌아왔다.

그들은 계속해서 나라별로 고대의 유머를 살펴보았다.

드디어 점심시간이 되었다. 스테판은 그들을 구내식당으로 데려갔다.

두 초심자는 스테판 크로즈가 하는 대로 가면을 벗었다.

그들이 식당으로 들어서자 모두가 식사를 중단하고 그들을 살폈다.

뤼크레스는 그들을 차례차례 살펴보았다. 1백 명이 넘을 듯했다. 나이가 아주 많이 들어 보이는 사람들도 있었다.

남자보다는 여자가 많았고, 대개는 마흔 살이 넘어 보였다.

이지도르는 다정한 손짓을 보내며 그들 모두를 향해 소리쳤다.

「안녕하세요? 다들 맛있게 드세요.」

그 말과 어조가 긴장된 분위기를 누그러뜨렸다.

······나는 다리우스가 이 기사단을 전복시키거나 다른 집단으로 대체하려고 했던 이유를 알 것 같아. 권력을 쥐고 있는 늙은이들과 그들에게서 권력을 빼앗으려고 하는 젊은이들 사이의 전투는 여기에서도 벌어진 거야. 하지만 나는 이들의 손아귀에 있고 이들이 나에게 지식을 전수해 주고 있어. 그러니 선입견을 버리고 이들의 가르침을 받아들여야 해. 그런 연후에야 이들의 비밀과 다리우스의 문제를 이해할

수 있을 거야. 정신 차려, 뤼크레스. 이지도르의 말을 명심해. 〈우리는 상대를 과소평가하기 때문에 언제나 전투에서 패배한다.〉 이들이 나쁜 사람들처럼 보이지는 않아. 나이는 많아도 다들 눈에서 광채가 나. 아마도 유머가 청춘의 샘인 모양이야.

이지도르가 물었다.

「뤼크레스, 괜찮아요? 무슨 생각을 그렇게 해요? 아직 벌의 충격에서 벗어나지 못했나 봐요.」

「내가 왜 그랬는지 모르겠어요.」

「그들이 무슨 벌을 주던가요?」

「알고 싶어요? 그러면 그냥 웃기만 하면 돼요.」

연보라색 튜닉을 입은 부인이 그들에게 채소와 훈연생선을 가져다주었다. 디저트는 과일이 전부였다. 고기나 밀가루 음식이나 유제품은 없었다. 소스도 따로 없어서 채소와 생선에 올리브기름만 쳐서 먹어야 했다.

뤼크레스는 식사를 하면서 주위 사람들에게서 눈을 떼지 않았다.

그녀가 속삭였다.

「저들은 우리를 경계하고 있어요.」

「새로 들어온 사람들을 경계하는 건 당연하지 않아요? 폐쇄적인 클럽은 모두 그런 식으로 운영돼요.」

스테판 크로츠가 그들 쪽으로 왔다.

「음식이 맘에 드나? 우리 농원에서 직접 가져오는 유기농 식품이라네. 유머의 달인이 되기 위해서는 식품 위생에도 신경을 써야 하네. 뛰어난 운동선수들처럼 말일세.」

뤼크레스가 물었다.

「술은 마실 수 없나요?」

「입문 교육이 끝나면 아마 마시게 될 걸세. 지금 단계에서는 술이 자네들에게 도움이 될 거라고 생각하지 않아.」

「참아요, 뤼크레스. 소림사의 수련생들이 쿵후 강습 중에 술 마시는 거 봤어요?」

「그럼 담배는요? 나는 흡연자예요. 9일 동안 담배 없이 지낼 수는 없어요.」

「원한다면 패치를 제공해 줄 수 있네. 우리가 자네에게 해 줄 수 있는 것은 그것밖에 없어.」

뤼크레스는 어깨를 으쓱 추켜올렸다.

「고마워요. 덕분에 웃지 않을 이유가 또 하나 생겼네요.」

스테판 크로츠는 그들에게 냉수를 따라 주었다.

「포도주도 없고 맥주도 없고 청량음료도 없네.」

「커피도 없고요?」

「물 말고 다른 음료는 없어요? 덜 밍밍한 걸로.」

「당근주스가 있네.」

이지도르가 말했다.

「그거 잘됐네요. 내가 아주 좋아하는 거예요.」

뤼크레스는 우울한 표정으로 중얼거렸다.

「아무래도 내가 오래 있을 곳은 못 되는 것 같군요.」

「두고 보게. 우리는 무엇에든 익숙해지게 되어 있어. 나중에 가서는 자네 몸이 자네에게 고맙다고 할걸. 설탕과 기름기가 들어가지 않은 건강식을 제공해 주었다고 말일세.」

오후에는 유머 역사 공부가 빨리 진행되었다.

스테판 크로츠는 아주 훌륭한 교사의 면모를 보여 주었다.

그는 일화들을 들려주고 매혹적인 인물들을 소개하면서 유머사의 위대한 순간들을 생생하게 경험하도록 해주었다.

「위대한 희극 작가들 모두가 우리 기사단에 속해 있었던 것은 아니지만 그들 가운데 다수가 우리 기사단을 거쳐 갔네. 우리는 유명한 희극 작가들뿐만 아니라 세상에 거의 알려지지 않은 유머 작가들에 대해서도 공부할 걸세. 위대한 혁신자이면서도 역사에 기록되지 않은 인물들이 많지. 역사는 때로 진정한 창조자 대신 대중의 인기를 얻은 모방자만을 기록하거든.」

그런 다음 스테판은 분장한 인물들이 삽화로 들어가 있는 책을 보여 주었다.

「궁정 광대들에 관한 얘기를 해야겠네. 그들의 위상은 아주 묘했어. 예를 들어 14세기에서 17세기에 걸쳐서 프랑스 왕들은 외부의 영향을 받지 않고 직접 궁정 광대를 임명했네. 궁정 광대들은 보수를 아주 많이 받았어. 그리고 궁정의 법도를 존중하지 않아도 되는 유일한 사람들이었지. 그들은 왕의 봉신들을 조롱할 수 있었어. 그래서 봉신들은 그들에게 몰래 팁을 주었다네. 공연의 표적이 되는 것을 막기 위해서였지. 그래서 트리불레나 브리앙다 같은 궁정 광대들은 어마어마한 재산을 모았다네.」

이지도르가 말했다.

「꿈의 직업이었군요.」

「꼭 그렇다고 볼 수는 없네. 우선 그들은 모두에게 공포의 대상이었어. 게다가 그들을 미워하는 사람들도 많았지. 그들을 군주의 악마적인 분신이나 악마의 화신으로 여겼던 것일세.」

뤼크레스는 놀란 표정으로 물었다.

「한편으로는 특권을 누리면서 한편으로는 엄청나게 미움을 받았군요.」

「그들은 왕을 대신해서 봉신들에게 분노를 터뜨리는 역할을 했네. 때로는 봉신들을 대신해서 왕에게 화를 내는 역할도 했고.」

「익살을 통해서요?」

「〈세상만사를 심각하지 않게 만드는 말들〉을 통해서. 사람들은 그들의 재치에 대해서는 경탄했지만 본질적으로는 그들을 경멸했네. 사람들은 그들을 기독교인으로 간주하지 않았어. 그래서 그들은 교회 묘지에 묻힐 수가 없었네.」

「궁정 광대가 프랑스에 언제까지 있었나요?」

「어찌 보면 몰리에르가 마지막 궁정 광대였다고 볼 수도 있네. 아니 그보다는 그가 궁정 광대의 역할을 〈궁정 희극 배우〉의 역할로 바꿔 버렸다고 말하는 편이 낫겠네. 그 뒤로는 궁정 광대가 일종의 공무원처럼 변했지.」

두 기자는 조사 활동을 벌일 수 있는 시간이 오기를 참을성 있게 기다리면서 생각지도 않던 역사 공부를 계속해 나갔다. 역사의 알려지지 않은 분야에 관한 이야기들이 때로는 매우 신기하고 재미있기도 했다.

자정에 스테판은 보마르셰에 이르렀다.

뤼크레스는 자기가 시간 가는 줄 모르고 공부에 열중했다는 사실에 스스로 놀랐다. 담배도 잊고 웃지 않겠다는 약속을 잘 지킨 것도 대견하기만 했다.

스테판은 그들을 텅 빈 구내식당으로 데려갔다. 거기에서 그들은 차갑게 식은 늦은 저녁을 조용히 먹었다. 그런 다음 그는 그들을 방으로 데려다주었다.

「내일은 7시에 시작할 거야. 9일 만에 입문 교육을 마친다는 건 엄청난 행운이야. 그 점을 잊지 말게나. 여기에서는 누구나 그것을 꿈꿨을 거야.」

「그런데 오늘 밤에 저희 방에서는 웃어도 되나요?」

「그러지 않는 게 좋을걸. 만약 누가 방문 앞을 지나가다가 웃음소리를 듣게 되면 자네들을 밀고할 걸세. 그러니까 모레 아침 8시가 될 때까지 기다리게. 그때 가면 실컷 웃을 수 있어. 잘들 자게. 내일은 유머 역사를 보마르셰부터 계속 공부해 나갈 거야.」

스테판은 발길을 돌리려다가 다시 말했다.

「한 가지 덧붙이는 것을 잊었네. 모레 8시가 되면 자네들은 〈의무적으로〉 웃어야 하네. 그러자면 미리부터 신체를 다스리는 훈련을 해둘 필요가 있어. 내가 초보적인 수련법을 가르쳐 주겠네. 먼저 숨을 되도록 오랫동안 참을 수 있도록 노력해 보게. 그리고 화장실에 가면 오줌 줄기를 의지만으로 끊었다가 이었다가 하는 훈련을 해보게. 또 오늘 밤부터 자기가 원하는 시각에 정확하게 잠드는 것을 연습하게나. 요가의 달인들은 생각만으로도 소화와 심장 박동을 조절한다잖나. 자네들도 자기 몸의 온전한 주인이 되도록 노력하게.」

그는 뤼크레스에게 다가가며 말을 이었다.

「우리 몸은 응석꾸러기 어린애와 같네. 자꾸 단것과 애무와 안락함을 요구하지. 하지만 우리가 몸을 교육시키면, 다시 말해서 가장 알맞은 때에 무언가를 하도록 몸에게 가르치면, 처음에는 싫어하다가도 나중에는 우리에게 고마워하지. 이제부터는 몸이 시키는 대로 자네들이 따라갈 것이 아니라 자네들이 몸을 교육시키고 이끌어 가야 하네.」

그는 그들에게 잘 자라고 한 뒤에 발길을 돌렸다.

뤼크레스는 찬물만 나오는 샤워기 아래로 들어갔다. 그러고는 눈을 감고 자신의 호흡과 심장 박동을 느껴 보았다. 그러면서 정말 신체 기관의 모든 자율 운동을 통제할 수 있을까 하고 생각했다.

……놀라운 일이야. 아닌 게 아니라 내 안에서 모종의 변화가 일어난 것 같아. 물론 담배와 당분과 지방에 대한 욕구는 여전히 남아 있어. 하지만 나 스스로 더 침착하고 차분하고 강해진 느낌이 들어.

여기 이 노인들 속에서 머무는 것이 좋은 효과를 내는 걸까? 이 찬물 샤워조차 싫지 않은걸. 나는 이것을 견딜 수 있다는 것을 스스로 자랑스럽게 느끼고 있어.

그녀는 몸에 비누칠을 하다가 자기 배에서 꼬르륵 소리가 난다고 느꼈다.

……배가 화를 내는군. 고기와 단것을 주지 않았다고.

그녀는 기침을 했다.

……허파도 성화를 부리고. 니코틴과 타르를 기다리고 있는 거야.

그녀는 물줄기가 더욱 세차지도록 샤워기의 손잡이를 돌렸다.

……빌어먹을, 다리우스 사망 사건 취재가 나를 이런 모험으로 이끌 줄 미리 알았다면, 다시 한번 생각했을 거야.

여기 사람들이 점점 이상해 보여. 유머를 수호한다는 명분을 내걸고 뭔가 석연치 않은 것을 감추고 있어.

그녀는 젖은 머리카락으로 얼굴을 가렸다.

128

한 남자가 자동차를 타고 고속 도로를 달리는데 갑자기 차에 이상이 생겼다. 갓길에 차를 세워 살펴보니 타이어 하나에 펑크가 났다. 타이어를 교체하려고 했더니 스페어타이어에도 구멍이 나 있다. 그래서 지나가는 차들을 세워 도움을 청하려 하지만 아무도 차를 세우지 않는다. 엎친 데 덮친 격으로 비까지 추적거리기 시작한다. 비가 오니까 자동차 운전자들이 더더욱 차를 세우려고 하지 않는다.

그때 갑자기 스포츠카 한 대가 가까이에 멈춰 선다. 운전석에는 멋진 금발 머리 여자가 앉아 있다. 여자는 사정을 알아차리고 선뜻 도와주겠다고 나선다. 하지만 스페어타이어를 사용할 수 없다는 것을 확인하고는 자기 차에 올라타라고 권한다. 가까운 정비소에 데려다주겠다는 것이다.

한참을 달려도 정비소가 나오지 않는다. 그러자 금발의 미녀가 제안한다. 날도 저물고 했으니 우선 작은 마을에 들어가서 저녁을 먹고 보자는 것이다. 저녁을 먹고 나니 밤이 이슥하다. 그들은 거기에서 그냥 하룻밤을 묵기로 한다. 그런데 호텔에 남아 있는 방이 하나뿐이다. 그것도 침대가 하나밖에 없는 방이다. 그래서 그들은 한 침대에서 잔다. 한밤중에 여자가 남자 쪽으로 와서 그들은 자연스럽게 섹스를 한다. 이튿날 남자는 늦은 아침이 되어서야 잠에서 깨어난다. 그는 부랴부랴 옷을 입고 내려가 호텔 수위에게 지하에 당구장이 있느냐고 묻는다. 수위가 그렇다고 대답하자, 그는 당구장에 가서 파란 초크를 손에 묻힌다. 그러고는 택시를 불러 타고 서둘러 귀가한다.

그의 아내가 문 앞에서 기다리고 있다. 한 손에 반죽용 밀대를 들고 있는 품새가 여간 살벌하지 않다.

「겁도 없이 외박을 하셨다 이거지? 어디 무슨 핑계를 대는지 들어나 볼까?」

「여보, 정말 어처구니없는 일이 생겼어. 엊저녁에 고속 도로에서 타이어가 터졌어. 스페어타이어도 펑크가 났기에 도움을 청했지. 비까지 내리니까 아무도 서주질 않는 거야. 그때 스포츠카 한 대가 멈춰 섰어. 안에는 젊은 여자가 타고 있더라고. 아주 예쁜 금발 머리 여자였어. 그 여자가 정비소에 데려다주겠다고 해서 그 차에 탔지. 그런데 한참을 가도 정비소가 나타나지 않아서 어떤 마을에 들어가 저녁을 먹었어. 그러고는 호텔에서 잤는데, 공교롭게도 원 베드 룸 하나밖에 남아 있지 않아서 한 침대를 쓸 수밖에 없었지. 그렇게 나란히 자다가 한밤중에 섹스를 했어. 그 때문에 너무 피곤했던지 시간 가는 줄도 모르고 자다가 오늘 아침 늦게야 잠에서 깨어난 거야.」

그러자 아내는 금세 화를 가라앉히고 코웃음을 친다.

「그런 헛소리를 내가 믿어 줄 것 같아? 나를 눈뜬장님으로 아나 보지? 손에 파란 초크를 잔뜩 묻혀 왔는데 내가 모르겠냐고? 뻔해! 친구들하고 밤새 당구 치고 놀았잖아!」

유머 기사단 총본부 창작 유머 572587번

129

물이 줄줄 흘러내린다. 그녀의 머리채에서 어깨로, 봉긋한 젖가슴으로, 다시 엉덩이로.

「서둘러요, 뤼크레스!」

그녀는 물을 잠그고 대답했다.

「또 무슨 일이에요?」

그녀는 젖은 머리를 수건으로 감싸고 욕실을 나섰다.

「우리는 여기에 취재를 하러 온 것이기도 해요. 내가 보기엔 여기에 뭔가 수상한 것이 감춰져 있어요.」

이지도르도 그녀와 같은 결론에 도달한 모양이었다.

「빛의 유머 쪽 전사들이 그다지 밝아 보이지 않아요.」

「그래서요?」

「여기에서 희극 배우 견습생 노릇만 하고 있을 수는 없어요. 다리우스 사망 사건의 비밀을 풀어야죠. 타데우시가 범인이 아니라면, 유머 기사단에 소속된 누군가의 소행일 가능성이 매우 높아요.」

「하지만 이들은 BQT를 가지고 있지 않은걸요.」

「아마 가지고 있다가 잃어버렸을 거예요. 아니면 공식적인 체계 밖에서 따로 행동하는 사람이 있는 거예요. 아무튼 열쇠는 여기에 있어요. 내 느낌엔 그래요.」

뤼크레스는 잠시 머뭇거렸다. 이지도르가 갑자기 행동파로 변한 것이 신기했다.

「이지도르, 당신이 그러는 걸 보니까 무척 마음에 들어요. 분석보다 행동을 앞세우고 있잖아요.」

「어떤 대가를 치르더라도 당장 이곳을 구석구석 조사해 봐야해요.」

그는 하얀 망토 자락에 숨긴 가방을 보여 주었다.

「점심시간에 화장실에 가는 척하면서 세탁실에 들러 연보라색 복장을 두 세트 훔쳐 왔어요. 변장하고 돌아다니려고요.」

「그렇게 돌아다니면서 무엇을 하겠다는 거죠?」

「우리가 어디에 와 있는지, 이 사람들의 정체가 뭔지, 그리고 이들이 겉으로 착한 척하면서 무엇을 감추고 있는지 알아내야죠.」

「또다시 당신의 직감이 발동한 건가요?」

「물론이죠. 남이 제공하는 정보에 만족하는 것은 진정한 프로의 자세가 아니죠. 남들이 우리에게 주려고 하지 않는 정보들을 구하러 가야 해요.」

그는 벌써 옷을 갈아입고 그녀에게 손전등 두 개를 보여 주었다. 그것 역시 훔쳐 온 물건들이었다.

우물쭈물할 겨를이 없었다. 그녀는 젖은 머리가 거치적거리는 것을 개의치 않고 자기도 옷을 갈아입었다.

「자, 영화에 나오는 것처럼 〈새로운 모험을 향해 전진〉.」

밤이 이슥한 시각이라 단원들은 대부분 잠들어 있었다. 이지도르와 뤼크레스는 아무도 마주치지 않고 복도를 나아갔다.

「이지도르, 정말 이상한 곳이에요. 당신이 보기엔 어때요?」

「내 생각에도 그래요.」

「내가 보기에는 노인들의 사이비 종교 집단 같아요. 노인들이 사는 게 너무 따분해서 이상한 단체를 만들어 놓고 진지한 비밀 결사 흉내를 내는 게 아닌가 싶어요.」

그때 복도 모퉁이에 두 실루엣이 나타났다. 뤼크레스는 소스라치게 놀랐다. 하지만 이지도르는 태연하게 계속 가라고 신호를 보냈다.

아닌 게 아니라 연보라색 망토와 가면 차림의 두 실루엣은 그냥 조용히 나아오고 있었다. 아마도 야경을 도는 사람들인 듯했다.

야경꾼들은 계속 다가왔다. 그러다가 그들과 마주치자, 그중 한 사람이 말했다.

「이상 없지?」

「없어.」

이지도르는 그대로 걸어가면서 태연하게 대답했다.

야경꾼들이 사라지자, 이지도르는 그녀 쪽으로 몸을 돌

렸다.

「아까 보니까 떨고 있던데요. 벌을 받을까 봐 두려웠던 거죠? 낮에 무슨 벌을 받았는지 말해 봐요.」

「알고 싶으면 당신도 웃으라니까요. 미안하지만, 대가를 치르지 않고 거저 얻으려고 하지 말아요.」

그들은 복도를 계속 나아갔다.

「이지도르, 우리는 늑대의 아가리 속으로 들어왔어요.」

「그렇다면 이 늑대가 진정 어떤 존재인지 알게 되겠군요.」

그때 그들 앞에 계단이 나타났다.

「올라갈까요? 지상으로 나가서 무엇이 있는지 알아봐요.」

「아뇨, 내려가요. 알짜는 언제나 깊은 곳에 감춰져 있게 마련이죠.」

그들은 계단을 내려갔다.

「이지도르, 무섭지 않아요?」

「나는 여기에 머무는 것을 일종의 연수로 생각하고 있어요. 연수 과목에 이름을 붙이자면…… 〈필로젤로지〉[3] 정도가 되겠네요. 필로소피가 지혜에 대한 사랑을 가르치는 학문이라면, 필로젤로지는 웃음에 대한 사랑을 가르치는 학문이죠.」

「학문이라고요?」

「물론이죠. 다른 사람들이 바이러스를 연구하듯 여기에서 우리는 우스갯소리를 연구하고 있어요. 우스갯소리라는 게 따지고 보면 바이러스와 비슷하지 않아요? 우스갯소리들은 일단 세상에 나오면 입에서 입으로 널리 퍼져 나가요. 마

---

[3] philogélosie. 그리스어 필로스(애호)와 겔로스(웃음)를 결합하여 프랑스어식의 학문 이름으로 만든 작가의 신조어.

치 바이러스처럼 옮겨 다니는 것이죠.」

「그러다가 바이러스처럼 사람을 죽일 수도 있죠.」

그는 동의하지 않았다.

「이지도르, 나는 이 모든 일의 끝이 안 좋을까 봐 두려워요. 우리는 여기에 갇혀 있어요. 그리고 내 눈에는 이곳 사람들 모두가 이상해 보여요. 우리는 우리가 어디에 와 있는지조차 모르고 있어요.」

「뤼크레스, 인생이라는 영화는 언제나 끝이 안 좋아요. 이 영화의 재미는 결말이 아니라 과정에 있어요. 클로징 크레디트가 나오기 전에 파란만장한 사건들을 즐겨야 해요.」

그는 조금 생각하다가 덧붙였다.

「아니, 내가 잘못 말했어요. 인생이라는 영화는 우리 육신의 측면에서 보면 끝이 안 좋지만, 영혼의 측면에서 보면 끝이 좋아요.」

뤼크레스는 깜짝 놀라는 기색을 보였다.

「영혼의 불멸을 믿어요?」

「내 영혼은 그것을 믿고 내 육신은 의심하죠.」

그는 〈필로젤로지〉 연수를 받는 사람답게 평소보다 더 재치 있는 면모를 보이고 싶어 하는 듯했다.

그들은 복도로 계속 걸어갔다.

「9일 동안의 연수를 마치면 우리가 익살스러운 사람들이 되리라고 생각해요?」

「그러기를 바라요. 나에게도 재미있는 구석이 있을 텐데 이때껏 그 영역을 소홀히 해왔어요. 그런데 당신 덕분에 이 취재에 동참하게 되었어요. 이 취재가 나의 큰 결함을 메워 주는 계기가 되었으면 좋겠어요.」

「나는 어때요? 당신이 보기에 나는 재미있는 사람인가요?」

「당신이야 코미디언 저리 가라죠. 보기만 해도 웃음이 절로 나오는걸요.」

그의 말투는 무덤덤했다.

「이지도르, 또 나를 놀리는 거죠?」

「네. 듣기 거북해요?」

「조금.」

복도가 끝나고 회랑이 나타났다. 회랑을 따라 나아가자 육중한 철문이 그들을 막아섰다. 세공이 아주 많이 들어간 철문이었다.

「뤼크레스, 이제 당신의 재능을 한번 볼까요?」

「맨손으로는 안 돼요. 도구가 필요해요.」

그들은 거기서 포기해야 했다. 두 야경꾼이 다시 다가오고 있었다. 이번엔 마주치지 않는 게 좋을 듯했다. 그들은 얼른 복도 모퉁이 뒤로 몸을 숨겼다.

130

셜록 홈스와 왓슨 박사가 시골에 가서 캠핑을 하게 되었다. 그들은 텐트를 치고 불가에서 저녁을 먹었다. 그리고 잠이 들었는데, 한밤중에 셜록 홈스가 일어나 왓슨을 깨운다.

「왓슨, 저것 좀 보게나. 뭐 생각나는 거 없어?」

왓슨은 홈스가 깨운 이유를 알아차리지 못한다. 그래도 물었으니 대답을 할 수밖에.

「무수히 반짝이는 별들을 보니 우리가 무한한 우주의 외딴 행성에 있구나 하는 생각이 드는구먼.」

「거기에서 더 구체적으로 무엇을 추론해 낼 수 있을까?」

왓슨은 그게 무슨 말인가 하면서 곰곰 생각한다.

「에, 그러니까, 우주에 별이 무수히 많다는 점을 생각하면 어딘가에는 지구와 비슷한 행성들이 존재한다고 봐야겠지. 그렇다면 그 행성들에 생명체가 존재할 수도 있을 거야.」

「아니, 그런 것 말고 저 별들을 보니까 뭐 생각나는 거 없어?」

「에…… 그러니까, 외계 문명이 존재할 수 있다는 것일세. 모든 가능성을 고려해 볼 때, 적어도 우리와 비슷한 수준의 지능을 가진 생명체가 건설한 외계 문명은 존재할 수 있어.」

그러자 셜록 홈스가 하는 말.

「아닐세, 친애하는 왓슨, 그건 제대로 된 추리가 아니야. 자네 눈에 저 별들이 보인다는 것은 우리가 잠자는 동안 누가 우리 텐트를 훔쳐 갔다는 뜻일세.」

유머 기사단 총본부 창작 유머 878332번

131

종소리가 울렸다. 그들은 잠에서 깨어났다. 의자에 깨끗한 흰색 망토와 튜닉이 일과표와 함께 놓여 있었다.

뤼크레스가 한숨을 내쉬며 말했다.

「오늘도 역사 공부를 하는데, 일정이 훨씬 빡빡해요. 어제보다 늦게 끝나겠어요.」

「이런 리듬으로 진행되면 우리가 너무 지치겠는걸요. 밤에 시간을 내서 조사를 벌이기도 점점 어려워질 거고요.」

「그래도 시간을 내야죠. 여기에서 다리우스 사망 사건의 열쇠를 찾아내야 해요.」

그들은 샤워를 하고 아침 식사를 한 뒤에 전날 공부하던 방으로 갔다.

그라우초 마크스의 조각상이 더욱 인상적인 모습으로 그들을 맞아 주었다. 둘째 날의 수업은 근대의 희극 작가들과 유머 기사단의 그랜드 마스터들, 유머의 창작자들과 개작의 달인들과 철학자들에 관한 것이었다.

「우리가 어디까지 했더라? 아, 그래, 보마르셰까지 했지. 이건 그냥 참고하라고 하는 말인데, 우리는 죽은 이들에 대해서만 공부할 걸세. 살아 있는 이들의 이름을 자네들한테 밝힐 수가 없기 때문일세. 우리 기사단 형제자매들은 기사단의 허락 없이는 다른 형제자매의 이름을 들먹이지 않는다네.」

그는 『유머 역사 대전』을 펼쳤다. 책에 언급된 인물들의 사진이 보였다.

「보마르셰 다음으로는 먼저 극작가 외젠 라비슈(1815~1888)를 언급하고 싶네. 그는 우화적인 근대 희극의 창시자였네. 자크 오펜바흐의 부탁을 받고 오페레타나 희가극의 대본을 쓰기도 했지. 그는 우리 유머 기사단의 그랜드 마스터였네.」

스테판은 라비슈의 몇몇 문장을 인용했다.

「라비슈가 한 말들인데, 대개는 다른 작가들의 문장으로 잘못 알려진 것들일세. 〈이기주의자란 나를 생각해 주지 않는 사람이다〉, 〈알고 보니 나는 다른 남자와 내 아내의 정조를 나눠 가지고 있었다〉, 〈오로지 하느님만이 자기와 닮은 존재를 죽일 권리가 있다〉, 〈사람들은 자기들에게 도움을 준 사람들이 아니라 자기들이 도와준 사람들에게 애착을 느낀다〉.」

이지도르가 토를 달았다.

「마지막 문장은 〈페리숑 씨의 여행〉이라는 작품에 나오는 것이군요.」

사범은 책장을 넘겼다.

「다음은 희극 배우나 극작가도 아니고 어릿광대도 아니었던 앙리 베르그송(1859~1941)일세. 그는 웃음과 유머의 원리를 이론화한 최초의 현대 철학자라네. 바로 〈희극적인 것이란 살아 있는 것에 달라붙은 기계적인 것〉이라는 유명한 말을 남긴 분이지.」

「그이도 유머 기사단의 그랜드 마스터였나요?」

「아니, 그냥 마스터였네. 그는 뭐랄까, 유머를 받아들이는 태도가 너무 진지했네. 그의 논문은 너무 분석적이어서 실용성이 좀 떨어지지. 그의 말을 인용하자면, 〈글쓰기의 기술이란 무엇보다 독자로 하여금 작가가 단어들을 사용하고 있다는 사실을 잊게 하는 것이다〉, 〈앞을 내다본다는 것은 과거에 경험한 것을 미래에 투사하는 것이다〉.」

그는 이어서 수많은 보드빌 작품으로 유명한 극작가 조르주 페이도(1862~1921)를 소개했다.

「조르주 페이도는 유머라는 현상 자체를 이해하려고 노력했네. 그 연구에 강박적으로 매달렸고 그 때문에 죽었지.」

뤼크레스는 짐짓 열성적인 학생처럼 굴면서 물었다.

「조르주 페이도의 문장들도 몇 가지 인용해 주시겠어요?」

「〈내가 하는 운동은 단 하나, 건강하게 살려고 열심히 운동하던 친구들의 장례식에 가는 것이다.〉 〈마음에 드는 여자들의 남편들은 하나같이 얼간이들이다.〉」

이지도르는 웃음이 피식 새어 나오려던 찰나에 가까스로 참았다.

「다음으로는 찰리 채플린(1889~1977)을 빼놓을 수가 없지. 그는 다방면에서 활약을 펼친 천재일세. 그에 관한 일화가 하나 있네. 거의 알려지지 않은 이야기일세. 어느 날 시나리오 작가 찰스 맥아더가 자기 시나리오에 들어갈 희극적인 장면을 놓고 찰리 채플린에게 조언을 요청했네. 〈뚱뚱한 부인이 바나나 껍질을 밟고 미끄러지는 장면을 보여 줄 생각인데 어떻게 해야 사람들이 많이 웃을까요? 먼저 바나나 껍질을 보여 주고 그다음에 뚱뚱한 부인이 다가와서 미끄러지는 것을 보여 줄까요? 아니면 먼저 뚱뚱한 부인을 보여 주고 이어서 바나나 껍질을 보여 준 다음 부인이 미끄러지는 것을 보여 줄까요?〉 그러자 찰리 채플린이 대답하기를, 〈둘 다 아닐세. 먼저 뚱뚱한 부인이 다가오는 것을 보여 주고, 다음에 바나나 껍질을, 그다음엔 뚱뚱한 부인과 바나나 껍질을 같이 보여 주게. 그러고 나서는 뚱뚱한 부인이 조심조심 바나나 껍질을 넘어가서 하수구에 빠지는 장면을 보여 주는 것일세〉.」

뤼크레스는 새어 나오려는 웃음을 얼른 찬탄으로 바꾸었다.

「아주 훌륭한데요.」

「찰리 채플린도 유머 기사단에 속해 있었나요?」

「물론일세. 유머 기사단은 한때 미국 지부를 발전시키기 위해 많은 노력을 기울였네. 찰리 채플린은 그랜드 마스터였어.」

이지도르는 그 정보를 적어 두었다.

「다음은 그라우초 마크스(1890~1977)일세. 넴로드 씨가 인용을 아주 좋아하는 것 같으니 몇 문장을 들려주겠네. 〈나는 아주 어린 나이에 태어났다.〉 〈나는 나를 회원으로 받아 주려고 하는 클럽에는 절대로 가입하고 싶지 않다.〉 〈남자가 젊은 여자를 사랑하면 그 여자와 동갑이 된다.〉」

뤼크레스는 하마터면 웃음을 흘릴 뻔했다. 이지도르도 마찬가지였다.

「그라우초 마크스도 그랜드 마스터였나요?」

「그렇다네. 3년 동안 우리 기사단을 이끌었지.」

뤼크레스가 말했다.

「그렇다면 결국 자기를 받아 주는 클럽에 가입한 셈이네요.」

스테판은 다시 책장을 넘겼다.

「사샤 기트리(1885~1957). 오늘날에는 거의 잊히고 말았지만 당대에는 대중의 사랑을 많이 받았던 극작가이자 희극 배우라네. 그의 문장들을 몇 가지 인용해 보겠네. 〈나는 여자들이 우리 남자들보다 우월하다는 것을 기꺼이 인정하겠다. 그렇게 해서라도 여자들이 우리와 동등하다고 주장하는 것을 말릴 수 있다면 말이다.〉〈만약 나를 헐뜯는 사람들이 내가 그들에 대해서 어떻게 생각하는지를 똑똑히 알게 된다면, 나를 더욱더 헐뜯게 될 것이다.〉〈커서 전문적인 비평가가 되겠다고 말하는 아이를 본 적 있소?〉〈우리가 진정으로 신뢰할 수 있는 사람들이 있다. 그들은 대개 우리가 필요로 하지 않는 사람들이다.〉」

뤼크레스가 말했다.

「괜찮은데요.」

「끝으로 지금 상황에 딱 맞는 문장 하나 더. 〈남들의 생각을 인용하는 것은 스스로 그런 생각을 하지 못했음을 아쉬워하는 것이다.〉」

「사샤 기트리도 유머 기사단의 그랜드 마스터였나요?」

「아니, 그냥 마스터였네. 아, 아주 중요한 인물이 남았군. 유머 기사단의 가장 중요한 지도자들 가운데 하나였던 피에르 다크(1893~1975)일세. 그는 그랜드 마스터였을 뿐만 아니라 제2차 세계 대전 중에는 레지스탕스 대원으로 활동하기도 했네. 라디오의 희극 프로그램을 진행하면서 비시 정부와 히틀러를 조롱했지. 그가 남긴 유명한 말들을 몇 가지 소개하겠네. 〈한평생 사는 동안 제로에서 출발하여 무(無)에 도달한 사람은 누구에게도 감사할 것이 없다.〉〈지능을 가진 외계 생명체는 존재한다. 그것의 가장 확실한 증거는 그들이 우리와 접촉하려고 하지 않았다는 사실이다.〉〈할 말이 없다고 해서 입을 다물어야 하는 것은 아니다.〉」

스테판은 책을 덮었다.

「오늘은 여기까지 하겠네. 이상으로 우리는 보마르셰에서 피에르 다크에 이르는 유머사의 도정을 죽 훑어본 셈일세.」

그는 저녁을 먹으러 가자고 했다.

뤼크레스와 이지도르는 저녁을 맛있게 먹었다. 마치 유머의 개척자들 이야기를 듣고 나서 활기를 얻은 것만 같았다.

뤼크레스는 유머 기사단의 역사를 수놓은 그 인물들의 공통점을 간파했다.

……그들은 모두 어려운 시련을 겪었어. 그들에게 웃음은 탄성 에너지와 같은 것이었고, 엄청난 불안을 이겨 내는 한 가지 방식이었어. 그들은 유머 덕분에 성공했어. 그런데 왜 그들 가운데 다수가 말년에는 비극 작품을 만들려고 했을까? 자기들이 익살을 너무 많이 떨었던 것에 대해 사과하고 싶었을까? 자기들이 너무 우스워 보이는 게 싫었을까?

스테판은 그들을 다시 침실까지 바래다주었다.

이지도르는 샤워를 하고 티셔츠를 입더니 아무 말 없이 침대에 몸을 묻었다.

뤼크레스는 잠자리에 들면서, 미소를 지었다. 내일은 웃을 수 있겠구나, 아니 웃어야 하는구나 하고 생각한 것이었다.

그런데 더 생각해 보니 웃음을 참는 것도 어렵지만 누군가의 주문에 따라 억지로 웃는 것은 더욱 어려울 듯했다.

그녀는 몸을 자기 뜻대로 통제할 수 있어야 한다고 생각했다. 그래서 스테판이 일러 준 대로 먼저 자기가 원하는 순간에 잠드는 것을 연습해 보기로 했다.

……나는 이제 카운트다운을 할 것이다. 초를 거꾸로 세어 가다가 0이 되는 순간 갑자기 잠에 빠져들 거야. 10, 9, 8……4, 3, 2…….

「뤼크레스, 오늘 밤에 하기로 한 거 잊지 않았죠? 자, 다시 조사하러 갑시다.」

이지도르는 벌써 연보라색 망토와 가면을 착용하고 손전등 두 개를 든 채 그녀의 침대 곁에 서 있었다.

그들은 전날 밤에 갔던 길로 다시 갔다.

회랑 끄트머리에 있는 철문 앞에 다다르자, 그는 자기가 슬쩍해 온 드라이버와 철사를 그녀에게 내밀었다.

그녀는 곁쇠질을 시작했다. 하지만 자물쇠를 따기가 만만치 않은 듯했다.

이지도르는 의아해하면서 말했다.

「당신이 전문가인 줄 알았는데요.」

「나는 현대적인 전자 금고의 전문가예요. 3백 년 전에 만들어진 낡은 자물쇠는 내 전공이 아니라고요. 이런 자물쇠는 어떻게 작동하는지 몰라요. 게다가 내부에 아주 견고한 작은 톱니바퀴들이 가득 들어 있는 것 같은데, 들여다볼 수가 없어요. 이 자물쇠는 아마도 시계처럼 작동하는 게 아닌가 싶어요.」

「나를 실망시키는군요, 뤼크레스. 갑자기 내가 당신을 과대평가한 게 아닌가 하는 생각이 드네요.」

그러자 뤼크레스는 실력을 보여 주겠다는 듯 더욱 열심히 작업에 임했다.

그녀는 커다란 자물쇠의 노랫소리를 듣기 위해 귀를 잔뜩 기울였다. 하지만 아무 소리도 들리지 않았다.

「오늘은 안 되겠어요. 내부의 메커니즘을 알아내기 위해서는 엑스선 장비가 필요해요.」

연보라색 옷을 입은 야경꾼 두 명이 다시 그들 쪽으로 오고 있었다. 그들은 가까스로 몸을 숨겼다.

뤼크레스는 자기가 정말 이지도르를 실망시킨 게 아닐까 생각했다.

132

낙원에서 혼자 따분하게 살아가던 아담이 하느님에게 여자를 만들어 달라고 했다. 하느님의 응답은 선선했다.

「아주 특별한 여자를 만들어 주마. 아름답고 상냥하고 온유하고 똑똑하고 사려 깊고 뭐든지 뛰어나게 잘하고 기품이 넘치고 정이 많은 여자 말이다. 그 여자는 내 피조물 가운데 가장 성공적인 작품이 될 것이다. 문제는 네가 아주 비싼 대가를 치러야 한다는 것이다. 구체적으로 말하자면 너의 몸에서 눈 하나, 팔 하나, 발가락 여섯 개를 내놓아야 하느니라.」

그러자 아담은 한참 생각하다가 대답했다.

「대가가 조금 비싼 듯합니다. 그냥 갈비뼈 하나를 내드리면 어떤 여자를 만들어 주실 건가요?」

유머 기사단 총본부 창작 유머 234445번

133

그는 스톱워치의 시작 버튼에 엄지손가락을 올려놓고 말했다.

「자, 준비. 셋을 세고 나면 시작하는 거야. 하나…… 둘…… 셋. 웃어!」

그와 동시에 그는 시작 버튼을 눌렀다.

뤼크레스는 먼저 작은 소리로 억지웃음을 짓고 나서, 더 낭랑하고 자연스러운 웃음소리를 냈다. 그러고 나자 웃음에 규칙적인 리듬이 생겨났다.

스테판은 다시 스톱워치의 버튼을 누르며 소리쳤다.

「스톱!」

그녀는 한 박자 늦게 웃음을 그쳤다.

「다시 해보게. 셋에 시작하는 거야. 하나…… 둘…… 셋. 웃어!」

그녀의 웃음소리가 높아졌다. 스테판은 여전히 스톱워치를 손에 든 채로 소리쳤다.

「스톱!」

그녀는 웃음을 뚝 그쳤다.

「다시 해보세.」

이번엔 스테판이 한참이 지나도록 〈스톱〉을 외치지 않았다. 그녀는 제풀에 지쳐서 웃음을 그쳤다.

「5분 22초. 뤼크레스는 중간에 제지를 받지 않는다면 얼마간 자연스럽게 5분 22초 동안 웃는다는 얘기일세. 이제 이지도르가 해보게.」

이지도르는 스테판을 마주하고 앉았다.

「준비됐나? 자, 셋에 시작하는 거야. 하나…….」

「짤막한 우스갯소리를 듣고 시작하면 안 될까요? 그러면 시작하기가 한결 쉬울 텐데.」

「안 되지. 이건 훈련의 일환일세. 뤼크레스처럼 자네도 아무 도움 없이 시작하고 멈춰야 해.」

이지도르는 준비가 되었다는 신호를 보낸 다음 숨을 크게 들이마셨다.

「하나…… 둘…… 셋. 웃어!」

스테판이 스톱워치를 작동시킴과 동시에 이지도르는 웃음을 짓기 시작했다. 하지만 피식 소리가 나는 헛웃음이었다.

「그게 뭐야? 시동 꺼지는 발동기처럼. 제대로 웃어 봐, 이지도르. 우스갯소리가 필요하면 속으로 재미난 이야기를 떠올려 봐. 그런 건 얼마든지 해도 돼.」

이지도르는 우스갯소리를 떠올렸다. 그러자 웃음소리가 조금 커졌다.

「자, 한 번 더. 더 잘할 수 있잖아! 하나…… 둘…… 셋. 웃어!」

웃음소리가 점점 높아지고 갈수록 자연스러워지고 있었다. 자동차에 비유하자면 변속기가 3단을 거쳐 4단으로 넘어간 것과 비슷했다. 이지도르가 5단 기어를 넣으려는 찰나, 스테판이 단호한 어조로 소리쳤다.

「스톱!」

이지도르는 4단에서 3단, 2단, 1단으로 돌아와 웃음을 그쳤다.

「아이고, 그건 너무 굼뜨잖아. 웃음을 뚝 그쳐야지. 이제부터 자네들 머릿속에 웃음을 촉발시키는 우스갯소리들과 웃음을 뚝 그치게 하는 슬픈 생각들을 비축해 두도록 하게.」

뤼크레스는 문득 불안감을 느끼기 시작했다.

「자네들도 짐작하겠지만, 우리 머릿속에는 눈에 보이지 않는 웃음의 경계선이 있어. 어느 선을 넘어서면 웃음이 기계적인 현상으로 바뀌어 버린다는 것일세. 우리는 이 경계선을 아주 면밀하게 탐사해 나갈 거야.」

뤼크레스가 물었다.

「그건 왜죠?」

스테판은 눈썹을 치켰다.

「왜라니? 자네들의 입단을 위해서지. 그게 자네들이 원하는 거 아냐?」

「구체적으로 무엇에 필요한 건데요?」

「좋아. 자네들이 알고 싶어 하니까……. 입문 교육을 마치면 마지막으로 시험을 치러야 해. 잘못하면 죽을 수도 있는 시험일세.」

뤼크레스는 뜨악한 표정을 지었다.

「우리가 합의한 것은…….」

「자네들을 입단시키는 것에 합의했지. 그러니까 자네들은 우리 단원들과 똑같은 방식으로 입단해야 하는 것일세.」

「우리는 BQT를 가지고 왔으니까 다르게 대접해야 하지 않아요?」

「BQT는 자네들의 입단을 보장하는 것일세. 우리는 그것이 자네들의 생존을 보장한다고 말한 적이 없어.」

뤼크레스는 비로소 함정이 어디에 있는지 깨달았다.

스테판은 환하게 웃었다.

「그렇다고 너무 걱정하지는 말게. 나는 자네들의 사범이야. 내가 시키는 대로 잘 준비하면 최종 시험을 무사히 통과할 수 있네. 여기에 있는 우리들처럼 말일세. 나는 자네들을 마냥 너그럽게 대하지 않을 거야. 필요하다면 벌도 주고 시련도 안길 거야. 운명의 날을 맞이하기 전에 확실하게 단련이 되어야 하거든.」

……우린 망했어. 다리우스, 당신이 유머로 내 목숨을 구해 줬는데, 이제 당신이 왜 죽었는지를 알려고 하다가 내가 죽게 생겼네요.

「자, 그럼 웃음을 참거나 멈추는 방법에 대해서 더 생각해 보기로 하세. 뤼크레스, 웃다가 딱 멈추고자 할 때 자네는 무슨 생각을 하지?」

「꼭 말해야 하나요? 아주 개인적인 건데. 그건 이를테면 기숙사에서 당한 집단적인 조롱 같은 거예요.」

「이지도르, 자네는?」

「저는 테러 현장을 목격한 적이 있어요.」

「좋아. 그것을 머릿속의 서랍에 넣어 두었다가 웃음을 그치게 하는 데 사용하도록 하게. 이 훈련은 별것 아닌 것 같아도 앞으로 매우 쓸모가 있을 걸세. 게다가 오늘의 주제를 공부하기 위한 준비 과정이기도 하지. 자, 그럼 오늘의 주제로 넘어가세. 역사 다음으로 자네들이 공부할 것은 웃음의 생리학일세. 나를 따라오게.」

그들은 여러 복도와 계단을 거쳐 작은 실험실에 다다랐다. 이지도르가 조르주퐁피두 병원에서 본 실험실과 아주 비슷해 보였다. 컴퓨터 단층 촬영 스캐너나 방사선 장비들을 갖춰 놓고 유머가 뇌에 일으키는 변화를 연구하는 곳이었다.

「첫 번째 장비는 기능성 MRI, 즉 기능성 자기 공명 영상 촬영 장치일세. 그냥 MRI하고는 다른 것이지. 우리는 이 장비를 사용해서 뇌 속에서 일어나는 전자기장의 변화를 추적할 수 있네.」

그는 커다란 알처럼 생긴 플라스틱 장비 안에 장착된 팔걸이의자에 그들을 앉혔다. 진분홍 튜닉을 입은 조수들이 두 사람의 살갗에 센서들을 부착했다. 그러고 나자 스테판은 그들에게 우스갯소리 하나를 들려주었다.

뤼크레스와 이지도르는 웃었다.

그러자 모니터에 섬광이 나타났다.

그들은 우스갯소리의 자극에 뇌가 어떻게 반응하는지 지켜보았다. 뇌의 몇몇 부위가 밝아졌다. 뉴런 다발이 활성화되고 있다는 뜻이었다.

「웃음을 통제하는 훈련을 다시 해보세. 내가 재미난 이야기를 들려주면 그냥 웃고 싶은 대로 웃다가 내가 그치라고 하면 그치게. 몇 초 뒤에 내가 신호를 보내면 다시 웃는 거야.」

뤼크레스와 이지도르는 그 훈련을 몇 차례 되풀이했다. 그들의 반응이 점점 정확해지고 있었다.

이어서 그들은 인체와 뇌의 해부도들이 있는 방으로 갔다.

스테판이 설명했다.

「웃음은 우리 몸의 여러 기관이 관여하는 매우 복합적인 행위일세. 먼저 뇌에서 웃음이 어떤 양상으로 나타나는지 살펴보겠네. 분석을 담당하는 좌뇌는 우스갯소리를 뜻밖의 정보로 받아들이네. 그러고는 이 정보에서 논리를 찾아내지 못하고 그것을 곧바로 우뇌에게 넘겨 버리지. 하지만 시적인 분야를 담당하는 우뇌 역시 이 뜨거운 감자를 어찌해야 좋을지 몰라. 그래서 시간을 벌기 위해 웃음의 신경 임펄스를 내보내는 것일세. 다음으로 호르몬의 측면에서 보면, 웃음은 엔도르핀을 분비시켜서 쾌감을 가져다주고 고통을 덜어 주지. 웃음은 심장에도 영향을 미쳐. 때로는 심장 박동이 아주 빨라질 수도 있어.」

스테판은 해부도의 다른 부위를 가리켰다.

「웃으면 가로막이 팔딱거리기도 하지. 허파에서는 어떤 일이 벌어질까? 웃음은 허파의 가스 교환 기능을 고도로 활성화시킨다네. 허파는 급격하고 단속적인 움직임을 통해 시속 120킬로미터의 속도로 공기를 배출하지. 그러면서 배를 흔들어 주고, 위나 간이나 지라나 창자 같은 주위의 모든 기관을 자극하네. 요컨대 웃음은 우리 몸을 모든 층위에서 흔들어 주는 것일세.」

스테판은 방을 나서면서 덧붙였다.

「웃음은 성행위만큼이나 많은 에너지를 요구하는 행위일세. 따라서 웃음과 성행위가 동시에 이루어지기는 어려워. 두 가지를 동시에 하면 우리 몸의 에너지가 남아나지 않거든.」

유머 기사단의 두 초심자는 스테판이 〈뇌 속의 혈기 왕성한 망아지〉라 부른 것을 길들이려고 애쓰면서 오전 시간을 다 보냈다.

점심시간이 되자 그들은 스스로도 놀랄 만큼 심한 허기를 느꼈다.

「많이 웃으면 배가 고파지지. 웃음은 소화를 촉진하고 살을 빼는 데도 도움을 준다네. 많은 지방과 당분을 소모시키는 행위거든. 사실 많이 웃는 사람은 다이어트가 따로 필요 없어.」

모든 음식이 맛있었다. 대단치 않은 당근 하나, 빨간 무 하나, 오이 조각 하나가 비할 데 없는 진미로 느껴졌다.

오후에도 훈련과 실험, 웃음의 전기적이고 화학적인 메커니즘에 대한 설명이 교대로 이어졌다.

오후 6시 무렵에는 〈짤막한 우스갯소리〉에 관한 공부가 시작되었다. 스테판은 학습 효과를 높이기 위해 그들을 다른 기계 쪽으로 데리고 갔다.

「이건 PET, 즉 양전자 방출 촬영 장치일세. 뇌 속에서 활동하는 소형 분자에 양전자를 발생시키는 동위 원소의 표식 원자를 결합시켜 분자의 활동을 측정하는 것이지. 이 장치를 사용하면 혈액이나 림프 같은 액체들의 순환을 식별할 수 있네. 자, 그럼 짤막한 우스갯소리에 관한 공부를 본격적으로 시작해 볼까? 먼저 우스갯소리를 할 때는 생략과 암시의 기법을 잘 활용해야 하네. 어떤 요소는 분명히 말하지 않고 넌지시 알려 주기만 해야 한다는 것이지. 그러면 듣는 사람은 그 빠진 부분을 자기 머릿속에 써가면서 우스갯소리를 온전히 이해하게 되지. 예를 들어 볼까? 아니스로 만든 술 〈파스티스 51〉과 69 자세의 차이가 무얼까? 대답은 파스티스 51을 마시면 아니스에 코를 박게 된다는 거야.」[4]

뤼크레스는 이 우스갯소리의 수준에 불만을 표시했지만, 성적인 요소가 명시적으로 언급되지 않았음은 인정했다. 진

---

[4] 이 우스갯소리는 프랑스어의 두 단어 아니스anis와 anus의 유사성에 바탕을 두고 있다. 스테판이 일부러 말하지 않은 부분은 〈69 자세를 취하면 코가 어디에 처박히는가?〉 하는 것이다. anus는 〈항문〉이다.

짜 야한 요소는 속에 감춰져 있었다. 그래서 이것은 더욱 고약한 음담이었다.

그들은 모니터를 통해서 이 우스갯소리가 뇌에 미친 효과를 확인할 수 있었다. 뇌의 몇몇 부위가 환하게 밝아진 것이었다.

「새침하게 굴 건 없네. 지구상에 떠돌고 있는 우스갯소리들의 80퍼센트가 성이나 죽음이나 똥오줌 같은 터부에 바탕을 두고 있네. 그런 것들이 가장 널리 퍼져 있는 금기들이니까, 그런 것들을 깨뜨릴 때 가장 강력한 효과가 나타나는 것일세.」

스테판은 그들의 재치를 훈련시키기 위해 몇 가지 우스갯소리를 더 소개했다.

「두 정자가 만나서 이야기를 나누는데, 한 정자가 물었다네. 〈난소까지는 아직 멀었어?〉 그러자 다른 정자가 대답하기를, 〈뭔 소리야, 이제 겨우 편도샘 근처에 와 있는데.〉」

스테판은 이 우스갯소리가 두 기자의 뇌에 미친 효과를 살폈다.

「조금 추저분한 우스갯소리 하나 더. 개는 종종 자기 똥구멍을 핥아. 왜 그러는 줄 알아? 대답은, 그렇게 할 수 있으니까.」

뤼크레스는 실소를 금할 수 없었다.

「더 약한 터부를 건드리는 우스갯소리들도 물론 있지. 그러나 곧 알게 되겠지만 그런 것들의 효과는 미약해. 예를 들면 이런 것일세. 교통경찰이 승용차 한 대를 정지시킨 뒤에 운전석에 앉은 여자한테 물었어. 〈빨간불이었는데 못 봤어요?〉 그러자 여자가 대답하기를, 〈봤죠, 다만 아저씨를 못 봤을 뿐이죠.〉」

스테판은 잠깐 기다렸다가 말을 이었다.

「우스갯소리들을 잘 적어 두었다가 나중에 연구해 보게. 왜 어떤 것들은 통하는데, 어떤 것들은 통하지 않는지. 터부를 건드리는 것의 한계는 뭐고 그 효과를 극대화하는 방법은 무엇인지 생각해 보라는 것일세. 우스갯소리를 요리의 레시피처럼 생각하고 재료들을 최상으로 배합해서 맛을 개선해야 하네.」

그는 방금 들려준 이야기들이 그들의 뇌에 미친 효과들을 보여 주었다. 뇌의 한 부위에 하얀 선들이 나타나 있었다.

「말과 이미지의 관계를 생각하게. 이야기를 듣는 사람의 머릿속에 이야기의 장면이 그려져야 해. 예를 들면 이런 거야. 한 남자가 수영장에서 물에 오줌을 누었다는 이유로 핀잔을 받았네. 남자는 도리어 화를 내며 항변했지. 〈아니, 왜 나만 가지고 그래요? 수영장에서 오줌 싸는 사람이 나밖에 없어요?〉 그러자 상대가 대답하더라네. 〈그건 아니지만, 다이빙대 꼭대기에서 오줌 누는 사람은 아저씨밖에 없어요.〉」

이어서 스테판은 우스갯소리를 만드는 몇 가지 기본적인 기법을 알려 주었다. 〈주객전도〉, 〈의외의 반전〉, 〈중의법〉, 〈인물 감추기〉, 〈거짓말 시한폭탄〉, 〈터무니없이 한 술 더 뜨기〉, 〈외설적인 암시〉 등이 그것이었다.

스테판은 설명을 이어 나갔다.

「또 다른 기법으로는 〈비논리적인 논리〉라는 것이 있어. 한 가지 예를 들어 볼까? 한 곤충학자가 벼룩을 훈련시키고 있었네. 벼룩한테 〈뛰어!〉 하니까 벼룩이 뛰어올랐어. 곤충학자는 벼룩의 다리들을 잘라 내고 다시 〈뛰어!〉 하고 명령했네. 이번에는 벼룩이 뛰지 않았어. 그러자 곤충학자는 자기 연구 보고서에 이렇게 적었다네. 〈벼룩의 다리를 잘라 내면 벼룩은 귀가 먹는다.〉」

두 기자는 심드렁한 표정을 지었다. 모니터들은 이 우스갯소리가 그들의 뇌에 거의 영향을 미치지 않았음을 보여 주고 있었다.

「이런 우스갯소리는 너무 싱겁다, 이거로구먼. 그렇다면 이제부터 자네들이 직접 우스갯소리를 지어 보게. 아주 잘 재단된 3박자 구조의 이야기를 만들어야 하네. 세 번째 박자에서는 앞의 것들을 일거에 뒤집는 갑작스러운 결말이 나타나야 해.」

뤼크레스는 난색을 드러냈다.

「몇 초 만에 이야기를 지어내라고요? 그렇게 빨리는 못 하겠는걸요.」

「해봐. 자신감을 가져. 남들에게 우스꽝스럽거나 외설적인 모습으로 비치는 것을 두려워하면 안 돼. 오로지 상대의 의표를 찌를 생각만 하는 거야.」

뤼크레스는 눈을 감고 남자들의 이기심에 관한 음담을 지어냈다. 이지도르는 여자들의 히스테리에 관한 이야기로 응수했다.

스테판은 두 초심자의 이야기를 듣고 평가를 한 뒤에 개선 방법을 일러 주었다. 그는 각 이야기의 강점과 약점을 분석하고 그들과 함께 이야기를 다시 썼다.

스테판은 함께 저녁을 먹으면서 강의를 이어 나갔다.

「우스갯소리는 시에 비유하자면 하이쿠와 비슷한 것일세. 하이쿠가 뭔지 알 거야. 3행으로 된 일본의 단시 말일세. 우스갯소리는 하이쿠처럼 언제나 3박자 구조의 규칙을 따르고 있어. 첫 박자에서는 인물과 장소를 드러내고, 두 번째 박자에서는 극적인 전개를 통해 서스펜스를 아주 빠르게 고조시키고, 세 번째 박자에서는 뜻밖의 결말을 제시해야 하네. 어느 단계에서나 군더더기를 없애고 본질적인 요소만 남겨야 해. 그래야 효과가 높아지거든. 마지막 말의 효과를 극대화시키기 위해서는 앞에서 김이 새지 않도록 유의해야 하네.」

뤼크레스와 이지도르는 그의 조언을 적어 두었다.

「이번에는 조금 긴 이야기를 들려주겠네. 이것 역시 3박자 구조가 뚜렷하게 드러나 있는 이야기일세. 들어 보면 알겠지만, 그 구조가 영화 시나리오의 구조와 별반 다르지 않아. 어찌 보면 잘 만들어진 우스갯소리는 시놉시스와 서스펜스와 인물들을 갖춘 한 편의 짤막한 영화와 같은 거야. 다만 필수 불가결한 요소들만 남기고 그것들을 아주 빠르게 제시해야 하는 것이지. 자, 그럼 잘 듣고 그 구조를 자세히 분석해 보게. 그런 다음 내일 자네들의 생각을 말해 주게.」

134

세 남자가 천국에 다다랐다. 성 베드로가 그들을 맞아들이다가 그들이 심하게 다친 것을 보고 깜짝 놀란다.

「대체 무슨 일이 있었기에 모두 이 지경이 되었소?」

그러자 첫 번째 남자가 대답한다.

「사연은 이렇습니다. 그날 저는 아내가 바람을 피우고 있다는 의심이 들어서 평소보다 일찍 귀가했습니다. 현관문을 열고 곧장 침실로 달려갔지요. 침대에 아내가 누워 있더군요. 벌거벗은 채로 말입니다. 저는 대낮에 내 마누라와 놀아난 그 망할 놈의 자식이 어디에 숨어 있는지 알아내려고 고래고래 소리를 질렀죠. 아내는 말을 하려고 하지 않았어요. 그래서 집 안 구석구석을 뒤지다가 거실에서 발코니 쪽을 보니까 웬 사내가 발코니에 매달려 있더라고요.

저희 집은 8층에 있는데, 사내는 두 손으로 난간 기둥을 움켜쥔 채 그 높은 허공에서 대롱거리고 있었습니다. 저는 놈을 떨어뜨리려고 했어요. 놈이 뭐라고 고함을 질렀지만 무슨 말인지 알아들을 수가 없었죠. 어쨌거나 난간에서 놈의 손을 떼어 내는 데 실패하자 저는 주방에서 망치를 가져다가 놈의 손을 때렸어요. 마침내 놈이 손을 놓더군요. 저는 그자가 떨어지는 것을 보기 위해 몸을 숙였습니다. 그런데 놈은 억세게도 운이 좋더라고요. 저희 건물 1층에 있는 꽃집의 차양에 떨어졌다가 다시 튀어 오르더니 별 탈 없이 바닥에 떨어지지 않겠습니까? 저는 격분을 참지 못하고 주방으로 가서 냉장고를 들어 올렸습니다. 그러고는 발코니에서 놈을 겨냥하고 냉장고를 던져 버렸죠. 놈은 그제야 박살이 나더군요.」

「아, 그랬구먼. 그런데 냉장고에 깔린 사람은 그렇다 치고 당신은 어쩌다 만신창이가 됐소?」

「그야 냉장고의 무게를 얕잡아 봤던 탓이죠. 냉장고를 던지다가 그 무게에 휩쓸려서 발코니 너머로 훌떡 넘겨박혔습니다. 같은 발코니에서 추락했지만 저는 운수가 사나워서 꽃집 차양에 떨어지지 않고 곧바로 바닥에 떨어져서 크레이프처럼 납작해진 겁니다.」

「잘 알았소. 그럼 당신은 어떻게 된 거요?」

두 번째 남자가 대답한다.

「저는 저희 집 발코니에 녹이 슨 것을 보고 페인트칠을 다시 하려고 했습니다. 먼저 발코니 양쪽 갈고리에 널빤지를 걸쳐 놓고 올라가서 부식 방지제를 바르려고 했죠. 그런데 갑자기 갈고리 하나가 부러져 버렸고, 제가 난간에 매달릴 새도 없이 나머지 갈고리도 마저 부러졌습니다. 거기가 9층이었는데, 다행히도 저는 아래층 발코니에 매달릴 수 있었죠. 그런데 제가 다시 올라오려고 하는데 웬 남자가 오더라고요. 나를 도와주려는가 보다 하고 생각했죠. 그랬더니 웬걸요, 잡고 있는 것을 놓으라고 제 손을 막 때리지 않겠습니까? 악착같이 매달리면서 소리를 지를 수밖에요. 그러자 그자는 단념하고 가버리더군요. 밧줄을 가져와서 저를 도와줄지도 모른다고 생각했죠. 역시 오산이었습니다. 그자는 미치광이였어요. 망치를 가지고 와서 제 손을 때리지 뭡니까? 저는 너무 아파서 손을 놓고 말았죠. 그래도 불행 중 다행으로 맨 아래층의 꽃집 차양에 떨어져서 추락의 충격이 심하지는 않았습니다. 가까스로 정신을 차리고 고개를 들었죠. 냉장고가 엄청난 속도로 저를 향해 날아오고 있더군요.」

「아, 그랬구먼. 그럼 당신은 어쩌다 이리 된 거요?」

세 번째 남자가 말한다.

「제가 바로 그 여자의 애인이었습니다. 남편이 오는 소리를 듣고 얼른 냉장고 속에 들어가 숨었지요. 그리고 도망칠 때를 엿보고 있는데 갑자기 냉장고가 붕 날아가는 느낌이 들더군요. 그다음에는 무슨 일이 있었는지 전혀 모르겠습니다.」

유머 기사년 총본부 칭찍 유머 773423빈

135

뤼크레스는 꿈을 꾼다.

그녀는 극장 안에 있다. 스타디움처럼 거대한 극장이다. 그녀는 양쪽 가장자리에 붉은 벨벳 커튼이 매달려 있는 무대로 올라가서 군중을 마주하고 선다.

수만 명에 달하는 관객들의 눈이 일제히 그녀에게 쏠린다. 그녀는 그들을 웃겨야만 한다.

그녀는 옷을 벗는 것으로 공연을 시작한다.

그녀는 블라우스와 바지와 구두와 스타킹을 벗고, 브래지어와 팬티 차림이 된다. 그녀는 브래지어를 벗어 젖가슴을 드러낸다. 이어서 팬티를 벗고 돌아서서 관객들에게 엉덩이를 보여 준다. 흥분한 관객들은 휘파람을 불어 댄다. 그녀는 우스꽝스럽게 엉덩이를 흔들어 댄다. 그러면서 이지도르를 무대로 불러낸다. 그는 하얀 망토와 가면 차림이다.

그는 마이크 받침대 앞에 서더니 마이크 쪽으로 고개를 숙인 채 또박또박 말한다.

「우스갯소리는 바이러스와 같습니다. 일단 세상에 나타나면 입에서 입으로 빠르게 번져 가죠. 우스갯소리는 바이러스처럼 옮겨 다니며…… 사람을 죽일 수도 있습니다.」

군중은 박수갈채를 보낸다.

이어서 그는 망토 속에서 헝겊 리본으로 묶어 놓은 소포를 꺼낸다.

「오늘은 4월 1일! 뤼크레스, 생일 축하해.」

그녀는 선물의 헝겊 리본을 끄르고 포장지를 벗긴다. 금박 철제 장식이 들어간 파란 목갑이 드러난다. 목갑 뚜껑에는 BQT라 쒸어 있고 그 아래에는 〈절대로 읽지 마십시오〉라는 말이 적혀 있다.

이지드로가 그녀에게 말한다.

「뤼크레스, 읽으면 안 돼!」

이때 갑자기 다리우스 워즈니악이 무대의 트랩도어를 열고 올라오더니 놀림조로 되뇐다.

「오! 안 돼, 안 돼……. 절대로 읽으면 안 돼.」

그는 한쪽 눈을 가리고 있던 안대를 벗는다. 반짝반짝 빛나는 하트가 드러날 줄 알았더니, 작은 플라스틱 인형이 나타난다. 인형은 웃으면서 〈절대로 읽지 마십시오〉라는 말을 되풀이한다.

이어서 다리우스의 어머니와 형이 트랩도어를 열고 무대로 올라온다.

어머니가 말한다.

「내 아들은 아주 건강했어.」

다리우스의 형이 말한다.

「먼저 웃는 사람은 총알을 맞게 될 것입니다.」

이때 슬픈 표정의 어릿광대가 무대 천장에서 밧줄을 타고 내려온다.

그가 가면을 벗는다. 바로 뢰벤브뤼크 교수다. 그가 단호하게 말한다.

「이건 판도라의 상자예요. 이걸 열면 엄청난 불행이 닥칠 것입니다.」

그 말이 끝나자마자 그의 얼굴이 바뀐다. 그는 이제 세바스티앵 돌랭이다. 그가 말한다.

「이건 영혼을 위한 키스이자 애무입니다.」

그러고 나자 그의 얼굴이 다시 바뀐다. 이번에는 카르나크의 르게른 신부의 얼굴이다.

「사탄아, 물러가라!」

이윽고 스테판 크로츠가 연보라색 가면을 쓰고 무대 뒤에서 나타난다. 그는 가면을 벗고 소리친다.

「이 우스갯소리는 한 편의 하이쿠일 뿐입니다. 3박자 구조를 따르고 있죠. 첫 박자는 제시.」

그는 뤼크레스의 젖가슴을 가리킨다.

「두 번째 박자는 전개.」

그는 그녀의 엉덩이를 가리킨다.

「세 번째 박자는 결말.」

그는 그녀의 성기를 가리킨다.

그러자 뤼크레스는 두 손으로 유방과 성기를 가린다.

「너무 수줍어하지 말아요. 유머란 음담이고 분뇨담이며 모든 금기에 대한 도전입니다. 유머란 기성의 질서를 뒤흔드는 일입니다. 유머는 때로 추잡하고 반사회적입니다. 유머는 혐오감을 주는 것이 되어야 합니다. 코를 아니스에 박아요, 뤼크레스.」

그는 그녀의 손을 떼어 내려고 한다. 그러나 뤼크레스는 잘 버텨 낸다.

이때 심벌즈 소리와 함께 뉴올리언스 재즈 악단이 격렬한 팡파르를 연주하기 시작한다.

스포트라이트가 무대의 한구석을 비춘다. 꽃집 앞의 길바닥에 널브러져 있는 남자와 냉장고에 깔린 남자가 나타난다. 냉장고 문이 열리더니 또 다른 사내가 피 칠갑을 한 채로 나오며 말한다.

「제가 바로 그 여자의 애인이었습니다. 저는 무슨 일이 일어났는지 전혀 모르겠습니다.」

관객들의 박수갈채가 쏟아진다.

뤼크레스는 그 남자를 찬찬히 살펴본다. 그녀가 아는 남자다. 바로 취재에 집중하기 위해 쫓아 버렸던 그 얼간이다. 무대 천장에서 휘익 하는 소리가 들리더니 무언가가 떨어진다. 얼간이의 컴퓨터가 그의 앞에서 산산조각 난다.

관객들은 다시 박수를 보낸다.

박수갈채에 화답하기라도 하듯, 이번에는 스테판 크로츠의 뒤에서 보라색 가면을 쓴 그랜드 미스트러스가 나타난다. 그녀는 받침대에 꽂힌 마이크로 다가간다.

「9일 뒤에 당신들은 최종 시험을 치를 것입니다. 9일을 9개월로 생각하세요. 그게 새로 태어나는 데 필요한 시간이에요.」

이어서 소방 안전 요원 템페스티가 바퀴 달린 관을 밀면서 등장한다. 관 뚜껑에는 이런 말이 적혀 있다. 〈뤼크레스 넴로드, 여기에 잠들다. 못난이에다 바보에다 살인 사건 하나를 끝까지 파헤치지 못했던 여자, 그래서 누구의 사랑도 받지 못한 여자.〉

르 게른 신부가 나타나서 성호를 긋는다.

「그녀는 묘지에서 태어나 묘지로 돌아갑니다.」

관객들은 박수갈채를 보낸다. 그러자 뤼크레스는 마이크로 다가간다.

「여러분은 저를 바보로 여기고 있어요. 제가 벌거벗은 모습을 충분히 보여 주지 않았다고 생각하기 때문입니다. 저의 스트립쇼를 계속하겠습니다. 아직 보여 드릴 것이 많이 남아 있습니다.」

스테판 크로츠는 리볼버를 꺼내어 그녀를 위협한다.

「자, 우리를 웃겨 봐. 이게 입단을 하기 위해 네가 마지막으로 거쳐야 하는 시험이다.」

그러자 그녀는 자기 머리채를 잡아당긴다. 가발이 벗겨지면서 달걀 같은 민머리가 드러난다. 이어서 그녀는 목덜미에 달린 지퍼를 보여 주더니 그것을 아래로 잡아당긴다. 그녀의 살가죽이 마치 분홍 잠수복처럼 벗겨지면서 붉은 근육과 노란 지방층이 드러난다.

그녀는 근육을 벗겨 내고 장기들을 떼어 낸다. 그러고는 심장이며 허파, 간, 창자, 췌장 따위를 자기 앞에 늘어놓는다. 마치 나중에 다시 입을 옷들을 늘어놓는 것 같다. 이어서 그녀는 마지막 남은 근육들을 벗겨 내어 뼈대를 드러낸다.

군중은 휘파람을 불어 대며 스트립쇼를 성원한다.

그녀가 묻는다.

「이것으로도 성에 차지 않습니까?」

스테판 크로츠는 다시 리볼버를 겨눈다.

「최종 시험이야!」

그러자 그녀는 마치 잼 통의 뚜껑을 열듯 머리통 윗부분을 돌려 떼어 내더니 젤라틴질의 콜리플라워 같은 분홍색 뇌를 꺼내어 장기들 옆에 놓는다.

그러고는 해골만 남은 모습으로 서서 파란 목갑의 뚜껑을 열더니 두 눈이 튀어나온 레비아단의 불에 탄 시체를 꺼낸다.

관객들은 박수갈채를 보낸다.

그녀는 양피지 한 장을 펼쳐 들고 큰 소리로 말한다.

「여러분, 정말 제가 웃겨 주기를 바라십니까? 이게 최종 시험인가요? 저는 이제 BQT를 읽을 준비가 되어 있다고 느낍니다. 그런데 여러분은 어떻습니까? 여러분은 들을 준비가 되어 있습니까?」

모두가 한목소리로 대답한다.

「네, 네, 네.」

이지도르는 고개를 끄덕이고, 테나르디에는 박수를 치고, 템페스티는 담배에 불을 붙이다가 콧수염을 태운다. 스테판 크로츠가 말한다.

「또박또박 읽고 한 문장을 읽을 때마다 숨을 쉬도록 해.」

그녀는 숨을 들이마신 다음, 여전히 해골만 남은 모습으로 텅 비어 있는 눈구멍 앞으로 양피지를 가져간다.

「아주 유명한 코미디언 한 사람이 어떤 우스갯소리를 읽다가 죽었습니다.」

다리우스가 한 손을 들며 말한다.

「바로 내 얘기야! 내 얘기라고!」

군중은 벌써 웃기 시작한다.

「한 쌍의 과학 전문 기자들이 이 우스갯소리의 정체를 알아내기 위해 조사를 벌였습니다.」

이지도르가 중얼거린다.

「그건 우리 얘기로군.」

군중은 조금 더 큰 소리로 웃는다.

「자, 이제 결말입니다. 결국 그들은 그 우스갯소리의 내용을 알아냈습니다. 그것은 바로 인간이란 진정 무엇인가를 알려 주는 이야기였습니다.」

그러자 관객들은 폭소를 터뜨린다.

수만 명의 사람들이 일체가 되어 아주 큰 소리로 웃어 댄다. 그러자 그들의 살갗이 갈라지고 살덩이가 뭉텅뭉텅 떨어져 나간다. 이어서 근육이 벗겨지고 장기들이 떨어져 나간다. 이지도르를 포함해서 그들 모두가 해골로 변한 채 웃고 있다.

이지도르가 놀란 표정으로 말한다.

「바로 이것이었구나. 최고의 우스갯소리는 인간들에게 그들이 진정 누구인지를 일깨워 주는 거야. 인간은 결국 뼈에 살이 붙어 있는 존재라는 것을 상기시키는 거야.」

그도 다른 사람들처럼 웃음을 터뜨린다.

「그 무시무시한 바이러스가 바로 이거야. 진실을 안다는 것은 너무나 견디기 어려운 일이지. 그래서 사람들은 미치지 않기 위해서 웃는 거야.」

이때 스포트라이트가 무대 뒤쪽을 밝힌다. 지하 회랑 안쪽의 철문과 비슷하게 생긴 두꺼운 문이 나타난다. 자물쇠에 꽂혀 있는 오래된 열쇠가 천천히 돌아간다. 문이 열리더니, 뜻밖에도 미용사 알레산드로가 나타난다. 그는 뤼크레스에게 커다란 낫을 내민다.

「이제 일을 끝낼 때가 되었어. 비죽비죽 솟아나 있는 것들을 잘라 버려야 해. 날 믿어, 뤼크레스. 언제나 짧게 자르는 게 더 예뻐.」

그러자 뤼크레스는 타로 카드에서 본 것과 똑같은 동작으로 낫을 휘두르기 시작한다. 날카로운 바람 소리와 함께 웃는 관객들의 머리가 잘려 나간다······.

휴대 전화기의 알람 기능이 작동되면서 멕시코 민요 「라 쿠카라차」의 선율이 흘러나왔다.

뤼크레스는 땀에 흠뻑 젖어 있었다. 꿈에서 본 강렬한 이미지들이 아직 눈앞에 보이는 듯했다. 그녀는 악몽을 씻어 내기 위해 눈을 비볐다. 뇌가 왜 그토록 무시무시한 장면들을 보여 주었는지 도무지 이해할 수가 없었다.

그녀는 잠들기 전의 일을 떠올렸다. 간밤에 그녀와 이지도르는 또다시 철문의 자물쇠를 열어 보려고 했다. 하지만 이번에도 허사였다.

그녀는 자리에서 일어나 샤워를 하러 갔다. 악몽의 잔재가 살갗에 묻어 있는 것만 같아서 살갗을 박박 문질렀다. 이를 닦을 때도 평소보다 훨씬 세게 닦았다. 잇몸에서 피가 날 정도였다.

욕실에서 나가 보니 이지도르도 일어나 있었다. 그녀는 그에게 아침 인사도 건네지 않고 옷을 입고 화장을 하고 머리를 매만진 다음 망토를 걸치고 가면을 썼다.

두 사람은 말없이 복도를 나아갔다. 분홍색 또는 연보라색 옷을 입은 단원들이 지나쳐 갔다.

스테판은 벌써 구내식당에서 아침 식사를 하며 그들을 기다리고 있었다.

「그래, 〈천국에 간 세 남자〉 이야기에 대해서 어떻게 생각해?」

이지도르가 먼저 대답했다.

「구성이 좋더군요. 치밀한 구성력을 지닌 창작자의 작품인 게 분명해요.」

「1973년에 당시의 그랜드 마스터였던 실뱅 오르뒤로가 지어낸 이야기일세. 물론 아무도 우리의 존재를 모르니까 저작권의 제약 없이 세상에 유포되어 여전히 사람들 입에 오르내리고 있는 이야기지.」

「1973년이라고요? 그렇다면 우리한테 오기까지 얼마간의 변형이 이루어졌겠는걸요.」

「무수한 변형이 있었지. 변형은 우스갯소리의 성공을 가늠하는 척도일세. 뛰어난 창작자는 매우 견고한 메커니즘을 만들어 내지. 그런 작품은 입에서 입으로 전해지는 동안 변형이 되거나 일부가 소실되어도 원래의 의미와 효과를 유지하는 법일세. 우스갯소리도 일종의 구비 문학이야. 모두가 이야기꾼이 되어 저마다 자기 버전을 만들어 내지. 그러니까 우스갯소리를 지을 때는 장차 그것을 전파할 사람들의 재능, 아니 〈재능 없음〉을 미리 염두에 두어야 하는 것일세.」

그들은 과일을 아침으로 먹었다.

뤼크레스는 담배를 피우고 싶은 욕구가 사라졌음을 알아차렸다. 그러고 보니 호흡이 한결 자유로워진 기분마저 들었다. 그녀는 그런 사실을 사범에게 알려 주었다.

「그것도 웃음의 효과 가운데 하나일세. 기관지가 깨끗해진 거야. 허파 꽈리에 축적된 타르와 니코틴을 제거하는 데에는 웃는 것만큼 좋은 게 없어.」

그는 빙그레 웃었다.

「오늘은 먼저 웃음으로 병을 고치는 법을 배우고 그다음에는 웃음을 독으로 변화시키는 법을 공부할 거야. 웃음이란 자신을 지키는 무기일 뿐만 아니라 남을 해치는 무기이기도 하지.」

그들은 전날 공부한 곳이 아닌 또 다른 방으로 갔다. 방음 장치가 되어 있는 방이었다. 그들은 먼저 목과 허파와 배를 골고루 사용해서 웃는 방법을 배웠다.

「유머들 중에는 유난히 배를 많이 흔들어 주는 것들이 있네. 그런 유머들은 변비 환자들에게 아주 유용해. 배를 마사지하는 효과를 야기하거든.」

뤼크레스와 이지도르는 목을 사용하는 웃음으로 인후에 생긴 질병을 치료할 수 있다는 것과 뇌에 강한 자극을 주는 유머로 두통이나 편두통을 치료할 수 있다는 것을 배웠다.

스테판은 그렇게 웃음 치료법을 가르치고 나서 웃음을 무기로 사용하는 법을 가르쳐 주었다.

「유머를 무기로 사용할 때는 원하는 속도와 강도로 상대를 공격해야 해. 먼저 예고를 하고 그다음엔 상대의 균형을 무너뜨리고 마지막으로 상대의 허를 찔러서 쓰러뜨리는 것일세. 그러고 보면 쿵후보다는 유도에 더 가깝다고 볼 수 있지.」

이어서 뤼크레스와 이지도르는 여러 가지 이야기들을 면밀하게 분석하고 각 이야기의 마지막 반전이 어떻게 구성되었는지를 번갈아 가면서 설명했다.

그들은 웃음이 유머의 내용뿐만 아니라 그것을 전달하는 사람의 목소리에 담긴 에너지와도 관계가 있다는 사실을 알게 되었다.

「이제 똑같은 우스갯소리를 세 번씩 되풀이하는 훈련을 하겠네. 처음엔 가까이에만 영향을 미치는 에너지를 담아서 이야기하고, 두 번째는 더 멀리 강하게 퍼져 나가는 에너지를 담아서, 세 번째는 모든 것을 관통하는 레이저 광선 같은 에너지를 담아서 이야기하는 것일세. 한 가지 유의할 것은 눈빛일세. 눈빛과 목소리의 에너지가 서로 잘 어우러져야 한다는 점을 잊지 말게.」

이 훈련에 이어 그들은 연기에 관한 강의를 들었다. 그들은 각 인물의 특성에 맞게 목소리를 조절하는 법을 배웠다. 스테판이 그것을 연습시키기 위해서 제시한 유머는 입 큰 개구리 이야기였다. 먼저 스테판이 시범을 보였다.

「개구리 한 마리가 살았어. 입이 크고 말할 때마다 과장되게 입을 크게 벌리는 개구리였지. 이 녀석이 풀을 뜯고 있는 젖소를 보고 말했어. 〈안뇨오오옹, 젖소 아줌마아아, 뭐어얼 먹고 있어요?〉 젖소가 풀을 먹고 있다고 하자 개구리가 물었어. 〈근데 그게 마잇있어요?〉 젖소가 그렇다고 하자, 입 큰 개구리는 개집 앞에 있는 개를 보러 갔어. 〈안뇨오오옹, 개 아저씨. 뭐어얼 먹고 있어요?〉 개가 사료를 먹고 있다고 하자 개구리는 〈근데 그게 마잇있어요?〉 하고 다시 물었어. 개는 〈맛있어, 너도 먹어 볼래?〉 하고 대답했지. 하지만 개구리는 벌써 멀리 가고 있었어. 그러다가 호숫가에서 먹이를 찾고 있던 황새를 만났지. 〈안뇨오오옹, 후아아앙새 아줌마아아, 뭐어얼 먹고 있어요?〉 황새는 〈입 큰 개구리를 잡아먹고 있지〉 하고 대답했어. 그러자 개구리가 말했어. 〈여기엔 그런 개구리가 많지 않을걸요.〉」

마지막 문장을 말할 때, 스테판은 입을 잔뜩 오므리고 두 입술의 작은 틈새로 단어들을 밀어냈다.

「만약 다른 동물들을 흉내 내고 싶다면 등장하는 동물의 수를 늘려도 돼. 이 우스갯소리에서 가장 중요한 점은 개구리가 입을 크게 벌리고 말할 때와 마지막에 가서 입을 잔뜩 오므리고 말할 때의 대비를 부각시키는 것일세.」

뤼크레스와 이지도르는 여러 차례 연습을 한 끝에 각자의 버전으로 상대를 웃기기에 이르렀다.

그들은 긴장이 한결 누그러진 분위기에서 점심을 먹었다.

오후 수업의 주제는 인물의 창조와 운용이었다.

「인물들을 아주 적은 단어로 규정하고 아주 빠르게 시각화할 줄 알아야 해. 우스꽝스러운 면모를 조금 과장해서 말하는 것은 나쁘지 않아. 하지만 너무 심하면 오히려 효과를 내기가 어려워. 대개는 〈한 남자가〉 하는 식으로 최소의 단어를 사용하는 것으로 충분해. 한 이야기에 등장하는 인물이

다섯 명을 초과하면 안 돼. 그보다 많으면 사람들이 기억을 못 할 수도 있고 시각화 작업을 포기해 버릴 수도 있거든. 듣는 사람들의 인내심을 항상 염두에 두어야 하는 것일세.」

뤼크레스와 이지도르는 연습 삼아 희화적인 인물들이 등장하는 이야기들을 지어 보았다.

스테판은 그들이 지어낸 이야기들을 고치고 다듬어서 한결 재미있게 만들어 주었다.

「아참, 한 가지 일러둘 게 있어. 아래층에 내려가서 철문의 자물쇠를 자꾸 건드리는 모양인데 굳이 그럴 필요가 없어. 이유는 두 가지야. 첫째는 복도 곳곳에 초소형 카메라와 마이크가 설치되어 있어서 매번 자네들이 발각되기 때문이야. 둘째는 나중에 내가 직접 자네들을 거기로 데려갈 것이기 때문일세.」

뤼크레스와 이지도르는 아연한 표정으로 서로를 바라보았다.

「다 알고 있으면서 왜 우리를 붙잡지 않았어요?」

「재미있어서 그랬지. 감시 카메라를 관리하는 부서의 친구들이 자네들 덕분에 많이 웃었다네. 자네들이 매번 마주쳤던 연보라색 망토 차림의 친구들은 훨씬 더 많이 웃었지. 미안하네. 하지만 여기는 웃음의 전당이잖아. 익살맞은 상황을 즐길 수 있는 한 즐겨야지.」

두 기자는 조금 기분이 상했다.

「그런데 왜 오늘 그 얘기를 해주는 거죠?」

「나는 내 제자들이 놀림당하는 것을 좋아하지 않아. 그리고 나는 자네들이 정신적으로 강해지기를 바라고 있어. 최종 시험을 위해서 말이야.」

스테판은 그들이 자러 가기 직전에 일과를 마무리하는 뜻으로 재미난 이야기 하나를 더 들려주었다.

「이 이야기는 시각적인 요소에 바탕을 두고 있네. 공간적인 배경이 엄청나게 광대하지. 영화로는 이런 공간을 표현할 수 없을 거야.」

136

천문학에 미친 남자가 있었다. 그는 거대한 천체 망원경을 제작한 뒤에 우주의 한 구역을 계속 관찰했다. 거기에 외계 생명체가 존재할 가능성이 있다고 생각한 것이다. 그는 가산을 탕진해 가며 망원경의 성능을 높였다. 그 뒤로도 같은 구역을 샅샅이 관찰했다. 거기에 생명체가 있다는 확신은 날로 깊어 갔다. 그러던 어느 날 그가 세상을 떠나고, 아들이 망원경을 물려받는다. 아버지는 유언장에서 자기의 뒤를 이어 외계 생명체를 계속 탐사하라고 부탁했다. 아들은 그 유지를 받들어 망원경의 성능을 더욱 개선하고 탐사를 이어 간다. 그러다가 어느 날 그는 우주의 그 구역에 있는 작은 행성에서 놀라운 것을 발견한다. 그 행성의 전 표면에 걸쳐 〈당신들은 누구십니까?〉라는 문장이 새겨져 있지 않은가!

문장 하나로 행성의 드러난 표면을 다 덮어 버릴 만큼 글자들을 크게 새기자면 어마어마하게 큰 도구를 사용했을 것이 분명하다.

아마추어 천문학자의 아들은 즉시 그 사실을 지구의 모든 학자들에게 알리고, 자기가 관찰한 것을 보여 준다. 누가 보기에도 그 문장은 우연히 생겨난 것일 수가 없다. 글자들 하나하나가 아주 반듯하게 새겨져 있고 물음표까지 찍혀 있지 않은가!

그래서 UN의 결의에 따라 거대한 사업이 시작된다. 불도저들을 동원하여 사하라 사막 전체에 걸쳐 〈우리는 지구인입니다. 당신들은 누구십니까?〉라는 문장을 새기는 사업이다.

1년 동안의 작업 끝에 문장이 완성되자, 모든 천문대가 그 작은 행성을 주시하면서 반응을 기다린다. 행성 간의 대화가 실현되는 역사적 순간을 포착하려는 것이다. 그러던 어느 날, 〈당신들은 누구십니까?〉라는 문장이 차츰차츰 지워지더니 새로운 메시지가 나타난다. 〈우리는 당신들에게 말을 건 것이 아니다.〉

유머 기사단 총본부 창작 유머 208765번

137

닷새째 되는 날, 스테판은 그들에게 유머 창작을 가르쳤다.

그가 스톱워치를 들고 시간을 재는 가운데, 그들은 그의 주문에 따라 우스갯소리들을 지어냈다.

그렇게 한 시간 넘게 연습을 하고 나서 뤼크레스가 말했다.

「참 이상하죠. 예전에는 유머가 자발적으로 생겨날 수 있다고 생각했는데, 여기에서 교육을 받고 나니까 이제 그게 안 될 것 같은 느낌이 들어요.」

「사진의 경우와 비슷한 것일세. 자네들도 그런 경험이 있을 거야. 처음에 작은 일회용 카메라나 보통의 디지털 카메라를 가지고 찍을 때는 따로 배우지 않고도 멋진 사진을 만들어 냈어. 그러다가 모든 것을 조절할 수 있는 전문가용 카메라를 사면 이것저것 공부를 많이 하게 돼. 조리개값, 셔터 속도, ISO 감도, 이미지 영역, 측광 등등. 그런데 이상하게도 사진을 찍어 보면 예전에 보통의 카메라로 찍은 것만도 못하게 나오지.」

이지도르가 말했다.

「네, 맞아요.」

「아마추어 수준에서 프로 수준으로 올라가려면 그런 대가를 치러야 하네. 이것저것 생각하면서 사진을 찍기 시작하면, 아무 생각 없이 찍을 때보다 촬영이 어려워져. 하지만 그 고비를 넘기고 나면 사진이 한결 아름다워지게 마련이야. 왜 다르게 찍으면 안 되고 꼭 이렇게 찍어야 하는지를 알고서 작업을 하기 때문이지.」

이지도르는 다시 고개를 끄덕였다.

웃음학의 두 초심자는 그다음으로 유머의 정신 분석을 공부했다.

「지그문트 프로이트는 뛰어난 유머 수집가였네. 그는 웃음을 내부의 압력을 조절하기 위한 안전밸브로 생각했어. 그가 보기에 유머란 인간을 심리적인 억압에서 벗어나게 하고 억눌린 감정을 풀어 주며 나아가서는 무의식을 표출하게 해주는 것이었네. 그래서 그는 환자들을 치료하기 위해서라면 주저 없이 유머를 사용했지.」

스테판은 유머의 새로운 수단들을 가르쳐 주었다. 뤼크레스와 이지도르는 가짜 복선, 알레고리, 유추, 암시 등을 활용하는 방법을 익혔고, 사과를 반죽으로 덮고 구운 다음에 뒤집는 〈타르트타탱〉식의 우스갯소리를 만드는 법과 미묘한 문제를 짐짓 무신경하게 말하는 법도 배웠다.

「〈명단에 불청객 끼워 넣기〉라는 기법도 있네. 예를 들면 이런 거야. 〈나는 전처와 점심을 먹기로 하고, 그녀에게 크레이프를 만들어 주었다. 나는 반죽에 우유와 달걀과 쥐약과 밀가루를 넣었다.〉」

이어서 그들은 나라에 따라서 유머의 양상이 달라지는 현상에 관해 공부했다.

「한 사회가 보여 주는 웃음의 양상은 그 사회가 어떤 상태에 있는지를 말해 주는 지표의 하나일세. 1960년대에 이루어진 한 연구에 따르면, 당시에 독일 사람들은 똥오줌과 관련된 우스갯소리를 유난히 좋아하는 경향을 보였고, 미국인들은 오럴 섹스, 영국인들은 동성애, 프랑스인들은 오쟁이 진 남자들에 관한 유머를 좋아했다네. 사실 유머의 양과 질이 어느 수준에 도달해 있는가를 보면 그 나라 사람들의 일반적인 심리 상태를 가늠할 수 있지.」

뤼크레스와 이지도르는 이른바 선진국이라는 나라들이 유머의 질이라는 측면에서는 결코 선진국이 아님을 깨달았다.

「일본에서는 웃음이나 미소가 약함이나 어리석음의 증거로 여겨지고 있네. 아프가니스탄에서는 탈레반이 국민들, 특히 여성들에게서 웃음을 빼앗아 갔지. 그런가 하면 자기 조롱과 초연함을 숭상하는 나라들도 있어. 인도나 티베트 같은 나라들 말일세.」

스테판은 각 나라 국민의 환하게 웃는 얼굴들을 보여 주었다. 그러면서 사신 속 얼굴들의 근육, 시선, 표정 등을 연구하라고 했다.

「보다시피 웃음의 종류가 많아. 먼저 공포를 몰아내기 위한 원초적인 웃음이 있네.」

스테판은 칠판에 적어 가면서 말을 이었다.

「그다음에는 아연한 웃음, 어처구니가 없어서 짓는 웃음이 있어. 예컨대 이런 우스갯소리를 들었을 때 지을 법한 웃음일세. 한 바보가 천장에 페인트칠을 하고 있는 다른 바보에게 말했다네. 〈붓을 잡고 매달려, 사다리 치우게.〉 그런가 하면 영혼이 고양되었을 때 나오는 웃음도 있네. 이리 와 보게.」

그는 그들을 아주 작은 방으로 데려갔다. 높이가 2미터쯤 되는 불상이 놓여 있는 방이었다. 서가도 책도 보이지 않았다. 가구라고는 불상 앞에 놓인 의자 한 개가 전부였다.

「이 부처의 웃음을 보게. 이 웃음은 모든 영적인 존재가 도달해야 할 목표일세. 바로 해탈의 웃음이지. 이런 웃음은 세상과 자기 자신이 보잘것없음을 깨달은 연후에 모든 집착에서 벗어나 가벼운 마음으로 세상사와 오욕 칠정 위로 표표히 떠 있을 때 나오는 것일세. 그때부터 만물은 환희의 원천이 되지. 이 웃음은 궁극적인 깨달음에서 나온다네.」

뤼크레스가 물었다.

「이 방의 용도가 뭔가요?」

이지도르가 대신 대답했다.

「그야 완전한 해탈에 도달했을 때 웃기 위해서 마련된 방이겠죠.」

「맞는 말일세. 하지만 웃음 요가를 수행하거나 억지로 웃는 장소는 아닐세. 우리는 세상이 보잘것없다는 것을 깨닫게 되면, 여기에 와서 자기 자신을 관조하며 웃는다네.」

뤼크레스가 말했다.

「그렇다면 여기에 올 만한 사람이 많지 않겠군요.」

「아닌 게 아니라 부처의 웃음에 도달하기란 매우 어려운 일일세. 그랜드 마스터나 마스터들만 1년에 한두 번쯤 와서 〈참된 웃음〉을 웃는다네.」

이지도르는 홀린 표정으로 불상을 바라보고 있었다. 뤼크레스 역시 부처의 미소에서 깊은 인상을 받았다.

……참으로 아름답다. 저토록 정묘한 웃음도 있구나. 영혼의 완성을 추구하는 모든 행위의 목표가 큰 소리로 웃는 것일 줄 알았는데……. 아무튼 저 웃음은 우리의 통념을 뒤흔드는 매우 혁신적인 것으로 받아들일 만해.

그녀는 불상 맞은편에 레오나르도 다빈치의 모나리자가 있음을 알아차렸다.

스테판이 설명했다.

「모나리자의 미소는 부처의 웃음에 도달하기 직전의 웃음일세. 이것 역시 미래의 인류가 짓게 될 웃음이지. 인간의 의식이 진화하는 길을 따라서 웃음도 진화하는 것일세.」

뤼크레스와 이지도르는 스테판의 가르침에 갈수록 흥미를 느끼고 있었다.

이어서 스테판은 그들을 다른 방으로 데리고 갔다. 이번에는 화형 장작더미, 체형, 십자가, 총살형 등의 이미지들이 나타났다.

「이제 유머의 적들에 관해서 이야기하겠네. 첫 번째 예는 플라톤일세. 대다수의 철학자들이 높이 평가하는 인물이지. 하지만 그는 웃음을 두고 이런 말을 했네. 〈웃음의 두 가지 진정한 이유는 악덕과 어리석음이다.〉」

스테판은 초상화를 가리키면서 말을 이었다.

「아리스토텔레스, 철학계의 또 다른 스타일세. 그는 이렇게 선언했지. 〈웃음은 추함과 비천함의 발현이다.〉」

그는 다른 이미지를 가리켰다. 머리 뒤에 둥근 후광이 어려 있는 남자의 모습이었다.

「타르소스 사람 사울일세. 사도 바울로라는 이름으로 더 많이 알려진 인물이지. 그는 초기 교회를 이끈 위대한 지도자이지만, 유머에 대해서는 열린 마음을 가지고 있지 않았어. 예를 들어 『에페소인들에게 보낸 편지』를 보면, 어리석은 말이나 상스러운 농담은 〈온당치 못한 것〉이니 입에 올리는 일조차 없어야 한다고 가르치고 있네. 이처럼 위대한 사상가들이 유머의 가치를 제대로 알아보지 못했다는 것을 생각하면 실소를 금할 수가 없어. 어쩌면 그들은 자기들도 모르는 사이에 〈아젤라스티〉라는 병에 걸렸었는지도 모르지.」

낯선 용어가 나오자 두 기자는 귀를 쫑긋했다. 스테판이 설명했다.

「그건 이미 알려져 있고 문헌에도 나오는 질병일세. 〈아젤라스티〉라는 말은 없음을 뜻하는 접두사 〈아〉에 웃음을 뜻하는 그리스어 〈겔로스〉를 합쳐서 만든 거야. 무소증(無笑症), 즉 웃지 않는 병이라는 뜻이지. 의사이자 작가였던 프랑수아 라블레가 만들어 낸 말일세.」

……또 라블레야? 이 작가는 정말이지 별의별 것을 다 만들어 냈군. 유머의 레오나르도 다빈치야.

「이 병에 걸린 사람들은 갑자기 웃지 않거나 거의 웃지 않게 된다네. 무소증 환자들 가운데 가장 유명한 사람들을 거명하자면, 먼저 아이작 뉴턴이 있네. 그의 주위 사람들은 그가 웃는 것을 딱 한 번밖에 못 봤다고 했어. 그게 언제였느냐 하면, 유클리드의 『기하학 원본』을 무슨 재미로 읽느냐는 질문을 받았을 때라네. 그리고 스탈린도 있네. 그의 측근들에 따르면, 그는 오로지 사진이나 선전 영화에서 사람 좋은 모습을 보일 필요가 있을 때만 억지웃음을 지었다는 거야. 다만 레닌의 옛 동지들을 처형할 때는 진짜로 웃었다더군.」

스테판은 웃음의 적들 가운데 가장 대표적인 인물로 아돌프 히틀러를 꼽았다. 히틀러는, 개한테 아돌프라는 이름을 붙인 한 코미디언에 대한 재판 소동이 있은 뒤, 아예 〈허가받지 않은 주제들〉을 놓고 농담을 하거나 희극의 소재로 삼는 것을 금지하는 법률을 제정했다.

뤼크레스가 물었다.

「〈절대로 웃지 않는 남자〉라는 별명이 붙었던 미국의 명배우 버스터 키턴도 무소증 환자였나요?」

「아니지. 그는 카메라 앞에서 웃지 않기로 자기 영화사와 계약을 맺었다네. 하지만 사생활에서는 매우 쾌활한 사람이었어.」

스테판은 『유머 역사 대전』의 책장을 넘겼다.

「어느 시대를 막론하고 웃음의 적들은 많았어. 그런데 자네들도 나중에 알게 되겠지만, 어떤 자들은 웃음을 무기로 사용해서 웃음을 억압하려고 했네. 반면에 매우 과묵하고 잘 웃지도 않았던 조너선 스위프트 같은 작가는 우리 유머 기사단의 마스터였지. 그러니까 웃음을 나쁜 목적에 사용했던 자들과 진정한 웃음의 장인들을 혼동하면 안 되는 것일세. 중요한 것은 유머를 사용하는 사람의 의도일세.

유머는 본래의 기능에서 벗어나 유머리스트들이 추구하는 것과 상반되는 효과를 얻기 위한 무기로 사용될 수도 있네. 이를테면 독재 체제를 강화하는 데 이용될 수도 있다는 것일세. 예를 들어 루마니아의 독재자 차우셰스쿠는 유머를 전담하는 부서를 만들기도 했어. 사람들을 웃게 함으로써 저항의 의지를 약화시키려고 했던 것이지.」

이지도르는 그 정보를 받아 적었다.

「현재 우리가 벌이는 싸움들 가운데 하나도 그런 것과 관련이 있네. 나쁜 유머의 독이 퍼져 나가는 것을 막기 위해 싸우고 있다는 말일세. 좋은 유머로 나쁜 유머를 중화시키려는 것이지.」

뤼크레스가 말했다.

「좋은 콜레스테롤과 나쁜 콜레스테롤이 만나서 서로 중화되는 것과 비슷하군요.」

스테판은 웃음의 적들을 언급한 뒤에 유머의 상승효과에 관해서 이야기했다.

「파도타기를 한번 상상해 보게. 파도의 힘을 잘 이용하면 파도보다 훨씬 빠르게 갈 수 있지. 우스갯소리의 효과를 높이는 방법 중에는 예를 들면 이런 것도 있네. 하나의 우스갯소리를 들으면서 우리를 훨씬 더 많이 웃게 했던 다른 우스갯소리를 생각하는 것일세. 우리는 이것을 〈터보 효과〉라고 부른다네. 그야말로 웃음에 가속도를 붙여 주는 것이지.」

그들은 다시 우스갯소리들을 주고받으면서 〈터보 효과〉를 실험했다. 때로는 엔진이 과도하게 회전한다는 느낌이 들기도 했다. 그들은 뇌를 하나의 엔진처럼 생각해야 한다는 것을 깨달았다. 연료를 과도하게 공급하면 탈이 날 수도 있는 것이었다.

뤼크레스가 물었다.

「터보 효과가 너무 강하거나 너무 오랫동안 지속되면 뇌에 해로울 수도 있나요? 더 나아가서는 치명적일 수도 있을까요?」

스테판은 대답에 뜸을 들이며 그들을 가만히 바라보았다. 그녀가 무슨 말을 하고 싶어 하는지 간파한 것이었다. 하지만 그는 주제에서 벗어나지 않고 계속 교육자의 관점에서 이야기하기로 했다.

「사실 웃다가 죽은 사례가 있지. 우리는 역사에 기록된 몇 가지 사례들을 정리해 놓았네.」

그는 문서 하나를 집어서 몇 페이지를 훑어보았다.

「고대 그리스의 화가 제욱시스는 아주 못생긴 여자를 모델로 삼아 그림을 그려 놓고는 그것을 바라보며 미친 듯이 웃다가 죽었다네. 그런가 하면 빅토리아 시대의 영국 소설가 앤서니 트롤로프는 동시대의 작가 F. 앤스테이가 쓴 『그 역(逆)도 동일함』이라는 코믹 소설을 읽다가 웃음보가 터져서 죽었지.」

이어서 스테판은 그들에게 〈웃음의 무술〉을 가르치는 일에 몇 시간을 더 할애했다. 그런 다음 그들에게 서로 유머를 겨뤄 보라고 권했다.

이지도르가 물었다.

「〈프로브〉 경기를 할 때처럼 말인가요?」

그러자 사범의 표정이 갑자기 무뚝뚝하게 변했다. 호텔 객실에서 권총으로 위협하던 크로츠의 표정, 뤼크레스가 이곳에 오기 전에 알고 있었던 바로 그 표정이었다.

「이거 놀랍군. 이미 그것을 알고 있다니 말이야.」

이지도르가 다시 물었다.

「최종 시험이라는 게 바로 그것 아닌가요?」

「사실 우리가 그 주제를 놓고 함께 얘기한 적은 없네만, 자네 말대로 프로브 경기가 열릴 거야. 자네들 두 사람이 겨루는 것일세.」

뤼크레스는 깜짝 놀리며 소리쳤다.

「그게 무슨 말이에요? 우리가 합의하기로는…….」

「우리 유머 기사단에 입단하는 대가로 BQT를 주기로 했지. 그러나 우리는 두 사람을 동시에 입단시키겠다고 말한 적이 없어. 이제 길은 하나뿐일세. 자네들 가운데 승리하는 사람이 우리 기사단의 일원이 되는 것이지.」

뤼크레스는 자기 귀를 의심했다. 스테판의 말대로라면 그녀가 이지도르를 죽여야 하는 상황이었다.

그녀는 이지도르의 기색을 살폈다. 그는 마치 그 모든 일이 당연하다는 듯 눈썹도 까딱하지 않았다.

「두 사람을 대결시켜서 승자를 받아 주는 것은 우리의 원칙일세. 이 원칙은 5백여 년 전에 스코틀랜드 총본부에서 확립된 거야. 우리의 오랜 전통들 가운데 하나지. 우리는 이 원칙을 고수함으로써 최고의 신입 단원들을 확보해 왔네.」

이지도르가 이의를 달았다.

「하지만 그런 제도 때문에 뛰어난 수련생들을 숱하게 잃기도 했겠네요.」

「달걀을 깨지 않고는 오믈렛을 만들 수 없는 법이지.」

뤼크레스는 마음에도 없이 점잖게 구는 태도를 버리고 손으로 책상을 탁 쳤다.

「이들은 미쳤어요! 가요, 이지도르. 이 범죄 집단에서 도망쳐요!」

이지도르는 아무 반응을 보이지 않았다.

스테판은 눈길을 낮추며 말했다.

「사실 처음에는 유대 지방에서든 브르타뉴 지방에서든 그런 최종 시험이 없었네. 스코틀랜드에서 유머 기사단의 인기가 크게 높아지는 것을 보고 다비드 발리올이 우수한 후보자들만 받아들이기 위해 선별 제도를 만들어야 한다고 생각한 거야. 그 뒤로 아무도 이 최종 시험 제도를 놓고 이의를 제기하지 않았어. 그래서 이 제도는 사라지지 않았고, 〈유머를 만드는 것은 진지한 일〉이라는 생각이 더욱 공고해졌지.」

뤼크레스는 성난 기세를 누그러뜨리지 않았다.

「하지만 당신들은 그런 제도를 유지함으로써 뛰어난 재능을 지닌 사람들을 희생시켰어요.」

「사실일세. 그 결투 때문에 아주 쓸 만한 사람들이 숱하게 죽었지. 하지만 이 제도는 더 뛰어난 능력을 발휘하도록 자극을 주기도 하네. 죽음에 대한 공포가 진정 익살스러운 존재가 되고자 하는 욕구를 아주 강하게 불러일으킨다는 것일세.」

……살인자들! 이들은 분홍 정장들이랑 다를 게 없어. 〈웃기 위해〉 사람을 죽이면서도 희생자들을 포함해서 모두가 그것을 당연한 것으로 생각하고 있어.

사범은 여전히 자기 신발을 내려다보고 있었다.

「자네들은 서로 대결을 벌여야 해. 그리고 유머에 더 강한 사람이 살아남아서 우리 〈클럽〉의 일원이 될 거야.」

「우리가 거부하면 어떻게 되는데요?」

「그러기엔 너무 늦었어. 자네들은 이미 입문 교육을 받았고 이 교육은 그 대결로 마무리되는 것이거든.」

「이지도르, 가만히 있지 말고 뭔가를 해봐요! 이들 역시 범죄자들이에요. 당신 말대로 이들 역시 무언가 감출 게 있었던 거라고요.」

이지도르는 동요가 없었다.

「뤼크레스, 새삼스럽게 놀라는 척하지 말아요. 우리는 알고 있었어요. 모자라는 것은 넘치는 것과 균형을 이루게 마련이에요. 크게 잃는 게 있으면 크게 얻는 것도 있겠죠.」

「뭐라고요?!」

「그리고 당신은 이미 마리앙주와 〈프로브〉 경기를 벌인 경험이 있어요. 그때는 당당하게 임하더니 나하고 하는 것은 피하겠다는 거예요?」

......당신이야말로 나하고 사랑을 나누자고 할 때는 피하더니 목숨을 거는 일은 마다하지 않잖아. 왜 거꾸로 가는 거지?

뤼크레스는 즉시 달아나려고 했다. 하지만 이내 제압되고 말았다.

이어서 그들은 구내식당에서 점심을 먹었다. 그녀는 무기력감에 빠진 채로 식사마저 거부했다.

식사가 끝난 뒤에 그녀는 그들을 따라가는 것에 동의하기는 했지만 계속 입을 다물고 있었다. 이후의 수업은 갈수록 기술적인 것에 국한되어 갔다.

뤼크레스는 그 수업이 일종의 준비라는 사실을 이내 알아차렸다. 스테판은 마치 고난도의 기술을 펼치려는 운동선수들을 준비시키듯이, 아주 사소한 요소에도 꼼꼼하게 신경을 썼다.

「음식도 아주 중요해. 소화에 조금이라도 문제가 생기면 집중력이 떨어져. 그러면 상대에게 효과가 낮은 유머를 날릴 수도 있고 자신의 웃음을 통제하지 못할 수도 있네. 수면도 중요해. 피로가 제대로 회복되지 않으면 결투에 나쁜 영향을 끼칠 수 있지.」

이지도르는 배우는 것에 굶주려 있는 사람처럼 굴었다. 유머 창작의 기법을 새로 알게 될 때마다 곧바로 적어 두는 품새가 이 분야에서 자신의 새로운 가능성을 발견한 사람 같았다. 그는 자기 스마트폰에 메모를 하는 대신 수첩과 연필을 사용하고 있었다. 때로는 동그라미와 화살표와 숫자 등을 사용해서 우스갯소리들의 구조를 그림으로 나타내기도 했다.

「뤼크레스, 부정적으로만 생각할 건 없어. 현재 자네들은 똑같은 수준에 도달해 있네. 〈프로브〉에서 누가 이길지 나로서는 예상할 수가 없어. 이지도르의 유머는 지적이고 뤼크레스 자네의 유머는 더 본능적이야. 자네들은 로마 시대의 검투사들과 같아. 뤼크레스 자네는 무르밀로형(型) 검투사야. 무겁고 튼튼한 보호 장비를 차고 얼굴을 덮는 투구를 쓴 채 단검과 방패를 들고 싸우지. 자네의 전략은 정면으로 강하게 치고 들어가는 거야.」

뤼크레스는 아무 대꾸도 하지 않았다.

「그에 반해서 이지도르 자네는 호플로마쿠스형 검투사에 가깝네. 삼지창과 투망을 무기로 사용하고 있어. 자네는 상대보다 빨라야 하고 기습을 노려야 해.」

스테판은 다정한 손길로 두 사람의 어깨를 토닥였다.

「대결이 볼만할 거야. 솔직히 말하면 여기 모두가 그 얘기를 하고 있네. 어서 자네들의 경기를 보고 싶어 하지. 아, 내가 언제라고 말하지 않았지? 경기는 토요일 자정에 열릴 걸세.」

엿새째 되는 날에도 유머 창작 연습이 계속되었다. 이날의 주제는 긴 이야기를 짓는 방법이었다. 뤼크레스는 연습에 참가하는 것을 거부하지 않았다. 하지만 처음엔 그저 심드렁하게만 굴었다. 그러다가 대결 연습을 할 때가 되어서야 아연 활기를 되찾았다. 자기도 모르게 전사의 본능이 되살아난 듯했다.

저녁 무렵이 되자 그들의 대결 연습은 더욱 신랄하고 미묘한 양상으로 변했다.

스테판이 그들에게 말했다.

「오늘의 마지막 주제는 유머와 정치일세. 유머가 어떻게 정치적 성찰로 이어질 수 있는지 보여 줄까? 그렇다면 이 얘기를 잘 들어 보게.」

138

아프리카 어느 나라의 장관이 프랑스를 공식 방문했다. 프랑스의 해당 부서 장관이 만찬을 베풀겠다면서 그를 집으로 초대한다.

아프리카의 장관은 저택에 들어서자마자 눈을 휘둥그렇게 뜬다. 저택 자체도 호화롭기 그지없을 뿐만 아니라 벽마다 거장들의 명화가 걸려 있기 때문이다.

그는 프랑스 장관에게 묻는다.

「프랑스 공화국의 공복으로서 어떻게 이런 수준의 생활을 영위하실 수가 있죠? 봉급이 그리 많지도 않을 텐데요.」

프랑스 장관은 그를 창가로 데려간다.

「저기 고속 도로 보이죠?」

「네.」

「저걸 건설하는 데 2억 유로가 들었습니다. 그런데 건설 회사는 공사비로 2억 1천만 유로를 청구하고 그 차액, 즉 1천만 유로를 저에게 주었죠.」

2년 뒤, 프랑스 장관이 아프리카를 공식 방문하여 그 장관의 초대를 받는다.

아프리카 장관의 집에 가보니 궁궐도 그런 궁궐이 없다. 벽은 대리석, 가구는 순은, 장식품은 모두 순금으로 되어 있다.

프랑스 장관은 어안이 벙벙한 표정으로 묻는다.

「이거 이해가 안 가는군요. 2년 전에 제가 호화 생활을 한다고 놀라지 않으셨던가요? 그런데 장관님에 비하면 저는 아무것도 아닙니다그려.」

아프리카 장관은 그를 창가로 데려간다.

「장관님의 조언을 마음에 새겨 저도 고속 도로 건설 사업을 발의하고 공사비를 210억 유로로 책정했죠. 저기 고속 도로가 보이십니까?」

아프리카 장관은 멀리 보이는 골짜기를 가리킨다. 프랑스 장관은 눈을 비비면서 말한다.

「음…… 아뇨. 죄송하지만 고속 도로가 안 보이는걸요. 제 눈에는 그저 끝없이 펼쳐진 숲이 보일 뿐입니다.」

그러자 아프리카 장관은 그의 등을 탁 치면서 껄껄 웃는다.

「바로 그겁니다. 그래서 제가 엄청난 돈을 벌었죠.」

유머 기사단 총본부 창작 유머 123567번

139

입문 교육 8일째.

스테판은 그들 두 사람 모두 아주 빠르게 발전했다고 평가했다.

뤼크레스는 반항과 체념의 단계를 거친 뒤에 묘한 열의를 되찾았다. 그녀는 담배에 대한 욕구를 완전히 잊었고, 삶은 채소와 당근주스를 아주 맛있게 먹었다. 말을 시작할 때는 한 번 더 생각하면서 단어들을 골랐고, 말을 끝낼 때는 상대의 의표를 찌르기 위해 마지막 단어에 특히 신경을 썼다. 단 한 순간도 훈련을 게을리하지 않는 셈이었다.

이지도르 역시 달라진 모습을 보이고 있었다. 우선 몸이 한결 가벼워졌다. 지방과 당분이 없는 음식을 먹으며 일주일을 보내는 동안 살이 많이 빠진 것이었다. 또한 얼굴에는 언제나 미소가 어려 있었다. 무엇에 대해서든 웃을 준비가 되어 있다는 뜻이었다. 그는 자신의 행동 하나하나에서 유머를 찾고, 문장 하나하나에서 언어유희와 어음 전환을 찾고 있었다.

그날 저녁 스테판은 처음으로 연보라색 망토를 걸친 10여 명의 단원들과 함께 식사를 하도록 따로 식탁을 마련해 주었다.

그리하여 뤼크레스와 이지도르는 유머 기사단의 마스터들을 만나게 되었다. 이 만남은 재담과 개그와 세련된 임기응변의 대향연이었다.

이지도르는 그들의 흐드러진 유머에 싫증이 나기는커녕 들으면 들을수록 더 듣고 싶어지는 것을 느꼈다.

뤼크레스는 자신들이 위험한 처지에 놓여 있음을 의식하면서도 보기 드물게 세련된 유머를 구사하는 사람들과 함께 있는 것을 유쾌하게 여겼다.

스테판은 그게 마지막 밤이라는 점을 감안해서 예외적으로 그들에게 포도주를 제공했다. 그때부터 좌중의 혀가 풀리기 시작했다. 키가 자그마하고 머리가 벗어진 안경잡이 남자가 슬그머니 자기 자랑을 늘어놓았다.

「천문학자 이야기 알죠? 〈우리는 당신들에게 말을 건 것이 아니다〉라는 말이 적혀 있는 행성 얘기 말이에요. 그것을 창작한 사람이 바로 나예요. 다리우스가 그것을 자기 스탠드업 코미디에서 써먹은 뒤로 세간에 널리 퍼졌죠.」

그 남자처럼 나이가 지긋한 조금 뚱뚱한 여자가 나섰다.

「〈전구 한 개를 갈아 끼우는 데 몇 명이 필요할까?〉 시리즈 알죠? 그 시리즈를 처음으로 시작한 사람이 바로 나예요. 그중에서 가장 유명한 것은 이거예요. 〈전구 한 개를 갈아 끼우는 데 몇 명의 여자가 필요할까? 정답은, 한 명도 필요 없다, 그건 남자의 일이므로.〉」

세 번째 사람은 초등학생용 우스갯소리를 전문적으로 만들어 내는 남자였다.

「나는 〈그게 뭐게?〉 시리즈를 세간에 퍼뜨렸어요. 일부러 정보를 생략한 뒤에 듣는 사람의 의표를 찌르는 수수께끼 형식의 우스갯소리죠. 예를 들면 이런 거예요. 〈이건 초록색이고 나뭇가지에서 나뭇가지로 뛰어다녀. 그게 뭐게? 정답은, 타잔의 주머니 속에 든 추잉 껌.〉」

뤼크레스는 최하위 문화로 간주되는 우스갯소리의 문화가 실제로는 사회에 지대한 영향을 미치고 있음을 깨달았다. 어린이들과 청소년들을 겨냥한 우스갯소리는 특히 중요했다. 평생토록 잊지 않을 만큼 마음속 깊이 각인되기 때문이었다.

뤼크레스는 대결 전날 밤이라는 점을 고려해서 망설이던 끝에 포도주 마시는 것을 받아들였다. 이지도르도 덩달아 마셨다.

입문 교육 기간의 마지막 만찬은 외설적인 노래들을 부르는 것으로 끝났다. 어떤 노래들의 가사는 라블레나 코르네유나 보마르셰 같은 유머 기사단의 명성 높은 작가들이 직접 쓴 것이었다.

저녁 식사가 끝나자 스테판은 약속을 지키기로 했다.

그들은 좁다란 계단을 내려가 회랑 안쪽에 있는 철문 앞에 다다랐다. 그들이 세 번에 걸쳐서 열어 보려고 했던 바로 그 문이었다.

스테판은 묵직하고 복잡하게 생긴 열쇠를 꺼내어 문을 열었다.

안으로 들어서자 산타클로스를 닮은 인물이 달려 나왔다.

「자크, 우리 들여보내 줘. 신입 수련생들의 입문 교육을 위한 거야.」

「아, 그래? 보(송아지들)를 들이는 것보다는 누보(새 사람들)를 맞아들이는 게 낫지.」

……자크라고? 아니, 바로 그 〈말놀이 대장〉 자크 뤼스티크잖아! 그가 쉽게 이긴 이유를 알겠어. 유머 기사단의 단원이니 단연 강할 수밖에. 이들하고 〈프로브〉 경기를 벌이면, 다른 사람들은 상대가 안 돼. 그런데 이 사람이 왜 경기에 나갔던 거지? 십중팔구는 적진을 염탐하기 위해서였을 거야.

남자는 그들을 맞아들이고 나서 읽던 책을 다시 집어 들었다. 『베르모 유머 연감』이었다.

스테판 크로츠가 설명했다.

「모든 우스갯소리가 잘 통하는 것은 아닐세. 아니 더 심하게 말하면 대부분의 우스갯소리는 사람들을 웃기지 못해. 진짜 재미있는 이야기가 나타나는 것은 기적과도 같은 일일세. 이곳은 말하자면 〈수치의 전당〉이라네. 효과를 보지 못한 우스갯소리들을 모아 놓은 곳이지. 우리는 이곳을 지옥이라 부르네. 더 정확하게는 〈코미코 인페르노〉라고 하지.」

그는 방에 불을 밝혔다.

「이 방에는 성공하지 못한 우스갯소리들뿐만 아니라 우리끼리 시험해 본 결과 실패작으로 드러난 이야기들도 보관되어 있네. 우리는 이야기들을 세상에 내놓기 전에 좋지 않은 것들을 골라내려고 애쓰지.」

스테판은 서류철 하나를 펼쳐 들고 열 개쯤 되는 우스갯소리들을 읽어 주었다. 매우 모욕적이거나 저속하거나 그냥 망쳐 버린 이야기들이었다.

스테판은 서가의 한 부분을 가리켰다.

「여기에는 완성되지 않은 초고들이 모여 있네. 우스갯소리들의 초안이거나 어느 정도 틀이 잡힌 이야기들이지만 테스트를 한 적도 없고 세상에 유포된 적은 더더욱 없는 것들이지. 유머의 사산아들이라고나 할까?」

뤼크레스가 말했다.

「슬픈 얘기네요. 사람들을 웃기지 못하는 우스갯소리라니.」

이지도르가 말했다.

「대성당들의 경우와 조금 비슷하군요. 센티미터 단위로 정확하게 설계된 부벽(扶壁)이 외벽을 제대로 지탱해 주고 있는 대성당들에 대해서는 우리가 늘 찬탄을 아끼지 않지만, 단지 1센티미터가 모자라서 신자들 위로 무너져 내린 성당들에 대해서는 아무도 이야기하지 않잖아요.」

……유산된 우스갯소리들의 공동묘지로군.

사람들 입에 오르내리지도 않고 읽히거나 게시되지도 않을 이야기들이 모여 있는 거야.

스테판은 유머 묘지의 관리인 쪽으로 몸을 돌렸다.

「이보게, 자크. 최근에 새로 들어온 거 있어?」

관리인은 서류철 하나를 가리켰다.

「있어. 실패한 우스갯소리들일세.」

스테판은 은근한 표정으로 속삭였다.

「자크는 매주 금요일 저녁에 유산된 우스갯소리들의 목록을 작성하네. 이런 우스갯소리들을 견디며 작업할 수 있는 사람은 자크밖에 없어. 다른 단원들은 참아 내지 못해. 이런 유머에 너무 많이 노출되면 우울증에 걸리고 말지.」

그러고 나서 스테판은 더욱 나직한 목소리로 소곤거렸다.

「어떤 단원들은 자크가 이런 유머를 몰래 읽는다고 의심하고 있다네. 변태적인 유머 감각을 가지고 있기 때문이라는 거야.」

뤼크레스는 다리우스 극장에서 본 자크의 연기를 떠올리며 말했다.

「어쨌거나 단 한 명이라도 읽어 주는 사람이 있으니 이 우스갯소리들이 완전히 죽은 것은 아니네요.」

이지도르가 물었다.

「그런데 왜 커다란 자물쇠와 관리자가 필요하죠?」

「나쁜 유머가 퍼져 나가지 못하게 하는 것은 우리의 의무일세. 저 문 너머로 나가는 것부터 막아야 하지 않겠는가?」

그들은 발길을 돌려 다시 철문 쪽으로 갔다. 산타클로스를 닮은 남자는 하얀 콧수염을 동그랗게 말아 올려 자전거 핸들 모양을 만들면서 그들에게 정겨운 윙크를 보냈다.

그들은 위층으로 다시 올라갔다.

「자, 자네들은 이제 우리의 비밀을 다 알고 있어. 내일의 최종 시험 때문에 아직 불안하다면, 오늘 밤에 더 준비를 하도록 하게. 무엇보다 상대를 잘 아는 것이 중요해. 〈프로브〉

를 두고 우리가 늘 하는 말이 있어. 〈프로브〉 경기를 한 번 해 보면 20년 동안 결혼 생활을 한 것보다 상대를 더 잘 알게 된 다고 하지.」

140

한 남자가 덤벙덤벙 걸어가다가, 자전거가 오는 것을 보지 못하는 바람에 자전거에 얼굴을 부딪힌다. 쓰러졌다가 일어서는 찰나, 이번에는 오토바이가 오는 것을 보지 못해 배를 정통으로 받힌다. 정신이 조금 멍한 채로 다시 일어서다가 자동차가 오는 것을 보지 못하고 어깨를 치인다. 훨씬 멍해진 채로 쓰러졌다가 또다시 일어서지만, 비행기가 오는 것을 보지 못해 등을 받힌다. 그때 한 사람이 지나가면서 소리친다.
「회전목마를 멈춰요! 바닥에 사람이 있어요!」

유머 기사단 총본부 창작 유머 505115번

141

그들은 스테판과 헤어져 방으로 돌아왔다. 이지도르가 자기 침대에 걸터앉자 뤼크레스도 그 옆에 가서 앉았다.

「이들이 다리우스를 죽였어요. 이들 역시 살인자들이고 미치광이들이에요. 유머를 수호한다고 주장하지만 일부 사이비 종파들처럼 구성원들에게 공포감을 주어서 꼼짝 못 하게 만들고 있는지도 몰라요. 이들이 다리우스를 죽인 것은 그가 이들의 존재나 비밀을 폭로할 가능성이 있었기 때문일 거예요.」

「앞뒤가 안 맞는 주장인걸요. 다리우스가 정말 살해되었다면, 살인자들은 BQT를 가지고 있어요. 그런데 이들에게는 BQT가 없어요. 우리가 이들에게 주기로 되어 있잖아요.」

「어쩌면 이들 가운데 일부가 다른 단원들을 속이면서 다르게 행동하고 있는지도 모르죠.」

「있을 법한 얘기로군요.」

……이상한 남자야. 난 이럴 때 이 남자가 싫어. 무언가를 알고 있는 것 같은데 나한테 말하려고 하지 않아. 함께 취재를 하기로 해놓고 말이야.

「최종 시험에 참가하는 것을 받아들이지 말았어야 했어요. 그건 너무 위험해요.」

「내 생각에도 그래요.」

「이제라도 늦지 않았어요. 우리에게 방어책이 있잖아요. 우리는 저들에게 가장 소중한 것을 가지고 있어요. BQT를 손에 넣기 위한 암호 말이에요.」

그는 대답하지 않았다.

「암호 알려 줄까요? 혹시 내가 죽을지도 모르니까…….」

「네, 알려 줘요.」

「없어요. 그냥 버튼만 누르면 열려요. 암호를 설정하지 않았거든요.」

「괜찮은 생각이네요.」

「당신한테 배운 거예요. 테크놀로지를 믿기보다 상대의 마음을 읽어라.」

그는 도서실에서 빌려 온 만화책을 읽고 있었다. 마르셀 고틀리브의 『잡동사니 칼럼』이었다. 그의 옆에는 우디 앨런과 미국 만화가 개리 라슨, 피에르 데프로주의 책들이 쌓여 있었다.

……벼락치기 시험공부를 하겠다고 도서실에서 책을 잔뜩 빌려 왔군. 내일의 대결에 대비해서 익살스러운 글들을

읽고 있는 거야. 나도 이렇게 해야 하지 않을까?

「저기요, 이지도르. BQT를 읽어 보고 싶지 않아요?」

그는 만화를 읽으면서 빙그레 웃고 있었다. 그러다가 책에 코를 박은 채로 말했다.

「유머 기사단의 입문 교육을 받고 나서 깨달은 게 있어요. 유머는 아주 이상하고 강력한 미지의 영역이에요. 내가 그 파괴력을 제대로 몰랐던 것 같아요.」

「그 만화책 내려놓고 나를 좀 봐요.」

그녀는 만화책을 아래로 잡아당겼다.

「이지도르, 키스해 줘요.」

그는 멍한 표정으로 눈만 껌벅거렸다.

그러자 그녀는 더 다가들어서 그의 입술에 입을 갖다 댔다. 그는 입을 꾹 다물고 있었다.

그녀는 심각한 어조로 말했다.

「내일 우리 중의 하나는 죽어요.」

「그럴 수도 있다는 거 인정해요.」

「대범한 척 좀 그만해요. 오늘 밤이 〈그것〉을 할 수 있는 마지막 기회예요.」

그는 그녀를 바라보았다. 그녀는 몇 센티미터 앞으로 바싹 다가들었다. 그는 아무 냄새도 섞이지 않은 그녀의 기분 좋은 살냄새를 맡았다.

「여자가 남자한테 섹스를 하자고 할 때는 자존심을 다 버린 거예요. 내가 마음에 안 들어요?」

「당신은 내가 만나 본 여자들 중에서 가장 매력적이에요. 당연한 얘기지만, 많은 남자들이 지금 나처럼 당신 옆에 있기를 꿈꿀 거예요.」

……이 남자가 나를 놀리나? 이게 무슨 뜻으로 하는 말이지?

그녀가 속삭였다.

「그러면 나를 밀어내지 말아요.」

뤼크레스는 입술을 천천히 내밀었다. 이지도르는 물러나지 않았다. 그녀는 그의 도톰한 입술에 다시 입을 맞췄다. 이번에는 그도 입을 조금 벌려 주었다. 그들은 더 깊이, 격렬하게, 오래도록 키스를 나눴다. 그러고 나자 그가 몸을 뒤로 뺐다.

그녀는 놀란 표정으로 물었다.

「뭐예요? 계속하고 싶지 않아요?」

그는 만화책을 치워 놓고 몸을 일으켰다.

「어쨌거나 지금으로서는 더 나가지 않는 게 좋겠어요. 농담은 여기까지예요. 결말 직전에서 중단하기로 해요.」

그녀는 머뭇머뭇하다가 우디 앨런의 책을 집더니 그의 얼굴을 향해 휙 던졌다.

「당신이란 사람은…….」

「나는 그냥 나예요. 내일 봐요, 뤼크레스. 누구든 더 나은 사람이 이기기를 바라요.」

「두고 봐요, 내가 이길 테니. 결국 당신은 한낱…….」

그녀는 말을 고르고 있었다. 그에게 모욕이 될 만한 말들이 막 떠올랐다.

……상놈, 나쁜 자식, 멍청이, 얼간이, 자랑쟁이, 위선자, 현학자, 거드름쟁이, 허영덩어리, 이기주의자, 자기중심주의자, 자아도취증 환자, 자기는 항상 옳고 뭐든지 다 안다고 착각하는 작자, 자기가 뭐라도 되는 줄 아는 덜떨어진 인간.

결국 그녀는 그 모든 수식어를 요약하는 것으로 보이는 말을 내뱉었다.
「당신은 한낱…… 남자예요.」

142

술에 취한 여자가 위스키를 마시면서 아프리카의 사바나를 헤매고 있다. 악어 한 마리가 다가와서 그녀를 놀린다.

「주정뱅이!」

여자는 무어라고 구시렁거리다가 술을 한 모금 마시고 계속 나아간다.

「주정뱅이!」

악어가 또 놀리자 여자가 돌아보며 으름장을 놓는다.

「그 말 한 번만 더 하면 너를 잡아서 장갑처럼 뒤집어 버린다.」

여자가 걸음을 옮기자 악어도 그녀를 따라간다. 여자가 다시 술을 마신다. 그것을 본 악어가 다시 놀린다.

「주정뱅이!」

그러자 여자는 악어를 잡고 소리친다.

「내가 경고했지.」

그러고는 악어의 아가리 속으로 팔을 디밀어 깊이깊이 쑤셔 넣은 다음 안쪽에서 꼬리를 잡고 홱 당긴다. 그러자 악어가 완전히 뒤집어지면서 속살이 겉으로 드러난다. 여자는 만족한 표정으로 악어를 강물에 던져 버리고 가던 길을 계속 간다. 그때 그녀의 등 뒤에서 들려오는 소리.

「이뱅정주!」

유머 기사단 총본부 창작 유머 900329번

143

뤼크레스는 잠이 들었다. 피부가 맑은 그녀의 얼굴에 가벼운 경련이 스치고 지나간다. 그녀의 입술이 보일 듯 말 듯 움직거린다. 악몽 속에서 달음박질을 치거나 싸움을 벌이기라도 하는 듯 그녀의 가슴이 단속적으로 오르락내리락한다.

이지도르는 자리에서 일어나 그녀의 자는 모습을 바라보고 있다.

그녀는 이따금 미소를 짓기도 하고 화가 나거나 짜증이 난 표정을 짓기도 한다.

그녀가 잠꼬대를 한다.

「안 돼. 그건 절대로 안 돼.」

그녀는 다시 움찔거리다가 잠꼬대를 한다.

「그럼, 당연하지. 왜 진작 말하지 않았어. 내가 알았더라면……. 안 돼, 제발, 그만해.」

그는 그녀의 머리카락을 쓰다듬는다. 그녀는 즉시 평온해진다.

그는 바싹 다가든다. 그녀는 목덜미에 숨결이 닿는 것을 느끼고 설핏 미소를 짓는다.

당연한 얘기지만 그는 뇌의 비밀에 관해서 그녀와 함께 취재한 일을 기억하고 있다.

취재를 마치고 그들은 사랑을 나눴다.

이제껏 살아오는 동안 그는 여자들과 관계를 맺는 데서 어려움을 많이 겪었다.

맨 먼저 어머니가 있었다. 아들의 삶에 사사건건 간섭하는 어머니였다.

아버지의 존재감은 갈수록 약해지고, 어머니의 목청은 날로 높아 갔다.

하지만 어머니의 교육열은 남달랐다. 어머니는 회화, 음악, 영화, 연극 등 모든 예술 장르에 대한 자신의 취향을 아들에게 물려주면서, 아들의 재능을 일깨우고 아들의 의사에 상관없이 열심히 가르쳤다.

어머니는 입버릇처럼 말했다. 〈이지도르, 넌 천재야.〉

그는 알고 있었다. 어머니는 아들이 진정 어떤 사람인지를 고려하지 않고 있었다. 그리고 이상적인 아들에 대한 환상을 그에게 투사하고 있었다.

하지만 〈이지도르, 넌 천재야〉라는 식의 프로그래밍은 그에게 큰 영향을 주었다. 그는 어머니 마음에 드는 아들이 되려고 했고, 어머니가 잘못 생각하지 않았다는 것을 증명하고 싶어 했다.

그는 스스로를 천재라고 여기는 대신…… 근면한 학생이 되었다.

그는 자기가 평균적인 지능을 지니고 있으며 특별한 재주가 없다고 느꼈다. 그래서 어머니를 실망시키지 않을 수준에 도달하기 위해서는 끈질긴 노력으로 모자라는 것을 벌충해야 한다고 생각했다.

이지도르는 잠을 적게 자면서 엄청나게 많은 책을 읽었다. 분야를 가리지 않고 모든 것을 알고 싶었다. 모든 것을 실험하고 모든 것을 이해하고 싶었다. 시련 앞에서 절대로 물러서지 않고 힘차게 돌진하고 싶었다. 추락조차도 승리를 향해 더 높이 올라가기 위한 과정으로 받아들일 생각이었다. 평범한 재능으로 얻지 못하는 것을 남다른 노력으로 얻을 생각이었다. 인생의 첫 여자인 그의 어머니를 실망시키지 않기 위해서.

그의 인격을 형성한 것은 놀랍게도 어머니의 그 신경증적인 세뇌였다. 그는 스스로를 〈승자〉로 여기는 대신 〈어머니의 예언에 걸맞은 면모를 보여 주기 위해 끊임없이 발전해 가는 사람〉으로 생각했다.

어머니는 자신도 모르는 사이에, 그리고 자신의 진정한 의도에 상관없이 이지도르를 별난 아이로 만드는 데 성공했다.

이지도르의 그 유별함은 두드러지게 드러나는 것은 아니었지만 누구나 쉽게 감지할 수 있는 것이었다. 이 차이는 즉시 다른 아이들의 경멸과 시샘을 불러일으켰다.

「이지도르 저 녀석은 자기가 뭐라도 되는 줄 아나? 노상 책만 파고 있잖아. 녀석은 우리를 우습게 아는 거야.」

몇 차례의 드잡이가 잇따랐다. 선생님들 역시 이지도르를 좋아하지 않았다. 그들은 이지도르가 책깨나 읽었다고 자기들보다 더 많이 아는 양 잘난 척을 한다고 느꼈다. 그래서 기회가 있을 때마다 그를 깎아내렸다. 그의 성적은 갈수록 떨어졌다.

그래서 이지도르는 자기만의 세계에 틀어박혔다. 그는 집단이나 위계질서나 파티나 한목소리로 웃는 사람들을 견디지 못했다.

그는 엄청난 고독감을 느꼈다. 고독감은 이내 자유와 자율에 대한 갈망으로 이어졌다. 그는 남들의 시선과 판단에 얽매이지 않는 자유인이 되고자 했다.

사정이 그러하니 여자들과 관계를 맺는 일도 그리 간단치가 않았다.

그는 어머니와 비슷한 여자들을 친구로 선택했다. 그녀들은 어머니처럼 그의 남다른 면모와 재능을 칭찬했다. 하지만 그는 그녀들이 어머니처럼 잔소리를 하거나 시비를 걸기 시작하면 그녀들과 헤어졌다.

그는 자기가 여자들을 쉽게 사귀지 못하고 관계를 잘 꾸려 가지도 못한다는 것을 알고 있었다. 그 때문인지 마흔여덟이 되도록 여전히 혼자 살고 있었다.

그는 자기 살이 여자의 살에 닿았던 순간들을 모두 기억하고 있었다. 그는 매번 두려움을 느꼈다. 제대로 해내지 못하는 것에 대한 두려움, 상대를 실망시키거나 상대에게 실망하는 것에 대한 두려움.

그는 정말 자유롭고 편안한 기분으로 섹스를 한 적이 없었다. 다만 뤼크레스 넴로드하고 할 때만은 달랐다. 그들이 지중해 해안에서 뇌의 비밀에 관한 취재를 벌이던 때의 일이었다. 사실 이제야 솔직히 인정하는 것이지만, 그때 그는 아주 특별한 연금술을 경험했다. 난초와 꿀벌이 하나가 되듯, 서로 다른 두 독립체가 함께 어우러지는 놀라운 연금술이었다. 그는 그녀의 향기를 맡고 꿀을 빨았다. 그는 그녀를 진동하게 했고 그녀는 그를 승화시켰다.

그녀는 말 그대로 액체의 단계를 거치지 않고 얼음을 곧바로 기체로 변화시켰다.

그는 찬 것에서 뜨거운 것으로, 무거운 것에서 가벼운 것으로, 딱딱한 것에서 증기 같은 존재로 변했다.

그녀는 위대한 마법의 힘을 발휘하여, 그가 지닌 가장 훌륭한 것들을 드러내도록 그를 변화시켜 주었다.

그렇게 되기까지는 특별한 정황이 있었다.

그들은 함께 시련을 이겨 내고, 쾌락이라는 주제를 놓고 함께 조사를 벌이면서 서로 가까워진 뒤에 편안한 마음으로 자연스럽게 사랑을 나누었다. 그는 처음으로 아무런 두려움 없이 섹스를 했다. 그는 자신을 전혀 의식하지 않고 행위 그 자체에 몰입했다. 뤼크레스 넴로드라는 묘약의 경이로운 효험이었다.

그런데 그는 처음으로 여자에게 두려움을 느끼지 않았던 대신 인간관계에 두려움을 느꼈다.

……나는 중년의 남자인데 뤼크레스는 젊다.

나는 기자 경력을 마감했는데 뤼크레스는 이제 시작한 셈이다.

나는 크고 뚱뚱한데 뤼크레스는 작고 날씬하다.

뤼크레스에게 어울리는 사람은 내가 아니라 나보다 나은 어떤 남자, 젊고 열정적이고 쾌활한 남자, 파티를 여는 것이며 나이트클럽에 가는 것을 좋아하는 남자, 그녀와 결혼해서 아이들을 낳고 살 남자, 그녀와 함께 정상적인 미래를 준비해 갈 남자이다.

나는 뤼크레스가 그런 남자를 찾도록 도와줄 수도 있다. 뤼크레스는 좋은 남자를 만나서 행복하게 살 자격이 충분하다.

그러니 내가 할 수 있는 것은 그저 친구로 남는 것이다. 나는 뤼크레스가 좋은 남자를 찾도록 도와줄 것이고, 그들이 결혼할 때 증인이 되어 줄 것이다. 그들이 자식을 낳으면 아이들의 대부가 될 수도 있으리라. 요컨대 뤼크레스와 함께 사는 것만 아니라면 무엇이든 할 수 있을 것이다.

나는 더 데면데면하고 무뚝뚝하고 쌀쌀맞게 굴어야 한다. 그래야 뤼크레스가 나에 대한 약간의 감정에서 벗어날 수 있다. 우리 사이에 직업적인 협력이나 우정 이외의 다른 것이 있을 수 있다는 그 어리석은 생각을 뤼크레스에게서 없애 주어야 한다.

그는 그녀를 물끄러미 바라본다. 이번 일을 함께 하면서 그는 살이 많이 빠졌다. 예전에는 몸무게가 95킬로그램이었는데 취재를 시작하자 이미 5킬로그램이 빠진 터다. 반면에 그녀는 조금 살이 찌고 근육도 더 단단해진 듯하다.

……내일 무슨 일이 벌어질까?

그는 바싹 다가가서 그녀의 이마에 입을 맞춘다.

「뤼크레스, 내가 너를 사랑하나 봐. 아마 처음일 거야. 내가 누군가를 진정으로 사랑하는 것은.」

144

뚱뚱한 트럭 운전수가 술 한 잔을 앞에 놓고 바에 앉아 있다. 그때 작고 허약하게 생긴 남자가 들어오더니 밖에 있는 핏불테리어의 주인이 누구냐고 묻는다.

트럭 운전수가 대뜸 나선다.

「그거 내 개요! 뭐가 잘못됐소?」

작은 남자가 대답한다.

「아뇨, 별일은 아니지만, 제 개가 방금 아저씨네 개를 죽인 것 같아서…….」

뚱뚱한 트럭 운전수가 벌떡 일어서면서 소리친다.

「뭐라고요! 아니 당신네 개는 종자가 뭐요?」

「미니어처푸들…….」

「미니어처푸들!!! 어떻게 미니어처푸들이 핏불테리어를 죽일 수 있단 말이오?」

「글쎄 말입니다. 제 생각엔 핏불이 뭔가를 시도하다 질식한 게 아닌지……」

다리우스 워즈니악의 스탠드업 코미디

「동물은 우리의 친구」 중에서

145

갑자기 스포트라이트가 켜지면서 커다란 방 한복판에 설치된 링이 환하게 드러났다.

유머 기사단 총본부의 단원들이 모두 모여 있었다.

두 기자가 안내를 받으며 대강당으로 들어섰다. 하얀 튜닉에 하얀 망토를 걸치고 표정이 없는 가면을 쓰고 있었다.

그들은 링에 놓인 커다란 팔걸이의자에 앉았다. 연분홍 망토를 걸친 보조자들이 가죽띠로 그들을 결박했다.

이어서 보조자들은 22구경 롱 라이플 탄환을 사용하는 마뉘랭 PP 권총을 삼각대에 고정시키고 총구가 그들의 관자놀이를 향하게 해놓았다.

그랜드 미스트러스가 링에 올라갔다. 활짝 웃는 표정의 보라색 가면을 쓰고 같은 색깔의 망토를 두른 차림이었다. 그녀는 엄숙한 목소리로 시작을 알렸다.

「오늘은 특별한 날입니다. 아시다시피 오늘의 최종 시험에 임하는 두 후보자는 우리 유머 기사단의 역사를 통틀어 입문 교육 과정을 가장 빠르게 수료하는 행운을 누렸습니다. 과연 9일 만에 유머의 달인이 되는 법을 배울 수 있을까요? 이제 곧 그 답을 얻게 될 것입니다.」

단원들 사이에서 찬동의 수군거림이 일었다.

「곧바로 〈프로브〉 경기를 진행하도록 하겠습니다. 레이디 퍼스트. 뤼크레스 넴로드가 먼저 시작하세요.」

뤼크레스는 가면의 눈구멍을 통해 상대를 살피다가 생식력이 강한 토끼들을 소재로 한 우스갯소리로 공격에 나섰다.

이지도르는 예의상 웃어 주기라도 하는 듯 설핏 웃었다. 공격의 효과는 20점 만점에 9점이었다.

그는 이농 현상에 관한 유머를 날렸다. 상대의 수치는 8로 올라갔다.

……좋아, 이제 탐색전은 끝났어. 저 남자는 나를 해치려고 하지 않아. 이 싸움은 전격적인 기습전이 아니라 참호전이 될 가능성이 많아. 우리는 센티미터 단위로 나아가면서 유머를 겨루게 될 거야.

뤼크레스는 동성애자들에 관한 유머로 공격을 이어 갔다. 이지도르의 검류계 수치는 10으로 올라갔다. 이지도르는 색정증에 걸린 금발 여자들에 관한 유머로 응수하여 11점의 효과를 얻었다.

……결국 우리는 삼삼놀이의 연장선에 있는 셈이야. 상대의 마음이 어떻게 흐르고 있는지를 간파해야 해. 〈상대는 내가 이런 생각을 하리라 예상하고 저런 생각을 할 테니 나는……〉 하는 식으로 생각해야 하는 거야.

이지도르는 이제 내 손바닥 안에 있어. 이 대결의 결과가 그렇게 심각한 것이 아니라면, 내가 그의 생각이 어떻게 흐르는지 알아차렸다는 것을 보여 줄 수 있을 텐데. 그가 자랑하는 영역에서도 내가 이길 수 있다는 것을 보여 줄 수 있으면 좋으련만.

그녀는 맹인 안내견에 관한 우스갯소리를 보냈다. 이지도르의 검류계 수치는 7로 내려갔다.

……젠장, 시각 장애인에 관한 우스갯소리는 좋지 않게 받

아들여질 수 있다는 사실을 잊어버렸어.

이지도르는 코카인에 중독된 펭귄들에 관한 이야기로 반격을 가했다. 뤼크레스는 진짜 웃을 기미를 보이며 13의 수치를 기록했다.

……형편없는 이야기야, 그래도 앞선 우스갯소리에 대해 사과하는 뜻으로 웃어 준 거야.

링 주위의 단원들은 조바심을 내기 시작했다.

……이지도르, 당신한텐 안됐지만 이제 어쩔 수가 없어. 일이 너무 고약하게 돌아갔어. 이 터무니없는 광기에 맞서서 내가 할 수 있는 일은 아무것도 없어. 나는 그저 내 목숨을 구하기 위해 최선을 다할 거야.

뤼크레스는 등줄기에 땀이 흐르는 것을 느꼈다.

……우선 내가 강해야 해. 내 정신을 하나의 성채로 상상해야 해. 이 성채는 높고 두꺼운 성벽으로 둘러싸여 있어. 성벽 꼭대기에는 투석기가 있어. 상대의 성채로 바윗돌을 날려야 해. 커다란 바윗돌을.

그녀는 신에 관한 조크를 날렸다. 이 바윗돌은 상대의 머릿속 성채에 상당한 피해를 입혔다. 이지도르는 웃음이 조금 나오는 걸 억누르지 못했다. 그 바람에 수치가 14로 올라갔다.

……옳거니, 드디어 성벽에 구멍이 뚫렸어. 이 남자는 신과 특별한 관계를 맺고 있는 거야. 그는 신을 두려워하고 있어.

이지도르는 죽음에 관한 유머로 응수했다. 뤼크레스의 성채에도 똑같은 구멍이 생겨났다. 그녀의 수치도 14로 올라갔다.

……어서 수비를 강화해야 해. 구멍이 더 커지기 전에 성벽

을 보강해야 해.

그녀의 머릿속에서 공병들이 구멍 난 성벽을 수리하는 동안 다른 병사들은 투석기에 바윗돌 대신 불붙은 대마 뭉치를 올려놓았다. 뚱뚱보 남자를 놀리는 우스갯소리였다.

……이 남자가 자기 체중에 대해 콤플렉스를 가지고 있다면, 이 공격으로 적잖은 타격을 입게 될 거야.

아닌 게 아니라 이지도르의 수치는 15로 올라갔다.

……공격이 통하고 있어. 더 정확한 포격이 필요해. 이 남자에 대해서 내가 알고 있는 것을 이용해야 해. 내가 알기로, 이 남자가 나를 거부하는 이유는 세 가지야. 첫째는 여자들을 두려워하기 때문이고, 둘째는 자기 자신을 두려워하기 때문이며, 셋째는 멍청하기 때문이야.

뤼크레스는 여자들을 두려워하다가 자신이 멍청하다는 사실을 깨닫게 되는 남자의 이야기를 꺼냈다. 그녀의 성채에서 발사된 불덩이는 허공을 높이 날아 상대의 성벽을 넘어갔다. 집들에 불이 붙었다. 20점 만점에 16점이었다.

이지도르는 먼젓번보다 조금 더 큰 소리로 웃을 뻔했지만 재빨리 웃음을 삼켰다.

그는 상대의 변화에 대처해야 한다는 것을 깨닫고, 스무 살 연하의 여자와 사귀는 남자 이야기를 꺼냈다. 결국은 자기 자신을 조롱하는 이야기였다.

관객들은 깜짝 놀라며 숨을 죽였다.

뤼크레스는 웃음이 치미는 것을 느꼈다. 그래서 자기가 경험한 슬픈 일을 떠올려야 한다고 생각하며 재빨리 마리앙주에게 모욕을 당하던 장면을 머릿속에 그렸다.

……스테판 크로츠가 브레이크 사용법을 가르쳐 주어서

다행이야. 이럴 때는 핸드 브레이크를 아주 세게 당겨야 해. 그러지 않으면 벽을 들이받게 돼.

그녀는 17에서 가까스로 웃음을 그쳤다.

그녀가 투석기를 사용하고 있다면, 그는 커다란 쇠뇌를 사용해서 더욱 정확하고 예리하게 공격하는 셈이었다.

그녀는 자기 성벽에 메우기 어려운 구멍이 뚫렸다고 느꼈다. 그는 그녀의 측은지심을 겨냥하고 있었다. 또다시 그들 두 사람을 놓고 우스갯소리를 하면서 자신을 조롱한다면, 그녀가 버티지 못할 수도 있었다.

그녀는 자기 성벽의 포대 위로 더 커다란 돌덩이를 쏘아 보낼 수 있는 투석기를 가져오게 했다. 하지만 이내 생각을 바꾸어 상대의 무기로 상대를 공격하기로 했다.

그녀는 투석기를 치우고 커다란 쇠뇌를 가져오게 했다. 그런 다음 나이 많은 남자와 섹스를 하고 싶어 안달하는 젊은 여자 이야기를 꺼냈다. 결국은 자기 자신을 조롱하는 이야기였다.

이지도르는 놀란 기색을 보였다. 하지만 조금 전의 그녀만큼 놀란 것은 아니었다. 그의 수치는 16까지 올라갔다.

……상대를 모방하지 말고 새로운 방식으로 공격해야 해. 이 남자는 자기 조롱의 유머를 날린 뒤에 나도 같은 유머로 응수하리라는 것을 예상했을 거야.

이지도르는 기자들에 관한 가벼운 농담으로 대응했다. 대결의 열띤 분위기를 가라앉히기 위한 잽이었다. 아니면 강력한 공격을 준비하기 위해 시간을 벌자는 꿍꿍이일 수도 있었다.

뤼크레스는 자기 조롱과 사적인 소재를 다룬 유머에 대처하기 위한 방벽을 추가로 설치했다.

그들은 유머 공격을 계속 주고받았다. 뤼크레스는 작가들에 관한 우스갯소리를 보내 14점의 효과를 냈고, 이지도르는 미용사들에 관한 이야기로 16점의 효과를 보았다. 그러자 뤼크레스는 성적인 장애에 관한 농담으로 다시 공격을 가했다. 이번에는 15점이었다.

주위의 단원들은 숨을 죽인 채 듣고 있었다.

두 후보자는 저마다 감추고 있던 재능을 펼쳐 보이며 공격을 주고받았다. 결투가 길어지고 있었다.

스테판 크로츠가 옆 사람에게 말했다.

「무르밀로형 검투사와 호플로마쿠스형 검투사의 대결이야. 둘 다 수준은 비슷한데 스타일이 달라.」

두 후보자는 또다시 공격의 고삐를 늦추고 지친 복서들처럼 가벼운 잽을 날리며 서로를 탐색한 뒤에, 더 정확하고 예리한 펀치들을 다시 주고받았다. 하지만 어느 쪽에서도 웃음은 새어 나오지 않았다. 웃음이 나오려 할 때마다 그 욕구를 싹 가시게 하는 방도를 찾아내고 있는 것이었다. 그래서 결투는 자꾸 길어질 수밖에 없었다.

그렇게 20분이 지나고 30분이 지났다.

두 후보자는 마치 기총 소사를 하듯 촌철살인의 재담들을 쏟아 내고 나서, 길고도 심오한 이야기들을 늘어놓기 시작했다. 그들은 아주 착실한 학생들처럼 스테판 크로츠에게서 배운 것을 알뜰하게 활용하고 있었다. 스테판이 그것을 알아차리지 못할 리가 없었다. 그는 자기가 가르친 기법이 사용되는 것을 볼 때마다 자긍심이 섞인 짤막한 탄성을 질렀다. 그러면서 자기도 모르게 옆 사람을 보며, 〈이중 암시〉, 〈의미 감추기〉, 〈삼중 열쇠〉, 〈뒤집힌 액자 구조〉, 〈후방 도약〉 같은 기법의 이름들을 속삭이곤 했다.

그러나 한 시간이 지나고 나자 검류계 수치가 다시 떨어졌다. 그저 8에서 13사이를 오가고 있을 뿐이었다. 뤼크레스는 하얀 가면 뒤에서 얼굴을 찡그렸다.

……정말 감질나는군. 섹스를 할 때와 비슷해. 오르가슴에 오를 둥 말 둥 할 때의 기분이야. 달아올랐을 때 쭉 올라가야지 그때를 놓치고 나면 계속 그 밑에서 맴돌게 되잖아.

단원들 가운데 한 사람이 소리쳤다.

「웃길래 죽을래!」

뤼크레스는 땀을 흘리고 있었다. 그녀는 가죽띠에 묶인 손과 발을 움죽거렸다. 피가 통하게 하기 위해서였다.

……우리는 서로를 너무 잘 알아. 함께 취재하고 살을 섞고 말싸움을 벌이고 삼삼놀이를 하면서 서로의 공격을 막아 내는 방패들을 얻게 된 거야.

이윽고 그랜드 미스트러스가 일어나서 공을 울렸다.

「스톱. 이들은 결코 승부를 내지 못할 겁니다.」

단원들은 놀라움을 감추지 못하고 웅성거렸다.

「서로 사랑하기 때문입니다. 서로에 대한 애정이 이들을 가로막고 있어요. 이들은 결코 서로를 해치지 못할 겁니다.」

웅성거리는 소리가 더욱 커졌다.

「압니다. 이건 전례가 없는 일이에요. 하지만 이런 일이 벌어지리라는 것을 예상했어야 합니다. 우리는 새로운 상황에 적응해야 해요. 여러분에게 제안합니다. 두 사람 모두를 받아들입시다.」

연분홍 가면과 진분홍 가면을 쓴 단원들 사이에서 휘파람이 터져 나왔다. 그들 가운데 몇몇이 다시 소리쳤다.

「웃길래 죽을래!」

그랜드 미스트러스는 링에 올라가 뤼크레스와 이지도르의 관자놀이를 겨누고 있던 권총들을 돌려놓았다. 그런 다음 마이크를 잡았다.

「됐습니다. 죽음의 관행은 과거의 일로 족합니다. 오늘 나는 사랑이 무승부를 허용하는 이유가 되었음을 선언합니다. 이 후보자들을 풀어 주세요.」

보조자들이 머뭇거리며 지시를 따르지 않자, 그랜드 미스트러스는 손수 가죽띠를 풀어 주었다.

「이 경기는 무승부로 끝났습니다. 따라서 두 후보자가 모두 승리자입니다. 오늘 밤 우리는 형제 한 사람과 자매 한 사람을 새로 얻었습니다.」

하지만 단원들의 웅성거림은 가라앉지 않았다. 일부 단원들은 항의의 표시로 발을 굴렀다. 맨 뒤쪽에 서 있던 몇몇 단원은 힘이 조금 빠진 목소리로 계속 외쳐 댔다.

「웃길래 죽을래!」

그랜드 미스트러스는 다시 세차게 공을 울렸다.

「피를 흘리는 일은 이제 그만두어야 합니다. 나는 이 자리에서 분명히 선언합니다. 오늘 이후로 우리는 살상 무기를 사용하지 않고 〈프로브〉 경기를 할 것입니다.」

단원들은 구두 뒤축으로 타일 바닥을 때리면서 더욱 왁자하게 술렁거렸다. 그때 한 사람이 소리쳤다.

「이건 신성 모독입니다!」

다른 단원들이 그 말을 되받았다. 〈신성 모독〉이라는 단어가 마치 물결처럼 퍼져 나갔다. 뒤쪽에서 또 다른 사람이 소리쳤다.

「우리의 동의 없이는 관행을 바꿀 수 없습니다. 만약 그랜드 미스트러스가 그 결정을 고집한다면, 우리는 그랜드 마스터를 새로 선출할 것입니다.」

「옳소. 선거! 선거!」

그 말은 몇십 명의 입을 거치며 천둥소리로 변했다.

단원들의 거센 반발에 부딪힌 그랜드 미스트러스는 뤼크레스와 이지도르를 돌아보며 말했다.

「모두가 입단하기 위해 목숨을 걸었던 사람들이에요. 그래서 관행을 폐지하자는 내 제안을 받아들이지 못하는 겁니다. 하지만 내 생각에는 변함이 없어요. 이제 유머의 이름으로 피를 흘리는 악습은 사라져야 해요.」

그녀는 링에 올라가서 마이크를 켰다.

「여러분이 원하시는 게 그랜드 마스터를 새로 선출하는 것입니까? 좋습니다, 받아들이겠습니다. 당장 선거를 실시해서 새로운 지도자를 뽑도록 하겠습니다.」

회중의 소란은 절정에 달했다. 단원들은 가면을 쓰고 있음에도 열띤 어조로 갑론을박을 벌이고 있었다.

보라색 망토의 여성은 다시 공을 울렸다.

「자, 나를 대신해서 그랜드 마스터가 되고자 하는 분이 있습니까? 누구죠? 지금 말씀하십시오. 아니면 더 이의를 제기하지 말고 나를 따라 주십시오.」

모두가 입을 다물고 있었다.

「아무도 없습니까?!」

침묵이 이어졌다. 그때 회중 속에서 한 사람이 손을 들었다.

「여기 있습니다.」

모두가 고개를 돌려 연보라색 가면의 남자를 바라보았다.

뤼크레스는 목소리만 듣고도 그가 누구인지 알 수 있었다. 바로 스테판 크로츠였다.

스테판은 단원들을 헤치고 나아가 링으로 올라갔다. 장내가 술렁거렸다.

그랜드 미스트러스는 소란을 가라앉히기 위해 공을 울렸다.

「후보자의 변을 들어 봅시다!」

「오늘날 우리 기사단 내부에는 두 가지 경향이 존재합니다. 한쪽에는 우리가 걸어온 길로 계속 나아가고 싶어 하는 전통주의자들이 있습니다. 다른 쪽에는 최근에 벌어진 비극적인 사태를 고려하여 규칙을 바꾸고 싶어 하는 개혁주의자들이 있죠. 제가 보기에는 이렇습니다. 유머 기사단이 강력하다는 것을 보여 주는 가장 좋은 방법은 온갖 풍파에도 아랑곳하지 않고 바위처럼 굳건하게 전통을 고수하는 것입니다.」

그러자 그랜드 미스트러스가 말했다.

「제 생각은 다릅니다. 운동과 변화는 우주의 법칙입니다. 세상 만물은 끊임없이 변화하고 움직입니다. 가을이 가면 겨울이 오고, 겨울이 가면 봄이 오게 마련입니다. 우리는 이제 막 겨울을 났습니다. 지난겨울은 너무나 혹독하고 파괴적이었습니다. 이제 우리는 봄에 맞게 살아야 합니다. 겉모습을 바꾸고 관행을 바꿔야 합니다. 죽음의 의식을 생명의 축제로 바꿔야 합니다.」

회중 사이로 웅성거리는 소리가 번져 갔다. 그랜드 미스트러스가 말을 이었다.

「우리 유머 기사단은 비밀 결사이지만 민주적인 방식으로 운영되는 단체입니다. 이제 여러분의 선택에 맡기겠습니다. 손을 들어서 의사를 표현해 주시기 바랍니다.」

단원들은 찬동의 수군거림으로 화답했다.

「스테판 크로츠를 지지하는 분은 손을 들어 주십시오.」

수십 명이 손을 들었다. 손을 반쯤 들어 올린 채 머뭇거리는 단원들도 있었다. 그들 가운데 일부는 손을 도로 내리고 일부는 마저 올렸다.

그랜드 미스트러스는 연보라색 망토를 두른 두 마스터의 도움을 받아 수를 헤아렸다. 144명의 단원들 가운데 72명이 스테판을 지지하는 것으로 나타났다.

「놀랍게도 우리의 의견이 정확히 반반으로 나뉘었습니다. 저는 재투표를 제안합니다. 생각을 바꾼 단원들이 있을 수 있으니까요. 스테판을 지지하는 분들을 손을 들어주십시오.」

스테판의 지지자들은 다시 손을 들었다. 그들 가운데 한 사람이 그랜드 미스트러스를 지지하는 쪽으로 의견을 바꿨다. 하지만 스테판을 반대했던 사람 하나가 지지자로 돌아서는 바람에 전체적인 균형은 그대로 유지되었다.

스테판이 말했다.

「어쨌거나 그랜드 미스트러스의 개혁 정책에 대한 우리 단원들의 반대 의사는 충분히 표현되었다고 봅니다. 감히 그랜드 미스트러스에게 맞서지 못한 단원들도 많지만, 그들 역시 우리의 전통을 왜곡하는 것에 대해서는 불만을 품고 있는 것으로 압니다. 천년의 전통은 소중한 것입니다. 절대로 깨뜨려서는 안 됩니다.」

두 가면이 맞보고 있었다. 보라색과 연보라색, 너털웃음과 함박웃음. 그는 가면을 벗으며 쐐기를 박듯이 덧붙였다.

「안 되고말고요.」

「스테판 형제, 정히 그렇다면 그랜드 마스터를 퇴위시키는 마지막 수단을 사용하시지요.」

그는 침을 꿀꺽 삼켰다.

「나와 〈프로브〉 대결을 하는 방법이 있지 않습니까? 당신이 이기면 자동적으로 그랜드 마스터가 될 것이고, 그러면 아무도 개혁을 시도하지 못하도록 전통에 빗장을 지를 수 있을 거예요. 그렇게 하기를 원해요? 나는 저 의자에 앉을 각오가 되어 있어요.」

스테판은 상대의 가면을 뚫어져라 바라보았다. 위험을 무릅쓰고자 하는 욕구와 상대의 힘에 대한 두려움 사이에서 갈등하고 있는 듯했다.

그는 몸을 돌려 회중을 바라보았다. 그에 대한 지지를 표시하던 손들이 차례차례 내려갔다.

그는 자기 가면을 바닥에 던지고 옆문으로 나가 버렸다.

보라색 가면의 여인이 물었다.

「다른 후보자 없습니까?」

아무도 손을 들지 않았다.

「그렇다면 유머 기사단의 그랜드 미스트러스로서 다시 한번 선언합니다. 후보자들의 생명을 앗아 가는 입문 의식을 오늘부로 폐지하겠습니다. 향후에는 후보자들을 더 앞선 단계에서 엄격하게 선별하겠습니다. 그러니까 앞으로는 입단이 확정된 후보자들만 여기에 들어오게 될 것입니다.」

박수갈채와 야유가 뒤섞였다.

「이 결정은 다수결 투표의 결과입니다. 모두 이 결정을 따라 주시기 바랍니다. 그리고 이지도르와 뤼크레스, 두 사람은 이제 우리 유머 기사단의 단원입니다.」

그녀가 손뼉을 치자 보조자 한 사람이 연분홍 튜닉과 망토와 가면을 그들에게 가져다주었다.

그녀는 손짓으로 뤼크레스에게 무릎을 꿇으라고 지시했다. 그러더니 검을 꺼내어 칼날의 평평한 부분으로 뤼크레스의 양쪽 어깨를 차례로 두드렸다.

「그대를 유머 기사단의 도제로 임명하노라. 그대는 이제부터 유머 기사단의 기사로서 지상에 영성을 증대시키고자 하는 대의에 복무해야 한다. 온갖 어둠의 세력에 맞서 유머를 수호해야 하고, 우리 총본부에 관한 비밀을 지켜야 하며, 우리의 모든 형제자매들과 연대해야 한다. 마드므와젤 뤼크레스 넴로드, 유머 기사단에 복종할 것을 맹세하는가?」

「맹세합니다.」

「만약 그대가 유머 기사단을 배신하면, 그대의 혀가 썩고 그대의 눈이 마르며 그대의 머리털이 빠지고 그대의 손이 영원히 떨릴지라.」

이지도르도 같은 방식으로 무릎을 꿇고 기사 서임 의식을 치렀다.

그러고 나자 그랜드 미스트러스는 공을 울리고 다시 마이크를 잡았다.

「이제 피날레를 위해서 남겨 둔 희소식을 전하겠습니다. 형제자매 여러분, 오늘 입단한 두 사람이 우리의 보물인 BQT를 가져왔습니다.」

146

팔순 노인이 연례 정기 검진을 받으러 갔다.

의사가 묻는다.

「그래, 요즘은 컨디션이 어떠신가요?」

「아주 건강합니다. 스무 살 난 젊은 여성과 연애를 하다가 임신을 시키기도 했는걸요.」

그러자 의사가 말한다.

「영감님, 제가 이야기 하나 해드릴까요? 제 친구 하나는 사냥을 무척 좋아해서 한 철도 놓치지 않고 사냥을 합니다. 어느 날, 이 친구가 사냥을 나갔습니다. 그런데 너무 급하게 집을 나서다가 실수를 해서 총 대신 우산을 들고 갔답니다. 숲속에서 커다란 멧돼지 한 마리가 그에게 덤벼들었습니다. 그는 우산을 들어 어깨에 대고 손잡이의 버튼을 눌렀습니다. 그때 어떤 일이 벌어졌는지 아십니까?」

「모르겠는데요…….」

「아 글쎄, 멧돼지가 그 친구 발치에 와서 쓰러지더니 그냥 쭉 뻗어 버리더랍니다.」

「말도 안 됩니다. 누가 그 친구를 대신해서 쏜 게 분명해요.」

「에…… 제가 드리고 싶었던 말씀이 바로 그겁니다.」

유머 기사단 총본부 창작 유머 53763번

147

가냘프고 고운 손이 보라색 가면에 닿았다. 그랜드 미스트러스는 쾌활한 표정의 〈가짜 얼굴〉을 벗고 살로 된 진짜 얼굴을 드러냈다.

쉰 살쯤 된 갈색 머리 여자였다. 머리는 짧고 눈빛은 형형했다. 얼굴에는 피로의 기색이 역력했지만 자세는 아주 꼿꼿

하고 당당했다. 몸짓 하나하나에 세련된 기품이 배어 있었다.

그녀가 웃음기 없는 표정으로 말했다.

「내 이름은 베아트리스예요.」

그녀는 침을 한 번 삼키고 나서 그동안 꾹꾹 참아 온 말을 꺼냈다.

「〈그것〉은 어디에 있죠?」

뤼크레스는 말귀를 알아듣고 자기네 침실 쪽을 가리켰다. 그녀는 이지도르와 함께 방으로 들어갔다. 그런 다음 열쇠 하나를 꺼내 철제 트렁크와 침대 다리를 연결하고 있는 수갑을 풀었다.

그녀는 작은 트렁크를 빼내어 베아트리스에게 내밀었다.

베아트리스는 작은 철제 트렁크를 어루만지며 안도의 한숨을 길게 내쉬었다. 몇 해 동안의 기다림 끝에 큰 걱정에서 놓여난 것이었다.

「이 문서가 어떤 길을 거쳐 왔는지, 어떤 사람들이 이것을 읽고 베끼고 되살려 냈는지, 이것 때문에 얼마나 많은 사람들이 죽었는지 당신들은 몰라요.」

뤼크레스가 말했다.

「저희도 알고 싶어요. 이것을 돌려주는 대가로 모든 것을 알려 주겠다고 약속하기도 하셨고요.」

「약속은 지켜야죠. 따라와요.」

그녀는 그들을 자기 서재로 데려갔다. 둥그렇게 생긴 커다란 방에 보라색 옷을 입은 남녀들의 초상이 죽 걸려 있었다. 역대 그랜드 마스터들의 초상이었다.

베아트리스는 철제 트렁크를 책상에 조심조심 내려놓고

그 앞에 앉았다.

「우리 역사를 어디까지 공부했죠?」

「스테판과 함께 제2차 세계 대전 때에 활동한 피에르 다크까지 공부했어요.」

「그 전쟁 중에 유머 기사단의 일부는 미국으로 망명하고 일부는 프랑스에 그대로 남아서 레지스탕스에 참여했어요. 우리 유머 작가들은 지하신문의 만평을 통해 히틀러를 조롱했죠. 그러다가 나치들에게 체포되어 총살을 당하기도 했어요. 그런데 그들 가운데 몇 사람이 고문을 견디지 못하고 우리 기사단에 관해 자백을 했어요. 그래서 결국 〈솔로몬의 보검〉에 관한 이야기가 히틀러의 귀에까지 들어갔죠. 그들은 우리가 프리메이슨들이나 유대인 유머 작가들과 긴밀한 관계를 맺고 있다는 사실을 알고 우리 기사단을 매우 위험한 단체로 규정했어요. 페탱 정부의 명령을 받은 프랑스 민병대가 우리를 추격했고 우리 가운데 다수가 체포되어 강제 수용소로 보내졌죠.」

「그럼 미국으로 떠난 유머 기사단 사람들은 어떻게 됐나요?」

「스테판이 여러분에게 어디까지 이야기해 주었는지 모르지만, 미국 지부는 매우 활동적이었어요. 우리 기사단에 속해 있었던 찰리 채플린은 많은 사람들의 반대와 협박에도 굴하지 않고 〈독재자〉라는 영화를 만들었죠. 그는 유머를 무기로 사용해서 계속 나치즘에 맞서 싸워야 한다는 것을 알고 있었어요. 그러지 않으면 사람들 사이에 공포가 만연하여 결국 히틀러가 심리전에서 승리를 거두게 된다고 생각한 것이죠.」

뤼크레스가 물었다.

「프랑스에서 살아남은 사람들은 어떻게 됐나요?」

「안전한 은신처를 확보해서 그런대로 잘 버티고 있었어요. 그런데 한 단원이 나치의 이론에 혹해서 우리를 배신했어요. 카르나크의 생미셸 예배당 밑에 우리의 총본부가 있다는 사실을 밀고한 거죠. 1943년 어느 겨울 아침에 친독 비시 정부의 경찰이 생미셸 예배당을 포위했어요. 우리는 스스로를 지키려고 애썼지만, 결국 1백여 명이 사망하고 우리 가운데 소수만 비상구를 통해 가까스로 탈출했죠.」

뤼크레스가 말했다.

「유머를 수호하기 위한 싸움에서 그토록 많은 이들이 희생되었는지 몰랐어요.」

「우리라고 가만히 당하고만 있었던 것은 아니에요. 우리는 너무 극성스러운 친독 부역자들에게 살인 소담이 담긴 죽음의 편지들을 보냈어요. 그건 레지스탕스에 동참하는 우리 나름의 방식이었죠. 우리는 히틀러에게도 그 죽음의 편지를 보냈어요. 살인 소담을 세 부분으로 나누어 따로따로 번역한 뒤에 한 장님이 한데 모으는 방식을 사용했죠. 하지만 히틀러에게 보낸 편지는 그의 비서들이 뜯어봤어요. 그래서 히틀러의 많은 부하들이 죽었다고는 하는데 정작 히틀러의 손에는 들어가지 않았죠.」

이지도르는 자기도 모르게 중얼거렸다.

「정말 놀라운 이야기로군요.」

「드골 정부의 문화부 장관이었던 작가 앙드레 말로는 우리의 존재와 레지스탕스 활동에 대해서 알고 있었어요. 그래서 우리의 희생을 보상하는 차원에서 우리 기사단에 합당한 성소를 마련해 주었죠.」

뤼크레스가 물었다.

「카르나크 앞바다에 있는 유령 등대 말인가요?」

「맞아요. 그건 아주 특이한 등대예요. 어떤 지도에도 나와 있지 않고 밖에서 보면 그냥 버려진 등대처럼 보이죠. 그 유령 등대 아이디어는 나폴레옹에게서 나왔다고 해요. 영국인들의 해상 공격에 대비해서 세운 거죠. 그 뒤에 이 등대는 프랑스 정보기관의 외딴 전진 기지로 사용되었어요. 멀리에서 보면 그저 버려진 등대이지만 내부는 하나의 군사 기지라 해도 손색이 없었죠. 제2차 세계 대전 중에 페탱은 이 등대섬에 관한 정보를 독일인들에게 알려 주었어요. 독일인들은 등대 밑을 파서 훨씬 넓은 방들을 새로 꾸미고 기지를 현대화했어요. 연합군이 브르타뉴 남부로 공격해 오는 경우에 대비해서 일종의 비밀 본부를 만든 것이죠.」

「하긴 계단, 승강기, 수도, 전기에다 수백 명의 사람들이 머물 수 있는 약간의 편의 시설까지 갖춰 놓았더군요. 이제 그 이유를 알겠어요.」

「프랑스 정부는 독일 점령기의 잔재인 그 등대섬에서 별다른 쓸모를 발견하지 못했어요. 등대섬의 존재를 알고 있는 사람도 드물었지만, 아는 사람들조차 그것을 독일군이 구축한 대서양 방어선의 옛 벙커, 다시 말해서 혐오스러운 폐기물로 여겼죠. 당시의 우리 그랜드 마스터는 문화부 장관에게 이 등대를 우리가 사용할 수 있게 해달라고 요청했어요. 장관은 비밀리에 그것을 우리에게 양도했죠. 1947년 4월 1일, 유머 기사단은 총본부를 등대섬으로 옮기고, 그 등대 내부를 기사단의 용도에 맞게 개축했어요.」

「마침내 거기에서 평화를 누리게 되었군요.」

그녀는 자리에서 일어나 한 남자의 초상을 가리켰다. 기사단의 보라색 복장을 갖춰 입고 입아귀에 담배를 물고 있는 대머리 남자였다.

「당시의 우리 그랜드 마스터는 바로 피에르 다크였어요. 그는 전쟁 중에 〈라디오 런던〉의 〈프랑스인들이 프랑스인들에게 말한다〉라는 방송을 맡아서 진행했어요. 그는 위대한 레지스탕스 대원이었어요. 적들에게 체포되어 감옥에 갇혔지만, 거기에서 탈출하여 런던으로 간 뒤에 방송을 통해 비시 정부를 조롱했던 거죠.」

이지도르가 말했다.

「언젠가 방송 자료를 본 적이 있어요. 〈라 쿠카라차〉 선율에 맞춰 〈라디오 파리는 거짓말쟁이, 라디오 파리는 독일 방송〉이라는 슬로건이 나오던 방송이죠?」

「맞아요, 훌륭하군요. 그런 것까지 기억하고 있는 사람들은 거의 없을 거예요. 피에르 다크는 자기의 친구들인 유머 작가 프랑시스 블랑슈, 만화가 르네 고시니, 영화배우이자 작가인 장 얀 등과 함께 프랑스의 전후 유머를 주도했어요. 유머 기사단의 르네상스 시대였죠. 당시에 우리 기사단은 풍자 신문과 만화 신문과 일간지의 시사만평에 참여했고, 나중에는 라디오와 텔레비전과 영화에도 관여했죠. 부르빌, 페르낭델, 루이 드 퓌네 같은 당대 최고의 희극 배우들이 출연한 영화들의 배후에는 우리가 있었어요.」

그녀는 살인 소담이 담겨 있는 철제 트렁크를 다시 쓰다듬었다.

「피에르 다크가 세상을 떠난 뒤로 등대섬 밖에서는 거의 알려지지 않은 분들이 유머 기사단을 이끌게 되었어요. 그러면서 우리 활동이 갈수록 비밀스러워지고 바깥세상과 단절되는 경향을 보이게 되었죠. 몇몇 기부자들이 은밀하게 우리 단체에 활동 자금을 대주었어요. 대개는 유명한 코미디언들이나 영화 제작자들이었죠. 덕분에 우리는 완전히 독립적으로 활동하면서 익명의 유머를 규칙적으로 생산할 수 있었어요.」

「카페나 술집에서 회자되는 유머, 카랑바르 사탕 포장지에 적힌 유머, 학생들이 쉬는 시간에 주고받는 유머 등을 말하는 건가요?」

「우리는 온갖 종류의 유머를 생산했어요. 하지만 우리가 만든 유머들의 바탕에는 언제나 동일한 철학이 깔려 있었어요. 독재자와 현학자와 거드름쟁이를 고발할 것, 경건주의와 엄숙주의와 우울증과 미신과 갖가지 차별주의에 맞서 싸울 것. 그게 우리의 철학이죠. 우리는 모든 것을 웃음의 소재로 삼았지만, 그 바탕에는 인간에 대한 존중심이 있었어요. 우리가 사람들을 조롱하는 것은 인간의 품격을 떨어뜨리기 위해서가 아니라 인간의 가치를 높이기 위해서였어요.」

「학교도 운영하고 있었나요?」

「물론이에요. 등대 내부에서 인재들을 양성하기도 하고 유머 작가들을 상대로 연수를 실시하기도 했죠. 작가들에게 유머의 테마에 관한 아이디어들을 제공하기도 했고요. 예를 들어 보리스 비앙 같은 작가도 우리 단원이었어요. 그는 〈출구란 반대쪽에서 오는 사람들에게는 입구다〉라든가 〈모든 사람들이 깊이 있게 사유하는 오늘날, 멍청한 소리를 지껄인다는 것은 자유롭고 독립적인 사고를 하고 있음을 입증하는 유일한 방법이다〉 같은 말을 남겼죠.」

뤼크레스가 이미 확인한 대로, 유머 작가의 말을 인용하는 것이 이곳에서는 일종의 두뇌 스포츠였다. 유머 기사단 사람들은 누구나 그것을 무척 좋아하고 있었다.

「1968년 5월에 우리는 학생 운동의 배후에서 슬로건과 포스터를 제공했어요. 〈포석 밑에 모래톱〉,[5] 〈금지하는 것을 금지한다〉, 〈나는 먹고살려다가 목숨을 잃고 싶지 않다〉, 〈현실주의자가 되어 비현실적인 것을 요구하자〉, 〈달려라, 달려라, 낡은 세계가 쫓아온다〉 등과 같은 익살스러운 슬로건들이 바로 그 유령 등대에서 우리 창작자들이 만든 것들이에요.」

뤼크레스가 일깨웠다.

「하지만 1968년 5월 혁명은 실패로 돌아갔어요.」

「우리는 새로운 사회를 구상하기 위한 프로그램을 가지고 있었어요. 하지만 대학생들과 노조원들은 우리의 이야기에 귀를 반만 기울였어요. 개인적인 이해관계나 정파적인 이기주의가 세상을 변화시키고자 하는 진정한 욕구보다 강했던 것이죠. 1968년 5월 혁명이 실패로 돌아간 뒤에 우리는 더 은밀하게 활동하기로 결정했어요. 그 무렵에 우리의 영국 지

---

[5] 이 슬로건에서 모래톱la plage은 Grève의 다른 말이다. Grève 역시 넓게는 모래톱이라는 뜻이지만 좁게는 옛날에 모래사장이었던 그레브 광장(오늘날의 파리 시청 광장)을 가리킨다. 그레브 광장은 전통적으로 파업 노동자들의 집회장이었다(파업을 프랑스어로 그레브라 하는 이유다). 포석이란 5월 혁명 때 프랑스 대학생들이 경찰 기동대에 맞서기 위해 사용했던 무기다. 그들은 포석을 깨어 던지면서 경찰의 진압에 맞섰다. 결국 이 슬로건은 포석을 다 깨어서 던지면 거리가 온통 그레브 광장이 되리라는 뜻을 담고 있다. 프랑스 젊은이들에게는 저항 정신의 상징과도 같은 슬로건이다.

부는 코미디 그룹을 후원하는 방안을 생각해 냈어요. 그들의 후원을 받아 생겨난 그룹이 바로 그 유명한 몬티 파이선이에요.」

이지도르는 반색을 하며 말했다.

「아, 그들 뒤에도 유머 기사단이 있군요. 그 사람들 정말 대단하죠. 단연코 내가 가장 좋아하는 코미디언들이에요.」

「몬티 파이선에게는 한계가 없어요. 그들은 어떤 소재도 피해 가지 않아요. 한번은 다른 것도 아닌⋯⋯ 살인 소담을 가지고 스케치 코미디를 만들기까지 했죠.」

베아트리스는 그랜드 마스터들의 초상을 따라 걷다가 영화 포스터들이 붙어 있는 문 앞에서 걸음을 멈췄다. 그러고는 몬티 파이선의 사진을 가리켰다.

이지도르가 말했다.

「아네, 생각나요. 〈The Funniest Joke in the World〉, 즉 〈세상에서 가장 재미있는 조크〉라는 스케치 코미디죠?」

「몬티 파이선은 살인 소담을 우회적인 방식으로 다루고 싶다면서 우리에게 허락을 요청했어요. 그들 가운데 한 사람인 그레이엄 채프먼은 우리 등대섬에서 교육을 받은 배우인데, 그가 당시의 그랜드 마스터를 찾아와서 의견을 나눴죠. 그는 〈사람을 죽이는 조크라는 개념이 너무나 황당해 보이기 때문에 아무도 그것이 실제로 존재한다고 생각하지 않을 것〉이라고 말했죠.」

뤼크레스는 놀란 표정을 지었다.

「설마 당시의 그랜드 마스터가 유머 기사단의 가장 중요한 비밀을 세상에 폭로하도록 허락했다는 얘기는 아니죠?」

「1969년, 그러니까 피에르 다크가 아직 그랜드 마스터로 있던 때였어요. 그는 늙고 지쳐 있었지만 여전히 새로운 도전을 좋아했어요. 그가 보기에 몬티 파이선의 아이디어는 아주 재미있는 〈익살〉이었죠. 〈세상에서 가장 재미있는 조크〉라는 스케치 코미디는 1969년에 몬티 파이선의 텔레비전 쇼 〈비행 곡예단〉을 통해 처음으로 방송되었어요. 영국의 시청자들은 몬티 파이선의 다른 스케치 코미디들을 볼 때와 마찬가지로 그냥 〈정상적으로〉 웃었죠.」

이지도르가 말했다.

「정말 재미있는 일화로군요.」

베아트리스는 책상 앞으로 돌아와서 앉았다. 그녀는 작은 철제 트렁크에서 눈을 떼지 못했다. 한 손으로는 계속 그것을 쓰다듬고 있었다. 경외감과 일종의 동경이 어린 손길이었다.

「나는 1991년에 입단했어요. 내 아버지는 코미디언이었는데 사람들의 고약한 장난에 희생되었어요.」

그녀의 얼굴에 갑자기 그늘이 드리워졌다.

이지도르는 뭔가 심각한 일이 있었음을 알아차리고 이야기를 들려 달라고 했다.

「아버지는 어느 극장에서 공연을 하고 있었어요. 좌석이 3백 석쯤 되는 큰 극장이었죠. 아버지는 공연을 시작했어요. 그런데 첫 스탠드업 코미디를 하는 동안 아무도 웃지 않았어요. 아버지는 당황하지 않고 공연을 계속했죠. 하지만 두 번째 스탠드업 코미디에 대해서도 마찬가지였어요. 결국 공연이 다 끝나도록 3백 명의 관객들 가운데 단 한 사람도 웃지 않았죠. 깔깔거리는 것은 고사하고 그냥 피식 웃는 사람조차 없었어요. 3백 명의 사람들이 내내 무표정한 얼굴로 앉아 있었으니 그저 벽을 앞에 두고 코미디를 한 셈이었죠. 알고 보니 그들은 어느 텔레비전 방송 제작자가 일부러 돈을 주고 데려온 단역 배우들이었어요. 절대로 웃지 않는다는 조건으로 돈을 받은 사람들이었던 거죠. 이것은 텔레비전 코미디 프로그램 진행자의 아이디어였어요. 자기 딴에는 크게 한 건을 올리겠다고 이런 고약한 〈몰래 카메라〉를 생각해 낸 거예요.」

뤼크레스는 올랭피아의 무대에 섰을 때 느꼈던 불안감을 떠올리며 말했다.

「전혀 웃지 않는 관객들 3백 명을 앞에 두고 한 시간 반 동안 공연을 하다니, 그 침묵이 정말 끔찍했겠어요.」

「코미디언에게 그건 악몽이죠. 아버지는 얼굴이 창백해진 채로 부들부들 떨면서 어찌할 바를 몰라 했어요. 관객들의 눈에는 당연히 그게 재미있었겠죠. 중세 사람들이 형벌을 당하는 사람을 보면서 재미있다고 생각했던 것처럼 말이에요.」

그녀는 말을 멈추고 잠시 뜸을 들였다.

뤼크레스는 뒷얘기가 궁금했다.

「그래서요?」

「아버지는 함정에 빠져 웃음거리가 된 것을 대수롭지 않게 여기는 척했어요. 하지만 그 충격에서 헤어나지 못하고 결국 자살하셨죠. 살인 소담이 아니라, 밧줄과 매듭과 의자를 이용해서.」

베아트리스는 철제 트렁크 쪽으로 눈길을 떨어뜨렸다.

「그 사건을 계기로 나는 유머라고 해서 다 좋은 게 아니라는 사실을 깨달았어요. 남을 웃기기 위해서 진짜 추악한 짓을 하는 사람들도 있다는 것을 알게 되었죠.」

⋯⋯그 점에 대해서는 나도 좀 알지. 마리앙주가 그거 하나는 분명히 가르쳐 주었으니까.

「나는 〈나쁜 유머〉에 맞서 싸우고 싶었어요. 내가 생각하기에 그 일을 하기에 가장 좋은 장소는 바로 여기였어요. 나는 아버지한테서 유머 기사단에 관한 얘기를 들은 적이 있었어요. 아버지가 돌아가시기 몇 달 전의 일이었죠. 나는 여기에 와서 입문 교육을 받고 최종 시험을 거쳐서 입단했어요. 그 뒤에 계급이 높아지고 사범이 되었는데, 어느 날⋯⋯.」

이지도르가 대신 말을 이었다.

「코미디언 트리스탕 마냐르가 왔군요.」

「그는 오랫동안 〈유머의 산실〉을 찾아 헤매고 다녔어요. 어떤 우스갯소리를 실마리로 삼아 그것이 입에서 입으로 전해진 경로를 거꾸로 추적하다가 우리한테까지 온 거죠. 나는 그를 가르쳤고 최종 시험에 대비해서 훈련을 시켰어요. 그가 프로브 대결에서 맞붙은 사람은 공교롭게도 그를 뒤따라온 그의 매니저였어요. 우연도 그런 우연이 없었죠.」

「지미 페트로시안 말인가요?」

「맞아요, 바로 그 사람이에요. 트리스탕은 결투에서 승리하여 유머 기사단의 도제가 되었어요. 그러고 나서⋯⋯.」

이지도르는 벌써 다음 말을 짐작하고 있었다.

「당신의 동반자가 되었죠.」

베아트리스는 흠칫 놀라는 기색을 보였다. 하지만 이내 차분한 표정을 되찾고 말을 이었다.

「사실이에요. 우리는 그가 교육을 받는 동안 서로 가까워졌어요. 세상과 단절된 지하 세계에 살고 있었기 때문에 우리의 열정은 더욱 뜨거웠죠.」

이지도르가 말했다.

「멋지군요.」

……멋지긴. 아내와 자식들을 버리고 간 남자가 유령 등대 밑에 숨어서 사랑 행각을 벌인 거잖아. 그의 아내와 자식들이 이런 사실을 알면 기분 좋겠어?

베아트리스는 눈길을 들어 멀리 허공을 바라보았다.

「얼마 뒤에 피에르 다크의 뒤를 이었던 그랜드 마스터가 사임했어요. 너무 늙어서 임무를 수행할 수 없다고 생각하며 스스로 물러난 것이죠. 그래서 선거가 실시되었는데 트리스탕 마냐르가 만장일치로 선출되었어요.」

그녀는 보라색 옷을 입은 트리스탕 마냐르의 초상을 가리켰다. 미소를 머금고 있는 중년 남자의 모습이었다. 수척하고 수염이 텁수룩한 모습으로 등대 지하의 어두컴컴한 방에서 죽어 가던 남자와는 사뭇 달라 보였다.

「예배당 밑, 등대 밑 하는 식으로 계속 지하에서 살면 너무 답답하지 않나요? 폐소 공포증이 있는 사람은 아예 들어올 생각을 말아야겠어요.」

베아트리스는 비로소 환하게 웃었다.

「유머는 우리 머릿속에 나 있는 커다란 창문과 같아요. 우리에겐 유머가 있기에 온기도 빛도 부족하지 않았어요. 이곳의 일상생활은 웃음과 유머로 이루어져 있었죠. 이곳은 낙원이었어요. 우리는 몇 명의 스타들과 관계를 유지하고 있었어요. 그들은 종종 우리를 보러 왔지만 비밀을 잘 지켜 주었죠.」

「루이 드 퓌네 같은 배우들 말인가요?」

「루이 드 퓌네는 아니고 부르빌이 우리 기사단 소속이었어요.」

그녀는 보라색 옷을 입은 희극 배우를 가리켰다.

「콜뤼슈는요?」

「아니었어요. 하지만 데프로주는 우리 사람이었어요. 우리가 모든 스타들을 거느렸던 것은 아니죠. 유머관의 차이 때문에 우리를 싫어하는 사람들도 있었고, 우리를 시샘하는 사람들도 있었어요. 게다가 내 아버지를 간접적으로 살해한 그 텔레비전 진행자가 보여 준 것과 같은 유머, 그러니까 개인의 존중이라는 우리의 원칙에 위배되는 유머가 날이 갈수록 기승을 부리는 상황이었죠.」

「무엇을 두고 하는 말인가요?」

「유머는 하나의 에너지예요. 핵에너지와 비슷한 거죠. 핵에너지는 어떻게 이용하느냐에 따라서 득이 되기도 하고 엄청난 해악을 끼치기도 해요. 원자력 발전소를 건설해서 사람들에게 편의 시설을 제공할 수도 있지만, 원자 폭탄을 만들어서 무수한 사람들을 죽일 수도 있죠.」

뤼크레스가 맞장구를 쳤다.

「망치에 비유할 수도 있겠네요. 망치를 사용해서 집을 지을 수도 있고 머리통을 깨뜨릴 수도 있죠.」

「도구란 그 자체만 놓고 보면 좋은 것도 나쁜 것도 아니에요. 모든 것은 그것을 사용하는 사람의 의식에 달려 있어요. 새로운 테크놀로지의 좋고 나쁨을 결정하는 것도 결국은 그것을 사용하는 사람의 동기죠. 독재자들의 편에도 유머 작가들과 코미디언들이 있었어요. 그들의 역할은 대중을 더 고분고분하게 만드는 것이었어요. 유머라는 에너지가 악당의 손에 떨어지면 새로운 현상이 나타나요. 우리는 그것을 〈어둠의 유머〉라고 부르죠. 남의 불행을 소재로 삼아 웃기는 것, 이방인들을 조롱하면서 웃기는 것, 여자들이나 지적 장애인들이나 가난한 사람들을 폄하하면서 웃기는 것, 남을 희생시키는 대가로 웃기는 것. 그런 게 바로 어둠의 유머예요.」

뤼크레스가 토를 달았다.

「아이러니와 냉소주의의 차이로군요.」

「유머는 고결한 정신의 산물이지만, 악당의 손에 들어가면 파괴적인 것으로 변해요.」

두 기자는 비로소 이 대화의 중요성을 간파하기 시작했다.

「우리가 보기에 오늘날에는 좋은 유머리스트도 많지만 악의적인 유머리스트도 그에 못지않게 많아요. 그리고 악의적인 자들은 때로 매우 혐오스러운 생각들을 유포시키기 위해 좋은 유머리스트들을 방패막이로 삼기도 해요. 우리는 어둠의 유머가 점점 세를 넓혀 가는 상황을 죽 지켜봤어요.」

이지도르가 말했다.

「사실 악당들이 착한 사람들보다 훨씬 재미있어 보이는 경우가 많죠.」

「어떤 코미디언들은 통념에 대한 도발 운운하면서 인종 차별주의적인 이론을 옹호하다가 사람들의 반발에 부딪히면 〈그냥 웃자고 한 소리〉라면서 발뺌을 하죠.」

이지도르가 동을 달았다.

「그런 코미디언들을 비판하면 〈유머를 모르는 자들〉이라고 도리어 역공을 당하는 경우도 있죠.」

「앞서 말했듯이 우리는 무엇보다 휴머니즘을 추구하는 단체예요. 어둠의 유머가 횡행하는 것을 그냥 지켜보고만 있을 수는 없는 상황이었죠.」

베아트리스는 철제 트렁크를 쓰다듬었다.

「마침 우리에게는 스테판 크로츠가 있었어요. 그는 아주 뛰어난 공연 제작자였어요. 그가 기사단에 입단한 지 3년쯤 되었을 때의 일이었죠. 그는 한 가지 해결책을 제시했어요. 어둠의 유머에 맞서 싸우기 위해서는 〈챔피언〉이 필요하다는 게 그의 생각이었어요. 그는 등대에 아홉 명의 젊은 코미디언들을 초대했어요. 장래가 가장 유망하다고 생각하는 신인들을 모아 온 것이죠. 그들은 서로 대결을 벌였어요.」

뤼크레스가 말했다.

「그 대결의 최종 승자가 다리우스 워즈니악이었나요?」

「맞아요. 그때부터 그 젊은이는 유머 기사단의 특별 교육을 받았어요. 우리는 매일 여덟 시간씩 그를 훈련시키고 누구보다 즉흥 개그를 잘할 수 있도록 반사적인 능력을 키워 주었죠. 심리학자들이 팀을 짜서 그의 뇌를 연구하기도 했고, 연출자며 배우며 마임 아티스트들이 와서 그의 부족한 부분을 메워 주기도 했어요. 그의 호흡이며 자세며 시선 처리에 대해서도 면밀한 연구가 이루어졌죠. 특히 애꾸눈이라는 장애를 오히려 장점이 되게 하는 방안을 놓고 많은 논의가 있었어요. 그때 내가 비어 있는 눈구멍에 하트를 박자는 아이디어를 냈어요. 그렇듯이 우리는 모든 요소를 철저하게 검토했어요. 마침내 그가 모든 것을 두루 갖췄다는 판단이 들자, 우리는 그를 세상에 내보냈어요. 우리는 유머 기사단의 모든 인맥을 동원해 그를 지원했죠. 덕분에 그는 곧장 대형 극장에서 공연을 했고, 금세 텔레비전의 인기 프로그램에도 출연하게 되었어요. 우리는 그를 당시에 유행하던 나쁜 유머에 대적할 수 있는 챔피언으로 만들기 위해 우리의 재산과 정치적 영향력과 학문을 총동원했어요.」

베아트리스는 자리에서 일어나더니 트리스탕 마냐르의 사진 앞으로 가서 지그시 바라보았다.

「다리우스는 우리가 기대했던 것 이상으로 성공을 거뒀어요. 정말 어마어마한 성공이었어요. 모두가 그의 매력에 굴복했어요. 우리의 목표가 달성된 셈이죠. 어둠의 유머리스트들은 그를 따라잡을 수가 없었어요. 그들이 제자리걸음을 하고 있을 때 다리우스는 그들보다 한두 단계 높은 곳에서 날아다니고 있었으니까요. 정치가들조차 젊은이들에 대한 영향력을 되찾기 위해 그에게 러브 콜을 보내는 상황이었죠. 다리우스의 뒤에는 수십 명에 달하는 유머 기사단 작가들이 있었어요. 그들은 다리우스에게 최고의 스탠드업 코미디를 제공하기 위해 밤낮으로 애를 썼어요.」

베아트리스는 문득 과거의 이미지들이 떠오른 듯 말을 멈췄다.

「그래서요?」

「그래서 다리우스는 〈다리우스 대왕〉이 되었고 〈프랑스인들이 가장 좋아하는 프랑스인〉이 되었죠. 그 여론 조사 결과가 발표되던 날 우리는 샴페인을 터뜨리며 자축했어요. 그 성공은 막대한 수입으로 이어졌어요. 우리는 스테판 크로츠를 매개로 해서 많은 돈을 벌었고, 덕분에 등대 밑에 있는 총본부의 편의 시설을 개선할 수 있었죠.」

뤼크레스는 조바심을 내며 재촉했다.

「그런데요?」

「그런데…… 그가 우리에게서 벗어났어요. 내가 보기엔 엄청난 명성에 취하고 코카인에 취해서 사람이 달라진 게 아닌가 싶어요. 예전에는 조금 소심하게 굴기도 하고 섬세한 면모도 적지 않았던 그가 갑자기 자아도취증에 과대망상증까지 가진 환자가 되어 버렸어요. 게다가 그는 살인 소담에 강박적으로 집착하고 있었어요. 그 내용을 알기 위해서라면 무슨 짓이라도 할 것처럼 굴었죠.」

베아트리스는 트렁크를 다시 쓰다듬었다. 마치 작은 동물을 어루만지고 있는 듯했다.

「어느 날 그가 등대에 돌아와서 마스터들의 회의를 요구했어요. 마스터들이 모이자 그는 일장 연설을 했어요. 자기가 가장 부유하고 가장 유명할 뿐만 아니라 유머 기사단을 먹여 살리고 있으니 그랜드 마스터가 되는 게 당연하다면서 새로 선거를 하자고 하더군요.」

「일리가 있는 요구였군요.」

「선거가 실시되었어요. 그런데 놀랍게도 한 표 차이로 그가 떨어졌어요. 내가 그를 지지했다면 트리스탕 대신 새 그랜드 마스터가 되었을지도 모르죠. 선거가 끝나자 그는 이런 말을 남기고 떠났어요. 〈좋은 말로 할 때 주지 않았으니, 다른 방식으로 얻을 수밖에…….〉」

이지도르가 말했다.

「유머의 챔피언치고는 재미가 없군요.」

「우리는 우리가 괴물을 창조했다는 사실을 모르고 있었어요.」

이지도르가 상기시켰다.

「노리에가 같은 독재자나 빈 라덴 같은 인물도 처음에는 CIA의 지원을 받았죠.」

뤼크레스도 거들었다.

「〈스타 워스〉에 나오는 악당 다스 베이더는 제다이 기사였다가 포스의 어두운 쪽으로 돌아서서 자기를 키워 준 사람들과 맞서 싸웠고요.」

「하지만 우리가 곧바로 그와 결별한 건 아니에요. 그를 너무나 자랑스럽게 생각했던 나머지 눈이 멀었던 거죠. 우리는 모든 것을 용서하고 마치 너무 버르장머리 없는 천재 아이를 대하듯 모든 것을 받아 주었어요. 다리우스는 자기 극장을 만들고 이어서 웃음 학교를 세웠어요. 우리는 물론 다방면으로 그를 지원했어요. 돈을 보태 주거나 우리 단원들을 교육자로 파견하기도 하고 우리의 노하우를 제공하기도 했죠. 그때까지도 우리는 스테판 말마따나 그를 〈바깥세상에 면한 진열창〉으로 여기고 있었어요. 그러는 사이에 다리우스의 위세는 갈수록 높아졌어요. 대중은 그에게 열광했고, 그는 경기장에 수만 명을 모아 놓고 공연을 하기에 이르렀죠.」

뤼크레스는 그 시절의 기억을 떠올리며 말했다.

「베르시, 파르크 데 프랭스, 프랑스 스타디움……」

이지도르가 중얼거렸다.

「이카로스는 태양에 너무 가까이 갔다가 밀랍으로 된 날개가 녹아내리는 바람에……」

「다리우스의 자아는 갈수록 부풀어 올랐어요. 무대를 내려와 사적인 자리에 가기만 하면 전제적이고 폭력적이고 편집광적인 사람으로 돌변했죠. 자기에 대해서 누가 조금만 뭐라고 해도 불같이 화를 냈고, 자기 자신을 웃음거리로 삼을 줄 아는 초연함과 느긋함은 더 이상 찾아볼 수가 없었어요. 자기가 유머의 대상이 되는 것을 절대로 용납하지 않았죠.」

그녀는 두 손을 트렁크 위에 올려놓았다.

「우리는 현실을 있는 그대로 받아들이고 싶어 하지 않았어요. 여전히 그를 용서할 구실을 찾고 있었죠. 우리는 그의 태도를 미디어의 각광을 받는 스타의 변덕 정도로만 여겼어요.」

「대표 선수를 잘못 선발했지만 그 사실을 인정하고 싶지 않았던 것이군요.」

「그러던 어느 날 그가 스테판 크로츠 프로덕션을 떠나 자기 형과 함께 자신의 회사를 세웠어요. 이로써 결별이 공식화되었죠. 그는 우리가 자기에게 해준 일을 깡그리 잊어버렸어요. 그는 자기 사업의 모든 분야에서 우리 것을 흉내 냈어요. 웃음 학교나 프로브 경기는 물론이고, 유머 기사단의 도제와 장인 들의 색깔인 분홍색까지 차용했죠. 사실 그는 우리에 대해서 알고 있는 모든 것을 모방하면서, 그리고 대중적인 인기가 가져다준 위세를 이용하여 유머 기사단과 비슷한 자신의 비밀 결사를 창설하려고 했어요.」

이지도르가 말했다.

「그런데 딱 한 가지, 살인 소담을 손에 넣지 못했군요. 왕의 지팡이가 없으면 누구도 진짜 왕이 될 수 없죠…….」

「그래요. 살인 소담, 솔로몬의 보검, 우리의 성스러운 유물, 진정한 왕으로 인정받게 해주는 엑스칼리버, 우리에게 정통성을 부여하고 우리를 3천 년의 유구한 역사 속에 뿌리내리게 하는 성배가 그에겐 없었죠.」

「그래서 어느 날 그가 다시 등대에 왔군요. 〈좋은 말로 할 때 주지 않았으니, 다른 방식으로 얻을 수밖에……〉라는 말대로. 아닌가요?」

「그는 다섯 명의 공범을 데리고 나타났어요. 형과 동생, 그리고 얼굴이 이상하게 생긴 경호원······.」

······핏불테리어를 닮은 경호원이로군.

베아트리스가 말을 이었다.

「그리고 어떤 여자와 콧수염을 기른 남자. 처음에 그들은 〈협상을 하러〉 왔다고 했어요. 우리는 그의 태도에 불만을 표시했어요. 우리 성소에 낯선 방문객들을 데려오는 것은 금지되어 있으니까요. 그러자 다리우스는 소문대로 불같이 화를 내더군요. 그러더니 자기는 자기 집에 와 있으며 여기에 있는 모든 것이 자기 거라고 말했어요. 우리의 경비원들은 그들을 당장 내보내려고 했죠. 그때 다리우스가 자기 패거리에게 신호를 보냈고, 그들은 기관 단총을 빼 들었어요.」

베아트리스의 얼굴에 경련이 일었다.

「우리는 달아났어요. 트리스탕은 몇몇 단원이 스스로 총알받이가 되어 지켜 주는 가운데 살인 소담을 가지고 먼저 도망쳤죠.」

이지도르가 나직하게 말했다.

「개미집에서처럼 먼저 여왕개미와 알들을 구한 것이군요.」

「일부는 가까스로 도망쳤지만 다수가 죽었어요. 트리스탕은 살인 소담을 구하기 위해 앞서서 멀리 달아난 듯했어요. 나는 살아남은 단원들과 함께 비밀 통로로 달아났어요. 1943년 겨울 한 단원의 배신으로 나치들에게 카르나크의 총본부를 유린당한 경험이 있는 터라 우리는 만약에 대비해서 비밀 통로를 마련해 둔 바 있었죠. 우리는 등대를 빠져나와 고무보트를 타고 섬에서 탈출했어요.」

뤼크레스가 말했다.

「하지만 다리우스 일당의 추격은 계속되었군요.」

「그는 십중팔구 살인 현장의 목격자를 남겨 두지 않기 위해 우리 모두를 없애려고 했을 거예요.」

「그때 카르나크의 신부가 생미셸 예배당 아래 고분 속에 도망자들을 숨겨 준 것이고요.」

「파스칼 르 게른 신부는 단박에 상황을 알아차리더군요. 대단한 분이었어요.」

그녀는 그때의 기억이 다시 생생하게 떠오르는 듯 잠시 침묵을 지켰다.

「우리는 그 지하 동굴에 들어가서야 겨우 한숨을 돌렸죠. 그제야 트리스탕의 안위에 생각이 미쳤어요. 불길한 예감이 들더군요. 살인 소담을 지닌 채로 다리우스 일당에게 붙잡혔을 것만 같았어요.」

뤼크레스는 트리스탕이 어디에 있었는지 말해 주고 싶었다. 하지만 그녀가 말을 꺼내려는 순간 이지도르가 그녀의 발을 살그머니 밟았다.

그가 물었다.

「그다음에는 어떻게 됐나요?」

「우리는 위험이 사라질 때까지 고분 속에서 기다렸어요. 르 게른 신부는 추격자들이 떠난 것을 확인한 뒤에 우리가 안전하게 머물 수 있는 다른 장소를 가르쳐 주더군요. 등대를 잃었으니 다른 곳에 가서 정착해야 하지 않느냐는 것이었죠. 그래서 우리가 여기에 오게 된 거예요.」

「그런데 여기가 대체 어딘가요?」

베아트리스는 숨을 크게 들이마셨다.

「이제 두 사람도 알 권리가 있어요. 나를 따라와요. 곧 알게 되겠지만, 재미있는 것은 우리가 이야기를 나누는 동안 이미 이곳의 이름을 열 번쯤은 말했다는 사실이에요.」

베아트리스는 그들을 위층으로 통하는 계단 쪽으로 데려갔다.

계단을 올라가다 보니 무슨 소리가 들리고 이러저러한 냄새가 날아왔다. 뤼크레스와 이지도르는 차츰차츰 깨닫게 되었다. 유머 기사단의 새로운 성소가 들어선 장소는 참으로 놀라운 곳이었다.

148

가톨릭 신자와 개신교 신자와 유대인 사이에는 무슨 차이가 있을까?

가톨릭 신자는 아내와 정부가 있는 경우에 정부를 사랑한다.

개신교 신자는 아내와 정부가 있는 경우에 아내를 사랑한다.

유대인은 아내와 정부가 있는 경우에 어머니를 사랑한다.

유머 기사단 총본부 창작 유머 452897번

149

베아트리스는 오른손에 작은 트렁크를 든 채로 앞장서서 나아갔다.

그들은 지하 공간을 벗어나 정원으로 나갔다.

베아트리스가 설명했다.

「예루살렘의 십자가 정원이에요.」

뤼크레스와 이지도르는 호기심 어린 표정으로 서로를 바라보았다.

이어서 그들은 포도주 저장고를 거쳐 널따란 방으로 올라갔다.

「여기는 기사들의 방이에요.」

그 방에서 작은 계단을 올라가자 예배실로 보이는 작은 방이 나왔다.

「서른 개 촛불 성모 예배실이에요.」

그다음으로 그들은 매우 아름다운 성당으로 보이는 건물의 북쪽 익랑에 다다랐다.

「자…… 어때요? 어디에 와 있는지 알겠어요?」

뤼크레스와 이지도르는 열린 창문 너머로 눈길을 돌렸다. 푸른 바다가 아스라이 펼쳐져 있었다. 갈매기 울음소리와 아이오딘을 품은 바닷바람 냄새가 날아왔다.

……바다 위에 떠 있는 성당인가?

「저기를 보세요. 고딕식의 성가대석이에요.」

그들은 교차랑을 지나 남쪽 익랑으로 간 다음, 거기에서 나선형 계단을 따라 종루로 올라갔다. 종루 위로 뾰족한 종탑이 솟아 있고 종탑 꼭대기에는 황금빛 조각상이 서 있었다. 칼을 높이 든 채 용을 밟고 서 있는 미카엘 대천사의 조각상이었다.

……우리는 등대섬에 이어 또다시 섬에 와 있다. 아니 여기는 섬이면서 섬이 아니다.

뤼크레스는 미소를 지었다.

……미카엘 대천사, 성 미카엘, 생미셸, 몽생미셸.

「카르나크 생미셸 예배당의 르 게른 신부가 같은 이름의 산에 있는 이 수도원에 우리를 소개한 거예요.」

뤼크레스는 의아한 표정을 지었다.

「그 신부는 살인 소담을 악마의 발현으로 생각하는 줄 알

앉는데요.」

이지도르가 베아트리스를 대신해서 대답했다.

「르 게른 신부가 살인 소담의 존재를 알게 된 것은 유머 기사단 사람들이 여기에서 터를 잡은 뒤의 일이에요.」

그들은 수도복 차림의 남자들이 회랑에서 돌아다니는 것을 보았다.

「여기 수도사들은 우리를 무척 좋아합니다. 르 게른 신부는 살인 소담에 대해서 그릇된 생각을 갖고 있기는 해도 이쪽에는 자기 생각을 이야기하지 않았어요. 굉장히 신중한 분이라는 얘기죠.」

이지도르가 말했다.

「카르나크 앞바다의 등대섬과는 아주 다른 곳으로 오셨네요. 몽생미셸은 에펠 탑과 베르사유 궁전에 이어 프랑스에서 세 번째로 관광객이 많이 찾아오는 명소예요. 상시 거주하는 인구는 마흔한 명밖에 안 되지만, 연중 방문객은 3백만 명이나 되죠. 이건 대단한 역설이군요. 카메라로 무장한 관광객들이 하나의 장막을 이루어, 정작 보면 안 될 사람들의 눈길을 막아 주니 말입니다.」

그들은 멀리 수도원 인근 주차장에 관광버스 수백 대가 사선으로 늘어서 있는 것을 보았다.

하느님을 섬기는 수도원 아래에 유머를 숭배하는 비밀 결사가 숨어 있으리라고 누가 상상이나 하겠는가?

그들 주위로 갈매기들이 날아다니고 있었다. 그중 한 마리가 칼을 높이 치켜든 미카엘 대천사의 조각상에 내려앉았다.

이지도르가 나직하게 말했다.

「환상적인 장소로군요. 노르망디와 브르타뉴의 경계에

자리하여, 바닷물이 들어오면 섬이 되고 바닷물이 빠지면 육지가 되는 곳. 나는 언제나 이 섬을 초자연적인 장소로 여겨 왔어요.」

「우리는 여기에 새로 둥지를 틀면서 현대화를 꾀하고 있어요. 이제는 고인돌 아래에 있는 양철통에 우스갯소리들을 놓아두기 위해 사람을 보내는 일은 하지 않아요. 우리는 보안이 철저한 인터넷 서버를 통해 유머를 전파하고 있어요. 첨단 기술을 이용하기로 한 것이죠. 그리고 번역자들을 보강해서 외국을 전담하는 부서를 새로 만들었어요.」

뤼크레스가 물었다.

「그랜드 미스트러스로 선출되시면서 그런 현대화를 주도하셨다고 들었어요. 여기 몽생미셸에서는 유령 등대에서처럼 살아갈 수 없다고 생각하신 건가요?」

「그들이 나를 그랜드 미스트러스로 선출한 것은 위기를 관리하고 우리가 생존하는 데 필요한 변화를 주도할 사람이 필요했기 때문이에요. 하지만 나는 우리 힘만으로는 그것을 해낼 수 없으리라는 것을 알고 있었어요. 우리는 기적을 기다렸어요. 그리고 그 기적이 일어났어요.」

뤼크레스가 물었다.

「기적이라니요?」

「그 기적은 바로…… 당신이에요.」

베아트리스는 빨간 머리에서 연한 갈색 머리로 바꾼 에메랄드빛 눈의 여자 쪽으로 몸을 돌렸다.

「뤼크레스 넴로드 당신 말이에요. 스테판 크로츠는 당신을 처음 만났을 때, 당신의 말을 통해 몇 가지 사실을 깨닫게 되었어요. 첫째, 살인 소담이 다리우스의 수중에 들어가지 않았다는 것. 둘째, 우리가 도망치는 와중에 그것을 손에 넣은 사람이 우리를 몰래 도와주고 있다는 것. 셋째, 그 사람이 다리우스를 죽였다는 것. 넷째, 그 사람이 슬픈 표정의 어릿광대로 분장하고 있다는 것.」

뤼크레스가 다시 물었다.

「그 사람은 유머 기사단 단원이 아닌가요?」

「아니에요. 우리 형제자매들을 학살한 자에게 그가 간절하게 원하는 것을 제공해서 그를 죽인다는 것은 여간 대담한 일이 아니죠. 우리 가운데 누가 그런 일을 했으리라고는 생각하지 않아요. 그건 정말······.」

이지도르가 뒷말을 이었다.

「훌륭한 농담이라는 건가요?」

「완전 범죄죠. 할 수만 있다면 우리도 그렇게 하고 싶었어요. 아무튼 그 뒤로 우리는 살인 소담과 슬픈 표정의 어릿광대를 찾아내기 위해 당신 뒤를 밟았어요. 당신이 추적의 유일한 실마리였거든요.」

베아트리스는 한숨을 내쉬었다.

「스테판 크로츠는 자기 직원 한 사람을 시켜 당신을 계속 미행하게 했어요. 그는 당신의 아파트를 뒤졌고, 거기에 도청 장치를 설치하기도 했어요. 당신이 살인 소담에 관한 정보를 가지고 있으리라 생각한 거죠.」

「내 아파트를 뒤졌다는 것은 알고 있지만 도청 장치는 못 봤는데요.」

「어항 밑에 있었어요. 그런데 다른 자들이 당신 아파트에 불을 지르는 바람에 당신을 추적할 수 없게 되었죠.」

이지도르가 동을 달았다.

「그러다가 우리가 『르 게퇴르 모데른』에서 플로랑을 만났을 때 우리의 소재를 다시 파악하게 되었고요.」

「플로랑 펠레그리니 기자는 스테판의 친구예요. 그는 스테판이 당신들에게 관심이 많다는 것을 알고 있었어요. 그래서 소포에 관한 얘기를 전한 거죠. 우리는 그 얘기를 듣자마자 거기에 살인 소담이 들어 있을 거라고 생각했어요.」

뤼크레스가 볼멘소리로 말했다.

「그래서 플로랑이 우리가 묵고 있는 호텔의 주소를 가르쳐 줬고요.」

「우리를 원망하지 말아요. 살인 소담을 둘러싸고 숱한 일들이 벌어지고 난 뒤라 우리가 얼마나 노심초사했는지······.」

베아트리스는 갑자기 얼어붙은 채 말을 멈췄다.

뤼크레스와 이지도르는 몸을 돌렸다.

코앞에 총부리들이 있었다.

150

한 본당 신부가 야생의 숲에서 산보를 하다가 갑자기 발밑의 물렁물렁한 땅이 푹 꺼지는 것을 느꼈다. 무엇을 잡고 매달릴 겨를도 없었다. 신부는 뒤늦게 자기가 유사(流砂)에 빠졌음을 알아차렸다. 발목이 잠긴 채로 허우적대고 있는데 때마침 구조대의 트럭이 그리로 지나간다.

구조대장이 묻는다.

「도움이 필요하세요? 원하시면 밧줄을 던져 드릴게요.」

「그럴 필요 없습니다. 저는 신앙이 있으니까 주님이 도와주실 겁니다.」

신부는 허리까지 유사에 빠져든다. 구조대 트럭이 다시 지나가고 구조대원들이 또 묻는다.

「정말 도와드리지 않아도 되겠어요?」

「이미 말했잖아요. 저는 신앙이 있어서 주님이 구원해 주실 거라고요.」
신부가 모래 밖으로 머리만 내밀고 있을 때, 구조대원들이 세 번째로 지나간다.
「정말 괜찮으시겠어요? 지금이라도 밧줄을 던져 드릴까요?」
「저는 신앙이 있으니까 하느님이 절대로 저를 버리시지 않을 겁니다.」
결국 신부는 완전히 유사에 잠겨 질식사하고 만다.
천국에 다다르자, 그는 노기가 등등한 채로 당장 하느님을 만나게 해달라고 요구한다.
「이왕 여기에 왔으니 꼭 여쭤보고 싶은 게 있습니다. 저는 평생을 바쳐 주님을 섬겼는데, 어째서 주님은 제가 빠져 죽도록 보고만 계셨습니까?」
그러자 하느님이 대답하시기를,
「그게 무슨 소리냐? 내가 너를 구하기 위해 세 차례나 구조대원들을 보내지 않았느냐? 나도 할 만큼은 했느니라.」

유머 기사단 총본부 창작 유머 511905번

151

연보라색 망토와 가면을 착용한 두 괴한이 그들에게 총을 겨누고 있었다. 괴한들은 총부리로 그들을 건드리며 다시 내려가서 유머 기사단 총본부로 들어가라고 명령했다. 그들은 지하의 성소로 통하는 계단들을 내려갔다. 간간이 단원들과 마주쳤지만 단원들은 망토 속에 감춰진 총기들에 눈길을 주지 않았다.

성소 안으로 들어서자 괴한 가운데 하나가 문들을 잠갔다. 다른 괴한이 말했다.
「인생이란 영원히 돌고 도는 거야. 안 그래?」
이지도르가 물었다.

「우리가 여기에 있는 걸 어떻게 알았소?」

「마드므와젤 넴로드 덕분이지. 아니 더 정확하게 말하면 그녀의 휴대 전화기 덕분이야. 정말 굉장해. 그 작은 물건들이 사람을 추적하는 데 얼마나 유용한지 몰라. 그게 있어서 여기까지 당신들을 따라올 수 있었지. 그런데 당신들이 여기에 도착하자마자 신호가 끊어지더군. 당신들이 비접속 지역에 들어간 거라고 생각했지.」

첫 번째 괴한이 말했다.

「가면을 쓰고 있으니까 무척 더운걸.」

그가 가면을 벗자, 뤼크레스는 다리우스의 동생 파벨 워즈니악을 알아보았다.

다른 괴한도 가면을 벗었다. 바로 핏불테리어를 닮은 경호원이었다.

파벨은 크롬을 입힌 커다란 자동 권총을, 경호원은 기관단총을 그들에게 겨누고 있었다.

「당신들이 지하에 있을 때는 신호가 전혀 잡히지 않았어. 하지만 당신들이 성당으로 올라오자마자 위치가 정확하게 포착되더군.」

뤼크레스는 경호원을 살펴보았다. 매우 흥분한 기색이었다.

파벨은 철제 트렁크를 흘깃거리면서 소리쳤다.

「드디어 찾았군. 바로 이거로구먼! 고생한 보람이 있어.」

그는 베아트리스의 손에서 트렁크를 빼앗으려고 했다. 그러자 이지도르가 그 사이로 끼어들었다.

「암호 자물쇠가 있습니다. 번호를 누를 수 있는 기회는 한 번뿐이고 맞는 번호를 누르지 않으면 저절로 폭발하게 되어 있어요.」

「내가 그런 말에 속을 것 같아?」

「못 믿겠으면 위험을 무릅쓰고 해보시든가.」

이지도르는 마치 뒤뚬바리 아이가 다치는 것을 막으려는 사람처럼 작은 트렁크를 도로 빼앗았다. 파벨은 권총을 이지도르의 관자놀이에 갖다 댔다. 이지도르는 눈도 꿈쩍하지 않았다.

파벨이 단호하게 말했다.

「이건 내 거야.」

「당신은 이것을 트리스탕 마냐르에게서 빼앗았죠. 안 그래요? 당신 말대로라면 마지막으로 빼앗은 사람이 임자라는 얘깁니다. 뭐, 그렇게 주장할 수는 있겠지. 하지만 그렇다면 지금은 우리가 임자예요. 암호를 알고 있는 것도 우리고.」

이지도르는 상대의 위협에 아랑곳하지 않고 트렁크를 손에서 놓지 않았다. 그는 프로브 경기용 팔걸이의자에 앉더니 태연한 어조로 말을 이었다.

「보지는 않았지만 그 장면이 눈에 선해요. 등대를 공격할 때 당신은 트리스탕 마냐르가 옆쪽의 솝은 봉보로 노낭지는 것을 보고 그를 쫓아갔습니다. 안 그래요?」

파벨은 경계심을 늦추지 않고 듣고 있었다. 경호원은 그의 곁에 서서 지시를 기다리고 있었다.

이지도르는 차분하게 말을 이었다.

「트리스탕 마냐르는 당신이 쫓아오는 줄 모르고 비밀 서재로 들어갔지. 당신은 문이 닫히기 전에 안으로 따라 들어갔고.」

베아트리스의 얼굴에 아연 긴장이 감돌았다.

파벨은 흥분된 기색으로 물었다.

「당신이 그걸 어떻게 알지?」

「지금 당신의 행동이 그걸 말해 주고 있습니다. 그러니까 당신은 트리스탕을 따라 비밀 서재로 들어가서 그를 위협했죠. 그런데 그가 고분고분 말을 듣지 않자 그의 배에 총을 쏘았어요. 트리스탕은 고통을 이기지 못하고 목갑이 숨겨져 있는 곳을 알려 주었을 거예요. 당신은 목갑을 찾아낸 다음 죽어 가는 트리스탕을 남겨 두고 떠났고.」

파벨은 아무 대꾸도 하지 않았다.

「당신의 침묵은 하나의 대답이에요. 그러니까 유령 등대를 공격할 때 살인 소담을 손에 넣은 사람은 바로 당신이라는 얘기지. 미리 정해진 대로라면 당신은 그것을 당신의 형 다리우스에게 넘겨주었어야 해요. 그런데 뭔가 그것을 방해하는 일이 일어났습니다. 당신의 마음이 바뀐 거예요. 당신은 살인 소담을 가로채고 싶었어요. 아마도 형을 대신해서 우두머리가 되고 싶었겠지.」

핏불테어리어를 닮은 경호원은 싸움의 양상이 달라지고 있다고 생각했는지 기관 단총을 챙겨 놓고 두 주먹을 들어 올렸다. 손가락마다 글자 문신이 하나씩 새겨져 있었다. 오른손에 있는 글자들은 〈DRÔLE(재미있다)〉, 왼손에 있는 글자들은 〈TRISTE(슬프다)〉라는 단어를 이루고 있었다.

파벨은 총을 내리지 않고 또박또박 말했다.

「다리우스는 언제나 나를 무시했어. 그에게는 내가 언제나 철부지 동생일 뿐이었지. 어머니는 〈무엇이든 다리우스한테는 넘쳐 나는 것이 파벨한테는 모자라〉라고 입버릇처럼 말했어. 그래서 그는 나를 자기의 〈여집합〉이라고 불렀지.

내가 실수를 할 때마다 그는 〈너는 여집합complémentaire에서 플레망테르plémentaire가 빠진 놈이야〉[6]라고 말했어. 그럴 때마다 사람들은 깔깔거리고 웃었지.」

이지도르는 긴장을 늦추지 않고 내처 물었다.

「타데우시가 합세해서 당신을 놀려 댔어요. 안 그래요?」

「아냐. 타데우시는 바보가 아니었어. 그는 다리우스가 폭군이라는 것을 누구보다 잘 알고 있었어. 그는 나한테 다리우스와 싸우지 말고 그를 이용하라고 조언했지. 그리고 다리우스가 나를 모욕할 때면 나한테 이렇게 말했어. 〈다리우스는 희생 제물을 필요로 하고 있어. 네가 바로 그 제물이 된 거라고 생각해.〉」

그는 그렇게 말하면서 권총을 조금 내렸다.

「나는 그에게 살인 소답을 넘겨주려고 했어. 내가 막 그것을 전해 주려는데 다리우스가 경멸 어린 시선으로 나를 바라보며 말하더군. 〈너는 또 어디 갔었어? 아이고, 파벨, 넌 정말 우리한테 짐밖에 안 돼. 너를 데리고 오지 않았으면 우리는 더 빨리 움직였을 거야.〉」

이지도르가 말했다.

「별로 듣기 좋은 소리는 아니로군요.」

「그러자 갑자기 피가 거꾸로 솟더라고. 〈다리우스는 살인 소답을 가질 자격이 없어〉 하는 생각이 들었지.」

뤼크레스는 파벨의 그런 돌변을 이해할 만하다고 생각하며 말했다.

「그건 당연해요. 보물이 당신 손에 있었으니까 강자는 당

---

[6] complémentaire에서 plémentaire를 빼면 com이 된다. 이는 바보를 뜻하는 con과 발음이 같다.

신이었어요.」

파벨의 눈빛이 흔들렸다. 그 순간을 다시 떠올리고 있는 듯했다.

「그날 밤, 등대 지하에서 한바탕 총질을 하고 난 뒤에 우리는 모두 정신적으로 지쳐 있었어. 어서 일이 끝나기를 바라고 있었지. 다리우스는 코카인을 흡입한 터라 흥분이 극에 달해 있었어. 무엇에 대해서든 짜증을 냈지. 우리는 다시 모터보트를 타고 카르나크로 돌아왔어. 다리우스는 도망자들과 그들의 보물이 거기 어딘가에 있을 거라고 생각했어. 그래서 우리는 한밤중에 황야를 뒤지고 다녔지.」

베아트리스는 얼굴이 창백하게 변해 있었다. 숨결도 고르지 않은 듯했다.

뤼크레스가 말했다.

「그때 당신은 당신이 유머 제국의 우두머리가 될 수도 있다는 것을 알고 있었어요. 당신이 살인 소담으로 두 형제를 죽였어요. 당신이 바로 슬픈 표정의 어릿광대예요.」

이지도르가 나섰다.

「진정해요, 뤼크레스. 그게 사실이라면 이 사람이 지금 여기에서 우리를 협박하고 있을 이유가 없어요.」

그녀는 지지 않고 대답했다.

「이 사람이 살인 소담을 가지고 있었고 그것을 사용했어요. 그런 뒤에 그것을 잃어버린 거예요.」

······이들의 관심을 딴 데로 돌릴 수 있는 좋은 기회야. 우리가 서로 의견이 다르다는 인상을 주어야 해.

「그럴지도 모르죠. 하지만 내가 보기엔 그것을 사용하기 전에 잃어버렸어요.」

결국 파벨이 심판 노릇을 했다.

「방금 말한 게 맞아. 다른 사람들이 유머 기사단 단원들을 찾아서 카르나크 일대를 샅샅이 뒤지고 있는 동안 나는 그 목갑을 살펴보려고 혼자 떨어져 있었어.」

그는 잠시 뜸을 들였다.

「그런데요?」

「그때 웬 사람이 뒤쪽에서 불쑥 튀어나와 내 머리를 때렸어. 다시 정신을 차려보니까 목갑이 사라지고 없었어.」

파벨은 여전히 자동 권총을 그들에게 겨누고 있었다. 하지만 자기 이야기에 스스로 취한 것처럼 보였다.

「나는 마을의 어떤 사람이 그랬으리라고 생각했어. 그래서 이틀 뒤, 다리우스가 파리로 돌아가 있을 때 목갑을 되찾을 수 있을까 해서 카르나크로 돌아갔지.」

뤼크레스는 조바심을 내며 재촉했다.

「그래서요?」

「엽총으로 무장한 마을 사람들과 맞닥뜨렸어. 신부가 그들을 이끌고 있더라고. 나는 일단 물러났다가 병력을 보강해서 다시 오기로 했지.」

이지도르가 말했다.

「그 참에 베르사유의 저택으로 뤼크레스가 찾아온 거예요. 안 그래요?」

「맞아. 〈절대로 읽지 마십시오〉라는 말이 적힌 목갑을 들고 어머니를 만나러 왔어. 그야말로 믿을 수 없는 일이 벌어진 거지. 타데우시와 나는 눈을 의심하지 않을 수 없었어.」

뤼크레스가 말했다.

「그렇게 놀랐으면서 겉으로는 태연하게 굴었군요.」

「그때부터 상황이 완전히 달라졌어. 타데우시는 당신이 열쇠라고 생각했지. 그래서 자기 나름대로 당신에 대한 조사를 벌였어.」

이지도르가 빈정거렸다.

「유머 기사단 사람들은 뤼크레스네 아파트의 어항 밑에 도청 장치를 설치했다던데, 당신들은 어디에다 설치한 거죠? 화분에?」

「나는 뤼크레스의 휴대 전화기를 추적했어. 보다시피 그건 아주 좋은 선택이었어. 뤼크레스, 당신 덕분에 나는 살인 소담도 되찾았고 유머 기사단의 새 소굴도 알아냈어.」

파벨은 뤼크레스의 한쪽 팔을 홱 낚아채어 뒤로 비틀더니 그녀의 턱에 권총을 갖다 댔다.

「이젠 더 낭비할 시간이 없어. 트렁크의 암호를 말하시지!」

이지도르는 태연하게 말했다.

「기대하지 않는 게 좋을 거예요.」

「셋 셀 때까지 말하지 않으면 쏜다.」

이지도르가 다시 말했다.

「나는 어떤 최후통첩이나 어떤 협박에도 굴하지 않아요. 그 여자를 죽일 테면 죽이시구려.」

……저 남자가 나를 어떻게 생각하는지 이제 분명히 알았어.

「하나……」

「이건 원칙의 문제예요. 내가 여기서 무너지면 내 인생 전체가 망가지는 겁니다.」

……그깟 원칙을 지키자고 내가 죽도록 내버려 두겠다는 거야?

「둘…….」

……내가 저 남자를 과대평가했어. 실망스러워. 다른 남자들이랑 하나도 다를 게 없잖아.

그때 이지도르가 뜻밖의 행동을 보였다. 뤼크레스 쪽은 보지도 않고 베아트리스 앞에 가서 선 것이었다. 마치 그녀를 보호하려고 하는 듯했다. 무슨 꿍꿍이가 있는 것 같지는 않고 그냥 자연스러운 동작이었다.

……내가 어쩌면 그리도 순진했을까? 저 남자가 나를 조금이라도 중요하게 생각한다면 이럴 수는 없는 거야. 저 남자는 그저 자기 소설의 소재를 얻기 위해 나랑 취재를 함께 한 거야. 나한테는 관심도 없어.

파벨은 자동 권총의 방아쇠를 당길 기세였다.

「오케이. 당신이 이겼소. 내가 양보하지.」

이지도르는 그러면서 트렁크를 홱 열어 파란 목갑을 꺼냈다. 그러고는 얼른 목갑의 뚜껑을 열어 안에 든 것을 드러냈다.

파벨과 핏불테리어를 닮은 경호원은 이지도르가 꺼내 든 종이에서 눈을 떼지 못했다. 종이에는 세 문장이 적혀 있었다.

두 남자는 왼쪽에서 오른쪽으로 글자들을 읽어 갔다. 글자들은 단어들을 이루고, 단어들은 문장들을, 문장들은 생각들을 이루어 냈다. 그들의 얼굴에는 경악의 빛이 가득했다.

처음에 두 남자는 갑자기 몸이 마비된 것처럼 가만히 서 있었다. 한참을 그러고 있더니 미소를 짓기 시작했다. 미소는 실소로, 다시 폭소로 바뀌었다. 그들의 웃음소리는 빠르게 높아 갔다.

152

사과나무 꼭대기에서 두 사과가 세상을 관찰하고 있다.

한 사과가 말한다.

「저 인간들 좀 봐. 참 우스꽝스럽지 않아? 서로 싸우고 자기주장에 열을 올리고, 어느 누구도 이웃과 사이좋게 지내려고 하는 것 같지 않아. 이런 식으로 가면 언젠가는 우리 사과들이 지구를 다스리게 될 거야.」

그러자 다른 사과 왈,

「우리라는 게 누구야? 빨간 사과들 아니면 노란 사과들?」

유머 기사단 총본부 창작 유머 511905번

153

그들의 웃음소리는 점점 높고 우렁우렁한 소리로 변해 갔다. 딸꾹질 소리도 섞여 들었다.

파벨은 권총을 내리고 눈물을 훔쳤다.

그들은 허리를 구부리고 숨을 가누더니 다시 요란한 웃음을 터뜨렸다.

두 기자와 유머 기사단의 그랜드 미스트러스는 홀린 듯이 그들을 바라보고 있었다.

두 남자의 웃음은 한참이 지나도록 그치지 않았다. 급기야는 고통에 겨워 배를 움켜쥐었다. 이윽고 웃음의 기세가 한풀 꺾이더니 서서히 잦아들었다.

그때 요란한 총성이 울렸다. 곧바로 또 한 발의 총성이 뒤따랐다.

첫 발은 파벨의 이마를 꿰뚫었다. 파벨은 뒤로 벌렁 나가 자빠졌다. 두 번째 탄알은 경호원의 머리통을 관통했다. 경호원은 총알이 날아오기 직전에 반사적으로 얼굴을 두 손으로 가렸다. 총알은 〈슬프다〉라는 문신이 새겨진 손가락들 사이로 뚫고 들어갔다.

두 기자는 뒤를 돌아다보았다.

베아트리스가 어느새 프로브 경기용 권총을 손에 들고 있었다. 그녀의 손이 부들부들 떨렸다. 그녀는 권총을 떨어뜨렸다.

뤼크레스는 목갑과 살인 소담이 적힌 종이에서 눈을 뗄 수가 없었다.

목갑도 팔랑팔랑 날아갔던 종이도 이지도르 근처에 떨어져 있었다. 다행히도 종이가 뒤집어진 채로 떨어져서 거기에 적힌 문장은 보이지 않았다.

이지도르는 천천히 몸을 숙여 종이를 집어 들었다. 그러고는 종이를 뒤집었다.

……안 돼!

이지도르는 안경을 내리고 세 문장을 읽었다.

그는 웃고 싶은 욕구가 걷잡을 수 없이 솟구치는 것을 느꼈다.

그는 푸하하, 낄낄낄 하고 아주 큰 소리로 웃더니 고개를 설레설레 흔들었다. 그러고는 마치 낙하산을 타고 막 착지한 스카이다이버처럼 말했다.

「이거, 이거, 이거.」

뤼크레스는 믿기지 않는다는 듯 물었다.

「아무렇지도 않아요?」

「내가 말했잖아요, 뤼크레스. 이건 믿는 사람한테만 통한다니까요. 저 두 사람은 머리에 총을 맞고 죽은 것이지 웃다가 죽은 게 아니에요.」

뤼크레스는 호기심을 느꼈다. 이지도르는 여전히 종이를 들고 있었다. 그녀는 종이에서 눈을 뗄 수가 없었다.

……이지도르 말이 맞을까? 아냐, 이 남자는 아주 강하기 때문에 살인 소담을 이겨 낸 것일지도 몰라……. 아무튼 나도 알아야겠어!

그녀는 잠시 머뭇거리다가 용기를 내기 위해 심호흡을 한 다음 종이를 잡고 읽기 시작했다.

첫 문장: 〈이 사건에서 손을 떼시오.〉

둘째 문장: 〈안 그러면 다음번엔 진짜 살인 소담을 보내겠소.〉

셋째 문장: 〈그러면 당신들은 정말로 웃다가 죽게 될 것이오.〉

이지도르가 말했다.

「이건 진짜가 아니에요. 그냥 경고일 뿐이에요.」

……빌어먹을, 속았잖아.

154

두 남자가 고릴라 사냥을 갔다. 첫 번째 남자가 두 번째 남자에게 말한다.

「자, 총을 들어. 자네는 개를 데리고 여기에 있어. 나는 나무에 올라갈게. 내가 나무를 흔들어 대면 고릴라가 떨어질 거야. 이 개는 고릴라에게 덤벼들어서 불알을 물도록 특별 훈련을 받았어. 자네는 기습을 당한 고릴라가 정신을 못 차리고 있을 때 다가가서 놈을 밧줄로 꽁꽁 묶으면 되는 거야.」

「좋아, 알았어. 그런데 이 총은 뭐에 쓰라고 준 거야?」

「혹시라도 고릴라 대신 내가 나무에서 떨어지면…… 즉시 개를 쏘아 죽이라고.」

유머 기사단 총본부 창작 유머 134437번

155

몇 시간 뒤, 그들은 다시 짐을 꾸렸다. 베아트리스는 그들을 가장 가까운 역에 데려다주었다.

「가서 계속 찾아봐요. 슬픈 표정의 어릿광대가 누구인지 꼭 알아내요. 진짜 살인 소담이 담긴 목갑을 나한테 가져오세요. 유머 기사단의 그랜드 미스트리스로서 요구하는 거예요. 두 사람도 이제 우리 기사단의 단원들이에요. 게다가 이건 두 사람의 입단 조건이었어요. 약속을 지켜야 해요.」

그녀의 어조는 조금 격양되어 있었다.

이지도르는 무슨 말을 할 듯 말 듯 하다가 입을 열었다.

「트리스탕이 눈을 감기 전에 당신에게 전해 달라고 한 말이 있어요.」

「뭔데요?」

「그냥 마지막 숨을 거두기 전에 한마디 말을 내 귀에 속삭였어요.」

「무슨 말인데요?」

「〈사랑해요, 베아트리스. 용기 잃지 말아요.〉」

그녀는 우두커니 서서 먼산바라기를 했다. 눈물이 그녀의 뺨을 타고 천천히 흘러내렸다.

열차의 출발을 알리는 신호가 플랫폼에 울려 퍼졌다. 문들이 닫히고 열차가 움직이기 시작했다.

차창으로 풍경이 스쳐 가고 있었다. 젖소들이 보였다. 열차가 지나가는데도 머리를 들지 않고 그저 풀만 뜯고 있었다. TGV의 속도가 시속 2백 킬로미터를 넘어선 뒤로는 열차들을 구경하는 맛이 사라졌기 때문일 것이었다.

이지도르는 짐을 선반에 올린 다음 가부좌를 틀고 앉았다. 그러고는 잠시 눈을 감고 있다가 살그머니 눈을 떴다.

「뭐 해요? 눈을 뜬 채로 명상해요?」

「아뇨, 〈오감 열기〉라는 것을 하고 있어요. 우리 뇌가 포착한 모든 정보를 분석하면서 현재에 몰입하기 위한 수련법이죠. 시각, 청각, 촉각, 후각, 미각을 차례로 여는 거예요.」

「그게 무슨 도움이 되는데요?」

「과거에 대한 집착이나 미래에 대한 불안을 없애 주죠. 지금 이 순간을 온몸으로 느끼며 살게 해주는 거예요.」

뤼크레스는 호기심을 느끼며 그를 마주 보고 똑같은 자세를 취했다.

「그렇게 오감을 열면 당신의 뇌에서 무슨 일이 벌어지죠?」

「먼저 시각을 열어 볼까요? 지금 여기에서 내 눈에 보이는 것. 첫째, 뤼크레스. 둘째, 열차의 칸막이 좌석. 셋째, 풍경이 스쳐 가는 창문. 넷째, 윤곽이 분명치 않은 내 코끝.」

······내 눈에 보이는 건 이지도르, 승객들, 그들이 지나갈 때마다 열렸다 닫히는 문들, 좌석 머리 받침 커버에 찍힌 TGV 로고.

그는 눈을 감고 말을 이었다.

「다음은 청각. 지금 내 귀에 들리는 것. 첫째, 내 목소리. 둘째, 열차 소음. 셋째, 이웃 칸막이 좌석에서 아기가 보채는 소리. 넷째, 내 숨소리.」

……내 귀에 들리는 건 이지도르 목소리, 열차 소음, 유리창을 스치는 바람 소리, 약간 헐겁게 죄여 있는 내 좌석의 삐걱거림.

그는 잠깐 쉬었다가 다시 말했다.

「다음은 촉각. 지금 내 살갗에 느껴지는 것. 첫째, 내 옷. 둘째, 좌석의 천. 셋째, 열차의 진동.」

……내 살갗에 느껴지는 것은 꽉 끼는 브래지어, 등을 가렵게 하는 브래지어 고리, 왼손 엄지에 낀 반지.

그는 숨을 길게 들이마셨다.

「이번엔 후각. 지금 내 코의 말초 신경을 자극하는 것. 첫째, 당신의 향수. 둘째, 당신의 살냄새. 셋째, 이웃 칸막이 좌석에서 날아오는 음식 냄새. 넷째, 열차의 실내 공기 조절 장치에서 나왔을 법한 오존 냄새.」

……나는 이지도르의 로션 냄새를 맡고 있어. 아마 〈크롬〉일 거야. 그의 땀 냄새도 나. 그런대로 괜찮은 냄새야. 내 머리카락 냄새도 나는데, 젠장, 머리를 감을걸. 습한 날씨 때문에 꼬불꼬불해지면 안 되는데.

그는 입을 쩝쩝거렸다.

「이번엔 미각. 내 입안에는 10분 전에 마신 녹차의 맛이 남아 있어요.」

……나는 커피의 뒷맛을 느끼고 있는데. 로부스타 커피.

「이제 오감을 한꺼번에 열어요. 과거나 미래에 대한 생각은 일절 하지 말아요. 현재를 최대로 느끼는 거예요.」

그녀는 눈을 뜨고 그 순간을 있는 그대로 느꼈다.

……지금 이 순간이 좋아. 강렬한 것을 경험하고 난 뒤끝이라서. 아 참, 과거를 생각하지 말라고 했지? 나는 지금 이 순

간이 좋아. 문제 해결을 앞두고 있잖아. 이제는 우리가 해내리라는 생각이 들어. 아 참, 미래를 생각하지 말라고 했지? 나는 이 순간이 좋아. 이지도르와 함께 아이들 장난 같은 일을 벌이고 있는 지금 이 순간이.

그녀는 숨을 깊이 들이마셨다. 공기가 허파로 들어오는 것이 느껴졌다. 그녀는 현재에 정신을 집중하고 싶었다. 하지만 벌써 그녀의 생각이 널을 뛰고 있었다. 결국 그녀는 말문을 열었다.

「트리스탕 마냐르가 정말 죽기 전에 〈사랑해요, 베아트리스〉라고 말했어요?」

그는 대답에 뜸을 들이며 다리를 풀어 보통의 자세로 앉았다.

「아뇨. 하지만 그건 베아트리스한테 필요한 말이었어요. 작은 거짓말로 사람들에게 기쁨을 줄 수 있다면 그걸 삼갈 이유가 있을까요?」

「트리스탕이 실제로 한 말은 뭔데요?」

「알아들을 수 없는 꼬르륵 소리. 코미디언들은 그게 문제죠. 가끔은 알아들을 수 없는 소리를 한다니까요.」

뤼크레스는 머리카락을 쓰다듬고 나서 손가락을 코에 갖다 댔다. 머리에서 무슨 냄새가 나는지 알고 싶어서였다.

「우리 이제 뭘 하죠?」

이지도르가 제안했다.

「조사를 중단하는 건 어때요?」

……이 남자는 기회만 있으면 내 허를 찌르려고 들어. 이 남자에게는 그게 하나의 스포츠야. 하지만 나는 무술을 익히면서 공격에 대응하는 법을 배웠지. 이럴 때는 막으려 들지

말고 오히려 따라가는 척하면서 상대를 제풀에 넘어지게 만드는 거야.

「음…… 그것도 나쁘지 않겠네요. 사실 살인자를 잡고 보물을 찾아내고 끝에 가서 주인공 커플이 사랑을 나누는 것은 소설에나 나오는 얘기죠. 현실에서는 살인자를 잡는 것도 아니고, 보물을 찾아내지도 못하고, 주인공들은 침대를 따로 쓰죠. 기사야 대단한 발견을 한 것처럼 대충 꾸며 쓰면 돼요. 『르 게퇴르 모데른』의 다른 기자들처럼 하는 거죠.」

한 마을이 차창으로 아주 빠르게 스쳐 갔다.

「농담이었어요. 해야죠. 베아트리스한테 약속했잖아요. 이건 테나르디에 때문이 아니라 유머 기사단을 위해서예요. 우리는 이제 단원이잖아요. 의무를 이행해야죠.」

「입단을 정말 진지하게 받아들이나 보죠?」

「우리가 죽을 뻔했던 거 잊었어요? 당신의 관자놀이를 겨누고 있던 권총에 실탄이 들어 있었다고요. 당연히 나는 진지하게 받아들여요. 우리는 살인 소담을 찾아내야 해요.」

그는 자기 스마트폰을 열어 저장된 문서들을 다시 읽었다.

뤼크레스가 중얼거렸다.

「그 슬픈 표정의 어릿광대 말인데요, 왠지 계속 찜찜한 기분이 들어요. 우리가 어디선가 그자와 마주친 게 분명해요. 코에 빨간 공을 붙이고 있지만 눈매에 뭔가 낯익은 구석이 있어요. 이제 어떻게 하는 게 좋겠어요?」

「삼삼놀이를 할 때처럼 상대를 이기기 위해서는 상대가 어떻게 나올지를 예상해야 해요. 지금까지 우리는 그가 하는 대로 당하기만 했어요. 이제부터는 우리가 주도권을 잡고 그에게 우리의 리듬을 강요해야 해요. 공격이 최선의 방어죠.

슬픈 표정의 어릿광대가 우리의 공격에 반응을 보이도록 만들어야 해요.」

「말은 그럴싸한데…… 구체적으로 뭘 하죠?」

산과 유채밭과 강이 차창 밖으로 지나갔다.

이지도르는 곰곰 생각하다가 문서들을 다시 들여다보았다.

「우리가 그자에 관해서 알고 있는 것을 정리해 볼까요? 슬픈 표정의 어릿광대는 다리우스를 알고 있었어요. 다리우스에게 목갑을 건네주던 순간에 〈자, 받아, 네가 줄곧 알고 싶어 했던 거야〉라고 말했어요. 그들은 서로 반말을 하는 사이예요.」

「그건 분명해요. 그다음은요?」

「슬픈 표정의 어릿광대는 다리우스 일당이 등대를 공격하고 살인 소담을 빼앗던 날 카르나크에 있었어요. 그러니까 그자는 분홍 정장 패거리에 속해 있거나 유머 기사단 단원이에요.」

「카르나크의 주민일 수도 있죠.」

「카르나크의 주민요?」

「네, 르 게른 신부일 수도 있지 않겠어요?」

풍경이 더욱 빠르게 스쳐 지나갔다. 원자력 발전소와 사냥꾼 한 무리와 성관 하나가 보였다.

「하지만 르 게른 신부는 들판에서 파벨을 때려눕혔을 리가 없어요. 그 시각에 지하 봉분에서 유머 기사단 사람들과 같이 있었거든요.」

「하긴 그가 파리에 있었을 리는 없어요. 올랭피아 뮤직홀에 있었을 가능성은 더더욱 없죠.」

「게다가 그는 너무 뚱뚱해요. 그 어릿광대의 실루엣과는 거리가 있죠.」

그들은 다시 곰곰 생각했다. 이지도르가 물었다.

「그렇다면 분홍 정장 쪽이라는 가정을 따져 볼까요? 그날 밤의 공격과 관련해서 우리가 무엇을 알고 있죠?」

「분홍 정장 패거리는 여섯 명이었어요. 다리우스와 타데우시와 파벨. 그리고 핏불테리어를 닮은 경호원. 그 네 사람은 정체가 밝혀졌어요.」

「그렇다면 두 사람이 남아 있군요. 틀림없이 그 두 사람 가운데 하나일 거예요.」

「그걸 어떻게 알아요?」

이지도르는 메모를 다시 읽었다.

「베아트리스가 말한 것 기억하죠? 한 사람은 여자고 다른 한 사람은 콧수염을 기른 남자예요. 여자가 남자들과 함께 원정 공격에 나선다는 것은 그 여자가 전문적인 킬러이거나…….」

「동행한 남자들 가운데 어느 누구와 매우 가깝다는 뜻이겠죠. 정말 슬픈 표정의 어릿광대가 여자일 거라고 생각해요?」

「여자일 가능성은 얼마든지 있어요. 분장을 하고 가면을 쓰고 빨간 코를 붙이고 있으면 성별을 구분할 수가 없어요.」

「슬픈 표정의 어릿광대가 살인 소담을 빼앗아 가던 장면을 본 사람이 없어서 유감이에요. 목격자가 있으면 그 장면을 생생하게 되짚어 볼 수 있을 텐데요.」

「그 목격자는 우리 안에 있어요.」

뤼크레스는 무슨 말인지 이해할 수가 없었다.

「우리가 꼭 있었어야 하는 건 아니에요. 우리의 상상력, 직관, 영혼은 시간과 공간 속에 새겨진 그 순간과 접속할 수 있어요.」

뤼크레스는 그의 신비주의적인 기질이 또 발동하고 있다고 생각했다.

그는 다시 가부좌를 틀고 앉아 눈을 감았다.

「그 장면으로 돌아가 봐요. 상상의 카메라를 그날 밤 카르나크로 가져가는 거예요. 파벨과 분홍 정장들이 도망자들을 찾아서 황야를 뒤지고 다니던 그때로요. 〈오감 열기〉를 할 때처럼 하면 돼요. 다만 현재에 집중하는 대신 상상의 과거에 집중하는 거예요. 그리고 우리가 확보하고 있는 요소들을 가지고 그 장면을 재구성하는 거죠.」

뤼크레스는 뜨악한 표정을 지었다. 그는 다시 권했다.

「로토에 당첨되려면 우선 복권을 사야 해요. 그러지 않으면 아무것도 얻을 수 없다는 게 분명하죠.」

뤼크레스는 자기도 가부좌를 틀고 앉아서 눈을 감았다. 그런 다음 머릿속 영화관의 스크린에 영상이 나타나게 했다. 그녀는 자기가 주도적으로 할 수 있다는 것을 보여 주기 위해 먼저 말했다.

「한밤중이에요. 브르타뉴에서 종종 그렇듯이 가랑비가 내리는 듯해요. 여섯 실루엣이 손전등을 들고 돌아다녀요. 날씨는 조금 쌀쌀하네요.」

「파벨은 손전등을 들고 있어요. 살인 소담이 담긴 목갑은 십중팔구 그의 주머니 속에 들어 있어요. 그는 불안해하고 있어요. 뜨거운 감자를 손에 들고 있음을 의식하고 있어요. 그것이 자기에게 득이 될 수도 있고 해가 될 수도 있기 때문에 계속 신경이 쓰이는 거죠.」

「……그때 갑자기 슬픈 표정의 어릿광대가 나타나요. 그자는 그러니까…….」

「영화에서처럼 클로즈업을 해봐요. 그자가 누구죠?」

「분홍 정장을 입은 여자예요. 다리우스의 여자 친구가 아닌가 싶어요.」

「다리우스 패거리에게 어울리는 활기찬 여자예요.」

「폭력을 사용할 수 있는 여자로군요.」

「코디미언들의 패거리에 속해 있으니까 코미디언의 재능도 있겠군요.」

「어릿광대 행세를 할 정도니까 그렇다고 봐야죠. 그런데 다리우스 측근들 중에는 코미디언으로 활동하는 여자들이 그리 많지 않아요.」

뤼크레스는 눈을 떴다.

「세상에! 이지도르, 당신 정말 대단해요. 내가 왜 진작 그 생각을 못 했을까?」

156

한 미국인이 고층 빌딩 꼭대기에서 프랑스인 관광객에게 말했다.

「사실 뉴욕에는 뉴욕 사람들만이 아는 비밀이 있죠. 예를 들어 빌딩들이 이렇게 높다 보니 난기류가 생겨납니다. 마천루들 사이로 엄청나게 강한 기류가 순환합니다. 그래서 사람이 그 기류를 타고 이 빌딩에서 저 빌딩으로 옮겨 갈 수도 있어요.」

「저를 바보로 아시는 모양인데, 그렇게 터무니없는 말을 누가 믿겠어요?」

「제 말을 못 믿으시겠다고요? 그럼, 저기 바로 맞은편에 불이 켜져 있는 창문 보이죠? 길 건너에 있는 빌딩의 창문 말입니다.」

「네, 물론이죠. 당신이 기류를 이용해서 저기로 건너갈 수 있다는 거예요? 설마 그런 말을 믿으라는 건 아니죠?」

그 말이 끝나기가 무섭게 미국인은 창턱으로 올라선다. 그러고는 두 팔을 벌리고 훌쩍 몸을 날리더니, 거의 완벽한 곡선을 그리며 활공하여 맞은편 빌딩의 창턱에 내려선다. 그런 다음 그쪽에서 소리친다.

「보셨죠? 기류가 사람의 몸무게를 떠받칠 수 있을 만큼 강합니다. 자, 당신도 이쪽으로 날아오세요. 제가 여기에서 기다리고 있잖아요.」

프랑스인 관광객은 낯빛이 핼쑥해진다. 그래도 창턱으로 올라서서 머뭇거린다.

미국인이 다시 소리친다.

「그냥 기류에 몸을 맡기세요. 저절로 된다니까요.」

그러자 프랑스인 관광객은 두 팔을 벌리고 몸을 날린다. 하지만 그는 20센티미터도 나아가지 못하고 120미터 높이에서 자유 낙하로 추락한다. 그의 비명 소리가 길게 허공을 가른다.

바닥에 떨어지자마자 그는 곤죽처럼 짓이겨진 채로 생을 마감한다.

그때 미국인이 서 있는 창가에 빌딩을 청소하는 아주머니가 나타나서 그에게 속삭인다.

「당신도 술을 마시면 개차반이 되는구먼. 안 그래, 슈퍼맨?」

유머 기사단 총본부 창작 유머 556673번

157

〈세계의 구멍〉이라는 이름의 극장.
120석짜리 가장 커다란 홀이 만원이었다.
좌석 안내원이 말했다.
「휴대 전화기를 꺼주세요. 오늘은 텔레비전 녹화가 있어요. 전화벨 소리로 녹화를 방해하는 일이 생기면 안 됩니다.」

커튼이 열리고 배우가 등장했다. 배우는 짜랑짜랑한 어조로 첫 번째 스탠드업 코미디를 시작했다. 즉시 관객의 웃음이 일었다. 좋은 조짐이었다.

마리앙주 자코메티는 개그들을 차례차례 펼쳐 보이면서 맨 앞줄에 앉은 관객들을 훑어보았다. 두 명의 아는 얼굴이 있었다.

그녀는 순간적으로 흠칫했다. 뤼크레스 넴로드가 일행과 나란히 앉아 있었다. 안경을 낀 대머리 남자. 다리우스 추모 공연 때 뤼크레스와 함께 어릿광대 노릇을 했던 바로 그 남자였다.

그녀는 동요하지 않고 방송 카메라 두 대의 중심축에 당당하게 서서 공연을 이어 나갔다. 카메라 한 대는 그녀의 오른쪽에서, 다른 한 대는 왼쪽에서 공연 실황을 찍고 있었다.

그녀는 잇달아 스탠드업 코미디를 연기했다. 아파트 관리인, 뚱뚱한 여자, 난산을 소재로 한 코미디들이었다.

관객들의 반응은 좋았다. 하지만 그녀는 눈길이 자꾸 뤼크레스와 이지도르 쪽으로 향하는 것을 어찌할 수 없었다. 그들은 보통의 관객들처럼 공연을 즐기고 있는 듯했다.

이제 스탠드업 코미디 하나만 더 하면 그녀는 관객들에게 인사를 하고 샤워를 할 수 있을 것이었다. 그녀는 마지막 직선 주로를 질주하는 말처럼 빠르게 공연을 마무리해 가고 있었다. 그때 갑자기 있을 수 없는 일이 벌어졌다. 그녀의 스탠드업 코미디가 한창 진행되는 중이라서 관객들의 눈길이 온통 그녀에게 쏠려 있는데, 뤼크레스가 자리에서 일어나 무대로 올라온 것이었다.

뤼크레스는 너무나 스스럼없이 관객들에게 간단한 인사를 보냈다. 누가 보기에도 공연의 일부인 것처럼 보일 법했다.

관객들은 놀라워하면서도 박수갈채를 보냈다. 코미디 공연에서는 돌발적인 상황을 연출하여 관객을 놀라게 하는 경우가 종종 있다는 것을 알기 때문이었다.

마리앙주는 자신의 영역에서 기습 공격을 당한 꼴이라 어떻게 대응해야 할지 갈피를 못 잡고 있었다.

그때 뤼크레스가 익살맞은 말투로 짐짓 또박또박하게 말했다.

「마리, 마리, 마리…… 너 기억하니? 우리 둘이 같은 기숙사에서 지내던 여학생 시절에, 우리가 남모르게 벌였던 놀이 말이야.」

「그럼, 그럼, 기억하지.」

「우리 그거 다시 해볼까? 여기 많은 사람들이 보는 앞에서. 그럴 마음 있어? 그럼 이리 와, 겁내지 말고. 날 믿지?」

관객들은 미리 짜고 하는 공연이려니 생각하며 웃어 댔다. 마리앙주는 그 웃음의 포로가 되어 기계적으로 두 팔을 내밀었다. 그 동작이 무척이나 우스꽝스러웠다.

그러자 뤼크레스는 호주머니에서 밧줄을 꺼냈다. 그러더니 마리앙주의 두 손을 등 뒤로 돌려 결박하고 그녀를 의자에 앉힌 다음 발목을 묶었다.

관객들은 호기심 어린 눈으로 숨을 죽이며 지켜보고 있었다. 뤼크레스는 다른 호주머니에서 가위를 꺼내어 관객들에게 보여 주었다. 관객들은 머뭇머뭇하다가 웃으면서 박수를 보냈다. 바로 이런 것을 보기 위해 20유로를 냈다고 생각한 것이다.

「우리가 이런 식으로 했지. 기억나?」

마리앙주는 과장된 연기로 자신의 불안한 마음을 숨기려고 애쓰면서 대답했다.

「그게 말이야, 너무 오래된 일이라서……」

「그때도 관객이 좀 있었지만 오늘보단 적었어. 안 그래? 마리, 마리, 나의 보리 사탕.」

뤼크레스는 그녀가 입고 있는 블라우스의 단추들을 가위로 하나하나 잘라 냈다.

마리앙주는 어찌해야 좋을지를 몰라서 계속 미소를 지으며 느긋한 표정을 지었다. 프랑스 혁명기에 탈레랑 주교가 말했던 대로 〈어쩔 수 없이 해야 한다면, 주동자 행세를 하자〉는 식이었다.

뤼크레스는 블라우스의 윗부분을 벗겨 검은 레이스 브래지어를 드러냈다. 그러고는 브래지어의 두 컵을 연결하는 신축성 밴드 밑으로 가위를 밀어 넣었다.

마리앙주가 속삭였다.

「그만해, 뤼크레스. 이거 하나도 안 웃겨. 오늘 공연은 모두 녹화되고 있어.」

하지만 뤼크레스는 목청을 높이며 대답했다.

「그날 저녁 우리는 아주 뜨거웠어. 기억하지? 마리, 나의 귀여운 벨벳 암호랑이.」

「그래, 아주 좋았어, 나의 뤼뤼.」

「너는 그때부터 벌써 유머 감각이 있었어. 나한테 이런 말도 했지. 〈유머의 열쇠는 깜짝 놀라게 하는 것이다.〉」

그런 다음 뤼크레스는 밴드를 싹둑 잘라 버렸다. 마리앙주의 젖가슴이 드러났다.

「여러분, 방금 마리앙주가 저한테 뭐랬는지 아세요? 〈그만해, 뤼크레스, 이거 하나도 안 웃겨〉라고 했어요. 여러분은 어떻게 생각하세요? 이거 재미없나요?」

관객들은 자기들의 거북한 마음을 다스리기 위해 웃으며 박수를 보냈다.

「봐, 다들 좋아하시잖아, 나의 천사 마리. 그러니까 내가 하는 대로 그냥 가만히 있어. 이 공연의 하이라이트가 아직 남아 있잖아.」

마리앙주는 잠시 머뭇거리다가 짐짓 미소를 지었다.

뤼크레스는 펠트펜을 꺼내어 물고기를 그리기 시작했다. 그러고는 그 아래에 〈4월의 물고기〉라고 썼다.

「오늘이 바로 만우절이야! 이보다 멋지게 4월 1일을 축하하는 방법은 없을 거야. 그렇게 생각하지 않아? 내 사랑 마리. 그럼 계속할까?」

그녀는 벌써 가위를 바지 쪽으로 가져가고 있었다. 마리앙주는 성난 목소리로 속삭였다.

「그만해, 뤼크레스. 이건 방송에 나갈 거란 말이야.」

「너의 유머 감각은 어디 갔어? 봐, 관객들은 재미있다잖아! 자는 사람이 아무도 없어. 그건 분명한 사실이야. 안 그렇습니까, 여러분? 자, 우리 배우를 격려해 주십시오.」

관객들은 뤼크레스의 말을 확인시켜 주려는 듯, 열렬한 박수갈채를 보냈다.

마리앙주는 나직한 소리로 엄포를 놓았다.

「뤼크레스, 네가 이러고도 성할 줄 알아?」

하지만 뤼크레스는 아랑곳하지 않고 정말 바지에 가위질

을 할 것처럼 잘싸닥 하고 가위 소리를 냈다.

마리앙주는 그예 분통을 터뜨렸다.

「도대체 네가 원하는 게 뭐야? 복수를 하겠다는 거야?」

「우선은 그래. 여자를 우롱하면 안 된다는 걸 알아야지. 〈지옥은 우롱당한 여자의 분노를 담을 수 있을 만큼 크지 않다〉라는 말도 있잖아.」

「그럼 됐네, 복수했잖아. 다른 건 뭐야? 또 뭘 원하는데?」

뤼크레스가 속삭였다.

「살인 소담. 내 생각에는 네가 그것을 가지고 있어.」

그러자 마리앙주는 갑자기 어디에서 힘이 솟았는지 결박을 풀고 뤼크레스를 떼밀더니 백스테이지 쪽으로 내달았다.

두 기자가 어떻게 해볼 새도 없이 마리앙주는 좁다란 바깥 통로로 내달려서 거리로 빠져나갔다. 그러더니 분홍색 할리데이비드슨을 타고 어둠 속으로 돌진했다.

하지만 뤼크레스와 이지도르는 그녀를 이대로 놓쳐 버리고 싶지 않았다. 그들은 사이드카가 곁달린 모토 구치를 타고 곧바로 추격에 나섰다.

마리앙주는 무서운 속도로 질주하고 있는 네나 그들보다 더욱 쉽게 차들 사이로 요리조리 빠져나가고 있었다. 어느 대로의 모퉁이에서 마리앙주는 신호등이 빨간불로 바뀌는 순간 브레이크를 힘껏 밟았다. 할리데이비드슨은 아스팔트에 기다란 타이어 자국을 남기면서 신호등 바로 앞에 정지했다. 뤼크레스는 급정거를 예상하지 못하고 질주하다가 뒤늦게 브레이크 페달을 밟았다. 하지만 제동 거리가 너무 길어지는 바람에 대로를 지나쳐 버렸다. 그 순간 신호가 파란불로 바뀌었다.

그들은 오토바이를 돌려 다시 추격에 나섰다. 마리앙주는 하나의 점으로 변하여 멀리 달아나고 있었다. 뤼크레스는 가속 손잡이를 최대로 당기며 대로를 맹렬하게 나아갔다.

자동차 운전자들은 젖가슴을 드러낸 아마존이 검은 머리를 휘날리며 지나가는 것을 보았다. 그들 가운데 몇몇은 너무 오랫동안 고개를 돌리고 있다가 작은 사고들을 일으켰다. 그 바람에 추격이 더욱 어려워졌다.

경찰관들조차 개입할 엄두를 못 내고 있었다. 묵시록의 기사들처럼 요란한 엔진 소리를 내며 시내를 질주하는 두 여자. 모두가 그녀들에게 한눈을 팔고 있는 상황이었다.

158

한 변호사가 장거리를 비행하는 여객기에서 금발 머리 여자와 나란히 앉게 되었다. 변호사는 금발 머리 여자에게 재미난 게임을 하자고 제안한다. 여자는 피곤한 기색을 보이며 제안을 거절한다. 하지만 변호사는 그냥 물러서지 않고 게임이 아주 간단하다고 설명한다.

「제가 문제를 내고 그쪽이 정답을 못 맞히면 저한테 5유로를 주시는 겁니다. 거꾸로 그쪽이 문제를 냈는데 제가 못 맞히는 경우에는 제가 5유로를 드리는 것이고요.」

여자는 다시 정중하게 사양하지만, 변호사는 고집을 꺾지 않는다.

「좋아요, 그럼 이렇게 합시다. 제가 문제를 내서 그쪽이 정답을 못 맞히면 저한테 5유로를 주십시오. 그런데 만약 그쪽이 문제를 냈는데 제가 정답을 말하지 못하면 1백 유로를 드리겠습니다.」

여자는 그 제안에 귀가 번쩍 뜨여서 결국 게임을 하기로 한다. 변호사가 먼저 문제를 낸다.

「지구에서 달까지는 거리가 얼마나 될까요?」

여자는 입도 뻥긋하지 못하고 지갑에서 5유로짜리 지폐를 꺼내 변호사에게 준다.

「이번엔 그쪽에서 문제를 내세요!」

변호사의 얼굴에는 자신감이 넘친다. 금발 머리 여자가 묻는다.

「세 다리로 비탈을 올라갔다가 네 다리로 내려오는 게 뭐죠?」

변호사는 마땅한 답을 찾아내지 못한다. 그래도 1백 유로가 아까워서 찾을 수 있는 데까지 찾아보기로 한다. 그는 노트북 컴퓨터를 꺼내 CD에 담긴 백과사전을 비롯해서 온갖 참고 자료를 뒤진다. 아무 소득이 없다. 이번에는 비행기의 위성 통신 서비스를 이용해 인터넷에 접속한 다음 모든 도서관과 온갖 수수께끼 사이트에 들어가 검색을 벌인다. 역시 아무 소득이 없다. 끝으로 그는 친구들에게 이메일을 보낸다. 하지만 답을 아는 사람이 아무도 없다. 그렇게 한 시간을 보내고 나서야 변호사는 그새 잠들어 버린 금발 머리 여자를 깨워 1백 유로를 건네준다. 여자는 고맙다고 한 다음 다시 잠을 자기 위해 돌아앉는다. 변호사는 아무래도 뒷맛이 개운치 않아서 여자에게 묻는다.

「아까 그 문제 말이에요, 정답이 뭐였습니까?」

금발 머리 여자는 입도 뻥긋하지 않고 지갑을 연다.

그러고는 5유로짜리 지폐를 꺼내 변호사에게 준다.

유머 기사단 총본부 창작 유머 974432번

159

사이드카가 곁달린 모토 구치는 막다른 골목에 다다랐다. 할리데이비드슨은 엔진이 꺼지지 않은 채로 길바닥에 쓰러져 있다. 주인이 사이드 스탠드를 세울 겨를도 없이 달아난 모양이다.

골목 안은 한적하다.

뤼크레스와 이지도르는 가게의 진열창들을 살펴본다. 한 가게의 진열창이 눈길을 끈다.

〈계모 혓바닥〉이라는 상호 아래에 〈어른과 아이를 위한 익살과 골탕 장난감〉이라는 말이 적혀 있다.

문이 열려 있다. 누군가가 방금 들어가서 문을 도로 닫을 새도 없이 안으로 달아난 것이다.

뤼크레스와 이지도르는 안으로 들어간다. 전기가 들어오지 않는다. 뤼크레스는 사이드카에 가서 손전등을 찾아 돌아온다.

그런 다음 한 손에는 손전등, 다른 손에는 권총을 든 채 앞장을 선다. 이지도르는 가이드를 따라가는 관광객처럼 걸어간다.

······마리앙주는 남을 웃기거나 골탕을 먹일 때 사용하는 장난감들을 판 적이 있다고 했지. 어쩌면 그녀가 일하던 가게가 바로 여기일 것이다.

그때 젊은 기자의 눈앞에 갑자기 커다란 거미가 나타났다. 그녀는 흠칫 놀라며 손을 내저었다. 그런데 알고 보니 고무로 된 거미였다. 그녀는 발에 물컹한 것이 밟혀서 또 한 번 소스라치게 놀랐다. 이번에는 고무로 된 뱀이었다.

그들 주위에는 가면이며 역한 냄새가 나는 공을 담아 놓은 상자, 손을 대면 펄쩍 뛰어오르는 비누, 후추 사탕, 입술을 깨무는 찻잔, 차가운 액화 가스가 들어 있는 병, 붕대에 감긴 채 못이 박혀 있는 가짜 손가락, 딱딱 소리를 내는 틀니 같은 장난감들이 뒤죽박죽으로 쌓여 있었다.

오래전부터 아무도 물건을 사러 오지 않은 모양이었다. 아니면 일부러 그렇게 난장판을 만들어 놓은 것일 수도 있었다.

이상한 물건들이 갈수록 많아지고 있었다. 파리가 들어 있는 사탕, 폭죽 담배, 플라스틱 똥……. 그들은 그런 물건들을 비추면서 조심조심 나아갔다.

그때 이지도르가 바닥에 떨어져 있던 방석을 밟았다. 방귀 소리가 나는 방석이었다. 그와 동시에 그들의 오른쪽에서 무언가가 움직였다.

뤼크레스는 얼른 그쪽을 비췄다. 털이 길게 난 커다란 고양이가 보였다. 고양이가 펄쩍 뛰면서 겨자 통들을 건드리자 거기에서 낄낄거리는 악마들이 튀어나왔다.

고양이는 계단을 통해 2층으로 달아났다.

두 기자는 계단 쪽으로 나아가다가 발이 달린 틀니들을 살짝 건드렸다. 그러자 딱딱거리는 소리와 함께 가짜 웃음소리가 터져 나왔다.

그들은 손전등 불빛으로 앞을 비춰 가면서 계단을 올라갔다. 마네킹과 가장행렬 용품으로 가득 찬 방이 나왔다.

마네킹들은 사람의 크기와 같게 만들어진 것들이었다. 진짜 사람들이 꼼짝 않고 서서 그들을 놀리고 있는 것처럼 보였다. 어떤 마네킹들의 얼굴에는 표정이 다소 우스꽝스러운 어릿광대의 가면이 씌워져 있었다.

뤼크레스는 입술에 손가락을 갖다 대며 조용히 하라는 신호를 보냈다.

손전등 불빛에 방 안의 이곳저곳이 드러났다. 도망자의 자취는 전혀 보이지 않았다.

뤼크레스는 발길을 돌려 나가는 듯하다가 갑자기 돌아서서 마네킹들을 하나하나 살펴보기 시작했다.

그녀는 마네킹들의 가면을 톡톡 건드리며 나아갔다. 그러다가 초록 머리 마네킹 앞에서 발길을 멈췄다. 어릿광대의 가면에서 고르지 않은 숨결 같은 것이 느껴졌다.

두 여자는 바닥으로 나뒹굴었다. 그녀들이 이리저리 뒹굴 때마다 마네킹들이 마구 쓰러졌다. 서로 아무 물건이나 손에 잡히는 대로 집어 들고 상대를 때리려고 애썼다. 한쪽이 뿅망치를 집어 들면 다른 쪽은 전기 충격을 주는 핸드 버저로 맞섰다.

그녀들은 서로 머리채를 잡아당기고 물어뜯었다.

이지도르는 휴대 전화기를 꺼내 카메라 기능을 작동시켰다.

「아니, 이지도르, 뭐 해요? 지금은 한가하게 촬영이나 하고 있을 때가 아니에요. 날 도와줘요. 내가 어려움에 처해 있는 거 안 보여요?」

그러자 이지도르는 선반 몇 개를 뒤져 가려움증을 일으키는 털을 찾아냈다. 그러고는 그것을 마리앙주의 목에 뿌렸다. 마리앙주는 가려워서 어찌할 바를 몰라 하다가 뤼크레스에게 제압당했다.

그들은 그녀를 의자에 앉히고 장식용 꽃 줄이며 허리띠며 가느다란 끈이며 입으로 불면 쭈르륵 펴지는 비닐 피리 따위로 묶었다. 뤼크레스는 그녀의 젖가슴, 손목, 발목, 허벅지를 꽉꽉 조이면서 짓궂은 쾌감을 느꼈다.

「마리앙주, 지나간 호시절에 기숙사에서 했던 것처럼 하는 거야.」

「뤼크레스, 도대체 원하는 게 뭐야?」

「네가 살인 소담을 가지고 있잖아.」

마리앙주는 입을 다물고 굳은 표정을 지었다.

그러자 뤼크레스는 인디언 모자에서 깃털 하나를 뽑아냈다. 그러고는 깃털의 끄트머리로 그녀의 뺨을 간질이기 시작했다.

「이건 내가 유머 기사단에서 교육받을 때 받았던 벌이야. 받아 보지 않은 사람은 몰라. 정말 견디기 어려울걸.」

마리앙주는 전율하기 시작했다. 간지러움을 참느라고 입술을 깨물고 있었다.

「안 돼, 나는 간지럼을 많이 탄단 말이야. 이러지 마!」

뤼크레스는 깃털로 그녀의 겨드랑이를 살살 문질렀다. 마리앙주는 더 참지 못하고 웃음을 터뜨리며 제발 그만하라고 애원했다. 하지만 뤼크레스는 아랑곳하지 않고 깃털을 계속 움직였다. 마치 옛 여자 친구의 살갗에 눈에 보이지 않는 페인트칠을 하고 있는 것만 같았다. 마리앙주는 이내 움찔움찔 경련을 일으켰다. 뤼크레스는 오른발의 신발을 벗긴 다음 깃털을 발바닥으로 가져갔다.

「말할게!」

코미디언은 숨을 가누며 뜸을 들였다. 뤼크레스는 이미 자기 손에 찢긴 그녀의 옷깃을 움켜쥐며 다그쳤다.

「자, 말해, 살인 소담이 어디에 있지?」

이지도르가 끼어들었다.

「진정해요, 뤼크레스. 내 느낌에는 이 사람이 다 털어놓고 싶어 하는 것 같아요. 게다가 우리는 급할 게 없어요. 시간을 갖고 천천히 해요. 일의 자초지종을 조용히 들어 보자고요.」

「하지만…….」

「쯧쯧, 뤼크레스. 빨리 하는 것과 급하게 서두르는 것을 혼동하지 말아요.」

그는 수첩을 꺼내고 책상 위에 놓인 물병을 집어 들었다. 그런 다음 유리컵에 물을 담아 마리앙주가 마시도록 도와주었다.

뤼크레스는 그가 피의자의 자백을 받아 내기 위해 친절하게 구는 형사 같다고 생각했다.

「하긴, 우리는 급할 게 없어. 다리우스를 어떻게 만났지? 그가 너를 코미디언으로 발굴한 거야?」

마리앙주는 침을 삼켰다.

「아냐, 코미디언으로가 아니라 가학 피학 성애를 하는 애인으로 발탁한 거지. 어느 날 그의 초대를 받고 베르사유 근처의 대저택으로 갔어. 내가 전에 말한 내 여자 친구 집에 갔을 때처럼 거기에도 쇼 비즈니스계의 온갖 사람들이 와 있더라고. 내가 다리우스의 동생 파벨을 회초리로 때리고 있는데 그가 왔어. 그는 내 〈스타일〉이 무척 마음에 든다고 말했어.」

이지도르가 말했다.

「재미있는 얘기로군요.」

「다리우스는 자기 형 타데우시를 때려 보라고 했어. 그래서 그를 X 자형 형틀에 묶어 놓고 때렸지. 다리우스는 내 옆에서 나를 격려했어. 그러더니 그걸 보고 너무나 흥분했는지 여자 한 사람을 데려오라고 하더니 그 여자의 두 팔을 매달아 놓고 채찍질을 하더라고.」

뤼크레스는 믿기지 않는다는 표정으로 물었다.

「다리우스가 사디스트였던 거야?」

「나는 어떤 것이 진짜 사디즘인지 잘 모르겠어. 내가 보기에 다리우스는 그냥 그런 광경을 즐기는 것 같았어. 경호원들을 불러다가 자기 대신 채찍질을 하라고 시키기도 했지.」

이지도르가 비아냥조로 말했다.

「가만히 앉아서 구경만 하는 사디스트도 있는 모양이군요.」

뤼크레스가 물었다.

「그런 폭력을 고발하거나 고소하는 사람은 없었어?」

「그건 몰라서 하는 소리야. 그는 〈다리우스 대왕〉이었어. 그 유명한 〈키클롭스〉였다고! 여자들은 자기 발로 와서 매를 맞았어. 영화에 출연할 기회를 얻으려고 기를 썼지. 그녀들은 다리우스의 근처에 가기만 해도 아주 자랑스럽게 생각했어.」

이지도르가 알 만하다는 표정으로 말했다.

「늘 그 모양이에요. 연기 수업을 할 때 그런 짓들을 하지 말아야 한다는 것은 안 배우나 봐요.」

뤼크레스는 재촉했다.

「계속해.」

「그러고 나서 다리우스는 나를 자기 침실로 데려갔고, 우리는 관계를 가졌어.」

뤼크레스가 빈정거렸다.

「매질을 하다가 지친 고문자들끼리?」

마리앙주는 도도한 표정을 지었다.

「비열한 자들의 세계에서 지배자들끼리 사랑을 나눈 거지. 우리는 서로 닮은 포식자들이었어.」

이지도르는 연민에 가득 찬 표정으로 말했다.

「세상에는 한 줌도 안 되는 포식자들 밑에서 벌벌 기는 먹이들이 너무 많죠.」

「나는 그에게 코미디언으로 성공하고 싶다고 말했어. 그는 나를 도와주겠다고 했지. 나는 그 전에 숱한 제작자들을 만났어. 그들은 나를 키워 주겠다고 약속해 놓고 지키지 않았어. 그저 내 몸을 탐냈던 거지. 그런데 다리우스는 적어도 그런 자들하고는 달랐어. 약속을 지켰거든. 그의 형 타데우시는 내 공연 제작자가 되어 주었고, 다리우스는 자기 파티에 자주 오는 기자들을 만나게 해주었어. 기자들은 나를 칭찬하는 기사들을 써주었지.」

이지도르가 말했다.

「다리우스가 아주 친절하게 굴었군요.」

「하지만 다리우스는 내가 너무 유명해지는 것을 원치 않았어. 내가 자기에게서 벗어날까 봐 두려웠던 거야. 그래서 그는 나를 〈분홍 정장들〉의 일원으로 만들어 버렸어. 나는 그들 패거리의 유일한 여자였어.」

「그 뒤로도 다리우스와 계속 관계를 가졌어?」

이지도르가 끼어들었다.

「뤼크레스의 말은 그와 계속 사랑을 나눴느냐 하는 거예요.」

「사랑이라는 말은 너무 거창하지. 사실…… 다리우스에게는 심리적인 문제가 있었어.」

그녀는 거북한 표정을 지었다.

「그게 뭔데?」

「이걸 말해도 되는지 모르겠어. 뭐랄까…… 너무나 내밀한 사생활과 관련된 것이라서.」

뤼크레스는 냉소를 흘리면서 말했다.

「도대체 얼마나 내밀한 이야기이기에 그런 말을 하지?」

「알고 보니까 그의 성적인 문제는 어떤 우스갯소리에서 말하는 것과 관련이 있더라고. 다리우스의 스탠드업 코미디에도 나오는 얘기야. 그게 그냥 웃자고 하는 소린 줄 알았더니…….」

이지도르는 곰곰 생각하다가 수첩을 꺼내더니 자기가 취재를 시작한 이래로 메모해 둔 우스갯소리들을 죽 훑어보았다. 그러다가 갑자기 소리쳤다.

「아, 키클롭스에 관한 우스갯소리 말이군요! 알았어요, 뤼크레스. 다리우스는 고환이 하나밖에 없었어요.」

마리앙주는 고개를 끄덕였다.

「어떤 사람들에게는 그런 얘기가 아무렇지도 않게 들렸을 거예요. 하지만 다리우스에게는……. 아무튼 그는 정상적으로 사랑을 나눌 수 없는 사람이었어요.」

이지도르가 말을 보탰다.

「누구한테 들었는데 히틀러 역시 그런 병에 걸렸다고 하더군요. 하지만 누구도 그것을 확인할 수는 없었다더군요.」

「다리우스는 나면서부터 그랬던 거야. 공교롭게도 나중에 사고를 당해서 한쪽 눈을 잃는 바람에 진짜 그 이야기에 나오는 키클롭스가 된 거지.」

뤼크레스가 중얼거렸다.

「어쩌면 그것 때문에 여자들을 폭력적으로 대했는지도 모르지……. 남자들에 대해서 지배적인 태도를 보인 것도 그와 무관하지 않을 거야.」

「그에게 무엇보다 필요한 것은 자신감이었어. 그는 자기 자신을 좋아하지 않았어. 나는 그렇게 자신을 혐오하는 사람을 거의 본 적이 없어. 우리가 함께 살던 시절에 그는 아침에 일어날 때마다 자살 충동을 느낀다고 했어. 한번은 이런 말도 했어. 〈나는 세상에서 가장 못된 인간이야. 나는 무수한 벌을 받아 마땅해. 그런데 아무도 나를 말리지 않아. 누가 감히 내 앞길을 막겠어?〉 그리고 어느 날인가는, 아니 정확히 말해서 그가 〈프랑스인들이 가장 좋아하는 프랑스인〉으로 뽑힌 날이었는데, 엄청난 충격에 휩싸인 채 나한테 말했어. 〈미미, 나를 때려 줘!〉」

뤼크레스와 이지도르는 얼떨떨한 표정으로 입을 다물고 있었다.

「그는 자기의 극한을 추구하는 사람 같았어. 고통의 극한, 자기 자신의 극한을 말이야. 그는 자기 자신에 대한 혐오감과 팬들의 열광 사이에서 갈팡질팡했어. 그는 오로지 한 사람만이 그 문제를 해결해 줄 수 있다고 했어. 그 사람이 바로 나였던 거야.」

이지도르가 말했다.

「그게 여자들의 힘이죠. 남자들을 승화시키고, 때로는 남자들을 그들 자신의 수렁에서 구해 주죠.」

......이 남자가 지금 무슨 소리를 하는 거야? 또 철학자 행세를 하고 있잖아. 지금은 정말 그럴 때가 아니지. 이 남자, 마음에 안 들어. 짜증 나.

「나는 그에게 심한 고통을 가했어. 그런데 이상하게도 그때야말로 그가 가장 자신감에 차 있던 시기야. 그는 다른 정부들과 헤어졌어. 그 시기에는 내가 그의 유일한 여자였다고 장담할 수 있어. 오로지 나만이 그의 어두운 면을 알고 있었고, 그래서 그는 나를 신뢰했지. 그는 그런 자신감을 바탕으로 정치를 해볼까 하더라고. 자기 당을 만들어서. 그러던 어느 날 내가 그에게 매질을 하고 있을 때였어. 그는 갑자기 어떤 영감이 떠오른 것처럼 소리쳤어. 〈살인 소담을 손에 넣어야 해!〉 그는 그게 무엇인지 나에게 설명해 줬어. 그는 마침내 자신의 진가를 발휘할 만한 새로운 프로젝트를 찾아냈다고 말했어. 그때부터 그 프로젝트에 강박적으로 집착했지. 밤이나 낮이나 그 얘기를 했거든.」

뤼크레스가 한때 자기가 숭배했던 인물에 대한 실망을 드러내며 중얼거렸다.

「그래 봤자 그는 망나니 도련님이었을 뿐이야.」

「그렇게만 생각하면 안 돼. 때로 그는 사심 없이 남들에게 크게 베풀 줄도 알았어. 순전히 자기 직업에 대한 애정으로 젊은 코미디언들을 키워 주기도 했어. 아무 대가를 바라지 않고 자선 단체에 선뜻 거금을 기탁한 적도 있어. 그러고도 언론에는 한마디도 하지 않았어.」

뤼크레스가 다시 말했다.

「그는 남의 스탠드업 코미디를 훔쳤어. 그리고 저작권이 없는 우스갯소리들을 마치 자기가 직접 지어낸 것인 양 써먹었어.」

「그건 한쪽 면을 과장한 거야. 그는 그런 식으로만 한 게 아니야. 자신의 스탠드업 코미디들을 창작하고, 자신의 개그들을 직접 짜기도 했어. 그는 누구도 따라갈 수 없는 즉흥 개그의 재능을 지니고 있었어. 그건 누구도 부정할 수 없어.」

이지도르가 끼어들었다.

「마리앙주 말에도 일리가 있어요. 그게 그렇게 쉬운 일이었다면 다리우스 이전에 누구라도 그렇게 했겠죠. 그가 기존의 유머에 새로운 가치를 부여한 것은 사실이에요.」

「뤼크레스, 그의 스탠드업 코미디들은 정말 굉장했어! 〈키클롭스〉적인 문제에 기인한 그의 열등감이 그의 연기를 감동적인 것으로 만들었어. 그는 남들의 고통을 이해하고 있었어. 내가 보기에 그는 선한 사람이었어.」

뤼크레스는 여전히 못 믿겠다는 표정을 짓고 있었다. 반면에 이지도르는 자신의 생각을 재검토할 준비가 되어 있는 듯했다.

「한 사람을 놓고 이렇다 저렇다 하고 한목에 싸잡아서 말할 수는 없어요. 그를 겪어 본 사람들의 다양한 목소리를 모두 들어 봐야 제대로 판단할 수가 있죠.」

「아무튼 살인 소담 얘기를 계속해 봐. 그러니까 너는 그날 밤 카르나크에 있었어. 거기에서 무슨 일이 벌어졌지?」

「그래, 나는 유령 등대를 공격할 때 다리우스네 3형제와 함께 있었어. 내가 보기에 다리우스는 그쪽의 방어 태세가 더 견고하기를 바랐던 것 같아. 사실이야. 그는 그들이 무장하고 있기를 바랐고, 그들의 완강한 저항에 부딪혀 싸움다운 싸움이 벌어지기를 기대했어.」

이지도르가 말했다.

「정신의 고양이 아니라 물질적인 상승을 추구하는 사람들은 결국 인생의 호된 매질을 당해야 겸손해지는 법이죠.」

「하지만 다리우스는 인생의 호된 매질을 당하지 않았어요. 그를 때린 사람은 나밖에 없었고 그마저도 그의 명령에 따른 거였어요. 사실 그는 자기가 어디까지 갈 수 있는지 알고 싶어 했어요. 그는 이미 사람을 죽인 적이 있었고, 프로브 경기도 열고 있었어요. 그는 자기가 어떤 처벌도 받지 않고 수십 명을 학살할 수 있는지를 알고 싶어 했어요.」

이지도르가 다시 말했다.

「뿐만 아니라 그는 자기에게 모든 것을 준 사람들을 죽이려고 했어요. 오이디푸스 콤플렉스에서 벗어나지 못한 거예요. 자기를 키워 준 아버지를 죽이고 싶어 한 것이니까요.」

뤼크레스는 유머 기사단에서 배운 것을 떠올리며 바로잡았다.

「그보다는 외젠 라비슈의 〈페리숑 씨의 여행〉에 나오는 페리숑의 콤플렉스라고 봐야죠. 자기에게 은혜를 베푼 사람들에게 진정으로 감사하기란 쉬운 일이 아니에요. 인류의 역사를 보면 은혜를 입고 감사하기보다는 은인의 등에 칼을 꽂은 사람들이 숱하게 많아요.」

「아무튼 등대섬에서 벌어진 일은 끔찍했어. 유머 기사단 사람들은 전혀 눈치를 채지 못했어. 다리우스가 공격 신호를 보냈을 때 나는 뒷걸음질을 쳤어. 그들이 내 손에 총을 쥐여 주었지만, 나는 뒷전으로 물러선 채 한 발도 쏘지 않았어. 어느 순간 다리우스가 그것을 알아차리고 내게 말했어. 〈채찍질은 잘하면서 이건 안 되겠나 보지? 미미, 이런다고 네가 결백해지는 게 아냐. 너는 우리의 공범이야. 진정한 분홍 정장이라고.〉 그는 코카인을 다량으로 흡입한 터라 살기가 등등한 흥분 상태에 빠져 있었어. 나는 한구석에 숨어서 토악질을 했지.」

이지도르가 물었다.

「그에게서 벗어날 생각은 하지 않았나요?」

「당시에 나는 정신적으로 그의 지배를 받고 있었어요. 그에게 매혹되어 있었죠. 어쨌거나 〈프랑스인들이 가장 좋아하는 프랑스인〉이었잖아요. 그는 어린이부터 노인에 이르기까지 모두에게 웃음을 주는 사람이었고, 나는 유명한 코미디언이 되기를 꿈꾸고 있었죠. 게다가 비록 우리가 일반적인 성관계를 가졌던 것은 아니지만 나는 그에게 흠뻑 빠져 있었어요. 그 이유를 설명하기는 어렵지만.」

뤼크레스가 끼어들었다.

「넌 원래 그런 애잖아.」

「많은 사람들이 죽고 일부는 도망쳤어. 하지만 다리우스는 살인 소담을 찾아내지 못했어. 그는 미친 듯이 화를 내며 말했어. 〈이렇게까지 일을 벌여 놓고 빈손으로 돌아갈 수는 없어.〉 그래서 우리는 수색을 벌였고 1백여 명쯤 되는 단원들이 비밀 통로로 달아났다는 사실을 알게 되었어. 다리우스는 우리 모두를 얼간이라고 부르면서 욕설을 퍼부었지. 우리는 보트를 타고 카르나크로 돌아갔어. 그런 다음 거석들이 늘어선 들판을 샅샅이 뒤졌어. 다리우스는 그들이 근처의 숲에 숨어 있을 거라고 생각했어.」

마리앙주는 말을 멈추고 숨을 골랐다.

「한창 수색을 벌이던 중에…… 나는 그의 동생 파벨과 마주쳤어. 그는 배낭을 메고 손전등과 기관 단총을 들고 있었어. 그런데 그가 좀 이상해 보이더라고. 그래서 무슨 일이 있느냐고 물어봤지. 그는 아무 일도 없다면서 우리가 곧 살인 소담을 찾아내게 될 거라고 말했어. 하지만 우리는 아무것도 찾아내지 못했고 결국 파리로 돌아왔어. 그게 다야.」

두 기자는 말없이 그녀를 살폈다. 그러다가 이지도르가 단호한 어조로 말했다.

「마드므와젤 마리앙주, 내가 보기에 당신은 뻔뻔한 거짓말을 하고 있어요.」

「난 사실을 있는 그대로 말했어요. 정말이에요.」

「뤼크레스, 간지럼 태우기를 한바탕 더 해야겠어요. 준비됐죠?」

「이번엔 발바닥을 제대로 간질여 볼까 해요.」

뤼크레스는 마리앙주의 한쪽 발을 들어 올리고 깃털을 갖다 댈 준비를 했다.

「안 돼, 이러지 마.」

뤼크레스는 깃털을 살살 움직이기 시작했다. 마리앙주의 입에서 신경질적이고 고통스러운 웃음이 새어 나왔다.

「그만해!」

그녀는 어렵사리 숨을 가누었다.

「나는 멀찍감치 떨어져서 파벨의 뒤를 밟았어. 그때 갑자기 덤불숲에서 검은 실루엣 하나가 튀어 나오더니 몽둥이 같은 나뭇가지로 그를 내리치더라고. 나는 즉시 기관 단총을 쏘았어. 그러자 공격자는 곧바로 달아났어. 파벨한테 달려가 보니 정신을 잃은 채 누워 있었어. 손에 파란 목갑을 든 채로 말이야.」

뤼크레스가 소리쳤다.

「거봐 너잖아! 네가 살인 소담을 가로챘어.」

「파벨의 손에 있던 것을 내가 가져간 건 맞아. 하지만 나는 그것을 오래 가지고 있지 않았어.」

「우리를 바보로 아는 거야?」

뤼크레스는 벌써 깃털을 다시 집어 들었다.

「나는 그것을 어떻게 해야 할지 몰랐어. 그게 폭탄과 같은 거라서 잘못 건드리면 죽을 수도 있다는 것만 알고 있었지. 그래서 그것을…… 주어 버렸어.」

「누구한테?」

「내가 사랑하는 남자한테. 그 사람이라면 그것을 알아서 잘 처리할 거라고 생각했거든.」

「다리우스 말이야?」

「아니……. 다른 남자.」

「다리우스에게 흠뻑 빠져 있었다면서.」

이지도르가 마리앙주 대신 대답했다.

「뤼크레스, 못 들었어요? 다리우스에게 문제가 있었다잖아요. 그러니까 마리앙주는 그를 공식적인 애인으로 그리고 변태적인 놀이의 파트너로 사랑한 거예요. 하지만 그건 진정한 성관계가 아니었어요. 그래서 다른 남자를…….」

「그게 대체 누구야?」

이지도르는 빙그레 웃었다. 그러고는 다시 마리앙주 대신 대답했다.

「콧수염을 기른 분홍 정장은 다리우스의 형제도 아니고 핏불테리어를 닮은 경호원도 아니었어요. 그렇다면 그는 다리우스 가족과 아주 친하게 지내는 코미디언일 거예요. 현재는 콧수염이 없지만 한때는 콧수염을 기르고 있었던 남자. 흠…… 난 누군지 알 것 같아요.」

이지도르가 그 남자의 이름을 말하자, 마리앙주는 깜짝 놀라면서 시인했다. 그런 다음 지친 기색으로 말했다.

「이제 다 말했으니까 나를 풀어 줘.」

그러자 뤼크레스는 한때의 애인에게 다가가서 긴 입맞춤을 선사한 다음 멀어져 가면서 소리쳤다.

「마리앙주, 만우절 즐겁게 보내!」

160

모리스가 크루즈 여행을 떠났다. 그런데 타고 가던 배가 침몰하고 말았다. 생존자는 딱 두 사람, 그와 줄리아 로버츠뿐이다. 그들은 구명보트를 타고 가까스로 어느 무인도에 다다른다. 첫날은 야영지를 마련하랴 불을 피우랴 먹을 것을 구하랴 정신없이 하루를 보내고 녹초가 된 채 그냥 잠들어 버린다. 둘째 날에는 이야기를 조금 나누고 생존 조건을 개선하고 구조를 요청할 방도를 찾는다. 셋째 날에는 이야기를 더 많이 나누고, 넷째 날에는 섹스를 한다. 닷새째 되는 날 아침, 모리스는 아침을 먹기 위해 불가에 있는 그녀 곁으로 간다. 그러고는 쑥스러워 하는 기색을 보이며 그녀에게 말한다.

「아주 개인적인 부탁이 하나 있는데요, 꼭 들어달라는 건 아니에요.」

「아무튼 얘기해 봐요, 모리스.」

「에, 그러니까, 당신에게 폐가 되지 않는다면, 몇 분 동안이라도, 아니 그냥 잠깐만 당신을 내 친구 알베르로 생각하고 싶어요. 당신을 알베르라고 부를 수 있게 해주세요.」

배우는 영문을 알 수가 없어서 그저 의아한 표정을 지을 뿐이다.

「내가 당신을 알베르라고 부르면 당신은 마치 진짜 알베르인 것처럼 대답하는 거예요. 알겠죠? 아무것도 묻지 말고 그냥 나를 위한 일이라 생각하고 해주세요. 그러면 나는 더없이 행복할 거예요.」

줄리아 로버츠는 조금 놀라기는 했지만, 그에게는 중요한 일인가 보다 싶어서 부탁을 들어주기로 한다.

「좋아요.」

그러자 모리스는 헤벌쭉 웃더니 갑자기 신이 나서 떠들어 댄다.

「여보세요? 알베르? 나 모리스야. 내가 간밤에 누구랑 잤는지 알아? 너는 절대로 못 알아맞힐걸. 놀라 자빠지지 말고 잘 들어. 간밤에 나랑 섹스를 한 여자는 다름 아닌…… 줄리아 로버츠야!」

다리우스 워즈니악의 스탠드업 코미디

「내 인생은 난파선」중에서

그는 센강의 그랑드자트섬에 있는 호화로운 단독 주택에 살고 있었다. 집의 일부분은 어릿광대 복장 박물관이었다. 또 다른 부분에는 그가 수집한 흉상들이 전시되어 있었다. 서커스 분장을 한 화이트 클라운이나 오귀스트를 나라별로 모아 놓은 것이었다. 영국, 미국, 프랑스, 이탈리아, 스페인의 어릿광대들이 있는가 하면, 한국이나 인도네시아나 아프리카 광대들의 흉상도 있었다.

「내가 보기에 당신들은 지금 벌어지는 전쟁에 무엇이 걸려 있는지를 간파하지 못하고 있어요. 살인 소담을 손에 넣기 위한 경쟁은 유머계의 판도를 결정하는 최후의 결전일 뿐만 아니라…… 정신계의 판도를 좌우할 결전이기도 해요.」

코미디언 펠릭스 샤탐은 이두박근이 과도하게 발달한 어릿광대의 흉상에 다가갔다.

「인류 역사의 초기에는 권력이 몽둥이를 잘 쓸 수 있도록 근육이 발달한 사람들에게 있었어요. 그들의 지배를 보장하는 것은 몽둥이에 맞는 것에 대한 두려움이었죠.」

이어서 그는 허수아비를 닮은 어릿광대 쪽으로 갔다.

「그다음에는 권력이 토지를 소유하고 농업을 관장하는 사람들 손에 들어갔어요. 그들의 지배를 보장하는 것은 굶어 죽는 것에 대한 두려움이었죠.」

펠릭스는 다른 흉상 쪽으로 갔다. 이번에는 신부로 분장한 흉상이었다.

「그다음에는 권력이 교회를 통해 신자들의 정신을 지배하는 사람들 손으로 넘어갔어요. 그들의 지배를 보장하는 것은 지옥에 가는 것에 대한 두려움이었죠.」

그는 더 나아가다가 경찰로 분장한 어릿광대를 가리켰다.

「그다음에는 권력이 모든 사회 활동을 포괄하는 행정 기구를 관장하는 사람들한테로 갔어요. 그들의 지배를 보장하는 것은 경찰과 법원과 감옥에 대한 두려움이었죠.」

그는 부르주아의 복장을 한 어릿광대를 가리켰다.

「그다음에는 권력이 산업을 관장하는 사람들 손에 들어갔어요. 그들의 공장에서는 인간을 행복하게 만들어 주는 것으로 간주되는 물건들이 생산되었어요. 그들의 지배를 보장하는 것은 자동차를 운전하는 즐거움 또는 광고를 통해 찬양된 갖가지 쓸모없는 물건들을 수집하는 즐거움이었죠.」

그는 다시 나아가다가 금융 자본가로 분장한 어릿광대를 가리켰다. 배가 불룩하고 입에 시가를 물고 있는 흉상이었다.

「그다음에는 권력이 금융 자본을 장악한 사람들에게 넘어갔어요. 그들의 지배를 보장하는 것은 그들에게 돈을 맡기면 훨씬 더 많은 돈을 벌 수 있다는 약속, 그리고 노동하지 않고 부자가 되는 기쁨이었죠.」

그는 다시 걸음을 옮겨 기자 복장을 한 어릿광대를 가리켰다. 카메라와 프레스 카드를 지닌 모습이었다.

「그다음에는 권력이 미디어를 관장하는 사람들한테로 갔어요. 그때부터는 누구든 텔레비전에 얼굴이 자주 나오기만 하면 사람들의 사랑을 받고 많은 특권을 누리게 되었죠. 텔레비전에 나오는 사람들이 모든 가정에 파고들어 가서 가족 구성원들에게 직접적으로 영향력을 행사했죠. 그들의 지배를 보장하는 것은 정보를 제공받는 즐거움이었죠.」

마침내 펠릭스는 분홍 정장을 입은 어릿광대의 흉상 앞에 다다랐다. 다리우스 워즈니악의 가면과 아주 흡사한 가면을 쓴어릿광대였다.

「이제 권력은 대중의 웃음을 관장하는 사람들의 것이 되었어요. 그들은 매스 미디어 세계의 하위 계층에 속하는 사람들이죠. 그런데 이 하위 계층이 실제로는 지배층이에요. 그들의 지배를 보장하는 것은 불행을 잊게 하거나 상대화하는 능력, 그리고 따분한 세상을 사는 사람들의 기분을 풀어 주는 능력이죠. 권태에 대한 두려움은 이제 핵심적인 두려움이 되었어요. 내가 보기에 사람들을 웃게 하는 것은 오늘날 가장 위대한 힘이에요. 어떤 힘도 그 힘을 능가하지 못할 겁니다.」

뤼크레스가 반박했다.

「하지만 그들은 그저 〈남을 즐겁게 해주는 사람들〉일 뿐이에요.」

「바로 그거예요. 그런 식으로 사람들은 그들을 과소평가하죠. 하지만 그래서 그들의 권력이 더욱 막강해지는 거예요. 그들…… 아니, 우리는 놀이의 진정한 지배자가 되었어요. 아무도 우리의 권력에 이의를 제기하지 않아요. 그런 점에서 우리는 정치인들이나 미디어 쪽 사람들하고는 다르죠. 눈에 보이지 않는 이 권력의 증거를 하나 제시해 볼까요? 정치인들이나 경제인들, 심지어 학자들도 연설이나 강연을 할 때면 먼저 우스갯소리로 말문을 엽니다. 청중의 호감을 얻기 위해서죠. 그런 현상에 주목해 본 적 없어요? 유머가 없으면 그들은 그저…… 싱거울 뿐이죠.」

이지도르가 말했다.

「유머가 마치 소금인 것처럼 말하는군요. 소금이 미각을 증진시키기는 하죠. 하지만 중독이 되면 좋지 않아요. 소금을 너무 많이 섭취하면 건강에 해로울 수도 있죠.」

펠릭스는 한숨을 내쉬었다.

「유머는 청중을 우리가 원하는 방향으로 이끌어 가는 데 도움을 줍니다. 우리는 영화배우가 대통령이 되는 사례를 보았어요. 미국의 로널드 레이건이 그랬죠. 혹시 들어 봤는지 모르지만, 아이슬란드에서는 코미디언 욘 그나르가 레이캬비크의 시장으로 선출되었어요. 그는 아이슬란드에서 가장 유명한 코미디언이죠. 두고 보면 알겠지만, 머지않아 강대국에서 코미디언이 대통령으로 선출되는 사례가 나타날 겁니다.」

뤼크레스는 놀란 표정을 지었다.

「어릿광대가 엘리제궁이나 백악관에 들어간다고요?」

이지도르는 또다시 용의자를 대신해서 대답했다.

「콜뤼슈는 1981년 대통령 선거에 출마했을 때 사전 여론 조사에서 18퍼센트의 지지를 얻었어요. 프랑수아 미테랑 후보를 불안하게 만들 정도였지요. 하지만 얼마 지나지 않아 콜뤼슈의 프로덕션 매니저 르네 고를랭이 살해되었어요. 콜뤼슈는 곧바로 후보를 사퇴했죠.」

「너무 넘겨짚는 것 아녜요? 두 사건이 연결되어 있다고 확신해요?」

펠릭스는 알겠다는 듯한 미소를 지었다.

「콜뤼슈가 실패한 것은 혼자였기 때문이에요. 그저 한 명의 예인이었던 거죠. 다리우스는 콜뤼슈의 출마 과정을 연구했어요. 나는 그것을 알아요. 나는 그와 함께 당시의 자료들을 검토했어요. 그는 자세하게 분석했어요. 그 사례를 반면교사로 삼았죠.」

펠릭스는 그들을 거실에 앉도록 권했다.

「전체적인 상황을 잘 이해하세요. 예전에는 유머가 독립적인 수공업자들에 의해 제작되었어요. 그들은 약한 사람들이었고 야심이 없는 사람들이었죠. 웃음을 둘러싸고 중대한 경제적, 정치적 쟁점들이 나타난 뒤로 우리는 더 이상 이 보물을 관리할 줄 모르는 사람들에게 맡길 수가 없었어요.」

「세바스티앵 돌랭이 그런 사람인가요?」

「물론이죠. 세바스티앵 돌랭은 환상적인 창작자였죠. 하지만 불행하게도 너무 착했어요. 그는 규칙을 존중하면서 연기를 했죠. 게임은 정확히 말해서 속이는 것인데 말입니다. 그런 종류의 사람들은 해로워요. 문제를 일으키거든요.」

「그는 그래서 죽었죠.」

「그는 백만장자가 되기 위해 프로브 경기에 참가했어요. 그가 이길 수도 있었어요. 그는 경기를 했고, 졌습니다.」

이지도르는 유머라는 주제로 돌아가고 싶었다.

펠릭스가 말을 이었다.

「우리는 큰 집단들이 서로 결합하는 것을 목격했어요. 여기에서도 다리우스는 누가 뭐라고 하든 견자(見者)의 면모를 드러냈죠. 그는 유머가 수공업에서 산업으로 이행하리라고 내다봤어요.」

「그는 거금을 투자해서 키클롭스 프로덕션을 창설했죠.」

「막대한 돈이죠. 앞서 말했듯이, 그는 견자였어요. 그는 로켓을 이륙시키기 위해서는 연료를 많이 넣어야 한다는 것을 깨달았어요. 그는 개그들을 쓰기 위해 수백 명의 작가들을 고용했고, 공연을 연구하기 위해 연출자들을 고용했을 뿐만 아니라, 비즈니스 스쿨의 졸업생들을 고용해서 마케팅, 홍보, 스탠드업 코미디, 우스갯소리, 영화, 텔레비전 방송들의 세계적인 배급을 연구하게 했어요. 그는 최초로 유머 회사를 주식 시장에 상장시킨 사람이었고 최초로 그 회사를 CAC 40의 지표 종목에 진입시킨 사람이에요. 유머의 세계적인 전투의 진짜 전략가처럼 행동한 거죠.」

이지도르가 말했다.

「페르시아의 다리우스 대왕을 본받아 하나의 제국을 건설하려는 야심, 다른 모든 경쟁자들을 파괴하려는 야심을 가졌던 거예요.」

「사실입니다. 그는 자기 뒤에 많은 시신을 남겼어요. 하지만 누가 만리장성이나 베르사유궁을 지었던 수십만 노동자의 시신에 대해서 말합니까? 각각의 걸작 뒤에는 공동묘지가 있습니다. 그건 역사 속으로 들어가기 위해 치러야 할 정상적인 대가입니다.」

「계속하시죠.」

「다리우스는 까다로웠고 완벽주의자였고 엄격했어요. 다른 어떤 코미디언도 그렇게 큰 소리로 웃게 하는 기술을 지니고 있지 않았어요.」

뤼크레스는 고개를 끄덕이다가 처음부터 목구멍에 걸려 있던 질문을 툭 뱉었다.

「이제 당신이 그 제국의 후계자예요. 당신이 다리우스를 죽였어요. 그렇죠?」

「다리우스는 내 멘토였어요. 나는 그에게 모든 것을 빚졌어요. 그는 나를 키웠어요. 나를 자기 학교에 넣어 주었고 그다음에는 극장에 넣어 주었고 그다음에는 자기 텔레비전 방송에 끼워 줬어요.」

뤼크레스는 걸려들라는 속셈으로 슬쩍 덧붙였다.

「그다음에는 분홍 정장들의 밀착 경호 안으로 들여놓았고요.」

펠릭스는 못 들은 척했다.

「그다음에는 무대에. 그다음에는 영광에. 그는 나의 아버지였어요. 나는 그의 왕세자였어요. 나는 그의 삶을 공유했고 그의 2인자였어요. 워즈니악 가족은 나를 아들처럼 대해 주었어요.」

그의 말투에는 자부심이 배어 있었다.

이지도르가 말했다.

「이제 워즈니악 형제들은 죽었으니, 그 거대한 다리우스 제국은 중심 인물의 부재로 존속 자체가 위태롭게 됐어요. 그 무겁지만 어마어마한 가치가 있는 횃불을 다시 들 사람이 이제 당신밖에 없어요. 그리고 다리우스의 어머니가 당신에게 그것을 제안하기도 했고요. 안 그래요?」

펠릭스 샤탐은 그 정면 공격 앞에서 눈썹을 치켰다.

「사실, 그녀가 오늘 아침 나에게 이제 그녀의 모든 자식이 죽었으니 키클롭스 프로덕션의 관리를 맡아 달라고 했어요. 그리고 그녀는 내가 공식적으로 임명되도록 곧 주주들을 모을 거예요.」

「이제부터 살인 소담의 힘이 부여하는 정통성이 당신에게 있나요?」

그는 대답하지 않았다.

뤼크레스는 밀어붙였다.

「마리앙주가 이미 자백했어요. 살인 소담을 당신한테 넘겨주었다고. 당신이 그녀의 애인이라서. 안 그래요?」

그는 담배에 불을 붙이면서 시간을 조금 벌었다. 뤼크레스도 그러고 싶었다.

……그러고 보니, 우스갯소리를 둘러싼 이 모든 일들이 나에게 〈담배〉 반사를 완전히 잊게 해줬어.

그는 숨을 길게 들이마셨다가 뱉었다.

「우리 코미디언들은 보통 사람들보다 더 큰 성적 갈망을 가지고 있어요. 아마 우리가 더 예민하기 때문일 거예요. 게다가 유머란 강력한 최음제예요. 이런 속담 알아요? 〈웃는 여자, 벌써 반쯤 침대에.〉」

「그러니까 당신이 살인 소담을 가지고 있죠? 빙빙 돌리지 말고 질문에 대답해요, 젠장!」

뤼크레스는 손바닥으로 책상을 탁 쳤다.

펠릭스는 느긋하게 자리에서 일어나 서가 쪽으로 가서, 유머리스트들의 책들을 살피는 척하다가 그들을 바라보지 않고 말했다.

「우리가 유령 등대에 갔던 바로 그 저녁이었어요. 공격이 있었죠. 그다음에는 도주. 우리는 그들을 추격했어요. 파벨이 그 전리품을 가지고 있었어요. 나는 그를 보고 뒤따라갔어요.」

뤼크레스가 물었다.

「그래서 당신이 그를 때려눕혔나요?」

「아뇨. 내가 그를 찾아냈을 때는 이미 기절해 있었어요.」

「뤼크레스, 못 들었어요? 마리앙주가 말했잖아요. 어떤 사람이 파벨을 몽둥이로 내려치는 것을 보았다고. 마리앙주와 펠릭스는 친한 사이였어요. 그래서 펠릭스가 살인 소담을 손에 넣은 거고.」

다시 뤼크레스는 자기 동료가 용의자 대신 대답하는 것에 화가 났다. 그녀는 다시 주도권을 쥐었다.

「그렇다면 당신이 마지막으로 살인 소담을 가지고 있던 사람이에요.」

「사실이에요. 하지만 나는 그것을 읽으면 죽는다는 것을 알고 있었어요.」

이지도르가 물었다.

「그 전설을 믿습니까?」

뤼크레스가 뒤따라 물었다.

「그래서 당신이 목갑을 따로 두었다가 그것을 사용해서 다리우스를 죽였나요?」

「그런 물건을 둘러싼 논란은 알고 있었어요.」

「그래서 그걸 가지고 무엇을 했죠? 말해요, 빌어먹을. 살인 소담, 어디에 있어요?」

「이 사람 말 좀 하게 내버려 둬요. 자꾸 끊으면 시간만 더 걸려요, 뤼크레스.」

「이지도르, 당신이 나한테 그런 말을 해요? 용의자들의 말을 시종일관 가로막던 사람이 누군데! 자기가 대답을 안다는 것을 나한테 보여 주려고 계속 그랬잖아요!」

「자, 두 사람 그만들 싸워요. 이제 주사위는 던져졌어요. 나는 더 감출 게 없어요.」

뤼크레스는 조바심을 냈다.

「당신이 살인 소담을 손에 넣은 뒤에 무슨 일이 벌어졌죠?」

이지도르는 그를 살피다가 말했다.

「내가 말할게요, 뤼크레스. 무슨 일이 일어났는지. 펠릭스는 멘토에 대한 모든 감사에도 불구하고 그를 더 이상 견디지 못했어요. 그는 〈당신의〉 마리앙주를 사랑했어요. 자기 애인이 자기 우두머리와 놀아나는 것이 그를 화나게 했죠.」

펠릭스는 잠자코 있었다. 그러자 이지도르는 그 시나리오를 계속 전개했다.

「다리우스는 주위 사람들에게 점점 더 견딜 수 없는 존재가 되어 갔을 거예요.」

「그는 터무니없이 벌컥벌컥 화를 냈고, 점점 더 강한 마약을 사용했어요. 그는 더 이상 기업 총수의 면모를 가지고 있지 않았어요. 제국의 지배자는 더더욱 말도 안 되죠.」

뤼크레스가 덧붙였다.

「그래서 당신이 이 어릿광대 분장들 가운데 하나, 즉 슬픈 표정의 어릿광대로 분장하고 그에게 살인 소담을 내밀었죠. 이렇게 말하면서. 〈자, 받아. 네가 줄곧 알고 싶어 했던 거야.〉 자, 이상이에요. 할 말은 다 나왔어요. 우리는 사건을 해결했어요. 펠릭스가 살인자예요. 우리는 이제 이 사람을 경찰에 고발하고 기사를 쓰기만 하면 돼요.」

이지도르는 뤼크레스가 막 빼어 든 전화기에 손을 갖다 댔다.

「아니에요.」

「뭐가 아니라는 거죠?」

「만약 이 사람이 범인이었다면 우리를 맞아들이지 않았을 거예요. 그렇지 않아요, 펠릭스?」

코미디언은 동의하고 담배 구름을 뱉어 냈다. 그는 새로 담배 한 개비를 꺼내 뤼크레스에게 내밀었다. 뤼크레스는 거절했지만 짜증이 났다.

……이 사람이 나로 하여금 이 바보 같은 짓을 다시 하게 만들려고 해.

「나는 비즈니스 스쿨을 나온 사람이에요. 나는 경영자예요. 합리적인 사람입니다. 나는 살인 소담을 안전한 장소에 갖다 놓았어요. 그런 다음 생각할 시간을 가지려고 했죠.」

「그 안전한 장소가 어디죠?」

「다리우스 극장요. 거기에 최신형 금고가 있어요. 금고는 높이가 2미터쯤 되는 거대한 조각상의 비어 있는 머릿속에 있죠. 다리우스가 책상다리를 하고 앉아 시가를 피우고 있는 모습의 조각상요.」

……그라우초 마크스의 조각상을 흉내 낸 것이로군. 그것까지 모방했어.

「나는 그의 오른팔이자 심복으로서 암호를 가지고 있었어요. 그래서 바로 거기에 감춘 거죠.」

「교묘하군요. 그러면 만약 다리우스가 그것을 찾아내더라도, 그에게 주려고 그런 것처럼 꾸밀 수 있었겠군요.」

뤼크레스는 놀라면서 말했다.

「다리우스는 살인 소담을 찾고 있었고, 살인 소담은 다름 아닌 그의 조각상 안에 들어 있었다, 이건가요? 바로 그의 머릿속에!」

「나는 목갑을 신문지에 싸놓았어요. 금고 안에는 많은 물건들이 있었어요. 그 물건들 역시 신문지에 싸여 있었지요. 그러니까 주의를 끌지 않았을 거예요.」

이지도르가 마무리를 지었다.

「다리우스로서는 그것이 정말 손에 넣기 어려운 물건이라고 생각했어요. 그러니까 그것이 자기 눈앞에 아무렇게나,

그냥 신문지에 싸여 있으리라고는 상상도 못 했겠죠. 매번 돈이나 마약을 거기서 꺼내면서도.」

펠릭스는 그 칭찬에 반응하지 않았다.

「다만 한 가지, 어떤 사람이 금고에서 그것을 훔쳐 갔어요.」

뤼크레스는 즉시 물었다.

「누군데요?」

「누구인지는 모르지만 언제인지는 알아요. 바로 다리우스가 죽기 나흘 전이에요. 더 정확히 말하면 프로브 경기가 열리는 동안이었죠. 사람들은 모두 경기에 집중하고 있었기 때문에 아무도 다리우스의 사무실을 감시하지 않았어요.」

......모든 용의자들이 꾸며 낸 이야기로 헛갈리게 해. 자칫 방향을 잃을 수도 있어. 하지만 그 어느 때보다 목표에 가까이 있다는 느낌이야. 생각해 보면, 이 남자는 세 번째 취재 대상이었어. 처음 만났을 때 제대로 질문을 했더라면 숱한 우여곡절을 거치지 않아도 되었겠지. 가장 웃기는 경우는 이것 아닐까. 소방 안전 요원, 그 첫 번째 용의자가 살인 소담을 가졌을 경우 말이야. 사실이 그렇다면, 다음과 같이 되는 거지. 1) 나는 웃음을 터뜨린다. 2) 나는 그를 죽인다. 이게 증거가 되겠군. 살인 소담을 가지고 있으면 죽음과 직결된다는 증거.

이지도르는 눈으로 그녀에게 뭔가 질문을 던지고 있었다.

......이 남자는 나랑 같은 생각을 하고 있어. 함께 일하다 보면 아마 언젠가는 서로 텔레파시를 통해 말하게 되겠지. 나는 지금 느낀다. 그가 묻는다. 〈이것에 대해서 어떻게 생각해요, 친애하는 뤼크레스?〉 그는 내 대답이 느껴지려나. 내 생각에는 말예요, 친애하는 이지도르, 지금 이 순간은 이 사

람 얼굴을 갈겨 주는 게 적합하겠어요. 그가 안에 종잇조각이 들어 있는 그 빌어먹을 목갑을 어떻게 했는지 고백하도록.

이지도르는 오른쪽 눈썹을 치켰다.

……이번에는 이 남자가 이렇게 말하는걸. 〈폭력은 바보들의 설득 수단이에요.〉

그는 입을 조금 내밀고 있다. 그녀는 그것을 즉시 해석한다. 〈어쨌거나 나는 이 사람이 더 알고 있다고 생각하지 않아요. 내가 보기에 이 사람은 진실해요.〉

그녀는 자기 주먹을 바라본다.

……어쨌거나 설령 이자가 진실을 말한다 할지라도 나는 이자가 마음에 들지 않아요. 그저 그동안 쌓인 모든 스트레스를 한 방에 날려 보내기 위해서라도 이자의 얼굴을 박살 내면 기쁘겠어요.

이번에는 이지도르가 왼쪽 눈썹을 치키면서 반대의 뜻을 강조했다.

그들은 자리에서 일어나 떠나는 시늉을 했다.

펠릭스는 그들을 문으로 데려다주기 전에 물었다.

「내 수수께끼의 답을 찾았어요?」

「음, 그게 정확히 뭐였는지 상기시켜 주세요.」

「한 남자가 보물을 찾아 나섰어요. 한참을 가다가 길이 두 갈래로 갈라지는 지점에 도달했어요. 한쪽 길로 가면 보물이 나오고, 다른 길로 가면 괴물을 만나서 죽게 되어 있어요. 하지만 그는 어느 길로 가야 보물이 나오는지 몰라요. 각각의 길 앞에는 기사가 한 사람씩 서 있어요. 그에게 어디로 가야 하는지를 알려 주는 기사들이죠. 한쪽 기사는 언제나 거짓말만 하고 다른 기사는 언제나 진실만을 말해요. 하지만 그는 어느 쪽이 진실을 말하는지 몰라요. 질문할 수 있는 기회는 한 번밖에 없어요. 어느 한 기사에게 한 가지 질문만 할 수 있다는 거죠. 자, 그렇다면 그는 무어라고 물어야 할까요?」

뤼크레스가 말했다.

「물론 알아냈죠. 그는 한쪽 길을 가리키면서 이렇게 물어야 해요. 〈저쪽 기사는 나한테 이 길이 보물로 가는 길이라고 말할까요?〉 그러면 거짓말을 하는 기사든 진실을 말하는 기사든 같은 대답을 하게 되어 있어요. 그래서 만약 〈아니오〉라는 대답이 나오면 자기가 가리킨 길로 가고, 〈예〉라는 대답이 나오면 다른 길로 가는 거죠.」

펠릭스가 말했다.

「훌륭한데요. 답을 찾아내면 전화하라고 했더니 왜 안 했어요?」

뤼크레스는 설핏 미소를 지었다.

「사실은 지금 막 당신이 거짓말하는 것을 들으면서 답이 무엇인지 깨달았거든요.」

162

한 노부인이 정기적으로 막대한 금액을 은행 계좌에 예치하고 있었다. 은행의 지점장은 그 노부인을 죽 지켜보다가, 어느 날 더 이상 궁금증을 참지 못하고 물었다.

「이런 것을 여쭤보면 실례가 되는 줄 압니다만, 그 많은 돈이 다 어디서 나는 건가요? 무슨 일을 해서 돈을 버세요?」

「아주 간단해요. 내기를 해서 따는 겁니다.」

「내기요? 내기를 해서 그렇게 많은 돈을 벌 수 있단 말입니까? 어떤 내기를 하시는데요?」

「에, 그러니까 예를 들자면…… 지점장의 고환이 네모지다는 데에 1만 유로를 걸겠어요.」

「농담이시죠?」

「아뇨. 만약 지점장님이 내기에 응하신다면, 내일 제 변호사를 데리고 다시 오겠습니다. 제가 이겼다는 것을 확인해 줄 증인이 필요하니까요.」

지점장은 재빨리 머리를 굴린다. 아무리 봐도 쉽게 큰돈을 벌 수 있는 기회라는 생각이 든다.

「좋습니다. 내기에 응하겠습니다. 내일 뵙죠.」

이튿날, 노부인은 변호사를 대동하고 나타나서 지점장실로 들어간다. 그러고는 지점장의 바지 지퍼를 내리고 성기를 꺼내어 돋보기로 살핀다.

「이런, 제가 졌네요, 지점장님. 내일 1만 유로를 갖다 드리겠습니다.」

지점장은 할머니에게서 거금을 빼앗는 것만 같아 마음이 찜찜하다. 그래서 노부인에게 말한다.

「여사님, 제 마음이 편하질 않네요. 이 우스꽝스러운 내기는 없던 일로 하죠.」

「아뇨, 제 걱정은 하지 마세요. 저는 제 변호사와 내기를 해서 10만 유로를 벌었는걸요. 무슨 내기를 했느냐고요? 제가 이 은행의 지점장실에 들어가서 지점장의 바지 지퍼를 내리고 성기를 만진다면, 그리고 지점장이 제 손을 뿌리치기는커녕 제가 만지고 난 뒤에 오히려 흐뭇한 표정을 짓는다면, 변호사가 저한테 10만 유로를 주기로 했죠.」

다리우스 워즈니악의 스탠드업 코미디
「내 인생은 난파선」 중에서

163

몽마르트르 묘지.

이지도르와 뤼크레스는 무덤들 사이로 걷고 있었다.

「뤼크레스, 내가 무슨 생각하는지 알아요? 우리는 사실상 곧 작업의 끝에 도달할 것이고 아무것도 찾아내지 못하리라는 거예요. 살인자도 살인 소담도. 그리고 나는 수사관들의 실패로 끝나는 첫 수사를 소설에 담게 될 거예요.」

「그건 우리한테나 당신 독자들한테나 참으로 실망스러운 일이 되겠군요.」

하늘이 어두워지고 있었다.

「아니에요, 농담이었어요. 나는 포기하지 않아요, 뤼크레스. 그건 내 스타일이 아니에요.」

「달리 생각하고 있는 게 있나 보죠?」

작은 구름 조각들이 바람에 밀려 거대한 구름장을 이루어 가고 있었다. 나뭇잎들이 살그락거리기 시작했다.

「내가 젊었을 때 어떻게 했는지 알아요? 어떤 방법을 적용했는데 그것이 제대로 통하지 않으면 나는 정반대로 해봤어요.」

「그렇다면 우리가 시도한 방법의 정반대는 뭐죠?」

그들은 귀족들의 무덤이 모여 있는 구역을 지나가고 있었다. 까마귀 몇 마리가 번들거리는 검은 날개를 푸드득거리며 깍깍 울어 댔다.

「나는 펠릭스가 거짓말을 했다고 생각하지 않아요. 그는 우리에게 진실을 말했어요. 막상 그러고 나니까 우리는 궁지에 빠져 버렸어요. 우리는 처음부터 살인 소담을 추적했고, 그것이 마지막으로 있었던 장소를 알아냈어요. 그런데 이렇게 추적로의 끝에 다다라서 어디로 가야 할지를 모르고 있어요. 이제 우리가 해온 방식을 버려야 해요. 문제를 정반대의 관점에서 바라봐야 해요. 피해자나 범행 무기의 관점에서가 아니라…… 살인자의 관점에서.」

뤼크레스는 레비아단의 초소형 무덤에 잠깐 들러서 데이지 꽃 한 송이를 내려놓았다.

「자, 내가 한 가지 물어볼게요, 뤼크레스. 우리가 처음부터 우리 자신에게 물어봤어야 하는 건데요, 슬픈 표정의 어릿광대는 왜 슬플까요?」

그는 어느 가족 묘소 앞에서 걸음을 멈췄다. 스무 명쯤 되는 이름들이 나란히 적혀 있는 묘소였다.

「무슨 뜻으로 하는 말인지 모르겠어요, 이지도르.」

「만약 슬픈 표정의 어릿광대가 어떤 동기에 따라서 행동하는지를 알게 되면, 우리는 그를 잡기 위한 덫을 놓을 수 있어요. 마치 생쥐를 잡기 위해서 쥐덫에 치즈 조각을 놓아두듯 말이에요.」

뤼크레스는 숨을 크게 들이마시고 나서 말했다.

「그렇다면 질문을 바꿔야겠네요. 〈우리는 왜 웃는가?〉에서 〈우리는 왜 슬픈가?〉로.」

조금 떨어진 곳에 있는 무덤 앞에서 한 여인이 눈물을 훔치고 있었다. 그들은 무덤들 사이의 통로를 나아갔다.

뤼크레스가 말했다.

「나는 태어나자마자 여기에 버려졌어요. 그게 나를 슬프게 해요. 내가 죽음과 특별한 관계를 맺고 있는 이유, 내가 늘 살아 있는 사람들에게 받아들여지기를 바라는 이유, 태어난 것이 죄가 되어 유기라는 최초의 벌을 받은 이곳에 내가 자주 오는 이유가 바로 거기에 있어요.」

이지도르는 그녀의 마음을 이해한다는 듯 고개를 끄덕

였다.

「이지도르, 당신을 슬프게 하는 건 뭐예요?」

「체제요. 나는 아나키스트예요. 나는 위계 제도를 참아내지 못해요. 아나키스트 정당 내의 위계 제도조차 견딜 수가 없어요. 나는 알량한 권력을 휘두르고 싶어 하는 우두머리들과 맞서 싸웠고, 지배 피지배 관계를 바탕으로 한 체제를 거부했어요. 그런데 어디를 가나 우두머리들과 그들을 숭배하는 무리가 있죠.」

「사회가 강요하는 경기 규칙을 지키는 것이 위선이라고 생각하는 건가요?」

「위선요? 그래요. 나는 위선을 고발했고 그 바람에 도처에서 적을 만들었어요.」

······이 남자는 인간 혐오증에 걸려 있을 뿐만 아니라 편집광적인 면도 있어.

「결국은 노예들과 폭군들이 한통속이 되어 내 신경을 자극해요. 나는 이 인간 사회가 돌아가는 걸 보면서 끊임없이 실망하고 끊임없이 절망하죠. 그러면서도 매일 텔레비전 뉴스를 봐요. 그것도 일종의 마조히즘적인 행동일까요? 그렇다 해도 나는 뉴스 시간이 되면 텔레비전을 켜지 않을 수가 없어요.」

두 기자는 세상의 혼잡과 소란에서 벗어나 있는 이곳이 무척 좋았다.

「이지도르, 당신을 특히 슬프게 하는 것이 뭐예요?」

「고통받는 아이들이 너무 많다는 것이죠. 세상 어디에나 그런 것 같아요. 모두가 홀어미나 고아를 보호한다고 주장하지만 그건 한낱 농담이에요. 전 세계적으로 홀어미들은 사회의 버림을 받고 고아들은 인신매매 조직의 표적이 되고 있어요.」

그녀는 몸서리를 쳤다.

「그런 보도를 접하면 사람들은 마음이 약간 불편해지는 것을 느끼지만 그냥 그것으로 끝이에요. 그러는 사이에 또 다른 아이들은 성폭력과 학대와 영양실조에 시달리고, 강제 결혼에 희생되고, 광신자 집단에 포섭되죠. 너무나 많은 아이들이 인생의 출발선에서부터 돌이킬 수 없는 상처를 입고 있어요. 때로는 부모들이 아이들의 삶을 파괴하기도 하죠.」

「도대체 우리 인간이란 어떤 종일까요?」

「한참 더 진화해야 하는 어린 종이죠. 앞선 세대의 폭력을 끊임없이 재생산하는 종이에요. 끝없이 이러고 있을지도 몰라요. 폭력이 없는 시스템을 만들어 내지 못하기 때문이에요. 시장에서 가장 잘나가는 비디오 게임을 봐요. 남을 죽이고 남에게 고통을 주는 것으로 승부를 겨루는 게임들이에요. 전투, 전쟁이 우리 안에서 잠자고 있는 어떤 것을 자꾸 일깨우죠. 형제애나 박애라는 개념이 있지만 이건 새로운 개념이라서 우리 세포들 속에 있는 무언가를 활성화시키지 못해요. 우리 자신을 교육시키고 우리의 뿌리 깊은 본성을 변화시켜야 해요.」

뤼크레스는 한 무덤 앞에서 걸음을 멈췄다. 묘석에 무덤 주인의 초상이 새겨져 있었다. 모자를 쓴 남자가 담배를 피우면서 아주 만족스러워하는 표정을 짓고 있었다.

······이지도르 말이 맞을지도 몰라. 폭력의 악순환에서 벗어나 서로 사랑할 수 있으려면 엄청난 상상력과 창의성이 필요할 거야.

「학창 시절에 상급생들한테 집단 폭행을 당한 적이 있어요. 선생님을 찾아가서 그 사실을 알렸더니 그가 뭐랬는지 알아요? 〈그래서 어쩌라고? 네가 아직 깨닫지 못한 모양인데 인생은 정글이야. 아무도 널 도와주지 않아. 더 강하고 공격적인 자들이 힘없고 심약한 자들을 파괴해. 다윈이 원망스럽더라도 그의 이론을 받아들여야 해. 너를 때린 아이들을 오히려 고맙게 생각하는 게 좋을 거야. 나중에 세상과 맞서 싸우도록 너를 훈련시킨 것으로 생각하라고.〉」

뤼크레스는 조약돌 하나를 발로 톡 차서 몇 발짝 앞으로 날려 보냈다.

「우리는 경쟁 체제에서, 다시 말하면 살아남기 위해서 남을 파괴해야 하는 시스템 속에서 성장했어요.」

「내 생각에도 그래요. 어머니 뱃속에서 나오자마자 스트레스를 받기 시작하죠. 부모들은 대개 자녀들을 사랑한다고 말하지만, 대개는 자녀들을 진정으로 사랑할 줄 몰라요. 부모들 역시 제대로 사랑을 받아 보지 못했고 사랑하는 법을 배운 적도 없기 때문이죠.」

「자기가 경험하지 못한 사랑의 감정을 어떻게 무의 상태에서 만들어 낼 수 있겠어요?」

그들은 다리우스의 무덤 앞에 다다랐다.

「이 사람은 어땠을까요?」

「다리우스도 마찬가지였을 거예요. 사랑받지 못했기에 남을 사랑하지 않는 아이였을 거예요. 그래도 다리우스는 특별한 생존 방식을 찾아냈죠. 남을 웃기는 것 말이에요.」

뤼크레스가 되받았다.

「생존 방식이라고요?」

「생물의 종들이 포식자들이나 어려운 생존 조건에 적응하기 위해 돌연변이를 일으키는 것과 비슷하죠. 그의 돌연변이는 재능을 계발하고 그 재능에 자신의 모든 것을 쏟아붓는 것이었어요. 그리고 심리적인 방어 체계가 허술한 인간이라는 종의 약점을 파고들면서 단기간에 영웅으로 인정받았죠.」

「하지만 그의 내면에서는 문제가 전혀 해결되지 않았어요. 그는 그저 당장 눈앞에 닥친 문제를 해결하기 위한 적응 방식을 찾아냈을 뿐이에요.」

「사실 우는 아이가 그의 내면에서 사라진 것은 아니었죠. 자기를 달래 주고 안심시켜 주기를 간절하게 원하는 아이가 늘 있었어요. 그런 점에서 보면 웃음이란 애정 결핍을 벌충하는 하나의 방식이죠.」

두 기자는 다리우스의 묘비명을 다시 한 번 읽어 보았다.
〈나 대신 그대들이 이 관 속에 들어 있다면 좋겠다.〉

다리우스의 무덤에는 작은 인형이며 편지, 티셔츠, 그림 등과 같은 팬들의 선물과 함께 많은 꽃다발이 놓여 있었다. 뤼크레스는 아무렇게나 놓인 꽃다발 하나를 가지런히 정돈했다.

이지도르가 말했다.

「그래도 이 인물에게는 약간의 기개가 있었어요. 용기와 집념이 없으면 그렇게 성공할 수 없죠.」

「내가 보기에 결국 그는 모든 것에 무감각해지고 흥미를 잃어버렸어요. 그는 뭐든지 다 가지고 있었어요. 돈, 권력, 여자, 마약, 대중의 사랑, 정치인들의 후원. 처벌을 두려워하지 않고 살인을 저지를 수 있을 정도였어요.」

「살인 소담은 그의 마지막 욕망의 대상이었어요. 유일하게 손에 넣을 수 없는 것이라서 더욱 갈구했겠죠. 그래서 그것을 얻기 위해 수단과 방법을 가리지 않았던 거예요.」

그들은 무덤들 사이의 통로를 계속 거닐었다.

그가 말했다.

「우리가 지금 던져야 할 질문은 이거예요.〈다리우스가 무슨 짓을 저질렀기에 슬픈 표정의 어릿광대가 울고 있는가?〉」

「다리우스 때문에 눈물을 흘린 사람들의 명단은 길어요. 이미 우리가 만난 사람들만 해도 많죠. 세바스티앵 돌랭은 다리우스한테 자기 코미디를 도둑맞고도 도리어 웃음거리가 되고 폐인이 되었어요. 스테판 크로즈는 그한테 저작권을 빼앗겼고, 유머 기사단 단원들은 다리우스 때문에 많은 동료와 그랜드 마스터를 잃었어요. 베아트리스의 경우에는 동반자가 다리우스 일당에게 살해당했죠. 그런가 하면 파벨은 다리우스에게 늘 모욕을 당했고 타데우시는 언제나 그의 그늘에 가려진 채 살았어요. 자, 이들 말고 누가 있죠?」

「다리우스한테 아이디어와 작품을 도둑맞은 다른 코미디언들. 프로브 경기에서 죽은 코미디언들의 가족……」

「거기에다 프로브 경기의 도박판에서 거금을 날린 마피아들, 다리우스가 도와주겠다는 약속을 지키지 않은 탓에 피해를 본 정치인들을 추가할 수 있겠네요.」

「펠릭스 샤탐도 있어요. 마리앙주 때문에 다리우스에게 질투심을 느꼈을 거예요. 게다가 그는 코미디계의 넘버원과 기업의 총수라는 자리를 차지하고 싶어 했어요.」

「펠릭스는 슬픈 표정의 어릿광대가 아니에요.」

그들은 몇 해 전에 사망한 다른 코미디언의 무덤 앞에 다다랐다.

「저기요, 뤼크레스. 사실은 나 당신한테 거짓말했어요.」

「무슨 거짓말인데요?」

……이 남자가 뭘 고백하려고 이러지? 설마 딴 여자가 있다는 얘기는 아니겠지?

「내가 코미디언들의 세계를 잘 안다고 하면서 그들이 모두 음울하다고 말했는데, 사실이 아니었어요. 그건 통념에 반대되는 말을 해서 관심을 더 끌어 보려는 수작이었어요. 정정 보도를 내야겠군요. 물론 내가 만난 코미디언들 중에는 늘 불안해하고 화를 잘 내고 폭력적이고 과대망상에 젖어 있는 사람들이 있었어요. 하지만 그들은 소수일 뿐이었어요. 대다수 코미디언들은 멋진 사람들이었다는 거 인정해요.」

……뭐야, 난 또…….

「무대 위에서는 익살맞고 실제의 삶에서는 쌀쌀맞은 코미디언들도 만나 봤고, 무대 위에서나 실생활에서나 늘 익살스러운 코미디언들도 만났어요. 물론…… 후자가 절대다수였죠.」

……잘났어, 정말.

「개인적으로 보면 그들은 경탄할 만해요. 다만 시스템이 문제죠. 일과 돈과 명예와 미디어를 뒤섞으면서 그들을 타락시키는 시스템 말이에요. 그들 모두가 새내기 개그맨으로 처음 무대에 섰을 때는 그저 사람들에게 웃음을 줄 수 있다는 것만으로도 큰 기쁨을 느꼈을 거예요.」

바람이 점점 세차게 불어오고 있었다. 무겁게 내려앉은 하늘 아래에서 나무들이 흔들리기 시작했다.

이지도르는 눈을 감은 채 중얼거렸다.

「슬픈 표정의 어릿광대……. 오래전에 다리우스 때문에 웃음을 잃은 어떤 사람. 그래서 웃음을 되찾기 위해 다리우스를 죽인 사람.」

「이지도르, 왜 그래요? 최면 상태에 빠진 사람처럼.」

「슬픈 표정의 어릿광대는 다리우스와 타데우시를 죽였어요. 그의 복수는 끝났어요.」

그때 갑자기 번갯불이 하늘을 갈랐다.

이지도르는 눈을 번쩍 떴다.

「아니, 복수는 끝나지 않았어요. 슬픈 표정의 어릿광대는 다시 공격할 거예요.」

「이지도르, 당신의 그 여성적인 직감이 또 발동한 건가요?」

「아뇨. 그보다 훨씬 정확한 거예요. 저걸 봐요!」

그는 자기 앞에 있는 무언가를 가리켰다.

164

한 여자가 결혼식을 올린 지 3주 만에 혼인 성사를 집전한 신부에게 전화를 걸었다.

「신부님, 저희가 끔찍한 부부 싸움을 벌였어요.」

「진정하세요, 자매님. 너무 심각하게 생각할 것 없어요. 부부 싸움을 처음 해봐서 그러나 본데, 세상에 싸우지 않는 부부가 어디 있겠어요? 보나 마나 자매님이 생각하는 것만큼 심각한 일은 아닐 거예요.」

「네, 알겠어요, 심각하게 생각하지 않을게요. 그러면 신부님, 한 가지만 더 조언해 주세요. 시체를 어떻게 처리해야 하죠?」

다리우스 워즈니악의 스탠드업 코미디

「부부 문제」 중에서

그녀는 분홍 털실로 스웨터를 뜨면서 텔레비전을 보고 있다. 흔들의자를 가만가만 움직이면서 반쯤은 졸고 있는 상태다.

그녀는 문을 등지고 앉아 있다. 그래서 방금 거실에 침입한 실루엣이 보이지 않는다.

뜨개질을 하는 그녀의 손놀림이 점점 느려진다.

침입자는 살금살금 나아가 그녀의 정면에 선다.

슬픈 표정의 어릿광대다. 커다란 빨간 코, 둥근 괄호 모양의 입, 왼쪽 뺨에 그려 넣은 눈물 자국.

「자, 받아요. 당신이 줄곧 알고 싶어 하던 거예요.」

어릿광대는 하얀 장갑을 낀 손으로 〈BQT〉와 〈절대로 읽지 마십시오〉라는 말이 적힌 목갑을 내민다.

흔들의자의 왕복 운동이 중단된다. 그녀는 뜨개바늘과 분홍 스웨터를 내려놓는다. 그런 다음 눈을 비비고 목갑을 받아 무릎 위에 놓는다.

그러고는 뜨개질 바구니에 담긴 안경을 찾아 손을 뻗더니, 안경 대신…… 권총을 집어 든다.

「손 들어!」

어릿광대의 눈에 경악의 빛이 스쳐 간다. 하지만 어느새 한쪽 발을 흔들의자 밑으로 넣어 의자를 들어 올린다. 흔들의자는 그 위에 앉아 있던 사람과 함께 뒤로 벌렁 넘어간다.

그 서슬에 뤼크레스의 하얀 가발이 벗겨지고 다리우스의 어머니 안나 마그달레나로 분장했던 얼굴이 드러났다.

뤼크레스는 머리가 조금 띵해진 채로 권총을 찾아 손을 더듬거렸다. 하지만 어릿광대는 벌써 소중한 목갑을 들고 달아나고 있었다.

뤼크레스는 거치적거리는 긴 드레스 자락을 들어 올리며 소리쳤다.

「이지도르, 도망가지 못하게 막아요!」

그러자 키가 크고 뚱뚱한 남자가 나타나 어릿광대의 앞길을 막아섰다.

도망자는 그 거구를 피해서 빠져나갈 수 없음을 알아차리고 임기응변을 시도했다. 도망자는 이지도르를 향해 계속 달려가더니 일부러 그의 품에 안겼다.

이지도르는 두 팔로 어릿광대를 꼭 껴안았다. 하지만 어릿광대의 두 손은 여전히 자유로운 상태였다. 어릿광대는 두 손가락을 이지도르의 갈비뼈에 대고 간질이기 시작했다. 이지도르는 느닷없는 간지럼을 참지 못하고 반사적으로 두 팔을 풀었다.

이지도르가 다시 숨을 가누는 사이에 어릿광대는 작은 과일 모양의 스위치를 눌렀다. 그러자 어릿광대의 옷깃에 달린 데이지꽃 모양의 장식물에서 레몬수가 분출하여 이지도르의 눈에 정통으로 맞았다. 이지도르는 욕설을 내뱉으며 두 손을 눈으로 가져갔다. 다시 길이 트였다. 슬픈 표정의 어릿광대는 저택 밖으로 달아나서 경차 스마트를 타고 멀어져 갔다.

두 기자는 사이드카가 곁달린 모토 구치에 올라탔다. 뤼크레스는 서둘러 시동을 걸고 자동차가 멀어진 곳을 향해 돌진했다.

뤼크레스는 오토바이를 몰면서 자기 파트너에게 분통을 터뜨렸다.

「아니 다 잡은 걸 놓치면 어떡해요? 꽉 붙들고 있었어야죠!」

「그자가 나를 간질였어요. 나는 간지럼을 많이 타요. 간지럼을 태우면 금세 자제력을 잃어버려요.」

「일부러 권총을 당신 호주머니에 넣어 주었잖아요. 설령 놓쳤더라도 그자의 다리 쪽으로 총을 쏴서 걸음을 늦출 수는 있었어요. 그러면 내가 쫓아가서 붙잡았을 텐데.」

「레몬수를 분출하는 데이지꽃에 맞서서 권총을 쏘라고요? 모기를 보고 칼을 뽑는 게 낫지.」

스마트는 빨간 신호를 무시하고 그대로 질주했다. 좌우에서 승용차들이 달려들고 있었다. 뤼크레스는 가까스로 오토바이를 세웠다.

「훌륭해요, 이지도르. 당신 때문에 놓쳤어요. 슬픈 표정의 어릿광대를 잡기 위해 덫을 놓자던 당신의 작전은 수포로 돌아갔어요.」

「쯧쯧…… 절망하는 것도 참 빠르셔.」

「놓친 거 맞잖아요! 드디어 잡나 보다 했는데, 이젠 망했어요. 망했다고요!」

이지도르는 애써 대꾸하지 않았다. 그저 꾸지람을 들은 아이의 표정으로 어깨를 으쓱해 보일 뿐이었다.

……내가 좀 심했나. 이지도르 덕분에 그자를 다시 찾아냈다는 것은 인정해야지.

다리우스 형제들의 이름이 적힌 묘비를 보면서 이름이 들어갈 자리가 하나 남아 있음을 알아차린 것은 이지도르였다. 워즈니악 집안의 가족묘에 마지막으로 묻힐 사람, 즉 안나 마그달레나의 이름이 아직 새겨져 있지 않다는 사실에 주목한 것이다. 그러면서 그녀가 다음 희생자가 되리라고 결론을 내렸다.

……그의 추론은 틀리지 않았어. 그러면 뭐해. 일을 하려면 끝까지 잘해야지.

「자, 똑똑한 이지도르 씨, 우리 이제 뭘 하죠?」

「슬픈 표정의 어릿광대를 찾아가서 마지막으로 솔직한 설명을 들어야죠. 소설에서는 늘 그러잖아요.」

뤼크레스는 그의 태연함에 그저 아연할 뿐이었다.

「그자가 누구이고 어디로 도망쳤는지 아니까 그런 소리를 하는 거겠죠?」

「암만요.」

「그럼 당장 가요!」

그는 그녀를 만류했다.

「쯧쯧…… 빠른 것과 성급한 것을 혼동하지 말아요. 지금 몇 시예요? 자정이죠? 이 시간이 되면 내가 아주 즐겨 하는 일이 있어요. 완전히 제정신을 잃어버리는 행위죠.」

「그게 뭔데요?」

「수면요. 일단 잠부터 자고, 내일 아침에 상쾌하게 샤워하고 맛있게 식사를 한 뒤에 그 사람을 찾으러 가요. 하지만 지금 당장 궁금해서 못 견디겠다면 한 가지 간단한 정보를 알려 줄게요. 그 인물이 누구인가에 대한 건데, 당신의 흥미를 끌 만한 정보예요.」

「사람 애태우지 말고 빨리 얘기하죠.」

「그 사람은 그냥 어릿광대가 아니라 여자 어릿광대예요. 내가 그 사람을 꽉 끌어안았을 때 젖가슴이 닿는 게 느껴졌어요. 작지만 탱탱한 젖가슴이더라고요. 그 사람이 누군지 알게 되면 당신도 모든 것을 이해하게 될 거예요.」

166

어느 초등학교에서 벌어진 일이다. 개학한 지 며칠이 지나서 오랜 전통에 따라 학급 단체 사진을 찍었다. 일주일 뒤, 선생님은 학생들이 저마다 사진을 사는 게 좋겠다 싶어서 설득을 시도한다.

「미래를 생각해 보세요. 수십 년이 지나서 이 사진을 다시 보면 정말 즐겁지 않겠어요? 그때 여러분은 아마 이렇게 말할 거예요. 어머, 얘가 프랑수아즈잖아. 얘가 이제는 의사가 되었다지? 그리고 여기 얘는 실뱅이야. 엔지니어가 되었지.」

그때 교실 뒤쪽에 앉은 아이가 작은 목소리로 동을 단다.

「그리고 이런 말도 하겠죠. 여기 이분이 우리 선생님이야. 가엾게도…… 세상을 떠나셨지.」

다리우스 워즈니악의 스탠드업 코미디
「인생은 미묘한 순간들의 총합」 중에서

167

파란 바닥, 하얀 벽.

하얀 제복을 입은 여자들이 복도를 분주하게 오간다. 그들 두 사람에게는 눈길조차 주지 않는다. 거친 숨소리, 신음 소리가 울린다.

천장에서 창백한 빛이 떨어진다.

그들은 어떤 문 앞에 다다른다. 문에는 동그라미에 날개가 세 개 달려 있는 것 같은 모양의 위험 물질 경고 표시가 붙어 있고 그 밑에 〈위험, 방사능 물질〉이라는 말이 적혀 있다.

그들은 몰래 문을 열고 들어간다. 그런 다음 조심조심 하얀 가운을 찾아 입고 촬영 기사들의 방으로 들어선다. 여러 사람이 유리 칸막이 너머에서 벌어지는 일을 주의 깊게 지켜보고 있다. 칸막이 너머에는 한 남자가 가운 차림으로 검사대에 누워 있다. 신호와 함께 검사대가 하얀 원통 속으로 미끄러져 들어간다. 남자의 발만이 원통 밖으로 나와 있다.

기계들이 요란한 소리를 내며 돌아가기 시작한다.

모니터에 여러 각도에서 찍은 뇌의 이미지들이 나타난다. 통제실에서 한 사람이 마이크를 통해 낭독을 시작한다.

「우스갯소리 1. 한 여자가 아기를 안고 버스에 올라탔다. 운전기사가 말했다. 〈내 평생 이렇게 못생긴 아기는 처음 봐요.〉 여자는 화가 머리끝까지 난 채로 버스 뒤쪽 좌석에 가서 앉더니 옆 사람을 돌아보며 말했다. 〈저 운전기사한테 방금 모욕을 당했어요!〉 그러자 옆 사람이 대답했다. 〈당장 가서 항의하세요, 어서요, 어서! 걱정하지 말고 가요, 그 원숭이는 내가 봐줄 테니까.〉」

피실험자는 허를 찔린 듯 극히 짧은 순간 침묵하다가 플라스틱 원통 속에서 웃음을 터뜨린다. 그의 발가락들이 옴찔거린다.

커다란 모니터의 뇌 영상에 밝게 빛나는 점 하나가 나타난다.

그 우스갯소리를 읽어 준 하얀 가운 차림의 여자는 영상을 느린 화면으로 다시 돌린다. 그러자 섬광처럼 나타났던 점이 하얀 광선의 형태로 바뀌어 나타난다. 소뇌 뒤쪽의 한 지점에서 출발한 광선은 대뇌 겉질의 가장 섬세한 부위들을 거쳐 반구들을 거슬러 올라가더니 뇌들보를 통과하여 이마엽에 다다른다.

하얀 가운 차림의 여자는 다시 입술을 마이크 가까이로 가져간다.

「우스갯소리 2. 텔레비전 안테나가 피뢰침과 사랑에 빠졌다. 그래서 피뢰침에게 물었다. 〈있잖아, 너 그거 믿어? 번개에 맞은 것처럼 한눈에 반하는 거 말이야.〉」

피실험자는 다시 웃음을 터뜨린다. 그의 뇌 지도에 하얀 점이 나타나고 그의 발들이 움찔거린다.

우스갯소리가 일으킨 흥분의 자취가 마치 우주선의 궤적처럼 모니터에 나타난다. 우주선의 이륙 지점과 도착 지점은 먼젓번과 거의 비슷하다.

「우스갯소리 3. 두 사냥꾼이 숲에서 돌아다니던 중에 한쪽 사냥꾼이 갑자기 쓰러졌다. 동행자가 살펴보니 숨이 끊어진 듯하고 눈알이 움직이지 않았다. 동행자는 휴대 전화로 긴급 구조대에 전화를 걸었다. 〈내 친구가 죽었어요! 어떻게 해야 되죠?〉 구조대원이 대답했다. 〈진정하시고요, 먼저 친구분이 정말 죽었는지 확인하세요.〉 잠시 침묵이 흐른 뒤에 총소리가 울렸다. 사냥꾼은 다시 전화기를 들고 말했다. 〈자, 이제 확실해졌어요. 그다음엔 뭘 하죠?〉」

피실험자의 발가락이 다시 움직인다. 플라스틱 원통 끄트머리에서 숨죽인 웃음소리가 들려온다. 하얀 가운 차림의 여자가 알린다.

「이분에 대해서는 이 정도면 되겠어요. 다들 수고했어요.」

검사대가 미끄러져 나온다. 여자 조수가 다가가서 피실험자가 검사대에서 내려오도록 도와준다. 남자는 우스갯소리들을 떠올리며 다시 키득거린다. 조수와 남자가 방을 나간다. 하얀 가운 차림의 여자는 홀로 남아 뇌 지도에 나타난 빛의 궤적을 살펴본다.

「박사님, 면담 좀 할 수 있을까요?」

여자가 몸을 돌렸다. 목소리의 주인공은 그녀가 아는 기자였다.

「당신네 주간지를 위한 인터뷰는 이미 한 걸로 아는데요, 카첸버그씨.」

「취재를 마무리하기 위해 한 가지만 더 여쭤보려고요. 그런데 박사님 사무실에 가서 조용하게 얘기를 나눴으면 싶네요. 괜찮을까요? 카트린 스칼레즈 박사님, 아니 어쩌면 〈은빛 족제비 카티〉라고 불러 드리는 편이 낫겠군요.」

여자는 멈칫거리며 손목시계를 보더니 인터폰을 눌렀다.

「오케이, 잠시 쉬었다 하죠. 언론사에서 인터뷰를 하자고 왔어요. 5분 있다가 돌아올게요. 다음 피실험자한테는 기다리라고 하세요. 여기 이 영상들은 모두 저장해 놓고.」

카트린 스칼레즈 박사는 두 기자를 자기 사무실로 데려갔다. 꽃무늬 장식 융단이 걸린 작은 방이었다. 벽에는 유머의 메커니즘에 관해서 연구한 학자들의 초상이 줄느런히 걸려 있었다. 학자들은 모두 하얀 가운 차림이었다. 그들의 결연한 눈빛은 전투적인 개척자들을 생각나게 했다. 유머의 본질을 확실하게 규명하겠다는 의지가 담긴 듯했다.

스칼레즈 박사의 팔걸이의자 뒤에는 한 인용문이 액자에 담긴 채 걸려 있었다.

상상력이 인간에게 주어진 것은 인간의 현재 모습이 아닌 것으로 인간을 보완하기 위함이요, 유머가 인간에게 주어진 것은 인간의 현재 모습에 대해서 인간을 위로하기 위함이다.

―헥터 휴먼로

박사는 문을 닫고 전화기를 들었다.

「여보세요? 교환대죠? 5분 동안 아무도 연결하지 마세요. 기자분들이 찾아와서 인터뷰를 해야 해요. 고마워요.」

그런 다음 차분한 표정으로 두 기자를 바라보며 커다란 가죽 의자에 앉으라고 권했다. 그러고는 오렌지주스를 커다란 유리컵에 따라 주고 나서 한참이 지나도록 그들을 물끄러미 바라보았다.

이윽고 그녀가 입을 열었다.

「내가 여기에 있다는 걸 어떻게 알아냈죠?」

「어젯밤 당신이 나한테 달려들어 안길 때 당신의 냄새를 맡았어요. 어디선가 맡아 본 냄새였어요. 바로 당신이 생각나더군요. 처음 당신을 만나러 왔을 때 나는 당신이 연구소에 일하러 나오면서 향수를 뿌린다는 사실에 놀랐어요. 무엇보다 향수가 〈타르틴 에 쇼콜라〉라서 더욱 놀랐어요. 그건 아동용 향수잖아요. 〈이 여자는 어린 시절에 계속 머물러 있고 싶어 하는구나〉 하는 생각이 들더군요.」

「세심하시군요.」

「나는 당신의 황옥 귀걸이에도 주목했어요. 어릿광대로 분장을 하더라도 사람의 냄새는 그대로 남고 귀걸이도 그냥 달고 있게 마련이죠.」

「정말 세심하시군요.」

「직업상 그래야 하거든요. 오감이 잘 돌아가야 좋은 기자라고 할 수 있죠.」

그녀는 전혀 동요하지 않고 묘한 미소를 지었다.

「그러면 우리는 서로 말이 통하겠네요. 진정으로 세심하다는 것은 이해의 첫째 조건이고, 어쩌면 지성의 으뜸가는 형태일 수도 있죠.」

「우리가 왜 왔는지 아시죠?」

「미루어 짐작건대 살인 소담의 행방을 찾아서 오신 것 같군요.」

뤼크레스가 더 단호한 말투로 덧붙였다.

「뿐만 아니라 당신이 왜 다리우스를 죽였는지 알기 위해서죠.」

스칼레즈 박사는 놀라는 것 같지 않았다. 그녀는 오렌지 주스를 따르고 석류시럽을 섞어서 홀짝홀짝 마셨다.

「그리고 또 물어보고 싶은 것은 살인……」

「저기요, 뤼크레스, 우리를 손님으로 대해 주시는데 너무 무례하게 굴진 말자고요.」

……말도 안 돼! 용의자 앞에서 나를 모욕하다니!

「카트린. 제가 카트린이라고 불러도 되겠죠? 우리가 워즈니악 사건의 진실을 알 수 있도록 도와주시겠어요?」

그녀는 의자에 앉은 채로 몸을 뒤로 젖혔다.

「나는 진실을 말해 주고 싶어요. 하지만 당신들이 들을 준비가 되어 있는지 모르겠군요. 무엇보다 그 진실을 이해할 준비가 되어 있나요?」

「우리를 도대체 뭘로 보고…….」

하지만 이지도르가 말을 잘랐다.

「이렇게 해요, 카트린. 지금 이 순간부터 원점으로 돌아갑시다. 우리는 선입견도 판단도 저의도 다 내려놓겠어요. 오로지 진실을 알고자 하는 의지만 가지고 당신 말에 귀를 기울이겠어요.」

그녀는 확신이 서지 않는 눈치였다.

「그래서 내가 얻는 건 뭐죠? 영혼의 안식? 진실을 존중하는 것? 무거운 비밀을 내려놓는 것? 나는 이제 그런 허튼소리를 믿을 나이가 아니에요.」

······어서 열쇠를 찾아야 해. 이 여자는 마지막 문을 열 준비가 되어 있지만, 우리가 도와주기를 바라고 있어. 모두 털어놓고 싶은 마음이 들게 하려면 어떻게 해야 할까? 경찰을 들먹이며 협박할까? 그건 너무 단순해. 이 여자가 우리에게 준 정보를 활용해야 해. 아동용 향수. 어린 시절의 냄새. 그렇다면 어린 시절에 열쇠가 있지 않을까? 타데우시의 열쇠는 어머니에게 있었어. 카트린의 열쇠는 어쩌면······.

뤼크레스가 말했다.

「당신의 아버지.」

그 말에 카트린은 화들짝 놀랐다.

「뭐라고요? 내 아버지요?」

「이 모든 일이 당신 아버지 때문이죠.」

······관찰하자. 잘 살펴보아야 한다. 이 여자는 열쇠가 다가오기를 기다리고 있다. 이럴 때 펠릭스 샤탐의 수수께끼가 도움이 되지 않을까? 그렇다면 내가 무어라고 물어야 할까? 이 여자가 거짓으로 대답하든 진실을 말하든 나에게는 진실을 알게 해주는 질문. 그런 질문이 있을까?

「당신 아버지 때문에 다리우스가 죽은 것 아닌가요?」

그러자 카트린에게서 놀라운 반응이 나타났다. 숨결이 거칠어지고 광대뼈 주위가 발개졌다. 그녀는 침을 꿀꺽 삼켰다.

「지금 무슨 얘기를 하는 거예요?」

「당신 아버지와 다리우스는 아는 사이였어요. 아닌가요?」

「법원의 재판 기록을 뒤지고 다녔군요. 그렇죠? 거기에 나와 있는 것은 다 가짜예요. 완전히 날조된 거라고요!」

그녀는 이제 화를 내고 있었다. 두 눈에서 불꽃이 튀었다.

……빙고! 자물쇠가 돌아가기 시작했어.

「왜 찰거머리처럼 달라붙는 거죠? 당신들이 뭔데 몇십 년 묵은 기록들을 뒤지고 다녀요? 그래 봤자 신문에 난 것은 다 사실이라고 믿는 주제에. 당신들은 기자니까 당신들 스스로가 지어낸 거짓말을 믿겠죠. 당신들한테는 거짓을 진실로 둔갑시키는 게 너무나 쉬운 일…….」

그녀는 실수로 서류 더미를 무너뜨렸다.

이지도르는 태연하게 말했다.

「진정해요, 카트린. 우리가 여기에 온 건 바로 그 진실을 바로 세우기 위해서예요. 당신 아버지를 두고 신문들이 떠들어 댄 것은 모두 거짓이에요. 난 그렇게 믿고 있어요.」

……드디어 이지도르가 내 의도를 알아차리고 장단을 맞춰 주는군.

「이제 어떻게 할 거죠? 나를 체포하라고 경찰에 알릴 건가요? 그래서 과거의 거짓말에 현재의 불의를 보탤 생각이에요?」

……세상에, 이거 너무 잘 통하는걸. 너무 다그치지 말고 이 여자를 안심시켜야겠어.

이지도르가 말했다.

「우리는 당신 편이에요. 안 그러면 여기에 오지도 않았을 거예요.」

「당신들의 방해가 없었다면…….」

……안나 마그달레나 워즈니악을 죽였을 거라고?

스칼레즈는 더 이상 말하지 않았다. 마치 뤼크레스의 생각이 들리기라도 한 것 같았다.

「만약 내가 사건의 자초지종을 이야기하면, 그것을 내가 말한 그대로 실어 주겠어요? 약속할 수 있어요?」

뤼크레스가 말했다.

「기자의 명예를 걸고 약속해요.」

「당연하죠. 우리가 그러기 위해서 왔는걸요.」

카트린은 다시 머뭇거리다가 말했다.

「사실 모든 일은 내 나이 열여섯 살 때 시작되었어요. 당시에 다리우스는 열일곱 살이었어요. 우리는 서로 사랑했어요. 엄청난 비극들이 대개는 소박한 사랑 이야기로 시작되죠. 이것 역시 인생이 우리에게 던지는 농담 아니겠어요?」

이지도르는 동의를 표시했다.

「아버지는 그의 친구가 되었어요. 아니, 그보다는 그의 스승이 되었다고 말하는 편이 낫겠군요. 아버지는 마치 동물 보호소에서 개를 받아들이듯이 다리우스를 선택했어요. 연민으로 말이에요. 당시에 다리우스는 갈 곳을 모르고 방황하는 젊은이였어요. 거칠고 공격적인 아이였죠. 범죄자나 노숙자가 되는 것 말고는 미래가 없었어요. 그런데 그의 어머니가 어쩌다 내 아버지를 알게 되었어요. 그녀는 자기 아들을 도와 달라고 아버지한테 사정을 했어요. 다리우스가 너무나 공격적이고 사나워서 더는 참고 돌봐 줄 수가 없게 된 거죠.」

「당신 아버지는 그때…….」

「아버지는 그를 처음 만나고 와서 나한테 말했어요. 〈오늘 불행한 젊은이를 만났어. 그 애한테 잘못이 있다면 때와 장소를 잘못 타고났다는 것뿐이겠지. 우리는 그 애를 탓할 수 없어. 그래도 아주 미미하지만 희극적인 재능의 싹수가 보이기는 하더라. 그래서 내가 물을 주고 키워 볼까 해.〉」

「당신 아버지는 그러니까…….」

「모모라는 예명을 썼던 내 아버지는 단순한 희극 배우가 아니라 웃음의 예술을 가르치는 스승이기도 했어요. 어쩌면 희극 배우의 일보다 제자들을 키우는 일에 더 힘을 쏟았다고 볼 수도 있어요. 특히 당시에는 어느 한 사람에게 자기의 지식과 기예를 온전히 전수하려고 애쓰고 있었죠.」

이지도르가 물었다.

「그게 누군데요?」

「바로 나예요. 그래서 다리우스와 나는 아버지의 가르침을 받으며 희극 예술에 함께 입문하게 되었죠. 두 개의 싹이 나란히 자라고 있었던 셈이에요. 연습 시간에 우리는 이따금 아버지의 지시에 따라 어릿광대로 분장했어요. 아버지는 어릿광대가 희극의 기원임을 종종 일깨워 주었어요. 다리우스는 웃는 어릿광대로 분장하고, 나는 우는 어릿광대로 분장했죠. 우리는 함께 배우면서 서로 가까워졌고, 그러다 보니 우리 사이에 사랑이 싹텄어요.」

카트린은 서랍에서 어릿광대의 빨간 코를 꺼내어 만지작거리기 시작했다.

「어느 날 아버지가 우리에게 말했어요. 〈너희가 세상에 나갈 준비가 되면 내 친구 스테판 크로츠를 소개해 주마. 그는 훌륭한 공연 제작자야. 너희는 GLH에 들어가게 될 거야. 그리고 언젠가는 희극 배우라면 누구나 알고 싶어 하는 위대한 비밀을 접하게 될지도 모르지. B……Q……T 말이다.」

카트린은 이야기를 하면서 그 장면을 다시 떠올리고 있는 듯했다.

「나는 즉시 GLH가 뭐냐고 물었죠. 다리우스는 BQT가 뭐냐고 물었고요. 아버지는 모든 것을 터놓고 말해 주었어요. 다리우스는 충격을 받았죠. 어떤 대가를 치르든 살인 소담의 비밀을 알아내고 싶어 했어요. 반면에 나는 어떻게든 유머 기사단에 들어가고 싶어 했고요.」

그녀는 갈수록 안절부절못하는 기색으로 손 안에서 빨간 코를 굴리고 있었다.

「그 뒤로도 희극 수업은 계속되었지만 다리우스는 예전 같지 않았어요. 살인 소담의 비밀에 집착하고 있기 때문이었죠.」

그녀는 숨을 깊이 들이마셨다.

「그러다가 급기야 〈일〉이 벌어졌어요…….」

뤼크레스는 안나 마그달레나의 말을 기억해 내고 앞질러 말했다. 추리에서 이지도르보다 앞서 가고 싶어 하는 것이었다.

「다리우스가 폐쇄된 공장에서 한쪽 눈을 잃은 사고 말인가요?」

「그건 사고가 아니었어요!」

스칼레즈 박사의 목소리가 갑자기 높아졌다. 분노가 가득 서린 음성이었다.

「아버지는 정말 애정을 가지고 다리우스를 대했어요. 나는 빼고 그에게만 특별 수업을 해주기도 했죠. 그럴 때면 나는 뒤처지고 싶지 않아서 그들을 멀리서 엿보았어요. 어느 날, 그들이 저글링 연습을 하고 있을 때였어요. 나는 위쪽의 좁다란 통로에 자리를 잡고 그들을 지켜봤죠. 그들은 이야기를 나누고 있었어요. 그때 갑자기 다리우스가 화를 냈어요. 그들의 말소리가 들려왔어요. 살인 소담에 관한 이야기였죠. 다리우스는 아버지를 위협했어요. 〈어서 말해, 살인 소담의 내용을 말하라고. 안 그러면 죽여 버릴 거야.〉 아버지는 체구가 작고 허약했어요. 반면에 다리우스는 건장하고 혈기가 왕성했어요. 그래서 나이는 갓 열일곱이었지만 아버지를 제압하는 데는 아무 문제가 없었죠. 그는 아버지의 멱살을 잡고 증기 해머 아래로 아버지의 머리를 밀어 넣었어요.」

카트린 스칼레즈는 말을 멈췄다. 그 장면을 다시 떠올린 듯 숨이 가빠지고 있었다.

「아버지는 상황을 제대로 이해하지 못하고 있었어요. 다리우스가 일시적으로 격분해서 그러는 것이려니 생각했을 거예요. 하지만 다리우스는 점점 더 살기등등하게 다그쳤어요. 〈말해! 살인 소담의 비밀을 알려 달라고! 난 꼭 알아야겠어.〉 아버지는 더 말하기를 거부했어요. 〈어서 말해! 경고하는데 나는 한다면 하는 사람이야!〉 아버지는 결국 고백했어요. 아무도, 심지어는 유머 기사단 내부에서조차 살인 소담의 내용을 모른다고. 그 문장들을 읽으면 죽게 된다고. 하지만 다리우스는 그 말을 믿으려 하지 않고 더욱 격앙된 목소리로 다시 협박했죠. 〈어서 말하라니까. 말해! 안 그러면 죽여 버릴 거야.〉 아버지는 용기를 내어 그 상황에 전혀 어울리지 않는 농담을 했어요. 〈콧구멍에 털 났네〉 하고요. 다리우스는 웃기는커녕 다시 울부짖었어요. 〈말했지. 난 한다면 한다고.〉 아버지는 머리를 증기 해머 아래에 둔 채로 말했어요. 〈팔뚝에 털 났네.〉 그러자 다리우스가 말하더군요. 〈하는 수 없지! 이건 당신이 원한 일이야.〉 아버지는 다시 무슨 말인가를 하려고 했어요. 〈똥구…….〉 하지만 그 말을 끝낼 수가 없었죠. 다리우스가 증기 해머의 손잡이를 잡아당긴 거예요. 거대한 쇳덩이가 아버지의 머리에 떨어졌어요. 아버지의 머리는 호두처럼 박살이 나버렸죠.」

그녀는 흥분이 고조되어 가쁜 숨을 몰아쉬고 있었다.

「나는 넋이 나간 채로 바라보고 있었어요. 끝까지 그게 실제 상황이 아니라고 믿었어요. 그냥 두 사람이 익살스러운 촌극을 연습하는 거라고 생각했죠. 그래서 나는 참극이 벌어졌을 때 그게 실제로 벌어진 일이 아님을 보여 주는 증거가 나타날 거라고 기대했어요. 마네킹이라든가 가짜 피 같은 것을 예상하고 있었죠. 하지만 그건 연극이 아니라 진짜 살인이었어요.」

그녀는 손가락으로 빨간 코를 짓눌러 삑삑거리는 소리를 냈다.

「증기 해머의 충격이 얼마나 컸던지 아버지의 턱뼈에서 어금니 하나가 튀어나가 마치 총알처럼 다리우스의 오른쪽 눈에 정통으로 맞았어요.」

스칼레즈 박사는 벌겋게 상기된 얼굴로 말을 멈췄다.

이지도르는 어렵게 입을 열었다.

「그다음에는 어떻게 됐나요?」

그녀는 석류시럽을 섞은 오렌지주스를 한 모금 마셨다.

「나는 그를 경찰에 고발했어요. 현장에 출동한 수사관들은 내 진술을 뒷받침하는 몇 가지 증거들을 찾아냈어요. 내 진술의 신빙성을 떨어뜨리는 또 다른 증거들과 함께요. 이 사건은 중죄 재판소로 넘어갔어요. 다리우스는 〈사전 모의에 의한 고의적인 살인〉 혐의로 기소되어 구금당했죠.

뤼크레스가 말했다.

「그런 사건이 있었는지 몰랐어요.」

「다리우스의 형 타데우시와 그의 어머니 안나 마그달레나는 사건 발생 시각에 현장에 있었다고 주장하면서 다리우스의 진술이 사실이라고 증언했어요. 〈녹슨 난간이 쓰러져서 생긴 불행한 사고〉라는 것이었죠. 하지만 진짜 고약한 일은 그다음에 벌어졌어요. 다리우스 자신의 변론이 정말 가관이었죠. 그는 판사 앞에서 이렇게 말했어요. 〈저는 모모를 죽였습니다. 이유는 그가 사람을 죽이는 우스갯소리의 비밀을 쥐고 있었기 때문입니다. 저는 어떤 대가를 치르더라도 그 우스갯소리가 무엇인지 알고 싶었습니다.〉」

그녀는 다시 몸을 부르르 떨었다.

「그러고는 말을 멈추고 기다리더군요. 먼저 그의 변호사가 웃음을 터뜨리고, 배심원 두세 명이 어이가 없다는 듯 실소를 지었어요. 그러자 마치 들판에 불길이 번지듯이 모든 배심원과 방청객 들이 웃음을 터뜨렸어요. 그래서 판사는 정숙을 요구하며 법봉을 두드려야만 했어요.」

……〈진실을 말하면 오히려 아무도 믿으려 하지 않는다〉는 기묘한 역설을 이용한 것이군. 그리고 보면 스테판 크로츠의 말이 맞아. 우스갯소리가 무기가 된다더니…….

「다리우스는 그렇게 첫 번째 웃음을 이끌어 냄으로써 재판을 자기가 원하는 쪽으로 끌고 갔어요. 그는 이렇게 덧붙였죠. 〈저는 이참에 제 오른쪽 눈을 없애 버렸습니다. 저는 눈이 너무 많았거든요. 저는 이제 외눈입니다. 그래도 앞을 보는 데는 아무 문제가 없습니다.〉 그러면서 오른쪽 눈을 가리고 있던 안대를 벗어 비어 있는 눈구멍을 드러냈어요. 배심원들과 방청객들은 충격에 휩싸였죠. 그는 이렇게 말을 맺었어요. 〈이제부터는 저를 키클롭스라 부르셔도 좋습니다.〉」

스칼레즈 박사는 빨간 코를 내려놓고 한 손으로 이마를 문질렀다.

「그 흉측한 눈구멍과 쾌활한 어조의 대비는 폭발적인 효과를 야기했어요. 모두가 웃어 댔어요. 판사와 검사조차 웃음을 참지 못했죠.」

뤼크레스가 말했다.

「아주 영악하게 굴었군요. 사람들은 다리우스가 그런 불행을 당했으니 설령 죄가 있다 해도 벌을 받을 만큼 받았다고 생각했을 거예요.」

「웃음은 한참이나 이어졌어요. 그러고 나서 내가 증언에 나섰는데 사람들은 더 이상 내 말에 귀를 기울이지 않았어요. 어떤 사람들은 아직 웃음 뒤끝의 눈물을 닦아 내고 있었죠. 나는 담담한 목소리로 말했어요. 제가 목격한 사실들을 있는 그대로 이야기하고 싶었어요. 그런데 사람들은 내 이야기를 믿어 주지 않았어요.」

「다리우스에 비해 너무 진지했던 거죠. 대중은 웃기는 사람들을 더 좋아하잖아요.」

「나는 살인 소담 얘기를 하면서 그게 다리우스의 살인 동기라고 말했어요. 그러자 다시 웃음이 터져 나왔어요. 건강한 웃음이 아니라 비웃음이었죠.」

이지도르가 말했다.

「다리우스가 이미 그걸 가지고 농담을 했기 때문에 진실을 이야기해도 통하지 않게 된 것이군요.」

「이어서 나는 다리우스의 눈에 관해서 이야기했어요. 아버지의 어금니에 맞아서 다친 거라고 말했죠. 그러자 법정이 웃음바다가 되어 버렸어요.」

뤼크레스는 유머 기사단에서 배운 것을 떠올리며 토를 달았다.

「〈환기〉의 메커니즘이 작동했군요.」

「배심원들은 만장일치로 살인이 아니라 사고라고 결론을 내렸어요. 한 배심원은 나한테 와서 매사를 나쁜 쪽으로만 보지 말라고 조언하기까지 했어요. 그러면서 나에게 자기 명함을 내밀더군요. 그는 정신과 의사였어요.」

그녀의 손가락들이 떨리고 있었다. 그녀는 빨간 코를 다시 집어 들고 만지작거렸다.

「나는 항소를 했어요. 그런데 2심에서는 더욱 고약한 일이 벌어졌어요. 재판을 보기 위해서가 아니라 익살맞은 피고의 이야기를 듣기 위해 군중이 몰려왔어요. 법정이 공연장으로 바뀐 것이죠. 그는 사람을 죽이는 우스갯소리며 키클롭스가 된 사연을 다시 이야기했어요. 하지만 그것으로는 충분치 않다고 생각했는지 나와 함께 교육을 받은 일이며 우리 관계를 이야기했어요.」

「사람들의 마음을 사로잡기 위해 사생활의 비밀까지 악용했군요.」

「그는 내 마음을 이해한다고 말했어요. 자기가 나라 해도 똑같이 행동했을 거라고 하더군요. 마치 내가 분노를 가라앉히기 위해서 아무나 죄인으로 만들고 있는 것처럼 말했죠. 그러더니 나를 보면서 이렇게 말을 맺었어요. 〈카티, 너한테 도움이 될 수 있다면 나는 이렇게 말할 준비가 되어 있어. 그래, 나는 죄인이야. 네 아버지는 내 잘못으로 돌아가셨어. 그리고 나는 기요틴이나 교수대에 올라갈 준비도 되어 있어. 전기의자에 앉는다 해도 좋아. 그 세 가지 중에 현재 어느 것이 사용되는지 모르지만…….〉 그러자 웃음과 박수갈채가 터져 나왔죠. 그럼으로써 나는 경쟁자인 젊은 재주꾼을 해치려고 하는 샘바리로 비쳐졌고, 그는 모함을 당해도 원망하지 않는 남자로 받아들여졌어요. 그것도 모자라서 그는 멀리서 나한테 입맞춤을 보내며 큰 소리로 외치더군요. 〈카티, 나는 너를 원망하지 않아. 내 도움이 필요하면 언제든지 연락해. 네가 부르면 달려갈 수 있도록 언제나 대기하고 있을 거야. 네 아버지에 대한 나의 존경심을 생각해서, 그리고 우리가 함께했던 시간들을 생각해서…….〉」

이지도르 역시 충격에 휩싸인 채 말했다.

「자기의 첫 관객들을 앞에 놓고 공연을 한 셈이군요.」

「내 삶은 거기에서 중단되었어요. 나는 우울증에 빠져서 집 안에 틀어박힌 채 말도 안 하고 지냈어요. 농담이나 우스갯소리나 희극과 조금이라도 관계가 있는 것들은 무조건 싫었어요. 어느 날 〈빨간 코와 하얀 가운〉이라는 코미디 그룹이 거리 공연을 하다가 내가 의기소침한 모습으로 지나가는 것을 보았어요. 그들은 나를 웃겨서 긴장을 풀어 주려고 했죠. 하지만 나는 무엇이든 손에 닿는 대로 집어 들어서 그들을 때렸어요.」

플라스틱으로 된 빨간 코가 그녀의 손가락들 사이에서 터지고 말았다. 그녀는 그것을 쓰레기통에 휙 던져 버렸다.

「그런 일이 있은 뒤에 어느 병원에 가서 정신과 의사를 만났어요. 그가 내가 아주 희귀한 병에 걸렸다고 진단했어요.」

이지도르가 물었다.

「무소증 말인가요?」

「맞아요. 아시네요?」

뤼크레스가 열성적인 학생처럼 끼어들었다.

「유머 기사단에서 배웠어요. 라블레가 그 말을 처음으로 사용했죠.」

「그 질병은 여러 가지 형태로 나타나요. 트라우마를 겪은 사람들에게서 이따금 나타나는데, 나의 경우에는 가장 급성적인 형태였어요. 나는 전혀 웃지 않았고 어떤 유머에 대해서든 알레르기 반응을 보였어요. 농담 비슷한 소리만 들어도 두드러기가 나고, 텔레비전에서 코미디가 나오는 걸 보면 갑자기 현기증이 났어요. 그 정신과 의사가 말하기를, 무소증의 치료법으로는 아직 알려진 것이 없다고 했어요. 그래도 그는 새로운 치료법을 시험해 보고 싶어 했어요. 비극이나 비극적인 소설들을 읽는 것에 바탕을 둔 온건한 치료법이었죠.」

이지도르가 말했다.

「그거 기발하군요.」

「그는 마음을 우울하게 하는 이야기들을 들려주었어요. 그리고 이야기가 비극적으로 끝나는 문학 작품들을 읽으라고 권했죠. 셰익스피어의 〈로미오와 줄리엣〉이나 〈맥베스〉, 빅토르 위고의 〈파리의 노트르담〉, 해리엇 비처 스토의 〈톰 아저씨의 오두막〉, 대니얼 키스의 〈앨저넌에게 꽃을〉 같은 작품들이었죠. 나는 이루어질 수 없는 사랑을 다룬 이야기들, 또는 주인공들이 살해당하거나 자살하는 것으로 끝나는 이야기들을 무척 좋아했어요. 그런 것들을 읽으면 불의와 부당함 때문에 고통을 겪는 사람은 나만 있는 게 아니구나 하는 느낌이 들었죠. 반면에 해피 엔드 스토리나 웃기는 이야기들은 전혀 읽지 않았어요.」

카트린은 자리에서 일어나더니, 지그문트 프로이트, 알프레트 아들러, 앙리 베르그송의 사진들을 보면서 사무실을 돌아다녔다.

「웃지 않고 산다는 게 어떤 건지 당신들은 모를 거예요. 사실 웃음이란 불행을 소화하기 위한 하나의 반응이에요. 우리가 웃지 않고 산다면 뇌에 불행이 쌓이게 되죠.」

뤼크레스가 물었다.

「우울증 치료를 받기 위해 병원에 오랫동안 입원해 있었나요?」

「몇 달 동안요. 그 뒤에는 요양원으로 옮겨 가서 3년 동안 지냈어요. 나를 치료해 준 의사는 내 슬픔을 견딜 수 있게 해줬을 뿐만 아니라 나에게 의학의 길을 열어 주었어요. 그는 내가 나의 뇌를 연구해서 나 자신을 치료해야 한다고 생각했어요.」

이지도르가 물었다.

「그 의사와 특별한 관계를 맺었나요?」

「그는 나의 구원자이자 멘토였어요. 나는 요양원에서 나온 뒤로 그의 권유에 따라 여러 해 동안 의학 공부를 했어요. 박사 학위 논문을 써야 하는 해가 되었을 때, 그는 〈웃음의 메커니즘〉을 연구 주제로 선택하라고 조언했죠. 그것을 연구하고 나면 나에게 유익한 결과를 얻게 될 거라고 생각했던 거예요.」

이지도르는 의사의 개인적인 문제와 전공 분야의 상관성

에 관한 자신의 가설에 일리가 있음을 다시 확인했다. 의사들은 자기들이 해결해야 할 문제와 관련된 영역을 전공으로 선택하는 경향이 있다. 마음에 큰 상처를 안고 있는 사람이 정신과 의사가 되고 여드름 때문에 고민이 많았던 소년이 피부과 의사가 되듯이, 무소증에 걸린 사람이 웃음 전문가가 될 수도 있는 것이다.

「나는 웃음의 메커니즘에 관해 더없이 완벽한 논문을 썼어요. 신경학, 생리학, 전기학, 화학을 동원하여 웃음의 작용을 규명한 논문이었죠. 일견 가벼워 보이는 그 주제를 놓고 630쪽이나 되는 방대한 논문을 쓴 사례는 일찍이 없었어요. 한 기자가 내 연구에 주목하고 좋은 기사를 써줬어요. 덕분에 이 분야에서는 내가 조금 유명해졌죠.」

뤼크레스는 혹시나 하면서 물었다.

「『르 게퇴르 모데른』의 기자였나요?」

「아뇨, 그것과 경쟁 관계에 있는 주간지의 기자였어요. 『랭스탕타네』였던가. 스테판 크로츠가 그 기사를 읽고 나를 만나러 왔어요. 유머의 생리학에 관한 내 논문들을 보여 주었더니 아주 좋아하더라고요. 그는 자기랑 어디를 좀 같이 가자고 제안했죠.」

이지도르가 물었다.

「자동차 트렁크에 실려서, 눈을 가린 채 여행하지 않았나요?」

「그걸 어떻게 알았어요?」

「계속하세요. 그러니까 스테판 크로츠와 함께 등대섬으로 가서……」

「거기 유령 등대 밑에 유머 기사단 총본부가 있었어요. 아버지가 말했던 바로 그 유머 기사단 말이에요. 거기에 들어서는 순간, 나는 내 삶의 중요한 고비로 다시 돌아가고 있다고 느꼈어요. 갑자기 중단되었던 나의 개인사가 바로 그 중단된 시점에서, 아버지가 나에게 유머 기사단에 보내 주겠다고 약속한 그 시점에서 다시 시작되고 있다는 느낌이 들더군요. 그들은 나와 긴 대화를 나눈 뒤에 일부러 나를 위해 실험실을 마련해 주었어요. 뿐만 아니라 상당한 자금을 지원해 주고 유머의 메커니즘과 관련해서 내가 모르고 있던 정보들을 가르쳐 주기도 했죠.」

「입단하셨나요?」

그녀는 머뭇거리다가 고백했다.

「사실, 나는 한 사람을 죽였어요. 순수의 상실. 그게 지식의 대가였어요. 프로브 대결은 금방 끝났어요. 내 희생자는 작고 통통하고 꽤나 호감이 가는 남자였어요. 그 가엾은 남자는 이상한 병에 걸린 나를 절대로 이길 수 없다는 사실을 모르고 있었죠.」

그녀는 어깨를 가볍게 들썩였다.

「그들은 내가 연구자 신분인 것을 감안하여 예외적으로 내가 편한 때에 유령 등대를 드나들 수 있도록 허락해 주었어요. 다리우스가 유머 기사단의 그랜드 마스터가 되겠다고 나선 날, 나는 거기에 있었어요. 연보라색 망토를 입은 마스터들 사이에 끼어 있었죠. 그는 나를 알아보지 못했죠. 나는 당연히 그를 지지하지 않았어요. 내가 알기로 그는 한 표 차이로 떨어졌어요.」

이지도르가 물었다.

「다리우스 일행이 등대를 공격하던 날에도 거기에 있었

나요?」

「나는 다른 단원들과 함께 도망쳤어요. 하지만 그들이 생미셸 예배당 밑의 고분 속으로 내려갔을 때, 나는 밖에서 혼자 기다렸어요.」

「다리우스를 죽이려고 했군요?」

「나는 몽둥이 하나를 주워 들었어요. 그들은 뿔뿔이 흩어져서 손전등과 총기를 들고 그 일대를 뒤지고 있었어요. 나는 다리우스가 지나가기를 기다렸어요. 그때 한 남자가 다가오더군요. 나는 그게 다리우스라고 생각했어요. 그래서 있는 힘을 다해 그의 머리를 내리쳤죠.」

뤼크레스가 말했다.

「하지만 그 사람은 다리우스가 아니라 파벨이었어요.」

「맞아요. 그런데 그가 쓰러지던 순간에 그의 배낭에서 무언가가 빠져나왔어요.」

「살인 소담이 들어 있는 목갑이죠?」

이지도르가 말했다.

「카트린이 말하게 가만히 있어요, 뤼크레스.」

……아니, 이거 해도 너무하는걸. 자기는 걸핏하면 남의 말을 자르고 똑똑한 척을 하면서 나한테는 가만히 있으라고!

「내 머릿속에서 이런저런 생각이 빠르게 스쳐 갔어요. 호기심보다는 복수가 먼저였어요. 나는 아버지가 했던 우스갯소리를 떠올렸어요. 〈신은 우리에게 벌을 주고 싶으면 우리 소원을 들어준다.〉 그래서 나는 살인 소담을 가져가서 다리우스에게 복수를 하리라고 생각했어요. 그가 그토록 갖고 싶어 하던 것을 주면서 그를 응징할 생각이었죠.」

뤼크레스가 말했다.

「그냥 놓고 갔어도 결국 그의 손에 들어가지 않았을까요?」

「아뇨, 나는 그의 눈을 똑바로 바라보면서 내 손으로 직접 주고 싶었어요. 〈자, 받아. 네가 줄곧 알고 싶어 했던 거야〉라고 말하면서요. 나는 그것을 주워 들기 위해 몸을 숙였어요. 하지만 근처에 누군가가 있었어요. 분홍 정장을 입은 여자였죠.」

뤼크레스가 알려 주었다.

「마리앙주예요.」

「어둠 속이라서 그 여자 눈에는 내 실루엣만 겨우 보였을 거예요. 그래도 그 여자는 내 쪽으로 총을 쐈어요. 모든 게 아주 짧은 순간에 벌어진 일이에요. 나는 목갑을 집어 들 새도 없이 일단 달아났어요. 그러고는 숨어서 동정을 살폈죠. 마리앙주는 살인 소담 목갑을 주워 들더니, 파벨이 쓰러져 있다면서 누군가에게 도움을 요청하더군요.」

「펠릭스를 부른 거예요.」

「그 남자가 오자 마리앙주는 살인 소담 목갑과 땅바닥에 쓰러져 있는 파벨을 가리켰어요. 그들은 어떻게 할까를 놓고 의견을 나누더군요. 펠릭스는 그 전리품을 다리우스에게 주지 말고 숨겨 두자고 했어요. 그들은 매우 흥분해 있는 상황이었어요. 그들의 말소리가 분명하게 들려왔어요. 여자는 걱정을 하더군요. 〈다리우스가 알면 어쩌려고? 당신이 살인 소담을 갖다 바치지 않고 그냥 가지고 있다는 것을 알게 되면 당신을 죽일 거야.〉 그러자 펠릭스가 대답했어요. 〈한 가지 방법이 있어. 그것을 다리우스 극장에 있는 그의 금고 안에 감추는 거야. 그러면 다리우스가 그것을 발견하더라도 나를 비난할 수가 없을 거야. 말은 안 했지만 나는 그에게 갖다 바친 셈이거든.〉」

「그야말로 유머적인 발상에서 나온 묘안이죠. 몰래 가로챈 물건을 그것을 찾고 있는 사람의 금고에 감춰 두는 것. 괜찮은 아이디어예요.」

「아무튼 그래서 나는 누가 살인 소담을 가지고 있는지, 그것이 어디에 숨겨져 있는지 알고 있었어요. 남은 일은 그것을 손에 넣어서 복수를 완수하는 것이었죠.」

「그래서 〈은빛 족제비 카티〉로 변신한 것이군요.」

「현장에 가서 탐색을 벌이려면 뭔가 그럴듯한 구실이 있어야 했어요. 그리고 그런 작업을 벌이자면 보안 체계가 가장 허술하고 분홍 정장들의 감시가 가장 소홀한 틈을 노려야 하는데, 역설적이게도 프로브 경기가 열리는 시간이 바로 그때였어요. 모두가 경기에 흠뻑 빠져 있는 때였으니까요. 그래서 나는 경기에 참가하겠다고 신청을 했어요. 남들이 경기를 벌이는 동안 극장 안을 뒤져 볼 생각이었죠.」

「하지만 한편으로는 경기에도 참여했잖아요. 죽는 게 두렵지 않았나요?」

「나는 무소증에 걸려 있었기 때문에 웃음에 면역이 되어 있는 셈이었어요. 그런가 하면 아버지 밑에서 웃음의 기예를 익혔고 유머 기사단에서 교육을 받았어요. 게다가 웃음의 생리학을 오랫동안 연구하기도 했어요. 여러 가지 강점을 두루 갖추고 있었던 셈이죠. 내가 느끼기에 다른 사람들이 몽둥이로 무장한 혈거인들이라면 나는 갑옷을 입고 장검을 든 전사였어요. 한마디로 프로브 경기를 두려워할 이유가 없었죠.」

뤼크레스가 끼어들었다.

「그래도 목숨이 걸려 있는데……..」

「내 상대들은 약간의 재치를 지닌 아마추어들일 뿐이었어요. 그들은 언제나 두려움을 느끼고 있었어요. 전투에 임해서 두려움을 느끼면 이미 반은 진 거죠. 나한테 문제가 되는 것은 오히려 너무 웃지 않는다는 데에 있었어요. 의심을 사지 않도록 웃는 척을 해야 한다는 게 문제였죠.」

「그러면 검류계 수치를 올리기 위해서 어떻게 한 거죠?」

「슬픈 생각을 해도 즐거운 생각을 할 때만큼이나 검류계 수치가 올라가요. 나는 웃는 시늉을 하면서 아버지를 생각했어요. 말하자면 모니터에 나타나는 수치를 내가 결정할 수 있었던 것이죠.」

이지도르는 그녀의 자신감에 깊은 인상을 받았다. 분노가 얼마나 컸으면 그렇게까지 되었을까 하는 생각도 들었다.

「나는 프로브 경기에서 연승을 거둠으로써 극장 안을 어느 정도 자유롭게 돌아다닐 수 있었어요. 적들이 나를 경계하지 않고 경기에 정신을 팔고 있는 동안 그들의 소굴에서 보물을 수색할 수 있었던 것이죠.」

카트린의 창백한 얼굴에 설핏한 미소가 스쳐 갔다.

「나는 그 일에 조금씩 도취해 가고 있었어요. 겔로스와 타나토스가 결합하여 엄청난 긴장감을 불러일으키는 칵테일을 만들어 내고 있었어요.」

「그러니까 경기의 긴장이 엄청나게 고조되어 있는 동안에 살인 소담을 찾아 사무실들을 뒤지고 다녔다는 얘기인가요?」

「그러다가 찾아냈어요. 나는 펠릭스가 〈그것을 머릿속에 숨겨 놓았어〉라고 말하는 것을 들었어요. 처음엔 그게 무슨 뜻인지 몰랐어요. 머릿속이라는 말이 그저 하나의 은유일 거라고 생각했죠. 그런데 여기에도 코미디언다운 장난이 숨어 있었어요. 그 장난에 속아서 말 그대로 받아들여야 할 것을 비유적인 의미로 받아들인 거예요. 살인 소담은 정말로 다리우스의 머릿속에 있었어요. 더 정확히 말하면 다리우스 조각상의 머릿속에요.」

「재미있군요.」

「하지만 금고의 비밀번호가 문제였어요. 여러 차례 시도를 했지만 속이 비어 있는 그 머리통을 열 수가 없었죠.」

뤼크레스가 말했다.

「뭐든지 잘할 수는 없어요, 카트린. 나한테 부탁했으면 내가 기꺼이 도와주었을 텐데요. 자물쇠가 내 논문의 주제이거든요.」

「아무튼 나는 해냈어요. 그리고 살인 소담을 손에 넣었죠.」

그때 문이 열리고 여자 조수가 다급한 표정으로 들어왔다.

「스칼레즈 박사님, 더 기다릴 수가 없어요. 5분이 지나도 한참 지났어요. 154번 피실험자가 대기하고 있어요. 벌써 검사대에 누워 있고 저희가 조영제를 주사해 놓았어요.」

카트린이 말했다.

「아, 그래? 미안해요, 이제 가봐야 해요. 즐거움보다 일이 우선이죠.」

카트린은 두 기자의 경계심을 간파했다.

「걱정 말아요. 다시 와서 뒷얘기를 들려줄게요. 약속해요.」

이지도르는 멀어져 가는 그녀를 바라보았다. 그러다가 자리에서 일어나 서가로 가더니 책 한 권을 뽑아 들었다.『필로겔로스』였다. 그는 그 책에 담긴 우스갯소리들 가운데 아무거나 하나를 골랐다.

168

두 학자가 사자에게 쫓기게 되었다. 한 사람은 과학자이고 다른 한 사람은 철학자이다. 과학자가 말한다.

「조심하게. 내 계산에 따르면 사자가 간격을 좁히고 있네. 곧 우리를 따라잡을 가능성이 많아.」

그러자 철학자가 대답하기를,

「그런 정보에는 관심이 없네. 나는 사자보다 빨리 달리려고 하지 않아. 내가 목표로 삼고 있는 것은 그저…… 자네보다 빨리 달리는 것일세.」

다리우스 워즈니악의 스탠드업 코미디
「인생은 미묘한 순간들의 총합」 중에서

169

뤼크레스는 벽에 걸린 인용문을 다시 읽었다.

「〈상상력이 인간에게 주어진 것은 인간의 현재 모습이 아닌 것으로 인간을 보완하기 위함이요, 유머가 인간에게 주어진 것은 인간의 현재 모습에 대해서 인간을 위로하기 위함이다. 헥터 휴 먼로.〉 혹시 헥터 휴 먼로가 누군지 알아요?」

「사키라는 필명으로 더 잘 알려진 영국 작가예요. 아주 신랄한 영국식 블랙 유머가 담긴 단편 소설들을 썼죠. 그 문장, 아주 근사하지 않아요? 내가 보기엔 라블레 이후에 유머를 가장 잘 정의한 작가가 사키인 것 같아요.」

뤼크레스가 말했다.

「이지도르, 때로는 우리가 조금 순진하지 않은가 하는 생각이 들어요.」

「무엇 때문에 그런 생각을 하는 거죠?」

이지도르는 유머 모음집을 다 훑어보고 몇몇 우스갯소리를 메모한 뒤에 사무실을 찬찬히 살펴보고 있었다.

「용의자가 〈잠시 기다리세요, 볼일 좀 보고 올게요〉 하고 나갔는데, 수사관들이 용의자를 믿고 기다린다는 게 말이 되나요? 코미디 영화를 만든다 해도 그런 장면을 넣지는 않을 것 같은데요.」

이지도르는 갖가지 크기의 빨간 코들을 모아 놓은 유리 액자 쪽으로 갔다. 뤼크레스는 손목시계를 보았다.

「지금이라도 늦지 않았어요. 카트린 스칼레즈가 아직 실험실에 있을 테니까 우리가 가서 붙잡으면 돼요.」

「뤼크레스, 그래서 뭘 어떻게 할 건데요? 마리앙주한테 했던 것처럼 그 여자를 붙잡아서 간지럼이라도 태우게요?」

「체포해야죠.」

「우리는 경찰이 아니에요.」

……이 남자 마음에 안 들어. 짜증 나.

「아무튼 자백을 마저 받아야죠! 처음부터 대화를 녹음해 왔는데…….」

「음성 녹음은 증거 자료로 인정받기가 어려워요. 조작될 수 있다고 보기 때문이에요. 그리고 내가 보기엔 그녀가 곧 돌아와서 살인 소담을 가지고 있다고 고백할 것 같은데요.」

뤼크레스는 짜증 난 기색으로 방 안을 서성거렸다.

「정말 그 여자가 돌아와서 우리한테 살인 소담을 줄 거라고 믿어요?」

「우리는 여기에 믿으러 온 게 아니에요. 믿는 건 성직자들과 신자들이 할 일이죠. 우리는 과학 전문 기자들이에요. 보고 듣고 느끼면서, 사건들과 증언들 사이의 관계를 규명하고 진실을 알아내야죠.」

뤼크레스는 자기 의자로 돌아가서 한숨을 푹 쉬며 털썩 주저앉았다.

「빌어먹을, 용의자한테 허를 찔려서 붙잡을 생각도 안 하다가 무슨 낭패를 보려고 그래요? 목표를 코앞에 두고 실패하면 그건 너무 허탈하잖아요!」

이지도르는 안쪽 책꽂이에 꽂힌 책들을 살펴보고 있었다.

「웃지 않고 산다는 게 어떤 것인지 상상해 봐요. 다리우스 워즈니악은 무수한 사람들에게 웃음을 선물했지만 한 사람에게서는 웃음을 완전히 빼앗아 갔어요. 결국 그것 때문에 죽은 거죠.」

뤼크레스는 귓등으로 듣고 있었다.

「그 여자가 우리를 바보로 만들었어요. 분명 자기 집으로 돌아갔을걸요. 그 여자 주소를 알아내서 다시 찾으러 가요. 아니면 경찰에 인상착의를 알려 주고 잡아 달라고 하든지요.」

그때 문이 열렸다. 카트린 스칼레즈 박사는 두꺼운 서류철을 팔에 끼고 돌아왔다.

「미안해요. 너무 오래 기다리시게 한 건 아닌지 모르겠네요.」

의표를 찔린 뤼크레스가 소리쳤다.

「계속하죠. 다리우스 극장에 있는 금고를 열어서 살인 소담을 손에 넣었다는 얘기까지 했어요.」

「음…… 그래요.」

웃음 생리학 전문가는 책상 앞에 앉아서 그들에게 다시 오렌지주스를 권했다.

뤼크레스는 안달을 내며 물었다.

「그래서요? 살인 소담을 읽었나요?」

「네.」

「그런데요? 무슨 일이 일어났죠?」

이지도르가 대신 대답했다.

「카트린은 무소증 덕분에 치명적인 웃음에 면역이 되어 있었어요. 그래서 살아남았죠. 카트린은 아무런 피해를 입지 않고 살인 소담을 읽을 수 있는, 세상에 몇 안 되는 사람들 가운데 하나에요.」

카트린은 고개를 끄덕였다.

「살인 소담은 정말 굉장해요. 3천 년 전, 솔로몬 시대에 소박한 아마추어 유머 작가가 썼다는 점을 생각하면 더더욱 그렇죠. 그 메커니즘은 정교한 시계 장치처럼 경이로워요. 첫 문장을 읽자마자 두 번째 문장에 빨려 들어가고, 마지막 문장에서는 뜻밖의 반전에 완전히 허를 찔려 아연실색하게 되죠.」

……더는 못 참겠어. 나도 알아야겠어. 그 망할 놈의 소담이 대체 뭐야? 그게 뭐냐고!!!

「세 문장으로 되어 있어요. 머리 문장, 몸통 문장, 꼬리 문장. 이 세 문장이 결합되면 치명적인 괴물로 변해요. 마치 살아 있는 용처럼 위험해지죠. 그것을 만들어 냈다는 니심이라는 사람은 시대를 훨씬 앞서갔던 게 분명해요.」

뤼크레스는 성깔을 부리며 물었다.

「그래서, 그게 뭔데요?」

「단연코 최고의 우스갯소리죠. 내 평생 그런 얘기는 들어 본 적이 없어요. 나는 오래전부터 웃음을 잃고 살아온 사람인데, 내 안에 있던 어떤 빗장이 풀렸어요. 머릿속이 간질간질하고 짜릿짜릿한 느낌이 들더니 웃음이 터져 나왔죠. 마치 오래전부터 쌓여 온 압력이 한순간에 해소되는 것 같았어요. 내 머릿속은 그야말로 분출하는 화산이었어요. 나는 웃고, 웃고, 또 웃었어요. 눈물이 나도록 웃었죠.」

「그래서요?」

「나는 죽지 않았어요. 그게 궁금하신 모양인데, 보다시피 나는 지금 당신들하고 이야기를 나누고 있어요.」

이지도르가 말했다.

「나는 그것 때문에 사람이 죽을 리는 없다고 줄곧 생각했어요.」

「그래도 내 병이 나았어요. 그 우스갯소리 덕분에 내 무소증이 치료되었죠.」

뤼크레스가 경탄했다.

「그렇다면 효과가 있는 거잖아요!」

이지도르가 반박했다.

「아뇨, 효과가 없어요. 카트린이 방금 말했잖아요. 카트린은 그것을 읽었는데 이렇게 살아 있어요.」

「카트린은 경우가 달라요. 예외적인 경우예요. 보통 사람들에게는 살인 소담이 치명적이에요.」

이지도르도 물러서지 않았다.

「효과가 없다니까요!」

「효과가 있어요!」

「없어요.」

「있어요.」

……이 남자가 왜 똥고집을 부리지? 내가 옳다는 것을 잘

알면서. 이 여자는 면역이 되어 있었기 때문에 그냥 폭소를 터뜨린 정도로 끝난 거야. 안 그러면 죽었을 거라고.

카트린 스칼레즈 박사가 심판으로 나섰다.

「마드므와젤, 당신 친구 말이 맞아요. 그 우스갯소리는 통하지 않아요. 그냥 아주 훌륭한 소담일 뿐이에요. 그 이상은 아니에요.」

「하지만 살인 소담을 읽으면 죽는다는 얘기를 숱하게 들었는데…….」

이지도르가 덧붙였다.

「그건 결국 거짓말이에요. 소문이고 낭설이고 전혀 확인되지 않은 간접 증언일 뿐이죠.」

「하지만…….」

웃음 생리학의 전문가가 말했다.

「미안해요, 마드므와젤, 당신 동료 말이 맞아요. 살인 소담은 아주 훌륭한 우스갯소리이지만 이름과는 달리 살인적인 유머가 아니에요. 만약 그것을 읽고 죽은 사람들이 있다면, 그들의 건강에 큰 문제가 있었을 거예요. 한 방울의 물이 꽃병의 물을 넘치게 했다고 봐야죠.」

「하지만…….」

「알아요, 당신이 실망했다는 거. 나 역시 그랬어요. 살인 소담에 대한 믿음은 많은 사람들의 마음속에 단단히 뿌리를 내리고 있었죠. 살인 소담에 관한 전설은 정말이지 모든 유머리스트의 신화예요. 그리고 내가 의사로 일하면서 알게 된 것이지만, 믿음은 현실에 영향을 미칠 수 있어요. 우리가 무언가를 진정으로 믿으면 그것이 현실로 나타나는 경우가 있죠.」

이지도르는 한숨을 내쉬었다.

「믿고자 하는 마음은 진리에 대한 욕구에 반비례하죠.」

뤼크레스는 점점 흥분하고 있었다. 에메랄드빛 눈이 이글거렸다.

「그러니까 당신이 알아낸 것은 살인 소담이 사람을 죽이지 않는다는…….」

「하지만 나는 내 복수의 시나리오를 폐기하고 싶지 않았어요. 그래서 전설을 현실로 만들 계획을 세웠죠.」

이지도르가 힘주어 말했다.

「정말 굉장한 생각이군요.」

……젠장, 이럴 수가. 이 남자가 지금 내 앞에서 이 여자를 꼬이고 있잖아. 이 여자가 나보다 나은 게 뭐가 있지? 내가 더 예쁘고 더 젊고 더 생기발랄해. 이 여자는…… 암만 봐도 별 볼 일 없어. 머리도 제대로 가꾸지 않았어. 그리고 저 손은 뭐야? 손톱을 물어뜯었잖아. 네일 아트 숍에는 가본 적도 없나 봐. 그럼 뭐야? 이지도르는 이 여자가 학자이고 의사라서 혹한 거야?

카트린 스칼레즈 박사는 서랍에 손을 넣어 빨간 코 하나를 꺼냈다. 그러더니 그것을 손바닥에 올려놓고 이리저리 굴리며 장난을 쳤다. 저글링을 배운 적이 있음을 말해 주는 손놀림이었다. 뤼크레스가 물었다.

「그래서요?」

「그래서…… 그걸 만들었죠. 나는 읽는 사람을 정말로 죽이는 진짜 살인 소담을 발명했어요.」

두 기자는 얼떨떨한 표정으로 멍한 눈빛을 주고받았다.

「나는 3천 년 전에 니심 벤 예후다가 시작한 일을 이어 가야 한다고, 아니 완성해야 한다고 생각했어요. 니심이 길을 찾아냈다면 나는 그 길의 끝에 도달해야 한다고 생각했죠. 그건 우리 시대에나 가능한 일이었어요. 나는 웃을 때 우리 몸에서 무슨 일이 벌어지는지 알고 있었어요. 유머가 각 유형에 따라서 어떤 효과를 내는지도 알고 있었고, 그것들이 뇌 속에서 어떤 궤적을 그리는지도 면밀하게 연구했어요.」

이지도르가 물었다.

「하지만 그런 기적에 도달하기란 쉽지 않았을 텐데요. 어떻게 하신 거죠?」

「내가 넘어서야 할 난관은 웃음이 매우 주관적이라는 사실이었어요. 똑같은 것을 놓고도 웃는 사람이 있고 웃지 않는 사람이 있어요. 사람들이 무엇을 재미있어 하는가는 성별이나 나이나 언어나 나라나 지력에 따라 다르죠.」

카트린은 자리에서 일어나더니 수납장에서 커다란 금속제 가방을 꺼냈다. 작은 컴퓨터처럼 생긴 복잡한 전자 자물쇠가 장착된 가방이었다.

그녀는 가방을 책상 위에 올려놓았다.

「바로 여기에 진짜 살인 소담이 들어 있어요. 누구든 이것을 읽기만 하면 죽음을 피할 수 없어요.」

두 기자는 조심스러운 태도를 보이며 감히 다가들려고 하지 않았다.

카트린은 화이트보드 쪽으로 가서 펠트펜을 집어 들었다.

「내가 그 난해한 수수께끼를 어떻게 풀었을까요? 먼저 나는 이런 질문을 던졌어요. 〈사람들을 정말 아주 흐드러지게 웃게 하는 방법은 무엇일까?〉 나는 그 답을 찾아냈어요. 바로 N_2O예요.」

이지도르가 지적했다.

「그건 아산화 질소의 화학식이잖아요.」

「브라보. 다른 말로 〈웃음 가스〉라고도 하죠. 이 가스는 1772년에 영국의 화학자 조지프 프리스틀리가 발견했어요. 당시에는 사람들이 모여서 이 가스를 흡입하고 함께 웃었답니다. 미국의 치과 의사 호러스 웰스는 이것을 치과 시술용 마취제로 사용하는 아이디어를 냈어요. 하지만 환자가 산소 부족으로 질식할 수도 있다는 사실이 이내 드러났죠. 그래서 오늘날에 이것을 마취제로 사용할 때는 산소와 섞어서 사용해요.」

이지도르가 일깨웠다.

「내가 알기로 아산화 질소는 속성으로 휘핑크림을 만들 때도 사용돼요. 크림이 담긴 밀폐된 통에 이 가스를 분사하면 액체가 순식간에 냉각되는 효과를 이용하는 것이죠.」

「맞아요. 그런가 하면 컴퓨터의 먼지 제거제로 사용되기도 하죠. 로켓 추진 연료의 성분에 포함되기도 하고요. 어떤 사람들은 이것을 마약으로 사용해요.」

「그러다가 부작용이 생기면······.」

······지식 자랑하느라고 두 사람이 신났구먼. 내가 보기에 이 여자는 일부러 뜸을 들이며 우리를 애태우고 있는 사디스트일 뿐이야.

「1992년에 스미스 교수는 이 웃음 가스에 독성이 있음을 알아냈어요. 특히 이 가스가 마취와 관련된 질병들의 원인이 된다는 사실을 밝혀냈죠.」

「아산화 질소를 너무 많이 흡입해서 병이 난 건가요?」

「간단히 말하자면 이 가스가 신경 장애나 호흡의 문제를 야기할 수 있다는 거죠.」

「그러면 당신은 이 가스의 독성을 강화한 건가요?」

그러자 카트린 스칼레즈는 너무 결론에 빨리 도달하려고 하지 말라면서 자신의 〈발명〉을 자세히 설명하겠다고 했다.

「내 아이디어는 아산화 질소를 농축하고 그 독성을 강화하는 다른 가스들을 섞는 것이었어요.」

뤼크레스는 들러리로 남아 있고 싶지 않아서 말문을 열었다.

「그렇게 해서 치명적인 웃음을 일으키는 화학 물질을 얻었나요?」

「아산화 질소에 다른 가스들을 첨가하고 거기에 소담을 보태면 치사 효과가 나타나요. 내 칵테일에서 각각의 성분이 차지하는 독성의 비율을 보자면, 아산화 질소가 70퍼센트, 첨가 가스들이 20퍼센트이고 소담 그 자체는 10퍼센트밖에 되지 않아요. 다이너마이트와 비교해서 말하자면, 아산화 질소는 화약, 첨가 가스는 심지에 해당하고, 소담은 불꽃에 해당하죠.」

이지도르는 그 새로운 아이디어에 매혹되어 있었다.

뤼크레스는 솔직하게 말했다.

「내가 제대로 이해한 건지 잘 모르겠어요.」

이지도르는 대신 나서서 설명했다.

「어떤 화학 물질이 신경 전달 물질에 작용하는 것은 카페리의 주차장에 자동차를 싣는 것에 비유할 수 있어요. 자동차 1백 대를 실을 수 있는 카페리가 있다고 해봐요. 아산화 질소로 화학적인 자극을 가하는 것은 이 카페리에 70대의 자동차를 싣는 것에 해당해요. 첨가 가스들을 섞어서 자극을 강화하는 것은 20대 자동차를 더 싣는 것과 같죠. 이제 카페리에는 90대의 자동차가 실려 있어요. 끝으로 유머를 이용해서 지적인 자극을 가하는 것은 마지막으로 10대를 더 실어서 카페리의 주차장을 가득 채우는 것에 해당해요. 이렇게 주차장—다시 말해서 신경 전달 물질—이 꽉 차면, 하나의 사건이 벌어집니다. 자동차를 가득 실은 카페리가 항구를 떠나 스틱스강을 건너는 마지막 뱃길을 가게 되는 것이죠.」

카트린이 고개를 끄덕였다.

「맞아요, 바로 그거예요.」

「그 정도면 사람을 죽이기에 충분한가요?」

「신경 전달 물질이 포화 상태가 되면 곧바로 아주 강력한 신경 발작이 일어나고, 이 신경 발작은 심장의 연축을 야기합니다. 그 자극은 건강한 심장도 버틸 수 없을 만큼 아주 강력해요. 그래서 심장이 갑자기 멎게 되는 것이죠.」

카트린은 화이트보드에 이렇게 썼다.

아산화질소 + 첨가 가스 + 소담 → 연축 → 심장 마비

그녀는 책상에 놓인 가방을 가리켰다.

「가장 까다로운 문제는 그것을 담을 목갑을 고안하는 일이었어요.」

그녀는 목갑을 그려 가스통이 들어가 있는 자리를 보여 주었다.

「혼합 가스의 효과를 시험하기 위해 기니피그에게 분사해 보았더니 기니피그가 혼수상태에 빠졌어요. 그러니까 90퍼센트의 효과를 얻은 셈이죠. 기니피그에 이어서 토끼, 그다음에는 원숭이를 상대로 시험을 했어요. 매번 실험동물들이

죽기 직전까지 갔어요. 가스의 독성이 조금 부족해서 마지막 일격을 가하지 못하는 것이었죠.」

이지도르가 말했다.

「거기에 웃음이 더해져야 하는데 동물들에겐 그게 부족했던 거로군요. 라블레 말대로 웃음은 인간의 고유한 특성이니까요.」

「그러니까 결정적인 10퍼센트의 효과는 사람을 상대로 시험해 보지 않고는 알 수 없는 것이었죠. 그런 상황에서 내가 누구를 첫 실험 대상으로 선택하겠어요? 내가 누구를 처단하기 위해 그 모든 노력을 기울였겠어요? 당연히 다리우스죠.」

카트린은 매우 전문가다운 어조로 설명을 이어 갔다.

「하지만 막상 실행에 옮기려고 하니 일이 간단하지가 않았어요. 다른 사람들이 읽는 경우를 고려하지 않을 수 없었어요. 그런 위험을 무릅쓸 수는 없는 노릇이었죠.」

「그래서 감광지를 돌돌 말아서 사용하는 방법을 생각해 냈군요. 그것을 펼쳐서 읽고 나면 곧바로 검게 변한다는 점에 착안한 거죠?」

「그건 기술적인 문제일 뿐이었어요. 그보다 중요한 것은 다리우스가 목갑을 꼭 열도록 만드는 일이었어요. 그건 심리적인 차원의 문제였죠.」

「그래서 슬픈 표정의 어릿광대로 분장한 건가요?」

「그건 그에게 과거를 상기시키는 방법이자 그의 호기심을 자극하는 방법이었죠. 설령 그가 내 얼굴을 알아보지 못한다 하더라도 슬픈 표정을 담은 내 분장은 알아보리라고 생각했어요.」

「그래서 일이 예상한 대로 돌아가던가요?」

「기대 이상이었어요. 그가 말하더군요. 〈나의 카티! 이게 얼마 만이야? 정말 뜻밖인걸. 그동안 어떻게 지냈어?〉 그는 마치 어린 시절의 친구를 만난 것처럼 스스럼없이 굴었어요. 사실 그는 그런 사람이었어요. 뜻밖의 일을 당해도 놀라지 않고 속내를 겉으로 드러내지 않고 최악의 적을 만나도 친구처럼 구는 능력이 뛰어난 자였죠. 사람을 죽이거나 배신하거나 모욕하는 짓을 하고도 미소를 지으며 태연하게 농담을 던지는 인간이었어요.」

뤼크레스가 말했다.

「그래서 그에게 목갑을 건네주며 〈자, 받아. 네가 줄곧 알고 싶어 했던 거야〉라고 말했나요?」

카트린은 뤼크레스 쪽을 돌아보았다.

「그게 통했어요. 내가 생각해도 놀라울 정도였어요. 이튿날 텔레비전 뉴스를 보고 내가 성공했다는 것을 알았죠.」

이지도르는 그녀의 성공을 인정해 주었다.

「당신은 진짜 BQT, 진짜 살인 소담을 만들어 냈어요. 당신은 천재예요. 니심 벤 예후다도 당신을 자랑스러워할 거예요. 당신은 그보다 훌륭해요. 당신의 이름은 마리 퀴리나 로절린 서스먼 앨로나 리타 레비몬탈치니와 마찬가지로 위대한 여성 과학자로 역사에 기록될 거예요.」

……세상에 이건 또 뭔 소리야? 아예 살인을 저지르는 것도 칭찬하지 그래?

뤼크레스는 그의 말을 바로잡았다.

「당신은 한낱 살인자예요!」

카트린 스칼레즈 박사는 대꾸하지 않았다.

「카첸버그 씨, 당신이 나를 만나러 와서 〈웃다가 죽는 것〉에 대해서 이야기했을 때, 나는 마침내 추적의 실마리를 제대로 잡은 사람이 나타났음을 알아차렸어요.」

뤼크레스가 끼어들었다.

「내가 두 사람을 방해하는 건 아니겠죠?」

「당신이 가자마자 나 나름대로 당신에 대해서 알아봤죠. 당신이 어떤 사람인지 알고 나서 깊은 인상을 받았어요.」

이지도르는 고개를 숙이면서 중얼거렸다.

「당신 같은 분한테 그런 칭찬을 들으니 감격스럽군요.」

「우리는 우리 나름의 방식으로 각자의 분야에서 개척자예요. 그렇기 때문에 그냥 남을 따라가고 모방하는 사람들에 비해 사회적인 관계에서 어려움을 많이 느끼죠.」

……아니, 뭐야 대체. 듣자 하니 둘이서 짝짜꿍을 하고 있잖아!

「방금 고백한 대로 당신은 한 남자를 계획적으로 살해했어요. 그리고 그 첫 번째 살인이 완전 범죄가 된 것으로 판단하고, 주저 없이 두 번째 피해자인 타데우시 워즈니악을 상대로 그 〈악마적인 살인 기계〉를 사용했어요.」

카트린 스칼레즈 박사는 그제야 여성 기자에게 조금 관심을 보였다.

「타데우시는 내 아버지의 사망 사건에 관한 재판 때 거짓 증언을 했어요. 당연히 그 대가를 치러야죠.」

「그런 다음에 당신은 우리에게 가짜 살인 소담이 들어 있는 목갑을 보냈어요.」

이지도르가 끼어들었다.

「각자 자기 입장에서 게임을 하는 거예요, 뤼크레스. 상대가 스스로를 방어한다고 해서 비난할 수는 없어요.」

「그건 단지 당신들이 이 사건에서 손을 떼도록 경고하기 위한 것이었어요. 당신들이 성큼성큼 다가오는 게 확실히 느껴졌거든요.」

뤼크레스는 자기 동료를 무시하고 말을 이었다.

「게다가 당신은 78세나 된 여자를 주저 없이 공격했어요. 안나 마그달레나 워즈니악을 죽이려고 했죠.」

카트린 스칼레즈는 그게 뭐 대수냐는 듯 입술을 비죽 내밀었다.

「그 여자의 거짓 증언이 가장 결정적이었어요. 그 여자가 그냥 가만히 있기만 했더라도 나는 아마 재판에서 이겼을 거예요. 그랬다면 다리우스는 내 손에 죽지 않고 여전히 어딘가에 살아 있겠죠.」

「감옥에 말인가요?」

「맞아요. 그가 있어야 할 자리는 바로 거기였어요.」

「그가 감옥에 갔다면 그의 코미디도, 화려한 성공도, 젊은 재주꾼들을 위한 극장도 없었을 거예요. 수백만의 프랑스인들이 그의 코미디를 보면서 웃는 일도 없었을 거고요.」

이지도르가 덧붙였다.

「뿐만 아니라 다리우스 때문에 만신창이가 된 코미디언도 나오지 않았을 것이고, 프로브 경기 때문에 사람들이 죽어 나가는 일도 생기기 않았겠죠.」

……그리고 나는 여학생 기숙사에서 자살한 시체로 발견되었을지도 모르지.

카트린 스칼레즈는 묘한 표정으로 철제 가방을 쓰다듬고 있었다.

「사필귀정이죠. 내 아버지의 영혼은 이제 안식을 누릴 수 있게 되었어요.」

그녀는 서랍을 열어 다시 빨간 코를 꺼냈다. 다른 것들보다 더 큰 것이었다. 그녀는 그것을 만지작거리며 말을 이었다.

「이제 당신들은 모든 것을 알게 되었어요. 다만 한 가지 모르는 게 있어요.」

그러더니 그녀는 철제 가방의 자물쇠 구실을 하는 작은 키보드를 섬세한 손놀림으로 천천히 조작했다. 두 개의 자물쇠청이 찰칵 소리를 내면서 풀렸다. 그녀는 파란 래커를 칠한 작은 목갑을 꺼내어 그들 쪽으로 돌려놓았다. 그들이 익히 알고 있는 세 글자가 금빛으로 반짝이고 있었다. 〈BQT〉.

그 아래에는 공들여 쓴 글씨로 〈절대로 읽지 마십시오〉라는 문장이 적혀 있었다. 그녀는 빨간 공을 자기 코에 붙이고 코맹맹이 소리로 말했다.

「이것을 알고 싶어서 그토록 애를 썼으니 당신들의 호기심을 충족시켜 주는 것이 도리라고 생각해요. 자, 당신들이 줄곧 알고 싶어 했던 거예요.」

그들이 어떤 반응을 보일 새도 없이 그녀는 그들을 향해 파란 목갑의 뚜껑을 열었다. 즉시 쉿 소리가 나더니 목갑의 두꺼운 내벽에 뚫린 두 개의 구멍에서 잿빛 가스가 강력하게 분출하여 두 개의 구름 덩이를 이루었다. 구름은 쫙 퍼져 나가면서 이내 방 안을 가득 채웠다.

이지도르가 소리쳤다.

「뤼크레스, 숨을 들이마시지 말아요! 빨리 나갑시다!」

뤼크레스는 그가 하는 것처럼 코를 움켜쥐고 따라가면서

소리쳤다.

「카트린은 보호 장비를 착용했어요. 빨간 코가 방독면이에요!」

그러자 유머 생리학의 전문가는 고개를 끄덕이며 코맹맹이 소리로 말했다.

「사실 이건 내 발명품들 가운데 하나예요. 특허까지 받았는걸요.」

그녀는 미소를 머금으며 방문 열쇠를 내보였다.

「카첸버그 씨, 내 마음을 알아줄 것 같은 드문 남자들 가운데 하나를 잃게 되어서 너무나 유감스러워요. 하지만 나로서는 어쩔 수가 없어요. 당신들이 나한테 선택권을 주지 않을 것 같아서 너무 두렵거든요. 이건 당신들 잘못이에요. 당신들은 내가 너무 많은 것을 말하도록 부추겼어요.」

뤼크레스는 입을 벌리고 공기를 조금 들이마셨다. 공중에 떠 있던 수백만 개의 원자들이 그녀의 구강과 기도를 지나 허파에 다다른 다음 핏속으로 들어간다. 허파 정맥을 통해 심장으로 들어간 피는 심장의 펌프질에 힘입어 목동맥을 타고 뇌에 다다른다. 그러자 신경 세포들의 내부 어딘가에서 이지도르가 설명한 화학적 현상이 일어났다. 신경 전달 물질의 용기가 90퍼센트까지 찬 것이다.

뤼크레스는 웃음의 욕구가 걷잡을 수 없이 치미는 것을 느꼈다. 웃음이 온천의 증기처럼 솟아오르고 있었다.

……안 돼! 참아야 해. 이건 화학 물질일 뿐이야.

뤼크레스는 카트린에게 덤벼들고 싶었다. 하지만 그럴 수가 없었다. 그녀의 맥 빠진 동작이 우스꽝스러웠다. 심장이 아주 빠르게 뛰기 시작했다. 그녀는 이지도르 역시 웃기 시작하는 것을 보았다.

카트린 스칼레즈는 목갑에서 돌돌 말린 종이를 집어 들었다.

「이번에는 감광지가 아니에요.」

그녀는 그들의 눈앞에 그것을 펼쳐 놓았다.

「자, 살인 소담을 두고 갈 테니 당신들이 알아서 해요. 내가 조언 한마디 하자면, 절대로 읽지 말아요.」

뤼크레스는 두 손으로 자기 눈과 이지도르의 눈을 가렸다.

그사이에 카트린 스칼레즈는 조용히 사무실을 나가서 열쇠로 문을 잠갔다.

두 기자는 그녀를 제지하기 위해 그 무엇도 시도할 수가 없었다.

뤼크레스는 웃음을 억누르며 또박또박 말하려고 애썼다.

「이건…… 다이너마이트를 터뜨리는 불똥이에요. 이걸 읽으면…… 하! 하! 하!」

그들은 느린 동작의 안무 같은 실랑이를 벌이기 시작했다. 이지도르는 자꾸 목갑에 다가가려 하고 뤼크레스는 한사코 그를 말렸다.

그러다가 뤼크레스가 비틀거리며 쓰러졌다. 그 바람에 이지도르도 바닥에 쓰러져 몸을 비틀기 시작했다. 뤼크레스는 침을 흘리며 주먹으로 바닥을 후려쳤다. 고통을 느끼면 웃음 가스의 효과가 사라지지 않을까 기대한 것이었다.

「하! 하! 하!」

「히! 히! 히!」

그들의 숨소리가 거칠어지고 심장 박동은 더욱 빨라졌다. 이지도르는 의자 다리를 잡고 가까스로 일어나서 살인 소담이 펼쳐져 있는 책상 쪽으로 다시 다가갔다.

그녀는 다시 그를 붙잡으려고 했다.

「하! 하! 하! ……안 돼요 ……후! 후! ……절대 안 돼요. 이지도르…… 하! 하! 읽지 말아요!」

170

우리에 갇힌 흰쥐 세 마리가 각자의 연구 성과를 결산한다.

첫 번째 흰쥐가 말한다.

「나는 위대한 과학자야. 내 전공은 물리학이지. 나는 저기 보이는 커다란 바퀴를 연구했어. 저 바퀴는 발전기와 연결되어 있어. 내가 밝혀낸 법칙에 따르면, 발전기와 연결된 작은 전구의 불빛은 바퀴 안에서 우리가 얼마나 빨리 달리느냐에 따라 밝기가 달라져. 달리는 속도가 빠를수록 불빛이 밝아진다는 거야.」

두 번째 흰쥐가 말한다.

「쳇, 뭘 그 정도를 가지고 위대하다고 그래. 나는 훨씬 위대한 과학자야. 내 전공은 기하학이지. 나는 수학 공식 하나를 발견했어. 어떤 미로에 들어가든 금방 길을 찾아낼 수 있게 해주는 공식이야. 나의 발견 덕분에 우리는 앞으로 상당히 많은 시간을 절약할 수 있을 거야.」

세 번째 흰쥐가 나선다.

「웃기는 소리, 그건 아무것도 아냐. 내 발견이 훨씬 중요해. 내 전문 분야는 심리학이야. 더 정확하게 말하면 〈동물 심리학〉이지. 내 말을 믿기가 쉽지 않겠지만, 나는 특별한 방식으로 인간을 길들여서 나에게 순종하도록 만들었어. 조건 반사의 원리를 발견한 거지. 내가 어떤 손잡이를 누르면 종소리가 울려. 그러면 곧바로 인간이 먹을 것을 가져다주지.」

다리우스 워즈니악의 스탠드업 코미디

「동물은 우리의 친구」중에서

171

카트린 스칼레즈 박사의 사무실에서 그들의 웃음소리가 울리고 있었다. 액자에 담긴 사진에서 우스꽝스러운 포즈를 취하고 있는 과학자들이 그들을 보며 놀리고 있는 듯했다.

이지도르는 계속 책상으로 다가가려고 했다. 돌돌 말았다가 펼쳐 놓은 종이에 스탠드 불빛이 비치고 있었다. 수많은 사람들이 탐내던 바로 물건이었다.

뤼크레스는 아직 차분하게 기능하고 있는 뉴런들을 총동원하여 생각했다.

……카트린은 저게 감광지가 아니라고 했어. 그러니까 빛을 받아도 파괴되지 않는다는 얘기야. 또 그 여자는 살인 소담이 세 개의 문장으로 이루어져 있다고 했어. 괴물의 머리와 몸통과 꼬리. 만약 저것을 읽으면 용이 불꽃을 토해 낼 것이고, 그러면 심지에 불이 붙어 뇌수가 폭발하고 말 거야.

뤼크레스는 바닥에서 몸을 굴려 이지도르의 한쪽 다리를 잡고 늘어졌다. 그들은 맥 빠진 동작으로 다시 실랑이를 벌였다.

「뤼크레스, 읽게 해줘요. 하! 하! 하!」

「절대로 안 돼요! 히! 히! 히!」

「난 알고 싶어요! 후! 히! 히!」

이지도르는 닭똥 같은 눈물이 흐르도록 웃어 대면서도 기를 쓰고 살인 소담 쪽으로 다가갔다.

……이 남자의 약점이 바로 이거야. 호기심. 나는 이 남자보다 강해. 나는 모르는 채로 사는 것을 받아들일 수 있어.

그때 몽생미셸 수도원 성당의 종탑 꼭대기에 솟아 있는 미카엘 대천사의 이미지가 그녀의 머릿속에 떠올랐다. 장검으로 용을 제압하는 미카엘 대천사.

이 상황에서는 그녀의 정신이 검이었다.

〈사랑을 검으로 삼고, 유머를 방패로 삼자.〉 그녀는 어느 책에선가 그 문장을 읽은 적이 있었다. 그 말이 문득 특별한 의미로 다가왔다. 〈사랑을 검으로.〉

그녀는 알고 있었다. 이지도르에 대한 사랑 덕분에 자기의 무기를 찾아내리라는 것을, 그리고 그 무기를 가지고 그가 호기심을 이겨 내도록 해주리라는 것을.

뤼크레스는 마리앙주가 자기한테 고통을 주었던 때를 다시 기억해 냈다.

……이게 바로 브레이크야. 스테판 크로츠가 가르쳐 준 대로 과거의 그 끔찍한 순간을 머릿속에 그려야 해. 마리앙주가 나를 침대에 묶어 놓고 눈을 가리고 입에 재갈을 물렸던 그 순간을 다시 보아야 해.

〈4월의 물고기.〉

그 고통스러운 기억을 떠올리면 살인 소담을 읽고 싶은 마음이 들지 않을 거야.

그녀는 자신이 미카엘 대천사처럼 갑주와 방패와 검으로 무장한 모습을 상상했다. 그리고 용의 머리에 칼날을 박았다. 그러자 용은 아가리를 벌리고 단말마의 신음을 토했다.

그녀는 목청껏 고함을 질렀다.

「4월의 물고기!」

그러고는 벌떡 일어나 살인 소담이 적힌 종이로 돌진했다. 그녀는 종이를 네 조각으로 찢어 버렸다.

이지도르는 여전히 웃어 대며 즉시 달려들더니 종잇조각들을 퍼즐처럼 맞춰 보려고 했다.

그러자 뤼크레스 역시 계속 웃어 대면서 종잇조각들을 더욱 잘게 찢었다. 이지도르는 그것들을 다시 모아 보려고 했지만 퍼즐은 갈수록 복잡해지고 있었다.

한 사람은 찢고 한 사람은 긁어모으는 그 우스꽝스러운 행위가 다시 그들에게 걷잡을 수 없는 웃음을 불러일으켰다. 그들은 기진맥진하여 바닥에 쓰러졌다.

한참이 지나서 뤼크레스는 딸꾹딸꾹 소리를 내면서 다시 일어서더니 창문을 열어 보려고 했다. 하지만 이 창문에는 손잡이가 없었다. 아예 열리지 않는 유리창이었다. 그녀는 의자를 집어 유리창에 던졌다. 세게 던진다고 던졌지만 의자는 힘없이 유리창에 부딪쳤다가 도로 튀어나왔다.

이지도르는 빨간 코들을 모아 놓은 액자로 가서 유리를 깨뜨렸다. 하지만 이 코들에는 필터가 없었다.

뤼크레스는 문을 부숴 보려고 했다. 하지만 문짝은 너무 단단하고 그녀의 근육은 너무 약했다. 이지도르는 사무실 전화기를 집어 들었다.

「하! 하! 하! ……여보세요, 경찰이죠? 우리를 꺼내 주세요. 우리는 조르주퐁피두 병원에 갇혀 있어요. 신경 정신과 병동에요. 하! 하! 하!」

하지만 전화선 건너편의 경찰관은 그것을 장난 전화로 여기고 수화기를 그냥 내려 버렸다.

이지도르는 이번에는 소방서에 전화를 걸었다. 결과는 마찬가지였다.

「하! 하! 도통 내 말을 믿어 주지 않아요. 다른 사람한테 걸어 봐야겠어요.」

그는 어떤 번호를 가까스로 기억해 내고 서툴게 버튼을 누르기 시작했다. 손가락이 자꾸 엉뚱한 곳으로 빗나갔다.

방 안에는 여전히 아산화 질소와 첨가 가스들이 가득 차 있었다. 그녀가 말했다.

「도와줄 사람이 오려면 시간이 얼마나 걸릴지 모르겠어요. 이제 슬픈 일들을 생각하면서 버텨야 해요.」

「경제 위기를 생각할까요?」

그녀는 웃음을 터뜨렸다.

「하! 하! 하! 나를 너무 웃기지 말아요. 자칫하면 내가 죽을 수도 있어요. 더 슬픈 것을 찾아봐요.」

「지구 온난화?」

그녀는 다시 웃음을 터뜨렸다.

「하! 하! 당신은 성행위를 할 때 오르가슴에 오르는 것을 억제하려면 어떻게 해요? 그때와 똑같이 해봐요.」

「그럴 때 나는 테나르디에를 생각하는데요.」

그녀는 또다시 웃음을 터뜨렸다. 심장이 아주 심하게 두근거리기 시작했다.

「하! 하! 하! 이지드로, 그러다가 나를 죽이겠어요. 어서 진짜 슬픈 것을 말해 봐요.」

「잘 모르겠어요. 당신 부모님의 죽음을 생각해 봐요.」

그녀는 다시 웃음을 터뜨렸다.

「하! 하! 호! 호! 내가 고아라는 사실을 잊었어요? 내 부모는 나를 공동묘지에 내다 버렸다고요.」

「빌어먹을.」

이지도르 역시 웃음을 터뜨렸다.

「아, 생각났어요. 아주 슬픈 것을 찾아냈어요.」

그는 그녀에게 귀엣말로 속삭였다. 그러자 마침내 그들은 웃음을 진정시키기 시작했다. 심장 박동이 차분해지고 있었다. 하지만 웃음의 경련은 계속 일어나고 있었다.

그때 뤼크레스에게 한 가지 생각이 떠올랐다. 그녀는 다리우스 극장에서 이지도르가 자기를 구하기 위해 썼던 방법을 떠올리고 종잇조각들을 모아 불을 붙였다. 작은 불꽃이 일었다. 연기가 화재 감지기 쪽으로 올라갔다. 그런데……아무것도 작동되지 않았다.

그녀는 불붙은 종잇조각을 화재 감지기 쪽으로 가져갔다. 역시 아무 반응이 없었다. 고장이 난 모양이었다.

……이제 우리는 망했어. 무엇보다 이 우스꽝스러운 상황을 놓고 웃으면 안 돼.

그때 문이 와장창 부서지며 열렸다.

두 기자는 자기들의 구원자를 보고 깜짝 놀랐다.

바로 〈말놀이 대장〉이자 유머 지옥의 문지기인 자크 뤼스티크였다. 그는 문을 부수는 데 사용한 대형 소화기를 그대로 들고 단호한 걸음으로 들어섰다.

「미안하네. 내가 좀 늦었지? 베아트리스의 지시에 따라 자네들이 몽생미셸을 출발할 때부터 계속 따라왔네. 더 정확하게 말하자면 자네들이 가지고 있는 인형 달린 열쇠고리가 자네들이 어디에서 무엇을 하는지를 알려 주는 원격 추적 표지 역할을 했지. 그런데 뜻밖의 불상사가 생기는 바람에 내가 발목이 잡히고 말았어. 그게 무슨 일이냐 하면…….」

뤼크레스는 그에게 달려들어 손으로 그의 입을 막아 버렸다. 그가 우스갯소리를 하려 한다는 것을 알아차린 것이었다. 이런 상황에서 우스갯소리를 하는 것은 화약고 안에서 불장난을 하는 것이나 다름없었다.

이지도르는 뤼크레스가 왜 그러는지를 알아차리고 자크의 입에서 어떤 말도 새어 나오지 않도록 크고 두꺼운 손을 그녀의 손 위에 얹었다.

〈말놀이 대장〉은 놀라서 눈을 휘둥그렇게 떴다.

뤼크레스는 눈물을 훔치고 숨을 고르며 가까스로 말했다.

「안 돼요, 자크. 부탁이에요. 제발 참아 줘요······. 우스갯소리든 말장난이든 절대로 하지 말아요. 우리한테 할 얘기가 있더라도 비극적인 이야기나 기분을 우울하게 만드는 이야기가 아니면 하지 말아요. 알았죠?」

172

어느 날 한 소녀가 자기 어머니에게 물었다.

「저기요 엄마, 인간의 첫 조상은 어떻게 태어났어요?」

「그건 말이야, 하느님께서 최초의 인간인 아담과 이브를 창조하셨어. 그들이 자식을 낳고, 그 자식들이 나중에 부모가 되어 또 자식을 낳고, 그런 식으로 이어져 오면서 우리 겨레가 형성된 거야.」

이틀 뒤, 소녀는 자기 아버지에게도 똑같은 질문을 던진다. 아버지의 대답은 이러하다.

「그러니까 지금으로부터 수백만 년 전에 원숭이들이 차츰차츰 진화해서 인간이 되었어. 그래서 오늘날 우리가 있게 된 거야.」

소녀는 심한 혼란을 느끼며 어머니에게 쪼르르 달려간다.

「엄마! 이게 어떻게 된 거죠? 엄마는 하느님이 우리의 첫 조상을 창조하셨다 하고, 아빠는 원숭이들이 진화해서 인간이 되었다고 하니 말이에요.」

그러자 어머니가 미소를 지으며 하는 말.

「아가야, 그건 아주 간단해. 엄마는 엄마 집안 얘기를 한 거고, 아빠는 아빠 집안 얘기를 한 거야.」

다리우스 워즈니악의 스탠드업 코미디
「성들의 전쟁, 그 생생한 현장」중에서

173

돌고래 링고가 그의 주위로 물을 튀기면서 다시 떨어진다. 두 번째 돌고래 폴은 즉시 몸을 날려 훨씬 높이 솟아오른다.

상어 조지는 그 소동에 짜증이 나서 풀장 밑바닥의 한쪽 구석으로 가서 숨어 버린다.

이지도르는 중고 영화 기자재 가게에서 구해 온 태양등을 마주하고 책상 앞에 앉아 있다. 그는 보수 공사가 끝난 뒤로 실내 장식을 개선했다.

중앙의 풀장은 여전히 넓고 깊지만, 주위의 주거 공간은 이국정취가 더욱 물씬 풍겨 나도록 꾸몄다. 종려나무, 야자수, 모래 언덕, 덩굴 식물 등이 주거 공간 곳곳에 배치된 것이다.

대형 평면 모니터들도 새로 들여놓았다. 한복판에 있는 가장 커다란 모니터는 오로지 〈가능성의 나무〉를 위한 것이다. 이 인터넷 사이트는 인류의 더 나은 미래를 생각하며 다양한 전망들을 제시하는 사이버 공간이다. 누구나 들어와 자신의 아이디어를 소개함으로써 나뭇잎을 늘려 나갈 수 있다. 미래에 대한 그 모든 제안이 모여 가지와 잎이 풍성한 커다란 나무를 만들어 가는 것이다.

이지도르는 아이폰에 연결된 헤드셋을 끼고 영화「조너선 리빙스턴 시걸」의 음악을 듣고 있다.

그는 살인 소담에 관해 취재를 하는 동안 겪었던 강렬한 순간들을 돌이켜 본다.

그는 가방에서 물건들을 하나씩 꺼내어 책상 위에 늘어놓는다. 카르나크에서 가져온 크레이프 봉지, 등대섬에 갈 때 타고 갔던 요트와 똑같이 생긴 장난감 요트, 솔로몬왕을 그린 그림, 유머 기사단의 초심자들이 쓰는 흰 가면, 카르나크의 열석을 보여 주는 그림엽서, 몽생미셸의 그림엽서, 용을 제압하는 미카엘 대천사의 조각상을 찍은 사진, 사리 차림의 그라우초 마크스를 나타낸 작은 반신상, 다리우스의 사진, 다리우스의 무덤 사진, 앙리 베르그송의 사진, 모든 시대 모든 나라의 유머를 모아 놓은 책 몇 권. 그는 마지막으로 꺼내 든 어릿광대의 빨간 코를 살펴본다.

그는 컴퓨터 자판을 두드려 첫 문장을 쓴다. 〈우리는 왜 웃는가?〉

그런 다음 자기 소설의 주춧돌 구실을 하게 될 그 첫 문장을 만족스럽게 여기며 빙그레 웃는다.

그는 어릿광대의 빨간 코를 한쪽 손에 들고 각각의 손가락 위로 굴리며 장난을 치다가 널따란 풀장 쪽으로 던져 버린다. 빨간 공이 수면에 떨어지기도 전에 돌고래 존이 수면 위로 솟아오른다. 녀석은 새로운 놀이를 제안하는 것으로 여기고 너무나 기뻐하는 기색이다. 다른 돌고래 링고와 폴도 합세하여 서로 공을 주고받으며 즐겁게 논다.

이지도르는 어떤 식으로 글을 써 나가야 할지 곰곰 생각한다. 진주를 꿰어 목걸이를 만들듯이 문장들을 꿰어 나가서는 안 된다. 전체적인 구상과 여러 켜로 이루어진 플롯을 따라가야 한다.

그는 서스펜스가 넘치는 과학 추리 소설을 쓰고 싶어 한다. 그렇다면 거기에 맞는 자기만의 작법을 고안해야 한다.

그가 보기에 창작자의 모든 작업은 생명의 창조로 귀결된다. 소설을 하나의 살아 있는 존재로 생각해야 한다. 먼저 뼈대에 해당하는 플롯을 짜서 이야기의 틀을 갖춘다. 다음에는 장기들에 해당하는 큰 장면들을 집어넣어 플롯에 피와 산소와 호르몬이 돌게 한다. 그다음에는 근육에 해당하는 작은 장면들을 덧붙여 이야기에 팽팽한 긴장감을 불어넣는다. 그렇게 뼈대가 바로 서고 장기들이 기능하고 근육들에 힘이 붙으면 거기에 살갗을 입힌다. 이는 전체를 감싸서 그 속에 무엇이 있는지를 보이지 않게 하는 옷감과 같다.

다음으로 그는 문체에 관해서 생각한다. 그에게는 유머 작가들의 문체와도 같은 간결하고 효과적인 문체가 필요하다. 군더더기나 화려한 장식이나 지나친 기교 따위는 필요 없다. 비밀스러운 기하학적 원리에 따라 만들어진 뼈대에 그저 군더더기가 없는 탱탱한 살을 붙이면 그만이다.

장차 소설가가 되려는 전직 과학 전문 기자 이지도르는 연필과 만년필을 들고,「조너선 리빙스턴 시걸」의 관현악을 들으면서 소설의 선세식인 들을 인체토도 나다내기 시각된다. 그는 발, 허벅지, 배, 배꼽, 팔, 목, 머리, 그리고…… 생식기를 그려 넣는다.

그런 다음 이 인체도의 적당한 자리에 문장들을 적는다.

발 옆에는 〈우리는 왜 웃는가?〉라고 쓴다.

그는 만년필을 가지고 잠시 손장난을 하다가 오른쪽 종아리 옆에 〈누가 다리우스를 죽였나?〉라고 써넣는다. 그리고 왼쪽 종아리 옆에는 〈어떻게 밀폐된 방에서 흔적도 남기지 않고 사람을 죽일 수 있는가?〉라고 적는다.

그런 다음 오른쪽 무릎 옆에는 〈첫 번째 단서들〉이라고 쓴다.

생식기 어름에는 〈세 가지 에너지: 성적인 에너지 에로스, 죽음의 에너지 타나토스, 웃음의 에너지 겔로스〉라고 적는다.

이어서 이 세 가지 에너지를 소설이라는 유기체 전체로 확산시킨다.

심장에는 더 커다란 글씨로 〈사람은 웃다가 죽을 수 있는가?〉라고 쓴다.

창자 쪽에는 〈프로브, 코미디언들을 죽음으로 몰아넣는 유머 배틀〉, 이마에는 〈유머 기사단과 태고로부터 전해 내려오는 성스러운 유물〉, 엉덩이에는 〈파리의 쇼 비즈니스 세계〉라고 적어 넣는다.

생각하면 생각할수록 연예계의 시스템이 다리우스의 비극을 인위적으로 부추겼다는 느낌이 든다. 마치 양을 살찌워 희생 제물로 바치듯이 무명인을 스타로 만들어 놓고 결국에는 희생시키는 시스템. 재능 있는 사람들을 키워 주고 그들에게 돈과 권력과 코카인과 섹스를 잔뜩 준 다음에 마치 크리스마스 때 살진 칠면조를 잡아먹듯이 스타들을 죽여서 잔치를 벌이는 시스템.

이지도르는 흰 가면을 돌고래들 쪽으로 던진다. 그러자 한 돌고래가 가면의 고무줄 아래로 주둥이를 밀어 넣어 머리에 쓰는 시늉을 한다. 마치 가면의 용도를 알아차리기라도 한 듯하다.

……가면, 이것이 바로 덫이야. 스타들은 자기들의 가면과 진짜 얼굴을 혼동해. 그런 증상이 심해져서 현실을 완전히

망각하게 되면 갑자기 끝없는 추락이 시작되는 거지.

코미디언들의 세계는 어쩌면 훨씬 더 잔인할지도 몰라. 거기에서 얻을 수 있는 권력이 훨씬 강하기 때문이야.

다리우스 워즈니악은 빛의 유머 진영에서 교육을 받았지만 어둠의 유머 진영으로 넘어갔고, 결국 카트린 스칼레즈라는 제3의 에너지를 생겨나게 했어.

카트린 스칼레즈는 자기 나름대로 유머가 진화하는 새로운 길, 즉 〈청색 유머〉를 개척했어.

이지도르는 인체도의 목 어름에 〈카트린 스칼레즈 박사〉라고 써넣는다.

……그녀는 유머와 관련하여 모든 것을 연구하고 깨달았어. 어릿광대가 되기 위한 교육을 받았고 웃음의 심오한 메커니즘을 알아낸 뒤에 그것을 극단적으로 활용했어. 어떤 점에서는 유머 기사단을 베아트리스보다 더 훌륭하게 이끌 수 있을지도 몰라.

그는 자기가 그린 그림을 검토한다.

……아냐, 베아트리스는 유머 기사단의 가장 훌륭한 지도자야. 카트린이 웃음의 생리학자라면 베아트리스는 유머 창작의 진정한 달인이잖아. 이제 그녀가 이끄는 유머 기사단은 세계에서 가장 경이로운 곳에 총본부를 두고 있어. 그곳은 섬인가 하면 육지이고 육지인가 하면 섬이야. 몽생미셸은 그 자체로 지질학적인 유머야.

그는 다시 자판을 두드린다.

〈소설 창작은 살아 있는 존재를 만들어 내는 것과 비슷하다. 모든 소설은 하나의 우스갯소리로 요약될 수 있다.〉

그런 다음 이렇게 덧붙인다.

〈그런데 만약 인간의 생명이 그저 하나의 우스갯소리라면?〉

〈그런데 만약 모든 생명 형태가 그저 하나의 우스갯소리라면?〉

〈그런데 만약 인간 정신이 도달할 가장 높은 경지가 유머라면?〉

〈그런데 만약 모든 생명 형태의 진화 방향이 바로《갈수록 더 재미있어지는 것》이라면?〉

그는 자기가 써놓은 문장들을 놓고 곰곰이 생각에 잠긴다.

그때 갑자기 누가 초인종을 누른다.

그는 새로 설치한 원격 개폐 장치를 작동시킨다.

뤼크레스가 나선 계단을 통해 풀장 한복판에 있는 섬으로 올라온다. 그런 다음 부교를 건너 그에게로 다가온다.

그녀는 칼에 찔린 용의 무늬가 찍힌 블라우스를 입고 있다. 이번에는 중국풍의 치파오가 아니라 베네치아풍의 옷이다. 게다가 여느 때와 달리 미니스커트를 입고 하이힐을 신은 차림이다. 연한 갈색으로 물들인 긴 머리는 이마에 애교스럽게 컬을 늘어뜨린 복잡한 헤어스타일로 꾸며져 있다.

그녀는 책상 앞에 앉아 있는 그의 이마에 입을 맞춘다.

이지도르는 다짜고짜 묻는다.

「그래, 어떻게 됐어요?」

그녀는 대답 대신 『르 게퇴르 모데른』의 최신 호를 그의 책상 위에 던진다. 표지에 커다란 글자로 적혀 있는 〈위대한 비밀〉이라는 말이 눈길을 확 잡아끈다. 그 아래에는 조금 작은 글자로 〈단독 취재: 키클롭스의 죽음에 관한 진실〉이라는 말이 적혀 있다.

이지도르는 깜짝 놀란 눈으로 그녀를 올려다본다.

「결국 테나르디에를 설득해 낸 거예요? 당신이 해낼 거라고는 생각하지 않았는데, 정말 대단해요, 뤼크레스.」

그는 주간지를 집어 표지를 살펴본다. 다리우스의 사진이 실려 있다. 죽기 직전 올랭피아의 무대에서, 안대를 벗어 눈구멍에 박힌 분홍색 하트를 드러내는 모습이다.

이지도르는 한숨을 내쉰다.

「따지고 보면 이 동작에 취재의 열쇠가 있었어요. 모두가 그의 신체적 장애를 불쌍히 여겼지만, 사실 그의 애꾸눈은 그가 저지른 범죄의 증거였어요. 이 작은 하트도 카트린 스칼레즈와의 사랑 이야기를 암시하는 것이었죠. 결국 우리가 처음부터 보았던 이 눈에 모든 것이 담겨 있었던 셈이에요. 이 또한 인생의 농담이죠.」

그는 기사가 시작되는 면을 펼친다. 다리우스의 무덤 사진이 실려 있고 검은 바탕에 흰 글씨로 이렇게 적혀 있다.

〈충격 보도: 다리우스 워즈니악의 죽음

크리스티안 테나르디에 독점 취재, 플로랑 펠레그리니 현상 시원.〉

뤼크레스는 이지도르가 무어라고 지적하기 전에 선수를 쳤다.

「이게 기사 게재의 필수 불가결한 조건이었어요. 크리스티안 테나르디에는 자기 체면을 세우고 싶어 했어요. 평생 기사 한 줄 쓴 적이 없다고 모두가 그녀를 조롱하는 판이었거든요.」

「그럼 플로랑 펠레그리니는요? 그가 이 기사를 썼어요?」

「아뇨, 내가 썼어요. 하지만 테나르디에가 그러더라고요.

중대한 범죄 사건의 경우에는 독자들이 플로랑 펠레그리니가 쓴 기사를 읽는 데에 익숙해져 있다고요. 그녀 말을 그대로 옮기자면 그의 이름이 〈신빙성의 보증〉이라더군요.」

「그런 거였군요.」

「그나마 기사 말미에 내 이름을 넣어 주기는 했어요.」

이지도르는 기사의 마지막 페이지를 들춰 본다. 아닌 게 아니라 페이지 하단에 기사의 작성자로 되어 있는 두 사람의 이름이 나와 있고 그 옆의 괄호 안에 더 작은 글씨로 〈자료 조사: 뤼크레스 넴로드〉라고 적혀 있다.

「아예 없는 것보단 낫죠. 게다가 원고가 31장인데 이번에는 돈을 제대로 받았어요. 아주 잘 받았죠. 그들이 내 원고료를 올려 줬거든요. 이제부터 한 장당 50유로를 받게 되었어요. 내 살림살이에 조금 윤기가 돌게 된 거죠.」

이지도르는 아무 말 없이 기사의 첫머리를 속독으로 훑어보고 있었다.

「뿐만 아니라 테나르디에는 취재 비용을 모두 지급해 주는 데에 동의했어요. 숙박비, 식비, 기름값 등을 다 지불해 주겠대요.」

그녀는 신이 나서 얘기하는데, 이지도르의 표정은 그저 심드렁했다.

「주간지의 커버스토리로 들어간 기사인데, 최소한 그 정도는 해줘야 되는 거 아닌가요?」

뤼크레스는 말을 이었다.

「크리스티안 테나르디에가 나를 칭찬했어요. 조만간 나를 정규직으로 임명하는 것도 고려하고 있다던데요. 위층의 간부들에게 곧 이야기하겠다고 약속했어요.」

이지도르는 페이지를 넘기고 중간 제목에 눈길을 주었다.
〈다리우스는 위대한 몰리에르처럼 무대 위에서 웃다가 죽었다.〉

「이 중간 제목 당신이 뽑은 거예요?」

「아뇨. 펠레그리니의 아이디어였어요.」

「그렇군요. 위대한 배우들은 무대 위에서 연기를 하다 죽는다. 남에게 즐거움을 주기 위해 고통을 감수한다. 아주 영웅적이군요. 아주 좋은 아이디어예요. 접근 방식이 그럴싸해요.」

……이 남자는 나를 놀리고 있어. 테나르디에가 약속했다는 소리를 못 들었나? 아니면 그녀가 약속을 지키지 않을 거라고 생각하는 걸까? 왜 내 기분을 망치려고 드는 거야?

뤼크레스는 기분이 상해서 주간지를 도로 가져가려고 한다.

「오지 말걸 그랬어요. 나는 그게 실수라는 것을 알고 있었어요. 당신은 그만 읽는 게 좋겠어요.」

「왜 그래요? 점점 흥미를 느껴 가는 중인데.」

「아니에요, 읽지 말아요. 내가 내용을 얘기해 줄게요. 첫째, 다리우스는 일에 미친 사람이었다. 둘째, 그는 웃음으로 신세대와 구세대를 화해시키는 데 성공했다. 셋째, 그는 젊은 인재들을 발굴하고 후원하려고 애썼다. 넷째, 그는 동시대인들에게 즐거움을 주는 사명에 헌신한 나머지 자기 자신을 제대로 돌보지 않았다. 다섯째, 그는 완벽한 유머를 추구했고 작품의 완성도에 편집광적으로 집착했다. 여섯째, 아마도 그렇게 완벽을 추구하고 자기 일에 너무나 엄격했던 탓에 그는 무대 위에서 죽었을 것이다.」

「카트린 스칼레즈 사건에 대해서는 전혀 언급하지 않았

어요?」

「테나르디에게 모든 것을 자세히 얘기했어요.」

「그런데요?」

「나는 사법적인 말썽을 최소화하는 선에서 그것을 다루자고 제안했죠. 그랬더니 그녀가 이랬어요. 〈다리우스의 이미지를 훼손한다는 건 있을 수 없는 일이야. 지금은 그의 유해를 프랑스 위인들을 모신 팡테옹으로 옮기느냐 마느냐 하는 때라서 더더욱 안 돼.〉」

이지도르는 굳은 표정으로 고개를 천천히 가로저었다.

「너무 그러지 말아요, 이지도르. 당신도 잘 알잖아요. 진실은 공표하기가 어려운 법이에요. 게다가 사실 아무도 진실을 알고 싶어 하지 않아요. 테나르디에 말대로 〈다리우스를 중상하는 것은 독자들을 잃는 일〉이에요.」

「아무튼 솔직한 건 마음에 드네요. 개인적으로 나는 대중이 거짓말을 믿고 있을 때 나 혼자라도 진실을 알고 있다면 다행이라고 생각해요. 그건 묘한 기쁨이죠.」

이지도르는 주간지를 내려놓고 풀장 쪽으로 간다. 벌써 돌고래들이 물가로 다가온다. 그는 돌고래들에게 청어를 던져 준다.

「테나르디에가 말했어요. 〈다리우스는 빈민가에 사는 수많은 젊은이들에게 자기들도 성공할 수 있다는 희망을 주는 존재야. 그들은 모두 다리우스처럼 되고 싶어 해. 그런 젊은이들한테 다리우스는 냉소적이고 세상에 염증을 내던 사람이었다고 말할 거야? 자아도취와 과대망상에 빠진 코카인 중독자였다고 말할 거냐고.〉」

「아르헨티나 축구 선수 디에고 마라도나에 대해서는 사실을 있는 그대로 밝혔잖아요. 그 역시 젊은이들의 우상이었어요. 우상의 잘못이나 비리를 고발한다고 해서 세상이 뒤집어지는 건 아니잖아요? 게다가 그는 여전히 인기가 많아요.」

「사람들이 축구 선수들에 대해서는 그런 고발이나 비판을 용납할지 몰라도 코미디언들에 대해서는 용납하지 않을 거예요. 코미디언들을 축구 선수들보다 더 대단하게 생각하거든요.」

이지도르는 대응하지 않는다. 그냥 돌고래들에게 계속 먹이를 주고 있을 뿐이다.

「테나르디에는 이렇게 덧붙였어요. 〈마드므와젤 넴로드, 자네가 하고 싶어 하는 게 뭐야? 혁명이야? 이 나라는 허약해. 여론 조사를 해보면 다수가 다리우스를 두고 가장 훌륭한 시민이었다고 말해. 적어도 2백만 명은 그렇게 생각한다는 뜻이지. 그런 사람들한테 당신들은 진짜 나쁜 놈을 알아보지 못하고 있으니 참 순진하다고 말할 거야?〉」

「그녀 말에도 일리가 있네요. 마조히스트들한테 당신들은 고통받는 걸 좋아한다고 말할 수는 없어요. 바보들을 보고 〈당신들은 바보다〉 하면 그들이 좋아하겠어요? 그들도 자존심이 상하겠죠.」

이지도르는 책상 앞으로 돌아와서 다시 주간지를 집어 들고 기사 속의 한 문장을 그냥 눈에 띄는 대로 읽는다.

「〈다리우스, 이 위대한 배우의 희극 작품은 인류의 집단적인 기억에 깊이 새겨져 영원히 잊히지 않을 것이다.〉 뤼크레스, 그래도 이런 건 너무 심했다고 생각하지 않아요? 당신은 진실을 아는 사람이니까 조금 더 신중한 태도를 보였어야 하는 것 아니냐는 거죠.」

「일단 제목을 찾아내고 어떻게 독자들의 관심을 끌 것인가를 결정하고 나니까 진실은 그저 이 특집 기사를 풍부하게 하는 한 요소인 것처럼 보이더라고요. 기사에서 가장 중요한 것은 진실이 아니라는 생각이 들더라는 거죠. 내 영혼을 팔았다느니 그런 소리 하지 말아요.」

이지도르는 다 이해한다는 듯 고개를 끄덕인다.

「미안해요, 이지도르. 나는 아직 시스템 속에 있어요. 나는 생계를 꾸려야 하고, 다른 사람들이 요구하는 대로 글을 써야 해요. 아무도 관심을 갖지 않고 아무도 믿어 주지 않는 그 알량한 진실에 매달릴 수가 없어요.」

「그렇다면 진실을 찾는다는 게 무슨 의미가 있죠?」

「아마도 나는 우리가 진실을 알아내게 되리라고 생각하지 않았던 것 같아요.」

이지도르는 등을 돌려 냉장고 쪽으로 간다. 그러더니 상어 조지에게 줄 쇠고기 덩어리를 꺼낸다.

「뤼크레스, 당신은 스스로를 과소평가하고 있어요. 나는 우리가 목표에 도달하게 되리라는 것을 한 번도 의심한 적이 없어요.」

그녀는 언짢은 기분으로 자리에 앉는다. 그러더니 주간지를 다시 집어 든다. 그가 기사를 전부 다 읽을까 봐 걱정하는 눈치다.

「그건 그렇고, 당신 소설은 잘되어 가요?」

그는 쇠고기 덩어리를 던진다. 상어가 다가와서 턱을 벌린다. 두 줄로 박힌 날카로운 이빨들이 드러난다. 상어가 턱을 한 번 움직이자 고깃덩어리가 갈라진다.

「내 소설은 당신의 작업과 정반대, 아니 당신의 작업을 보완하는 것이 될 거예요. 나는 진실을 말할 것이고 사람들은 아무도 그것을 믿지 않을 거예요. 그리고 나는 일견 하찮아 보이지만 사실은 매우 중대한 질문에 사람들의 관심을 유도해 볼 생각이에요. 〈우리는 왜 웃는가?〉라는 질문 말이에요.」

「당신의 대답은 뭔데요?」

그는 하이파이 오디오 세트 쪽으로 간다.

생상스의 「동물의 사육제」 가운데 「수족관」이 스피커에서 흘러나온다.

이지도르는 옷을 벗고 물안경을 낀 다음 물속으로 뛰어든다. 그는 돌고래들과 함께 헤엄친다. 상어 조지는 쇠고기 덩이와 어려운 싸움을 벌이는 척하며 딴청을 피운다.

뤼크레스도 옷을 벗고 팬티와 브래지어 차림으로 풀장에 뛰어든다. 그러더니 그에게 다가가서 머리가 수면 위에 머물러 있도록 발을 빠르게 움직인다.

「내가 살인 소담이 적힌 종이를 찢어 버리기 전에 그것을 언뜻 보지 않았어요?」

「첫 문장을 봤죠.」

「용의 머리를 봤군요. 그럼 그 문장을 말해 줘요.」

「말하지 않는 게 좋겠어요. 당신은…… 큰 충격을 받을 거예요.」

「알고 싶어요. 세 문장 가운데 첫 번째 것만 보는 건데요, 뭐. 아산화 질소도 없고 뒤의 문장도 없으니까 효과가 없을 거예요.」

「과연 그럴까요? 첫 문장부터가 아주 강력하고 충격적인걸요.」

「지금 날 놀리는 거죠?」

「좋아요, 솔직히 말할게요. 나는 못 봤어요. 그리고 우리는 앞으로도 못 보게 될 거예요.」

……이 남자 말은 진담인지 농담인지 헷갈릴 때가 있어. 지금 나한테 거짓말을 하는 걸까? 내 반응을 두려워하는 걸까?

그가 말한다.

「내가 알아봤더니, 카트린 스칼레즈는 이제 조르주퐁피두병원에 나오지 않는대요. 공식적으로는 실종된 셈이에요.」

「어쨌거나 그 여자는 복수를 했어요. 처벌도 받지 않을 거고요.」

그녀 옆으로 돌고래 한 마리가 지나간다. 그녀는 녀석을 알아본다. 존이다. 녀석이 그녀에게 지느러미를 내민다. 그녀는 지느러미를 잡고 녀석이 이끄는 대로 나아간다. 기분이 참으로 좋다. 환상적이다. 그러고 나서 돌고래는 그녀를 이지도르 근처에 도로 데려다준다.

이지도르는 그녀를 빤히 바라보다가 섬세한 눈길로 젖은 머리를 쓸어 준다. 그녀는 그가 하는 대로 가만히 지켜본다.

「저기요, 뤼크레스, 당신에게 감사해야겠어요. 이번 취재를 통해서 많은 것을 배웠어요. 나 혼자서는 할 수 없는 일이었어요.」

「저기요, 이지도르, 나도 당신에게 감사해야겠어요. 이번 취재를 통해서 많은 것을 배웠어요. 그런데 사실 이건 나 혼자서도 할 수 있는 일이었어요. 아무튼 당신이 꼭 필요했던 것 같지는 않아요.」

그들은 도전적인 눈빛으로 서로를 바라본다.

「뤼크레스, 만약 내가 여기에 와서 나랑 같이 지내자고 하면 받아들이겠어요?」

그녀는 그에게 다가들어 그의 입에 살짝 입을 맞춘 다음 말한다.

「고맙지만 사양하겠어요. 나는 우리가 그냥 친구로 남는 게 더 좋겠다 싶어요. 이미 원룸도 새로 구해서 짐을 옮겨 놓았어요. 물고기도 한 마리 샀죠. 내 손바닥만큼이나 커다란 자이언트 바브예요. 이름은 〈레비아단 2세〉로 지었어요. 당신이 내 집에 차를 마시러 오면 그 애도 당신을 마음에 들어 할 거라고 확신해요.」

그의 얼굴에서 웃음기가 가신다.

「그럼 삼삼놀이로 결정하는 게 어때요? 만약 당신이 이기면 당신은 당신 원룸의 레비아단 2세한테로 가고 우리는 가끔씩 만나 차를 마시는 거예요. 하지만 내가 이기면, 당신은 이 워터 타워에 머물면서 나랑 같이 지내는 거고요.」

「여기에 머문다고요?」

「며칠 동안요. 그냥 서로를 더 잘 알기 위해서 말이에요.」

「며칠 동안 여기서 같이 지내자고요? 나를 뿌리칠 때는 언제고 이젠 세게 나오네요.」

「그게 더 재미있지 않아요?」

뤼크레스는 망설이다가 도전에 응하기로 한다. 그들은 물에서 나와 풀장 가장자리에 자리를 잡는다. 그런 다음 저마다 성냥개비 세 개를 집어 등 뒤로 감추었다가 주먹 쥔 손을 내민다.

그녀가 먼저 수를 부른다.

「0.」

「1.」

그들은 주먹을 편다. 두 손이 모두 비어 있다.

「훌륭해요. 뤼크레스. 잘 맞혔어요. 하지만 게임은 이제부터 시작이에요.」

그녀는 의기양양하게 성냥개비 한 개를 내려놓으면서 말한다.

「이상해요. 프로브 경기를 계속하고 있는 기분이 들어요.」

「두 사람의 정신이 함께 춤을 추는 것이니까, 당연히 그 대결과 비슷하겠죠. 게다가 언제나 세 가지 에너지, 즉 에로스와 타나토스와 겔로스가 작용하고 있잖아요.」

두 번째 판이 벌어진다. 그녀가 먼저 수를 말한다.

「3.」

「4.」

그가 주먹을 편다. 성냥개비 세 개가 들어 있다. 그녀의 손은 이번에도 비어 있다.

「잘하는데요.」

세 번째 판이 이어진다. 뤼크레스가 말한다.

「4.」

「3.」

이번에는 이지도르의 승리다.

이어지는 판도 이지도르가 승리하며 동률이 된다.

이제 결승. 그들은 다시 주먹 쥔 손을 내민다. 두 주먹이 맞닿는다. 이지도르는 잠시 뜸을 들이다가 자기가 예상하는 개수를 말한다.

「1.」

뤼크레스는 그의 눈빛을 탐색하고 숨을 들이마시며 눈을 감는다.

「2.」

그가 주먹을 편다. 성냥개비가 한 개 들어 있다. 그녀도 주먹을 편다. 역시 한 개다. 그녀가 이긴 것이다.

「당신이 이겼어요, 뤼크레스. 내가 당신을 과소평가했어요. 내가 잘못한 거죠. 지는 게 당연해요.」

……나는 어느 남자도 이렇게 말하는 것을 들어 본 적이 없어. 어쩌면 이런 게 이지도르의 강점일지도 몰라. 이지도르의 엔진은 후진 기어도 갖추고 있는 거야.

「단지 삼삼놀이에서 졌다고 하는 말이 아니에요. 나는 여타의 많은 것에 대해서도 잘못 생각했어요.」

「뭘 잘못 생각했는데요? 어서 말해 봐요. 궁금하잖아요.」

……지난번에 나를 뿌리친 잘못을 인정하시겠다?

「나는 우스갯소리들을 좋아하지 않는다고 당신한테 말했어요. 그런데 당신과 함께 취재를 한 뒤로 하찮고 쓸모없어 보이던 그 행위를 대단히 높이 평가하게 되었어요. 이제는 유머가 나에게 지극히 중요한 것이 되었어요. 나는 유머가 가장 높은 수준의 영성에서 나오는 것이라고 생각해요. 모든 것을 깨달았을 때 비로소 웃게 되는 것이니까요.」

그는 미안해하는 표정을 짓는다.

「다른 건요?」

「그리고 나는 이제 당신을 정말로…… 높이 평가하는 것 같아요.」

……높이 평가한다고? 사랑한다고 말하면 입에 상처라도 난다니?

그때 돌고래 링고가 물 위로 솟구쳤다가 다시 떨어지면서 물을 오지게 튀긴다. 그 서슬에 뤼크레스가 흠뻑 젖어 버린다. 이지도르는 얼른 일어나서 뽀송뽀송한 수건을 가져온다.

그는 보드라운 수건으로 그녀의 어깨를 감싸고 그녀를 꼭 껴안는다. 그러고는 자기의 그런 행동에 대해 그녀가 무어라고 말하기 전에 그녀의 목에 입을 맞춘 다음 턱 쪽으로 거슬러 올라가서 키스를 한다. 진하고도 긴 입맞춤이다. 뤼크레스는 그가 하는 대로 내버려 둔다. 그러다가 이지도르가 입술을 떼자 그를 한참 동안 바라본다.

시간이 문득 흐름을 멈춘다. 두 사람의 시선이 얽혀 든다. 저마다 상대가 먼저 침묵을 깨고 나서 주기를 기다린다.

이지도르가 먼저 자기 마음을 나타낸다. 그의 눈에서 불꽃이 튄다. 조금 전까지도 보이지 않던 불꽃이다. 뤼크레스는 그것을 알아차린다. 그의 눈동자 속에서 작은 불꽃이 춤을 춘다. 그러자 뤼크레스의 에메랄드빛 눈에서도 불꽃이 인다. 그녀의 뺨에 보일 듯 말 듯 보조개가 나타난다. 뺨의 근육이 가볍게 긴장하면서 설핏한 웃음기가 피어난다. 이 웃음기는 이지도르의 뺨으로 전해진다. 그러자 모든 것이 갑자기 빨라진다. 이지도르는 미소의 단계를 건너뛰고 웃음을 터뜨린다. 그녀도 따라 웃는다.

두 사람의 웃음 발작은 한참이나 지속된다. 취재를 시작한 뒤로 쌓여 온 긴장이 한꺼번에 풀린다.

그녀가 웃으면서 말한다.

「이럴 때 아산화 질소를 마시면 우리는 죽고 말 거예요.」

그는 마치 삼삼놀이를 계속하기라도 하듯 되받는다.

「죽지 않을 수도 있어요.」

「나 역시 내 실수를 인정할 줄 알고 후진도 할 줄 안다고 생각해요. 내 결정을 번복하겠어요. 여기에 일주일 동안 머물 게요. 그 이상은 하루도 더 안 돼요. 레비아단 2세를 데려올게요. 녀석이 조지와 링고와 존과 폴이랑 아주 사이좋게 지낼 거라고 확신해요. 하지만 이건 분명히 해야겠어요, 이지도르. 당신은 세 가지 규칙을 지켜야 해요. 첫째, 내 몸에 손을 대지 말 것. 둘째, 잠자는 나를 깨우지 말 것. 셋째는…….」

그는 그녀의 입에 손가락을 갖다 댄다.

「내가 그렇게 많은 금기를 다 지킬 수 있을 것 같지 않은걸요. 유혹이 너무 강력하거든요.」

「그렇다면 이렇게 경고하고 싶어요. 만약 당신이 고집을 부리면 나는…… 양보할 수 있어요.」

「겁먹었잖아요, 뤼크레스.」

「아참, 한 가지 더요. 이건 그냥 원칙을 존중하자는 뜻인데요, 나한테 여기에 머물러 달라고 애원해 봐요.」

「뤼크레스, 제발 부탁이에요. 여기에서 나랑 같이 머물러 주겠어요? 조금만 더 오래…….」

「좋아요. 15일 동안 머물겠어요.」

「16일은 안 될까요?」

「좋아요. 하지만 3주 이상은 안 돼요.」

그들은 서로 바라본다. 다시 걷잡을 수 없는 웃음이 터져 나온다. 뤼크레스가 보기에 그는 이제 전혀 거드름을 피우지 않는다.

……마치 그가 너무 많이 가지고 있어서 스스로를 무겁게 만들던 것을 떨쳐 버린 것 같아. 그러면서 내가 적게 가진 것과 나에게 없는 것을 주고 있어. 결국 진정한 만남이란 이런 게 아닐까? 두 사람의 콤플렉스가 서로 보상되는 것. 유기 공포증이라는 콤플렉스가 인간 혐오증이라는 콤플렉스와 만나는 것.

그는 다시 그녀의 몸을 비벼 주고 어깨를 주물러 준다. 그때 그녀가 몸을 휙 돌려 그의 두 뺨을 손으로 감싸더니 자기 입술을 그의 입술에 찰싹 붙인다. 숨이 막힐 정도로 깊고 긴 입맞춤이 이어진다.

그런 다음 그가 미처 정신을 차릴 새도 없이 그녀는 〈뤼크레스권도〉의 기술로 그를 바닥에 쓰러뜨린다. 두 몸이 맞닿고 두 입에 서로의 숨결이 닿는다. 뤼크레스가 속삭인다.

「이지도르, 당신이랑 섹스하고 싶어요. 지금 당장.」

「오늘은 뭐든지 당신이 하라는 대로 하겠어요.」

그러자 그녀는 그의 마지막 남은 옷들을 벗기더니 오래도록 애무를 하고 온몸에 입을 맞춘다.

돌고래 세 마리와 상어가 호기심을 느끼며 다가든다.

돌고래 링고는 이내 상황을 간파한다. 녀석이 보기에 발그레한 피부를 가진 두 인간의 몸이 결합하여 다리가 여덟 개에 머리가 두 개 달린 하나의 동물을 이루는 것이다.

돌고래들은 그 장면을 더 분명히 보기 위해, 두 사람을 되도록 방해하지 않으려고 애쓰면서, 수면 위로 자꾸 몸을 곧추세운다.

상어 조지 역시 수면 위로 솟아오르려고 애쓴다. 물가에서 뭔가 새롭고 흥미로운 일이 벌어지고 있음을 알아차린 것이다. 하지만 조지에게는 그런 자세가 불편하다. 그래서 녀석은 인간들이 그 일을 물속에서 하면 좋겠다고 생각한다.

조지의 그런 마음을 알아주기라도 하듯, 두 남녀는 데굴데굴 굴러 물속으로 풍덩 빠지더니 기이한 수중 댄스를 추기 시작한다.

돌고래들과 상어는 그들 주위를 돌며 모든 각도에서 그들을 관찰한다. 발그레한 두 몸은 다시 하나로 결합하여 물속을 둥둥 떠다닌다.

그들은 환희와 행복감에 젖어 오래도록 웃는다.

그들은 헤엄을 쳐서 물가로 돌아간다. 돌고래들은 그들을 향해 격려의 외침을 내지른다. 비록 암컷은 없지만 녀석들은 그들과 비슷한 놀이를 해보기로 한다. 그러면서 상어까지 그 놀이에 끌어들이려고 한다. 상어는 겁을 집어먹고 풀장 밑바닥에 가서 숨어 버린다.

두 남녀는 물가로 올라선 뒤에 기진맥진하여 다시 옆으로 쓰러진다. 그때 뤼크레스가 생긋 웃으면서 말한다.

「알고 보니 과학자들이 틀렸어요. 사람은 섹스를 하면서 동시에 웃을 수 있어요.」

「좋은 사람을 만나면 불가능한 일도 가능하게 되는 모양이에요.」

「그런데 내가 아까 물어본 것에 아직 대답하지 않았어요. 당신이 보기에 인간은 왜 웃는 것 같아요?」

그는 잠시 생각하다가 대답한다.

「이따금 우리의 생각이 명철해질 때면 세상만사가 사람들이 말하는 것만큼 심각하지 않다는 것을 깨닫게 돼요. 그러면 갑자기 우리는 세상사로부터 거리를 두게 되죠. 우리의 정신이 집착에서 벗어나 초연해지면 우리 자신까지 조롱할 수 있어요.」

「그럴싸한데요. 그건 동물들이 웃지 않는 이유를 설명해 주는 것이기도 해요. 동물들도 고통을 겪지만 그런 방어 무기가 없죠.」

돌고래들은 마치 그녀의 말에 반박하기라도 하듯 일제히

날카로운 소리를 지른다. 어쩌면 그것이 바로 돌고래들의 웃음일지도 모를 일이다.

이지도르는 자기가 생각한 것을 요약할 수 있는 한마디 말을 찾아 아퀴를 짓는다.

「우리가 웃는 까닭은 현실을 초월하기 위함이에요.」

모든 것은 하나 안에 있다. —아브라함
모든 것은 사랑이다. —예수 그리스도
모든 것은 성과 연관되어 있다. —지크문트 프로이트
모든 것은 경제적이다. —카를 마르크스
모든 것은 상대적이다. —아인슈타인
모든 것은 유머이다. —이지도르 카첸버그

작가 후기

이 소설의 기원으로 거슬러 올라가 보면 내가 열일곱 살 때 들었던 짤막하고 기이한 이야기가 있다. 당시는 내가 소설 『개미』를 쓰기 시작한 지 1년이 지난 시점이었다. 그 소설의 초고는 나의 첫 독자들에게서 좋은 반응을 얻지 못하고 있었다. 나는 그 까닭을 도무지 이해할 수 없었다. 그 초고를 읽어 보라고 친구들에게 주면, 그들은 이내 손을 놓아 버리거나 시간이 없어서 끝까지 읽지 못했다고 말하기가 일쑤였다. 그도 그럴 것이 그 원고는 무려 1,500페이지에 달하는 것이었다(당시에 나는 프랭크 허버트의 『듄』과 플로베르의 『살람보』에 경탄하고 있었고, 규모가 큰 서사적인 이야기며 전투 이야기며 모험담을 좋아하고 있었다). 무언가 문제가 있었지만 나로서는 그게 무언지 규명할 수가 없었다.

그러다가 그렇게 꽉 막혔던 것이 풀리는 계기가 찾아왔다. 내가 친구들과 함께 피레네산맥으로 등산을 갔을 때의 일이었다. 우리는 여덟 명이었다. 우리는 산행 도중에 찬비를 만났다. 친구 하나가 천식 발작을 일으키는 바람에 그것을 가라앉히느라 애를 먹기도 했다. 그래서 원래 오후 5시에 도착하기로 되어 있던 고지의 대피소에 새벽 1시가 되어서야 다다랐다. 우리는 춥고 배고프고 지쳐 있었다. 발들은 피투성이였고 손가락들은 잔뜩 곱아 있었다. 멀리서 늑대 울음소리도 들리는 듯했다.

하늘에는 달도 별도 없었다. 앞길을 밝혀 주는 것이라곤 우리의 손전등밖에 없었다.

우리는 궁지에 몰린 동물들처럼 서로 바싹 붙어서 빙 둘러앉았다. 그때 한 친구가 제안했다. 우리의 정신을 덥히기 위해 유머 경연을 벌이자는 것이었다.

우리는 배고픔과 추위를 잊기 위해 저마다 돌아가면서 재미난 이야기를 한 가지씩 내놓았다. 대개는 별로 재미가 없는 우스갯소리들이라서 우리는 예의상 억지웃음을 지었다. 그때 한 친구가 물었다. 〈너희 노란 테니스공 얘기 알아?〉 우리는 그저 간단한 수수께끼려니 생각하면서 고개를 가로저었다. 그러자 그 친구가 이야기를 시작했다.

한 남학생이 중학교를 졸업하고 고등학교에 진학했어. 학생의 아버지는 입학을 축하하기 위해 자전거를 사 주겠다고 했지. 그런데 이 남학생이 이러는 거야.

「저기요, 아빠. 아주 고마워요. 물론 저는 자전거가 있으면 좋겠다고 늘 생각했어요. 하지만 저를 정말 기쁘게 해주시려면 자전거 말고 다른 것을 선물해 주세요.」

「그게 뭔데?」

「노란 테니스공요.」

아버지는 깜짝 놀랐지.

「아니, 너는 테니스를 안 하잖아.」

「안 하죠.」

「그러면 아예 테니스공 한 박스를 사줄까?」

「아뇨. 그냥 테니스공 하나만 사주세요. 다만 꼭 노란색이라야 돼요.」

「그걸 가지고 뭘 하려고?」

「아빠, 저한테 뭘 갖고 싶으냐고 물으셔서 제가 대답했어요. 그런데 막상 그 선물의 의미를 이해할 수 없으셔서 마음에 걸린다면, 그냥 자전거를 선물해 주셔도 돼요. 하지만 그게 저를 가장 기쁘게 하는 것은 아니에요.」

아버지는 적이 놀랐지만 아들이 원하는 대로 테니스공을 선물했어.

몇 해 뒤에 이 젊은이는 우수한 성적으로 바칼로레아에 합격했어. 아버지는 그에게 오토바이를 선물하고 싶다고 했지. 그런데 아들이 대답하기를, 모든 젊은이들이 오토바이를 꿈꾼다는 것은 알지만 자기는 그보다 노란 테니스공을 받고 싶다는 거야.

「뭐라고, 또 그거냐? 지난번에 준 것은 어쩌고? 게다가 너는 여전히 테니스를 하지 않잖아.」

「아빠, 더는 묻지 마세요. 나중에 때가 되면 이유를 말씀드릴게요. 저를 진정으로 기쁘게 해주고 싶으시다면 테니스공 하나만 주세요. 노란색으로요. 제가 정말로 갖고 싶어 하는 것은 오로지 그거예요.」

아버지는 아들이 원하는 대로 테니스공을 선물했지.

아들은 대학에서 의학을 공부하고 수석으로 졸업했어. 아버지는 아들이 대학 병원에서 가까운 곳에 살 수 있도록 원룸을 마련해 주려고 했지. 그런데 이번에도 아들은 원룸보다 테니스공이 더 좋다는 거야.

「여전히 그 이유를 나한테 말해 주고 싶지 않은 거냐?」
「때가 되면 말씀드릴게요.」

그러고 나서 아들이 결혼을 했어. 아버지는 승용차를 선물하고 싶다고 했지. 그런데 아들은 그보다 노란 테니스공을 결혼 축하 선물로 받고 싶다는 거야.

「너는 여전히 테니스를 하지 않잖아? 색깔을 바꿔서 흰 공을 주면 안 되겠니? 아니면 노란색으로 하되 여섯 개들이 한 박스를 줄까? 그러면 시간을 벌 수도 있지 않겠니?」

「아뇨, 그냥 한 개만 주세요. 노란색으로요.」

아버지는 또다시 테니스공을 선물했어.

그 뒤에 아들이 사고를 당해서 중상을 입었어. 아버지는 병원으로 정신없이 달려갔지. 의사가 말하기를, 상태가 아주 심각해서 아들이 그날 밤을 넘기지 못하고 죽으리라는 거야.

아버지는 억장이 무너지는 심정으로 아들한테 갔지. 아들은 갖가지 기계에 연결된 튜브들을 꽂은 채 온몸에 붕대를 감고 있었어.

「아들아! 이게 웬 날벼락이냐!」

그런데 붕대에 감긴 아들의 얼굴에서 희미한 목소리가 새어 나왔어.

「저는 아버지께서 왜 여기에 오셨는지 알아요. 저는 내일 죽어요. 그러니 이제 아버지께 말씀드릴 때가 되었어요.」

「애야, 그런 끔찍한 소리 하지 마라. 너는 살아야 해!」

「아니에요, 의사가 이제 가망이 없다고 말했어요. 그래서 아버지가 오시기를 기다렸어요. 아버지께 비밀을 털어놓으려고요.」

「아니다, 애야. 그건 전혀 중요하지 않아.」

「아니에요, 중요해요. 아버지가 저한테 자전거나 오토바이나 원룸이나 승용차를 선물하려고 하셨을 때마다 저는 그것들 대신 노란 테니스공을 달라고 했어요. 사실 거기에는 특별한 이유가 있었어요. 제 입에다 귀를 가까이 대세요. 그 엄청난 비밀을 알려 드릴게요. 사실 제가 노란 테니스공을 원했던 이유는 다름이 아니라······ 으으윽!」

그렇게 아들은 죽어 버렸대.

친구가 얘기를 끝마치자 싸하고 침묵이 흘렀다. 그러더니 모두가 그 친구에게 달려들어 간지럼을 태우고 우리를 그토록 허탈하게 만든 것에 대해서 벌을 주었다.

「나쁜 자식! 어떻게 우리를 그렇게 농락할 수가 있어. 결말이 그게 뭐야!」

하지만 나는 그 일을 아주 흥미롭게 받아들였다. 친구가 이야기를 하는 동안 우리는 산행의 모든 고통과 살갗의 물집과 피투성이가 된 발과 우리 친구의 천식과 늑대들을 까맣게 잊었다. 우리 모두가 그 노란 테니스공에 마음을 빼앗기고 있었다. 그동안에는 다른 어느 것보다 노란 테니스공이 중요했다.

그러다가 이야기가 갑작스러운 결말에 다다랐을 때 우리는 감정의 동요를 경험했다. 그래서 평범한 우스갯소리들을 들었을 때처럼 예의상 웃지 않고 그 친구에게 덤벼들었던 것이다. 말하자면 우리는 단순한 이야기 하나 때문에 어떤 물리적인 것을 경험한 셈이다.

그 이야기를 혼자서 곱씹고 있을 때 내 머릿속에서 섬광이 번득였다. 〈바로 이게 서스펜스의 위대한 비밀이야. 《노란 테니스공》을 만들어 내자〉 하고 나는 생각했다.

그때부터 나는 신비스러운 지하실을 〈노란 테니스공〉으로 삼고 『개미』를 다시 쓰기 시작했다. 한 가족이 폐쇄된 지하실이 딸린 집을 유산으로 물려받는다. 그 지하실에 내려갔다 온 사람들은 〈너무나 엄청난 것을 보았기 때문에 당신들에게 그게 무엇인지 말해 줄 수가 없어〉라고 말한다. 그런 식으로 이야기를 전개해 나가자 소설의 서스펜스가 한결 강해졌다. 독자들의 상상력이 발동되기 때문이었다. 독자들은 소설 속 인물이 지하실을 다녀올 때마다 그가 보고도 말하고 싶어 하지 않는 그 엄청난 것이 무엇인지를 머릿속에 그리고 있었다. 그건 독자들 자신도 모르는 사이에 일어나는 일이었다.

그렇듯 하나의 우스갯소리가 나로 하여금 이야기꾼의 기법을 깨닫게 해주었다.

좀 순진한 생각이기는 하지만 그 무렵에 나는 이런 생각도 했다. 훌륭한 이야기들은 모두 하나의 우스갯소리로 요약될 수 있다고 말이다. 예를 들어 호메로스의 『오디세이아』는 배를 타고 10년 동안 지중해를 항해한 끝에 집에 돌아온 남자가 아내를 보고 〈나 없는 동안에 외간 남자와 자지는 않았겠지!〉 하고 말하는 이야기다. 알렉상드르 뒤마의 『몬테크리스토 백작』은 갖은 고생을 다 하여 원수들에게 앙갚음을 한 남자가 결국 복수를 포기하는 편이 낫지 않았을까 하고 생각하는 이야기다. 플로베르의 『보바리 부인』은 시골 의사의 아내로 살아가는 금발의 여성이 삶이 너무나 권태로워서 바보 같은 짓을 하는 얘기다. 빅토르 위고의 『파리의 노트르담』은 정신 장애가 있는 척추 장애인이 집시 여자와 사랑에 빠졌다가 그녀가 자기를 배척한다는 사실에 놀라는 이야기다.

그 뒤에 나는 노란 테니스공 얘기를 지어낸 천재가 누굴까 하고 궁금하게 여겼다. 그는 자기도 모르는 사이에 나에게 이야기 짓는 법을 가르쳐 준 스승이 된 셈이다.

나는 그 이야기의 기원으로 거슬러 올라가 보기로 했다. 이리저리 찾아보니 그 이야기의 몇 가지 버전이 있었다. 〈중국 병풍〉 이야기도 그중 하나였다. 이것은 뒤집어진 방식으로 작동하는 이야기였다.

한 젊은이가 아버지에게 말했다.
「우리 집안에서는 중국 병풍 이야기를 하면 안 된다고 하던데 그게 뭐예요?」
그러자 아버지는 아들에게 주먹질과 발길질을 한 뒤에 내쫓아 버렸다. 어머니도 그 처사에 동의했다. 그는 혼례를 앞두고 있던 자기 약혼녀의 집으로 피신했다. 혼례식이 끝난 뒤에 아내가 물었다.
「당신 부모님은 왜 혼례식에 오시지 않았죠?」
「내가 중국 병풍 이야기를 입에 올렸기 때문이에요.」
그러자 신부는 즉시 결혼을 취소하고 남자 곁을 떠나 버렸다. 남자는 일터로 돌아가서 사장에게 자기가 겪은 불행을 알렸다. 사장은 어쩌다가 모두에게서 버림을 받았느냐고 물었다. 남자는 중국 병풍 이야기가 무엇인지 알고 싶어 했기 때문이라고 말했다. 그 순간 사장은 미치광이로 변하더니 페이퍼 나이프를 집어 그의 심장에 박아 버렸다. 남자는 죽어 가는 순간에 의사에게 왜 모두가 그 중국 병풍 이야기를 자기한테 숨기려고 하느냐고 물었다. 그러자 의사는 불같이 화를 내며 그의 생명을 연장시키고 있던 기계들의 전기 코드를 다 뽑아 버렸다.

이 노란 테니스공의 테마를 변주하여 새로운 이야기를 만들어 낸 사람들이 얼마나 많았을까? 그 우스갯소리들은 그것들을 전달하는 사람들을 이야기꾼이나 창작자로 변화시켰다. 참으로 경이로운 일이 아닐 수 없다.

나는 노란 테니스공 이야기의 창작자를 찾아내지 못했지만 덕분에 유머와 우스갯소리에 대한 열정을 갖게 되었다. 우스갯소리는 가치를 제대로 평가받지 못하는 문학예술의 한 갈래다. 사람들은 그것을 아이들과 실없는 사람들에게나 어울리는 것으로 치부하며 무시하기 일쑤다.

나는 5년 전에 유머에 대한 열정과 우스갯소리들의 지혜를 전달하는 방식을 놓고 숙고하기 시작했다. 그 결과로『파라다이스』에 실린 단편 소설 가운데 하나인「농담이 태어나는 곳」이라는 작품을 썼다. 그런데 프랑스에서『파라다이스』를 읽은 네티즌들에게 가장 재미있게 읽은 단편이 무엇이냐고 물었더니 가장 많은 독자들이「농담이 태어나는 곳」이라고 대답했다.

소설『웃음』은 그 작은 싹에서 시작되었다.

나는 그 단편 소설의 아이디어를 발전시킴과 동시에 이지도르와 뤼크레스의 모험을 이어 가고 싶었다. 내가 그 두 인물을 무척 좋아하기 때문이다. 때때로 작가는 자기가 만들어 낸 인물들과 친구가 되고 그들을 다시 만나고 싶어 한다. 그래서 나는「농담이 태어나는 곳」의 아이디어를 이지도르와 뤼크레스의 모험담과 결합시켰다.

추신 1. 이 이야기에 나오는 인물들과 상황들은 순전한 허구의 산물이다. 혹시라도 실재하거나 실재했던 인물이나 상황과 유사한 점이 있다면 그것은 우연일 뿐이다.

추신 2. 그렇다 해도 코미디언이라는 직업의 이면에서 벌어지는 생생한 삶의 이야기를 들려준 나의 모든 코미디언 친구들에게 감사를 표하고 싶다. 그들은 코미디 세계의 경쟁, 제작자들, 경제적인 이익을 둘러싼 다툼뿐만 아니라 스탠드업 코미디의 메커니즘에 관해서도 알려 주었다.

추신 3. 관객들이 전혀 웃지 않는 공연에 관한 일화는 실제로 벌어진 일이다. 이 일화의 주인공은 벨기에의 코미디언 리샤르 뤼벤이다. 그는 표정이 전혀 없는 수많은 관객을 앞에 두고 정말로 1시간 30분 동안 공연을 했다. 객석을 메운 관객들은 웃지 않기로 하고 고용된 단역 배우들이었다. 어느 텔레비전 방송에서 그를 웃음의 소재로 삼은 것이었다.

추신 4. 나의 홈페이지(www.bernardwerber.com)에 들어와서 우스갯소리들을 남기거나 좋은 것들을 골라 준 네티즌들 모두에게 심심한 감사를 표한다.

감사의 말

리샤르 뒤쿠세, 프랑수아즈 샤파넬페랑, 뮈게트 비비앙, 렌 실베르.

질 말랑송, 의학 관련 대목에서 도움을 준 파트리크 보벤 박사, 스테판 크로스, 역사와 관련된 몇몇 대목에서 도움을 준 프랑크 페랑, 세바스티앵 드루앵, 이자벨 돌, 파스칼 르게른, 세바스티앵 테스케, 〈온라인 상대적이며 절대적인 지식의 백과사전〉 사이트의 웹마스터 멜라니 라주아니, 귀스타브 파르킹, 마르크 졸리베, 크리스틴 베루, 조나탕 베르베르, 내 홈페이지의 웹마스터 실뱅 팀시트에게 감사한다.

이 소설을 쓰는 동안 들었던 음악
귀스타브 홀스트의 관현악 모음곡 「행성The planets」
제너시스의 「우리 시대의 사람Man of Our Times」
뮤즈의 「레지스탕스Resistance」
디프 퍼플의 「불타라Burn」
핑크 플로이드의 「미치광이 다이아몬드여 빛나라Shine on You Crazy Diamond」
에리크 사티의 「짐노페디Gymnopédies」
닐 다이아몬드 「조너선 리빙스턴 시걸」의 영화 음악
카미유 생상스, 「동물의 사육제」 중 「수족관」

옮긴이 **이세욱** 1962년에 태어나 서울대학교 불어교육과를 졸업하였으며, 현재 전문 번역가로 활동하고 있다. 옮긴 책으로 베르나르 베르베르의 『개미』, 『웃음』, 『신』(공역), 『인간』, 『나무』, 『상대적이며 절대적인 지식의 백과사전』(공역), 『뇌』, 『타나토노트』, 『아버지들의 아버지』, 『천사들의 제국』, 『여행의 책』, 움베르토 에코의 『프라하의 묘지』, 『로아나 여왕의 신비한 불꽃』, 『세상의 바보들에게 웃으면서 화내는 방법』, 『세상 사람들에게 보내는 편지』(카를로 마리아 마르티니 공저), 장클로드 카리에르의 『바야돌리드 논쟁』, 미셸 우엘벡의 『소립자』, 미셸 투르니에의 『황금 구슬』, 카롤린 봉그랑의 『밑줄 긋는 남자』, 브램 스토커의 『드라큘라』, 파트리크 모디아노의 『우리 아빠는 엉뚱해』, 장자크 상페의 『속 깊은 이성 친구』, 에리크 오르세나의 『오래오래』, 『두 해 여름』, 마르셀 에메의 『벽으로 드나드는 남자』, 장크리스토프 그랑제의 『늑대의 제국』, 『검은 선』, 『미세레레』, 드니 게즈의 『머리털자리』 등이 있다.

웃음 2

발행일	2011년 11월 23일 초판 1쇄
	2021년 5월 15일 초판 36쇄
	2024년 10월 15일 신판 1쇄

지은이	베르나르 베르베르
옮긴이	이세욱
발행인	홍예빈
발행처	주식회사 열린책들

경기도 파주시 문발로 253 파주출판도시
전화 031-955-4000 팩스 031-955-4004
www.openbooks.co.kr

Copyright (C) 주식회사 열린책들, 2011, 2024, *Printed in Korea*.
ISBN 978-89-329-2471-7 04860
ISBN 978-89-329-2469-4 (세트)